U0902936

向世界倾诉爱

[日] 片山恭一 著
侯为 译

青岛出版社
QINGDAO PUBLISHING HOUSE

译序……

“爱”就一个字

从“呼唤爱”到“倾诉爱”

片山恭一先生多年来笔耕不辍,很多作品已有中文版。本书原作于2012年10月在日本出版。作者在向书店和媒体介绍这部作品时曾表示:“《在世界中心呼唤爱》成为畅销书后收到过很多问询,而且总把我本人与‘爱’放在一起谈论……其实我写那部小说时考虑更多的是死亡……在我们的社会中,‘爱’的处境很微妙……也许就因为此类小说写的都是恋爱……如果有人谈到‘爱’,就会遭人白眼相看……人们都憎恶谈论‘爱’的人……因此,我有一段时期特意不使用这个词。那些人为什么憎恶‘爱’呢?因为讲述‘爱’就是触及真实……从《在世界中心呼唤爱》到这部《向世界倾诉爱》经过了12年,此间发生的‘9·11’‘非典’、福岛核电站事故等,使我感到包括物理性灭绝人类的各种危机开始呈现其真实性。由饥饿、战争、恐袭、超级细菌病毒、核污染等导致前所未有的人口大量死亡的时代正向我们走来……这就是我们所生存的世界——没有'爱'的世界……所以后来我改变了想法,要对'爱'进行更加深刻的思考。"这部"倾诉爱"就是作者思考多年得出的成果吧?

从当代到近未来

从作者的介绍可以看出,这部"倾诉爱"虽然仍以爱为主题,但在创作动机、时代背景、故事舞台乃至布局架构等方面都会有所不同。作者还说,这部小说"简而言之就是写人类濒于灭绝与家庭濒于破裂的题材。从结构上讲就是,以奇数章描述人类在近未来走向灭绝的情状,以偶数章描述当代已呈现灭绝预兆的情状。在整体上以交叉展开的方式讲述这两个故事……我认为,在描述我们现在生存的世界时,采用这种架构最能唤起读者的共鸣"。

在当代的故事中,家庭濒于破裂的作家辻村为寻找失联的儿子理君前往泰国。他在异国偶遇神秘少女"旺"并莫名其妙地与其发生了"一夜情",又在寻找"旺"的旅途中看到了更多匪夷所思的情景……

而在近未来的故事中,幸免于灭绝性瘟疫传染的少年 Osamu 与从天而降的哑女姬姬相依为命,在初冬离开极度荒芜的城市进山寻找食物。他们将怎样学习并适应半原始的采集渔猎式生活?少年与哑女从两小无猜到渐渐萌生爱意,可哑女却不知缘何怀了身孕。

少年决心带她回故乡孤岛开始新生活,是什么力量帮他超越了"狭隘的爱"?

从作者到译者

作者在交叉讲述这两个故事时,通过人物表达了对当代危机四伏的人类社会的深刻忧虑。主人公该怎样回应女儿真子直言不讳地质疑自己与妻子的性爱生活?妻子道代因过重生活压力心理失调而入院疗养,他该怎样与妻子重温亲情?厌恶父亲的儿子理君在大学毕业求职受挫后独游泰国并失联,父子若能见面作为父亲该对儿子说些什么?从事作家职业的主人公自己也因创作遭遇瓶颈而苦恼不堪,怎样才能实现突破?

作者通过主人公的独白表示:自己不想也不善于采用其他创作手法。因此,在他对近未来情状的描述中几乎看不到科幻或推理的元素。而作者的本科专业是农政经济学,读硕时研究马克思、读博时研究恩格斯,所以在这部作品中依然能够看到他对大自然的精彩描写以及对宏观经济的思考。作者看到近年来新兴国家的资本主义经济迅猛发展,十分担心人类社会将因资源枯竭、生态恶化而加速走向毁灭。这种担忧确实并非杞人忧天,即使从世界地图也能观察到,几大古文明地域多数现已成为荒漠,而原因不外乎战乱、瘟疫、灾害、人口过密和过度经济开发等。在本书中有个情节颇具讽刺性:几名幸存街痞饿着肚子燃起大堆钞票烤火取暖……试想,如果这个世界到处堆满黄金钞票却失去了原生态的空气和水会是何种情景?

不过，虽然各国的国情有所不同，但如果领导人掌握了科学的治国理政方略并不断地改革创新，胸怀命运共同体理念，就能保护人类的家园并实现可持续发展。而做到这一切则需要“爱”。“爱”就一个字，却有无限的内涵和外延。所以，准确地讲应该是——任何人都要具备无私的、言行一致的爱。作者提到“在《圣经》中，耶稣几乎全是在说‘要彼此相爱’这一件事”，而我们的国学和宗教中则提倡“仁爱”“兼爱”“大爱”“慈悲”“随缘”等观念。虽然可以看出古今中外的宗教和哲学都劝导人们弃恶向善，但在现实当中依然常有恶势力横行。作者认为当今世界的种种弊端说明“法国人权宣言所提出的‘自由’‘平等’原理仍有缺陷，如今反而成为世界悲惨和不幸的根源……除了‘自由’和‘平等’之外，人类社会需要另一个新的要素，即第三要素‘X’。而这三个要素可以通过像 ips 细胞的‘山中要素’那样的途径导入人类的细胞，将人类进行‘初始化’处理，以求重新具备多样分化和进化的可能性”。译者认为，从理论上讲，通过人类基因编辑重组的手段似乎能从根本上解决关于性善性恶的争论和误解。不过，治世诚有道，无德功难成，最为关键的还是要看什么人掌握这种工具。迄今为止，自然科学占优的各领域研究成果不计其数，获“诺奖”的发明创造层出不穷。然而，人类社会中依旧存在诸多丑恶现象。其实古人早已说过，“士有百行、以德为先”。若想维护人类社会的健康发展，最需要的就是以公正平等为优先自由竞争的环境，每个人都必须为此而悟道修德博爱。

作者认为那个第三要素“X”尚未出现，但译者认为第三要素依然是作者所说的“爱”。大道至简,终归于爱。只是需要加定语,这就是人性之爱。因为人类从动物进化至今依然具有兽性和人性两种属性,只是因各发展阶段的物质文明和精神文明水平存异而程度不同,甚至往往呈现反比趋势。在现今人类的基因中仍以动物属性为主,而人性只能靠后天的精神发育和培养逐步得以健全——这也许就是诸多社会问题产生的根本原因。不知读者怎么看?

这部小说中主人公的女儿名叫“真子”,儿子名叫“理”,其中是否隐含了某种深意?而这两个故事中的神秘美女都不知真名,又象征了什么呢?

这部小说中有几段倾诉爱的特长道白,如果拍成影视剧恐怕对演员是一种巨大的挑战。

寄语读者

小说与某些体裁的作品不同,作者往往会有选择地设定某些悬念、留白和隐喻交给读者自己破解、填补和领悟。这也是阅读能给我们带来的乐趣,即成就感和获得感。译者在译读这部作品的过程中增长了不少见识,并对包括“爱”的诸多疑问深入思考且收获颇丰,相信各位读者也会开卷有益。

侯　为

2018 年 12 月 18 日于西安

目录

1 她的真名

两人沿着山梁前行，呼出的气息立刻变成白色。少年不时地将视线投向从脚下扩展的斜坡和险峻的峡谷，看不到哪里有炊烟升起，也闻不到风中有任何异味。据稻草人说，他们要找的那些人应该就在这座山某处。

周围渐渐变暗，暮色从山坡下紧追而来，继续这样前行恐怕会被日落赶在前面。少年边走边抬头仰望，整个天空已被厚重彤云遮盖不见蓝色。没有月光在山中走夜路十分危险，不仅难以预料潜藏的威胁，还有失足坠崖的可能，因此必须在天黑前找到适当的栖身之所。

“姬姬，我们要走得再快些！”他向同行的少女招呼一声，“眼看就要下雪啦！”

少女耸动肩膀喘着粗气停下脚步，然后慢慢抬起头来，就像刚刚发现似的望了一阵天空。

“喂！你别停下来嘛！”少年催促道，“你就不能边走边看吗？为什么不能同时做两个动作呢？”

少年有些不耐烦是因为肚子里空得慌，而且已经疲惫不堪。好几天没吃饱饭了，进山前准备的食物几乎都已用光，背囊里剩下的只有食盐、砂糖、香烟和红茶这些不能充饥的物品。建议他带上这些物品的也是稻草人：“要把你们自己的食物减到最少限度，因为进山后很快就能搞到吃的东西。要多带些他们需要的东西，首先是食盐，然后是砂糖。本来我还想建议你们带些酒，可你俩能背的东西有限，所以建议你们再带些香烟，因为这是既轻便又高价的物资哦！就算在交易中占不了太大的便宜，也能搞到一个星期的食物。要是运气好的话，两个星期你俩都不会饿肚子啦！”

少年现在后悔把稻草人的话当真了，进山已到第三天，可连个人影都没看见。虽然只看到一处烧山的痕迹，却早已被杂草覆盖还长出了树苗，无疑是多年以前留下的。

少年边走边仔细观察周围树林，如果树干或树枝上有新砍的刀痕就证明附近有人，可到现在都没发现砍柴的痕迹。少年心想：或许他们已经不在这一带活动了。

“他们都去哪儿了呢？哎，姬姬，你就没感觉到什么吗？”

听到询问，少女悲愁地摇了摇头。如果找不到他们，特意带来的物资就空无一用，而对于山民极为贵重的食盐又不能用来充饥。说到稻草人极力推荐的香烟，对于他俩也是毫无意义的东西。此前的预判过于乐观，这一点不得不承认。若是在夏季或秋季，倒是自己也能搞到食物。而在冬季来临的山中，就连动物们都相当不易，更别说只有城市生活经历的人，根本不可能轻易搞到食物。

如果按照少年自己的谋划，早些进山就应该能在天气变冷之前与山民相遇。都怪自己硬是要不折不扣地凑齐稻草人推荐的物资，以致做好准备时秋季都快过去了。要不就干脆等到来春？那就会有充分的时间寻找山民了。

不过，城里的环境日渐凶险，物资已所剩无几。所有的人都在说，冬季有可能发生什么状况。但即便如此，若是只有自己一个人倒也可以留守，因为自我保护还是能够做到的。无论发生什么状况，自己都有信心在夹缝中生存下去。可现在还有个姬姬在一起，情况就大不一样了，自己绝不能让她置身于险境。而且由于带着一个少女，他的自身安全也变得无法保障了。这真是莫大的讽刺！因为比任何人都能敏锐地感知险情的姬姬，反倒会招来可恶的家伙们。

这位少女冷不防偏离了山梁小径，紧接着头也不回地走向附近的山林。

“你去哪里呀？一个人乱走有危险啊！”

少年停下脚步并转身追去，可是跑进丛林却不见少女的身影。

两人决定在天色全黑前搭建好栖身之所，并在山梁下方附近找到了背风处。巨大岩石的根部有片坑洼，他们开始从附近林中捡来枯草和枯叶铺在地面。已经连续走了一天，所以筑巢作业相当辛苦。虽然他们由于饥饿和疲惫只想简单凑合一下，但如果草率从事，这个夜晚恐怕不会好过。两人默默地连续作业，在造好窝铺之后，少年又用枯树干撑起塑膜代替帐篷。

气温已开始迅速下降，身体一旦停止活动，汗湿的衣服很快就会凉透，所以需要燃起篝火。少年的父亲曾向他传授过堆燃篝火的方法，还说只有人类掌握了这项技能。无论在何时何地都必须能够成功地生起篝火，这也是一项性命攸关的野外生存技能。

少年按照父亲传授的方法开始准备，首先要找到避风地点，最好是干燥的地面。在地点确定之后，少年刨挖少量地表土围好了火床。姬姬捡来干枯的树叶和树枝，少年就把枯叶和细枝堆在中央，然后用稍粗的树枝在周围架起圆锥状。此外还需要更粗的树干，引火之前必须在力所能及的范围内备齐所有材料。因为如果在引火之后再去找木柴的话，火种就有可能燃尽并熄灭。架好细树枝和粗树枝，再摆上引火用的枯叶和枯草，由一根火柴引燃的篝火必须按既定步骤确保成功，这很重要。

材料已经备齐，少年从背囊底部取出火柴盒。他十分小心地抽出一根，然后数了数剩下的火柴。必须时刻把握火柴的数量——这也是父亲叮嘱过的事项。

“你听好，姬姬，”少年充内行似的说道，“因为只能用一根火柴，所以必须成功点着篝火，否则咱们只有冻死。也就是说，咱们在用火柴时必须做好这样的心理准备。”

少女乖顺地点了点头。

“那我要划火柴啦！”

火柴好像有些潮，试了几下才划着，而且火苗很弱小，在火柴杆前端颤巍巍地摇晃。少年屏住呼吸，用手掌护着火苗凑近引火材料。在火苗燃至火柴杆中段时，终于点着了如丝缠绕的细草团。少年用火种引燃细树枝，再用细树枝引燃粗树枝，在火势烧旺之前绝不敢松懈。有了干柴和氧气助燃，篝火越烧越旺，这就等于世界渐渐回到了两人身边，安全温暖的空间以篝火为中心向外扩展。

这一天的忙碌终于结束，虽然没有获得预期的成果，但此时引燃的火苗已延烧到粗柴上，现在腾起了熊熊火焰。两人神情恍惚似的望了一阵越烧越旺的篝火，少年随即从少女的背囊里取出了饼干盒。这是当作应急食品带来的，本想在山里适时换取必要的物资，可现在却没能产生任何附加值，而是为自已充饥被逐渐消耗。虽想尽可能地多保留一些，但现在已经没有其他可供果腹的食物了。

“喏，姬姬，晚饭！”少年心有不爽地说着递给少女几块饼干，“今晚就这么多啦！要慢点儿吃哦！”

无论怎样慢点吃，靠这点儿东西根本填不饱肚子，更别说饼干还超难吃，早已过了保质期，舌尖只留下油脂的哈喇味。刚刚放在掌心的饼干顷刻间消失，空腹感似乎反倒更加强烈了。再吃几块吧——少年受到这个念头的强烈诱惑。他想，也许明天、最迟后天就能找到那些想用粮食交换背囊里物资的山民。如果碰不到任何人，那自己寻找食物也行，反正天一亮就会有办法，只要今晚能吃饱……

这种想法不过是毫无保证的奢望而已，就是到了明后天也极有可能碰不到任何人，而且在冬季临近的山里也未必能够轻易找到食物。落到眼下这种境地，不就是因为自己此前的预判太天真了吗？但此时再责难稻草人也无济于事，怪谁都已毫无意义，从现在起所有的责任都必须自己承担。首先必须铭刻在心的是，如果再出现失误就真有可能丢掉性命，说不定自己目前已经陷入无法挽回的严重事态之中。

为了消除不安思绪，他从少女的背囊里取出了奶糖。食品的使用由少年掌管，原则是任何食物都必须平分。尽管两人吃东西时同样同量，却总是少年喊饿，而姬姬只是默不作声地将分给她的那份食物吃完。说不定她肚子根本不饿，也许她根本就没有饥饿感。若真如此，等量分配食物是否反倒不公平了？

“这是多加的！”他给少女手掌上放了一颗奶糖，“含着它睡觉吧！”

饥饿感会怎样妨碍睡眠，少年早有深切体会，所以最好能在奶糖完全化掉之前睡着。

少年在进塑膜窝棚前再次检点火种，并将几根粗长树枝插在篝火外端。如果可能，希望将火种保留到明早。这是一个宁静无风的夜晚，目前尚未降雪。将塑膜边缘的短绳系紧关闭入口，简易帐篷就变成了他们的窝巢。少年在垫好枯叶的窝铺上打开单人睡袋，然后两人都钻了进去。姬姬在先，然后是少年，两个尚未完全成年的身体勉强装入窄憋的单人睡袋。少年伸手从外侧将睡袋拉锁关闭。

羽绒睡袋里相当暖和，而且又轻又薄。这是他少数携带物中最重要的用具之一，为搞到这玩意儿还险些丢了性命。那是在西部公园发生的事情，当时搭救他的是瘤六。也不知道人们为何用如此怪异的绰号称呼他，或许询问本人才能得到答案。但是，还没找到机会询问他就死了。时至今日，已经无法获知他为何名叫瘤六。

姬姬的头发就在少年鼻尖下面，由于多日未洗而油腻不堪，沾着尘土实在脏得够呛，而且纠结缠绕成团，恐怕用手指都很难梳开，身上还散发出野兽般的异味。但尽管如此，少年仍喜欢这样与姬姬在窄憋睡袋里相拥入眠前的短暂时光。他还喜欢感受她在自己耳畔的气息，并已不太在意那种异味，因为自己的异味肯定更加浓烈。姬姬口中发出奶糖滚动的声响，随着那惹人心痒的声响，飘出一股甜甜的乳香。她的身体绵软而温暖，少年就包裹着绵软和温暖坠入幸福的睡乡。他留下自己正在发出轻缓鼻息的身体，走向另外一个世界。

在西部公园获救之后，他便与瘤六相伴行动了。他明白，比起单独行动，二人组合更加安全。不过，像这样能够幸遇可靠之人的机会已少之又少。因为人口本来就已经骤减，而且人人自危、猜忌心重。他俩从相遇的最初时刻就脾性相投，如同他乡遇故知般一拍即合。

然而相伴生活未能持久，某日早上醒来，瘤六已不能自己起身了。

“我身子特别沉！”他难受地说道。

“还能走吗？”

“不知道啊！”

虽然少年用臂膀扶持，但瘤六还是没能站起来。他双脚似乎用不上力，而且面部红热，口中发出可可味的气息。

“双脚就像踩在棉花堆上，站不住啊！”

他用哭腔说完后就真的哭出声来。

“需要我帮你做什么？”少年问道。

瘤六把脸伏在双臂之间强忍呜咽片刻，然后用悲痛欲绝的嗓音说：“带我去看大海吧！”随即愈加无助地问，“能行吗？”

“没问题！交给我好啦！”

“你一个人？”

当时不可能有别人帮忙，所以这并非易事。从他们所在的位置到海边距离似乎相当远，而且瘤六体格比他大很多，因此必须考虑采用某种搬运手段。少年找到一台生锈的轮椅，是在半夜潜入医院弄出来的。

“你去那种地方了吗？”瘤六听说后既惊讶又责怪地说道。

医院是极为危险的场所，少年也心知肚明，因为不知还有什么样的人会去那里寻求剩余物资。幸亏当时没有遭遇任何人，才得以顺利取回轮椅。

“我就用它带你去看大海哦！”

即便坐上轮椅瘤六依然格外沉重，因为轮胎全都瘪了。而且路况与所谓无障碍道路相去甚远，曾经铺装过的路面处处开裂，有些石块被地下的树根顶起。少年为了减少颠簸，尽量选择平坦路段推动轮椅。他们虽然是在清晨出发，但由于途中多次休息，所以直到日暮时分仍未看到大海。

刚刚入夜就下起倾盆大雨，少年为了躲雨让瘤六躺在爬满常春藤的大楼门廊前。潮湿的晚风中似乎混含着海潮的腥气，可能已经来到海边填埋地的附近。

“估计明天就能看到大海啦！”少年鼓励道。

“你见过狗吗？”瘤六没有直接回应，而是闭着双眼问道，“我只见过一次。那狗在某座大楼的地下层，有个与咱们年龄相仿的男孩养着它。我问那小子‘你养的这不是狗吗？’，可是对方惊讶地反问‘我养的这是狗吗？’。哼，那小子脑瓜够迟钝的吧？”

少年小声地笑了出来，莫名地感到那样倒也挺好。

“我先是感到惊讶，接着就想到我是多么幸运啊！”瘤六边斟酌词语边缓慢地继续述说，“我真没想到还能看到狗，因为据说已经一条都不剩了呀！可当时在我眼前的确实是一条狗。虽然那是我第一次看到狗，但以前见过标本，所以凭直觉明白那就是狗。那是一条咖色小狗。”

瘤六调整了一阵气息，像是在回忆当时的情景。

“那小狗望着我摇尾巴。据说狗是最亲近人类的动物，而且很聪明。狗与人类长期为伴，可人类却把狗杀死，一条不剩地全都处置了。也就是说，人类失去了最重要的伙伴呀！”

“真是个令人悲哀的故事！”少年说道。

“太惨了！”瘤六虚弱地说道，“我对养狗那小子说‘我可以用你想要的物资交换，你把那只狗让给我吧！’，那小子居然不知道自己养的是狗。不过，也许就是因为不知道才养的吧！要是知道的话早就处置掉了。不管怎样讲，那小子根本没资格养狗，所以我就想替他养。可他却说不行，那狗是他父亲的。我不想去找他父亲交涉，于是放弃了。从那以后我就再没见到过狗。那只狗和养狗的男孩恐怕都已经死掉了吧。”

第二天，大雨仍在持续。本来不该再次外出，但瘤六仅过了一夜就看着更加衰弱了。少年问他怎么办，瘤六回答说：“还是带我去吧！”少年将比此前更加沉重的瘤六架上轮椅，还给他盖上了塑膜，然后朝大海的方向走去。瘤六虽然几乎一直在昏睡，但还是偶尔从塑膜下露出脸来眯着眼睛观望周围风景。

“肯定就是因为那条狗啊！”他自言自语似的说道，“我肯定就是在那时感染的。可我没后悔哦！因为我亲眼看到狗啦！这对我来说是最幸运的事情！”

“你以后还会看到的呀！”少年说道。

“狗吗？”瘤六像是微笑了一下，“在那之前我想看大海哦！”

“就快到了！”

瘤六没有回应，或许他自己也明白这已是不可能做到的事情。

“我死了你就把我烧掉！”过了片刻他说道，“我不想被那些家伙们吃掉！”

“我会想别的办法让你不被他们吃掉！”少年答道。

“不行！那些家伙肯定要吃掉我！所以你得向我保证：在我死后把我烧掉！”瘤六反复叮嘱道。

到达海边时瘤六已经死去，少年在途中早已察觉，因为从塑膜下散发出的可可味更加浓烈。这里有一座杂草丛生的岸壁，在曾经繁忙的港湾中展现出铅灰色海面，看不到船舶的影子，也听不到潮水的波涛声。少年心想：就算瘤六还有知觉，恐怕也不会满意这样的海景吧？

少年从开始朽坏的仓库捡来木片，然后堆在轮椅周围。他想：瘤六在看到大海之前死去，虽然他的最后心愿未能实现，但至少焚尸是赋予自己的使命。如果能做到的话，一定要将他的遗体焚烧得不留任何形迹。他不停地搜集木片和纸屑，直到整个轮椅被掩埋到完全看不见为止。

在准备工作全部完成时天色已暗，海面与岸壁的连接处也模糊不清，接下来就只剩点火了。少年这才感到自己将要做的事情十分可怕，但此时已经不能退缩，无论怎样可怕都必须完成使命。他划着火柴引燃纸屑，并在周围引火助其尽快延烧。在整个轮椅被火焰吞没时，少年向着含雨的夜空呼喊：“喂！瘤六，你能看到吗？”

周围漆黑如墨，焚烧瘤六的火焰是唯一的光亮。火焰持续燃烧了很久，在拂晓时分终于熄灭，此时一堆乌黑的残骸露出丑陋的形态。瘤六变成什么样了？少年没有勇气上前细看。

少年醒来时，发觉周围情形有所变化，代替帐篷撑起的塑膜已下沉到几乎贴着脸的位置。伸手去推，感觉相当沉重。

“姬姬，快起来！”他用掌心摩挲着少女的脸腮叫道，“下雪啦！在咱们睡着时越积越厚了！”

少女望着近在眼前的少年，发出“唧、唧”的纤细嗓音。

“是的，雪！咱们被积雪封住啦！”

少女又发出那种不成话语的声音。

“现在不是高兴的时候！难道你不明白这意味着什么吗？”

少年自己也未必能说清这意味着什么，意味着希望，还是意味着绝望？他只感到自己身处与世界和时光隔绝的境地。

“不管怎样，先出去看看吧！”

少年钻出睡袋，先是小心地托起塑膜边缘以免积雪落入窝棚，随后从缝隙间露出脸来。在把面部暴露在寒气中的同时，脑袋里残存的困意顿时消失。在把全身挪到塑膜外面之后，他环视周围一时无语。过了片刻，少女也像胆小的动物般挪出窝来。

“好棒呀，姬姬！咱们简直就像来到了另一个世界！”

从山梁到峰顶的积雪反射着耀眼的阳光，雪云似乎已在夜间飘移远去，头顶上方展现出摄人心魂的湛蓝天空，所有的一切都那么清新——山峰、森林和太阳。虽然肚子还是那么饿，但连这空腹感现在都似乎具有了清新的意味。世界已焕然一新——少年想道。

“肚子饿了？”

少年询问正在出神地望着雪景的少女，少女机械地点点头。

“吃点儿什么吧！先洗洗脸！”

少年用手掌捧起粉雪使劲地擦脸，雪粒尚未融化就四散飞溅，皮肤上留下了遥远宇宙的寒气。

“姬姬也试试吧！”

少女乖顺地捧起粉雪，深深吸气后屏住，随即把鼻子和脸没入雪中。当她抬起头时，脸腮沾满了白雪。

“你在干什么呀，姬姬？”少年捧腹大笑道，“傻瓜！”

少女用舌尖舔掉嘴边沾着的白雪，又把留在手掌上的白雪塞进嘴里。

“哎呀！你怎么吃那种东西……好吃吗？”

少女鼓着腮帮子点了点头。

“那太好啦！”他高兴地说道，“你可以多吃些，那就是姬姬的早餐喽！”

少年从窝棚里取出饼干，这回分发的超过了原定一顿饭的数量，但两人依然相同。这也都怪天降大雪。两人啃着饼干，嗓子渴了就含一口雪。他突然想大声呼唤，在这里自己不受任何支配，而自己却可以支配一切，包括生存和死亡，还包括整个世界。周围全被一尘不染的皑皑白雪覆盖，高高升起的太阳在白雪表面反射着炫目的光芒。寒冷和饥饿全都无所畏惧，就在这焕然一新的洁白世界的中心……

这时少年猛然觉察到一个严重的状况——篝火熄灭了。篝火已被昨夜的大雪压灭，睡前插好的粗树枝几乎没被引燃，还盖着厚厚的积雪。他慌忙将覆盖在木柴上的积雪拨开，但火床早已冷透，别说火种了，连一点儿温度都没留下。

“坏了！还吃什么雪呀！”

少年眼前立时清晰地浮现出两人在寒冷中饿极而死的样子，死亡已非抽象的概念而是具象的事实，它就静默着潜伏在被积雪压灭的篝火灰烬之中，此前从未体验过的恐惧感从脚下开始爬升。

“出发！”

他向少女发令，嗓音听起来十分紧迫。

就像受到恐惧的追逐，少年赶紧着手准备。为何如此恐惧，连他自己都不明白。潜伏在冷透篝火灰烬中的家伙，从那里爬出要将两人捕杀的家伙，此前少年冠以“死亡”这个词的那个家伙。直到刚才，那家伙还规规矩矩地封存在“死亡”这个词语之中，可现在那家伙已从词语中倾溢而出，像焦油般在一尘不染的白雪上蔓延扩展。少年想起了瘤六，那小子也是被与此相同的家伙捕杀的吗？他是被沾满乌黑焦油状的家伙淹死的吗？

少年叠起睡袋，尽量压缩得更小并塞进背囊。然后，他从支柱上拆下塑膜，卷成棒状并用细绳绑在背囊上。出发的准备仅用几分钟就已完成。

“要下山啦！”少年说道。

少女歪歪脑袋，像是在提出异议。

“饼干也快没了，对吧？姬姬是不是想一直待在这里吃雪呀？”

少女露出悲哀的表情。

“好啦，走吧！”

少年率先前行。已经没有时间再犹豫了，本来应该更早些预见到这种状况。寒冷日渐严酷，饼干和奶糖都快吃完了。即便尽量节省，也只能再撑一天半时间。在食品用尽之前，必须走到好歹能弄到食物的地界。

可是，究竟该朝哪个方向走呢？最为安全可靠的就是原路返回，因为主要路程都是下山，所以只会比上山节省时间，如果赶紧也许两天就能到达山下。但是，他一想到原路返回就有些沮丧。而且即便下山顺利，也未必能够保证很快弄到食物。

在从山梁到峡谷的陡坡上方，湛蓝天空中有一只鸟在飞翔。那只褐色大鸟像是在寻找猎物，乘着上升气流几乎停留在同一位置。从山谷吹起的寒风发出悲凉的呼啸声，更加衬托出周围的静寂。

两人脚踏清新的白雪沿着树木稀疏的平坦山梁行走，身体在活动时既不会感到寒冷也不会感到饥饿。积雪倒还不是很深，于是少年决定先走到最近的山谷。必须确保饮水，只要找到有水的地方，或许就能找到能吃的东西。一旦开始行动，先前感到的恐惧就都被抛在脑后了。少年心想，现在那家伙已被留在冷透的篝火灰烬中了吧？不过，这并不等于已经完全甩掉——这一点他很明白。那家伙肯定还在某处潜伏，下次能否顺利逃脱尚未可知。

时至午后又开始下雪，每当寒风刮起，山上都会发出令人毛骨悚然的低吼声，天空似乎暗含着阴险的恶意。两人避开风雪从山梁下坡进入森林，脚不停歇地继续下山。覆盖着积雪的山坡极易踩滑，两人只能抓住树枝小心翼翼地慢走。每次踩滑摔了屁股墩，少年都会感到累得站不起来。由于过度疲劳，他甚至想就这样倒在地上睡去。若是独自一人，他肯定会这样做，但在姬姬面前却绝不能示弱。况且一旦坐下休息，恐怕就再也站不起来了。

“你知不知道祷告词怎么念呀？”他气喘吁吁地问道，“如果知道的话就念一念，不出声也行！反正姬姬只能发出‘唧、唧’的声音。不过，祷告词毕竟是祷告词嘛！”

少年不时地从衣袋里掏出奶糖给少女吃，又要尽量让奶糖在嘴里缓慢溶化消失，以求忘掉奶糖，并打算用此法撑到晚上。森林越来越茂密，大树挡在面前难以直行，甚至搞不清楚是在下山还是在上山。饥寒交迫再加疲惫不堪，少年情绪低落，体力也降到了极限。

“好奇怪呀！”少年疑惑地说道，“怎么只剩一颗奶糖了？应该还有明天吃的呀！”

可是，不管怎样翻找，奶糖还是只剩一颗了。

“是不是刚才滑倒时甩出去啦？”少年随即重新振作精神，“没办法，那就两人分着吃吧！这可是最后一颗哦！姬姬先含着吧！等化到一半时再给我，好吧？”

少年拼尽最后的力气继续前行，边走边想起昨晚做的梦：那里有个充满安全感和融洽氛围的世界，在明媚的阳光里，蜘蛛丝网在和风中静静地摇曳。即使是现在，他也觉得那个世界就在某个地方，抑或只在梦中也未可知，甚至想到莫如眼前的现实变为梦中世界。

少年觉得自己身处错误的世界,自己并不希望投生这种世界,只是一梦醒来身处此地而已。没有人预先征询他是否自愿进入这个世界,是否真有在这里生存下去的意向。若是有人在自己出生之前来演示这个世界的景象并征询意向,自己肯定会回答:不愿意。并请求让自己投生别的世界。若非如此,自己或许就拒绝降生出世了。

"姬姬,让我也含一下奶糖嘛!"少年恍然想起似的说道,"你不是刚才就含上了吗?"

少女停下脚步难为情地垂下了脑袋。

"怎么啦?"

少年感到大事不好。

"你不会是全吃掉了吧?"

毫无疑问,姬姬吃掉了最后一颗奶糖。

"你太不像话啦,姬姬!不是说好让我也含一半儿吗?那可是最后一颗!奶糖再也不会有啦!"

少年伤心得差点儿泪崩。父亲去世时、瘤六死去时他都没哭过,可在这种时刻却几乎控制不住。太没出息了!

"真不该带你来!"少年心有不甘地说道。

少年体内所剩最后气力都已消耗殆尽,直接原因就是姬姬吃掉了整块奶糖这件区区小事。不过,真正的原因或许并非此事,而是由于此前就已屡屡受挫。

少年丧气地坐在积雪稍薄的地面再也不想动弹,既不想站起也不想走路。他躺在雪地上,紧贴背囊的背部早被汗水濡湿,此时汗水凉透并渐渐夺走体温,他想就这样委身于大地进入梦乡。如果那样必死无疑,会被先前一直恐惧的死神捕杀。然而,不可思议的是他现在却毫无恐惧感。他觉得,如同乌黑焦油般的死与躺卧入梦相比也严重不到哪里去。

少年已感觉不到寒冷和饥饿,倒在冰凉地面的身体恍若不属于自己。自己死后姬姬会怎样呢?这个疑问闪过脑际,但他立刻觉得全都不必在乎了。少年的手指和脚趾开始麻木,再过一两个小时天色就会暗下来,自己也许活不到明天早上,但希望至少还能做个梦!

2 微笑

素坤逸大道的酒店里，辻村在装饰花哨的床上躺成了“大”字。这张特人号床似乎能与人象同眠，他试着尽量伸展双臂，两侧都够不着床沿。打个滚试试，仰躺、俯卧，再仰躺、再俯卧……还有宽余。他想：毫无意义！

虽然不困，但他还是闭上了眼睛。屋内空调发出刺耳的噪声，却根本没有制冷效果。那这嘈杂的响声又算怎么回事儿呢？他睁眼看看表，下午五点钟刚过。已与八木泽约好六点钟在一楼大厅见面，之前这段时间只能在这荒唐绝伦的床上闲躺着了。这里有的就是虚无，而所谓“虚无即‘有’”也是极其怪诞的说法。会有“死”吗？

当心！这张引人胡思乱想的大床或许就是某种圈套。

福冈市十一月下旬的气温为十度，在飞行五个多小时后落地的曼谷，气温轻而易举地超过三十度，使人觉得像被带到了天涯海角。虽然早已听说这边很热，却没想到会这么热。外面所有的人都穿T恤衫或短袖衬衣，因此内穿毛衣外罩夹克衫的人显得很傻。他额头冒汗，拖着沉重的旅行包奔向出租车乘车点。机场的大钟已过下午三点半，因有时差，所以乘坐上午十一点四十分起飞的直航航班也就是在这个时刻到达。

从机场到酒店大约三十分钟车程，办好入住手续再把行李搬进客房后，还有两个小时的空闲。外边太热，所以没心思逛街。不过倒也并不想在屋里小憩，于是决定去附近的按摩店看看。酒店门厅对面的小巷里有几家那种店，他刚才在出租车里早已瞄到几个无所事事的女子正在店前悠闲地吃东西，不禁心有所动。

他换上T恤衫和薄布短裤走出房间，裤兜里先塞了五百泰铢，是刚才在机场兑换的。几家按摩店前，浓妆艳抹的女子们说着日语单词招引顾客。她们年龄相差较大，既有不该在这种店干活而应去学校上学的孩子，也有像拉面摊主那样的微胖中年妇女，一看到日本人就举着价目表凑过来，嘴里说“马杀鸡，二百铢”。

辻村让过几个女子，专挑一家没人出来招引顾客的店进去，就是刚才有几个女子吃东西的那家。现在已不见那几个女子的身影，当辻村向在门口迎候的女子提出要做足部按摩时，立刻被让到了隔壁房间。微暗的室内，感觉有些像口腔科诊室或发屋，排列着大约十把躺椅。辻村坐在其中一把躺椅上，脱掉袜子并把裤腿卷到膝部。过了片刻，从里间走出一位肤色微黑的长发少女。

少女——的的确确是这种印象，因为称其为姑娘尚嫌稚嫩。但即便如此，“少女”这个词辻村自己已经很久没用过，或准确地说他已长期没有使用这个词的意识了。在日本使用这个词会产生某种低俗感，所以它恐怕会渐渐地变成废语了吧？那位少女端来盛着热水的大盆，先加了些消毒液之类的溶剂，然后为辻村洗脚。她的动作并不干脆利落，倒好像十分悠然自得，或不如说有些消极懈怠。洗完脚后她把大盆收好，再用毛巾仔细地擦干水滴，并包住一只脚，给另一只脚涂上按摩油，接着就开始按摩小腿肌肉。

少女的按摩比先前预想的娴熟到位，主要是用拇指按揉僵硬的肌肉，无论手法力度还是强度的掌握都比较到位。虽然她长相看似稚嫩，但不能不佩服其专业水平。辻村闭上眼睛，陶醉地将身心委托给少女的按摩动作。在这个房间里做按摩的包括辻村总共三人，另外两人也像是日本人，相互之间没有语言交流。

倒是这位少女在跟邻座做按摩的年长姑娘聊天，虽然辻村完全不懂泰语，但异国的柔声软语很让耳朵受用。不知聊到什么趣事，两人不时地发出欢快的笑声。不可思议的是那笑声并不吵人，也许因为音量不大，是那种略带嘶哑、过滤了的嗓音。

辻村微微睁眼望着少女，她身穿黑色牛仔裤和白色短袖衫，那可能是店内的工作服。她脚趾上染着紫色甲油，怎么看都不像已到成年。她胳膊腿细长，胸部刚刚开始隆起，腰臀瘦小。少女为辻村按摩足底，过村想跟她搭话，可泰语只会说“萨瓦迪可拉卜”。不过，按摩都已做了半个小时，现在才说“空尼奇哇”岂非怪事？那么，能用英语对话吗？

“Very good！”

“Thank you!”

这对话太老套了！对于这位少女来说，过村只是个给了五十泰铢小费的顾客而已。一个来自富人之国的中年男子，既无姓名也无个性，只是个有双脚的活物而已。需要按摩的肉体——这一点很重要。既然如此还不如剪剪脚趾甲呢！由于少女向前弯腰，所以长发不时地抚弄脚趾，每当此时过村都会感到心里很难过。

足部按摩完毕，接着是双臂、头部、肩部，最后少女用肘部为他按摩了背部，正好一个小时。过村在柜台付了款，少女将他送到门厅。过村给了她一百泰铢小费，两张印有国王肖像的蓝色纸币。按摩费是二百五十泰铢，小费或许多了些。少女双手捧着纸币在胸前合掌致谢。用这个国家的语言是不是该说“Wai”？少女望着过村的眼睛微笑了。就在这个瞬间，过村坠入了爱河。至少从出门后再次让过揽客女子们到进入酒店门厅这一百米的路程中，他觉得自己就像个初识恋爱的少年。

或许是时候认真考虑长期居留了，在物价低廉的泰国，用自己此前的积蓄想必能够生活下去。长期居留签证的年龄限制应该是五十岁以上，自己刚够条件，妻子道代再过几年也就到申领年龄。

到那时就可以卖掉福冈的私宅,然后夫妻双双移居泰国。像普吉岛那些沿海地区担心会有海啸,所以就在清迈一带的服务式公寓或共管式公寓租一套房度过疗癒式的慢生活吧!

在实现上述计划之前,还有几多障碍需要想办法克服:首先必须说服道代,因为她不可能一口应允,所以还得做好先离婚再独身出国的心理准备。但是,付出那样的代价换取颐养天年的慢生活意义何在呢?还有其他问题:即便女儿真子能够妥善安顿,可年迈的父母怎么办呢?父亲正在养老设施里过着轮椅生活,每周一次外宿是他唯一的乐趣。去十几公里外的养老设施接出父亲并将其送到他老伴居住的公寓是自己的任务。说到出卖私宅也绝非易事,因为宅院相当大,所以恐怕很难找到买主。另外,自己已经应邀明年去私立大学担任临时外聘讲师,而且十一月还要在某大学附属医院的癌症患者面前做演讲,题目是:关于日本人的生死观。为什么是我做演讲呢?总而言之,在明年三月之前是不可能了。就在他思前想后之间,议案本身似乎已经跑题。

他闭上眼睛,开始回想那个为他做足部按摩的少女,她最后露出的微笑烙印在眼皮内侧尚未消失。那是在日本已经看不到的微笑,纯真而自然流露的微笑,令相遇的对方产生幸福感的、奇迹般的微笑……好像小泉八云曾对此做过描述:在从新奥尔良来的希腊人眼中,明治初期日本人的微笑留下了深刻印象。这也许是因为欧美人没有那样的微笑,肯定是因为他们无法流露出日本人那样的微笑吧?

在遥远的古代,日本也确实有过那样的微笑。欧美人被那微笑打动了心灵,就像今天的自己。曾经打动他们心灵的日本人的微笑不知何时已经消亡,虽然令人悲叹,但只能如此结论,所以自己才会那样对泰国按摩店少女的微笑怦然心动。其原因不明,也许都怪资本主义——虽然动不动就拿资本主义说事儿也不好。或者说如同地球上的物种,一旦消亡就永远不可复生。少女为一百泰铢小费现出的微笑,现在的日本人已无法呈现,今后也永远无法做到了吧?

辻村心想,在微笑消亡的同时,我们也许失去了某种珍贵的东西。尽管失去的是什么并不清楚,无法用语言来表明,但已经失去确切无疑,似乎可以说确切无疑。所以自己现在才会心里难过,就在曼谷素坤逸大道酒店这动辄催生虚无感的超大号床上。

店外有业余乐队在演奏《故乡的路》,由泰国人和白人的乐手混合组成。在大型帐篷下搭建了临时舞台,台前摆放了座椅,顾客可以边听演奏边用餐。不过,可能因为气温直到晚上仍未下降,而且演奏水平也很差,所以露天餐桌旁几乎没人。尽管如此,远道而来在曼谷居然能听到约翰・丹佛的歌!这首歌曲成功畅销是在辻村上高中的时候,他还保存着这张唱片。

“不好意思啊!这家店的隔音可能没做到位。”

八木泽在店员端来的狮牌啤酒杯里放入冰块并道歉。

外边的演奏声也传入制冷效果不错的店内,音效的层次感模糊,低音强调过重。当然,店内因电视机喇叭和食客谈话的声音已很嘈杂,也就不太在意外边的喧嚣声了。

“真热闹呀!”辻村回应道。

“因为雨季刚刚结束,所以大家都放开了撒欢儿呢!”

八木泽带辻村来的是一家泰国东北风味料理店,位于离酒店三十分钟车程的微暗街巷里。由于晚高峰堵车,在路上停车等待的时间比行驶的时间还长,所以也许实际距离并不远。八木泽是日本大报社的驻外人员,来曼谷已有很长时间,向辻村介绍他的是大学时代的一位朋友。那位朋友在听辻村说明想来曼谷的因由之后,很快与八木泽取得了联系。

“寺岛桑还好吧?”

八木泽与辻村互碰一下小啤酒杯,首先询问那位朋友的近况。

“还是那样儿!”辻村俨然自家人似的答道,“工作和喝酒都还像年轻时的状态,他说他因此从来没病过,真是一点儿都不招人疼。目前好像为护理父母特别辛苦!”

“哦,护理父母啊!”

八木泽不出意料似的点点头,谈话暂时中断。

店员端上第一道菜——烤鸡肉,还有个竹编茶筒状的容器,里面是糯米饭。辻村在八木泽礼让下开始品尝,可能也是因为肚子饿了,烤鸡肉和米饭都很好吃。附近餐桌的顾客也点了同样的菜品,看来都是这家店的固定菜谱。他们不像辻村使用餐叉,而是用手指直接捏着吃。虽然看上去那样吃很香,但自己心里还是有些抵触。

“你工作挺忙的吧?”

辻村一边往嘴里送饭菜,一边寻找切入正题的时机。

"不,挺清闲的!"对方难以捉摸地答道,"驻曼谷的新闻报道人员都挺清闲,所以就像在这儿定居了似的。"

"你们没有针对战事或纠纷之类的采访吗?"

"没有,首先公司就不允许去。好像各报社之间已有协定,危险场所不派公司内部的人去。因为一旦出事儿可不得了啊!听说就是从日本云仙普贤岳火山喷发时开始的。那次不是因为火山灰石流死了不少报道员吗?好像从那以后就开始管控危险现场的采访了。凡是那种场所都派自由记者去,万一出了事儿公司也不用担责。"

看样子八木泽是我行我素的乐天派性格。辻村心想:或许正是因为具备这种性格,所以才能胜任长年驻外工作。

"今年发生了他信派的示威游行吧?"辻村抛出一个话题试探。

"你说得对!"八木泽一拍即响,"我们就为这个一直忙活到夏季哦!这种情况是我赴任以来首次碰到,于是向总社求援,回复说当时没人。我们那阵儿忙得都没空回家。唉!真是被红衫军折腾得够呛!"

"现在平稳了吗?"

"平稳啦!"八木泽喝了口啤酒答道,"伊势丹商厦六月份恢复营业,其他地方也在九月前后恢复正常营业了吧?"

餐桌像下梅雨似的摆上了各种菜肴,青番木瓜沙拉、竹笋汤、生蒜辣椒肉肠、蘸甜辣酱吃的烤猪肉。因为辣味菜较多,所以加冰块的凉啤酒特别适口。

吃喝聊天告一段落，八木泽转换语气切入正题。

“我听说你是来找儿子的。”

“哦，是啊！”

辻村一时不知该怎样说明，像要缓口气似的把手边的啤酒杯端起，然后才断断续续地讲述事情的经过：儿子去东京上大学，毕业后也找不到工作，就以旁听生的形式保留学籍继续求职。可是到了今年九月，他突然提出要来泰国，说在当地能找到工作。他好像平时就在小酒馆等处打工攒了些钱。虽然不知道儿子的话有几分可信度，但辻村自己在大学时代也曾想过去外国生活，所以就没反对儿子的泰国之行。儿子没有任何联系已过两月，好像没有回国，连身在何处也已无法掌握。

“我妻子很担心啊！她说，是不是遭遇车祸啦，还是被卷入什么事件啦？可是询问了相关部门，说从未接到过这方面的报告。因为对方也没有掌握更多线索，所以我就自己赶紧过来看看。”

“原来如此。”

“从我儿子的性格来讲，长期不与父母联系本身倒也不是什么特殊情况，因为平时他就连个电话都不打嘛！有必要时都是我们给他打电话，所以即使他来泰国后不跟家里联系也不足为怪。可是，这次他过了一个月还不回国，我们也就不能不担心了。首先他是免签入境，所以如果现在还待在泰国就属于非法居留了吧？”

“这方面倒是需要确认一下啊！”八木泽用习以为常的动作抓

捏着竹筒里的糯米饭说道，“查查你儿子是不是还在泰国。”

“有办法查吗？”

“去出入境管理局应该能查明情况。”

“不会太费事儿吧？”

“哦，搞新闻报道的人在那里倒还能说得上话。”八木泽颇有自信地点点头，“因为我长年驻外，所以各方面都有熟人了嘛！”

“这下有救了！”辻村心里踏实多了，可他又多了个心眼，“需要多少费用请不必客气！”

“费用？”

“像跑腿费啦……”辻村瞄着对方补充道，“有时还需要塞点儿钱吧？”

“原来如此。”

“我听说，如果跟警察发生了纠葛就好歹先塞点儿钱，要是对方开了价就先砍到十分之一……”

“这是导游手册上写的吗？”

“这是寺岛君的忠告。”

八木泽放声大笑。

“这确实像寺岛君说的话呀！”八木泽愉快地摇摇头说道，“别担心！这里是虔诚的佛教徒之国。”也不知他这话是说笑还是认真的，“关键是你知道你儿子的护照号吗？”

“寺岛君叫我查过了。”

辻村从记录本里取出夹着的记录纸。

“请你拿着吧！”

“那我就收起来了。”

八木泽当场确认了纸上所写内容。

“你儿子叫理，是吧？”

“不肖之子。”

“在父母眼中，儿子都是那德行。”八木泽似乎很想得开，接着又问，“是独生子吗？”

“在他下面还有个女儿。”

我这个女儿也……辻村欲言又止。远道而来曼谷对初次见面的人吐槽自己的儿女也没多大意思。

“你有几个孩子？”

“一个儿子。”八木泽不值一提似的回答，然后把喝了半杯的啤酒端到嘴边，像是不说也罢的样子，却又用自嘲的语气补充道，“加上老婆一起，早就烦透我了。”

外面业余乐队的演奏声越来越大，还有顾客的说话声和笑声、店员收拾餐具的响声，好像整个店内全都加大了音量。几台电视机在播放足球赛，装在天花板旁吊柜里的电视机图像很差，手头暂时没活儿的年轻男店员正在专注地仰头观看。

“你今晚有什么安排？”八木泽问道。

“没什么特别的安排。”辻村无聊地抓住了啤酒杯，“就剩下回酒店睡觉了。”

辻村说到这里，那张毫无意义的超大号床就闪过他的脑际。

“那，你陪陪我吧？”

辻村正在犹豫，八木泽已叫那个正在看电视的店员拿来账单，然后拦住辻村自己付了账，随即快步向门口走去。

“你不妨看看曼谷之夜的表情嘛！”八木泽侧着脸说道，“或许会成为写小说的素材呢！”

那倒未必——辻村歪歪脑袋。目前自己已经丧失了创作欲望，所以或许无论何种体验都不会引起反响。来到户外顿时被闷热的空气笼罩，辻村再次真切地意识到：自己已经身处热带。

出租车返回素坤逸大道，向酒店方向行驶一阵，在街道两侧细枝状延伸的巷口停下。八木泽向司机付费后就先下了车，并毫不踌躇地迈开脚步，像是要去他经常光顾的店铺。窄巷两侧排列着K歌厅和酒吧的花哨招牌，那些用日语的片假名和汉字标示的鄙俗店名使人想起东京池袋的夜生活街。耳边不时地响起女子们的嗲嗲娇声，每当与步履踉跄的男子们擦肩而过时，都能听到舌根发硬的日语。

八木泽要去的是一家商住楼地下层的K歌厅，刚进店就有一群女子迎上来。辻村觉得她们就像看到饵食围拢过来的鱼儿。她们几乎都会几句日语，八木泽轻松愉快地跟她们交谈，看样子早已是这里的熟客。八木泽回头向辻村耳语道：“挑一个你喜欢的女孩。”

“那怎么好意思？”

“凭你的直感速决！”八木泽催促道，“在这里迟疑不决会被女孩们嘲笑。”

女子们都希望挑到自己，满脸微笑用期待的目光望着他，在其中挑选一个实在不容易做到。

“交给你吧！”辻村推托道。

“啊，是吗？那好吧！”

可八木泽意外简单地放弃授权，向指派女孩们的中年妇人说了些什么。对方似乎立刻有所领悟，向辻村这边点了两三下头。

“那咱们过去吧！”

两人被带到装有K歌设备的包间，从天花板上的小音箱里传出与在日本几乎完全一样的通俗歌曲，角落里摆着一台在十多年前的科幻电影中出现过的机器人式K歌机。

过了不久两个女子进来，一个身穿鲜粉色旗袍的女子坐在八木泽身旁，另一个穿超短裙的长发女郎陪着辻村。在L字形的沙发上，四人分为两对落座。

“我叫凯萝尔，请多关照！”穿旗袍的女子用流利的日语向辻村说道。

她虽然比普通泰国女子肤色白皙，但面孔毫无疑问是亚洲型的。她腼脸说出“凯萝尔”这种欧美式名字，看来早已习惯在这种店工作，而且跟八木泽也是不必再做自我介绍的交情了。

“那女孩名字叫‘旺’，她不会日语。”

“什么呀，这是？那怎么行啊？”八木泽立刻向凯萝尔抱怨道。

“不过，旺是个特别好的女孩。”自称凯萝尔的女子向辻村辩解道。

“再好的女孩不会日语可就难办啦！”

“稍懂一点点英语，是吧，旺？”

那个名叫“旺”的女孩羞涩地点点头。她似乎哪里有些不适，短裙下的双腿紧紧合拢。她好像比穿旗袍的女孩小得多，说不定也就十几岁，端正的面容还留有几分少女的影子。看到她那纤瘦的身体，辻村想起了按摩店的那位少女。

“换别的女孩吗？”八木泽毫不顾忌地问道。

“不，这女孩就可以了！”辻村像要被抢走心爱玩具的孩子似的慌忙答道，然后用对方不可能听懂的日语发问，“你为什么叫‘旺’呢？”

穿旗袍的女子替她答道：“泰语中‘旺’是‘胖墩儿’的意思，她小时候长得精瘦，父母希望她健康壮实，就取了这个名字。”

“根本没长胖嘛！”八木泽似乎感到很可笑。

辻村把同情的目光投向这个叫“旺”的女孩，心有戒备地想：自己对这样的最容易心软。

一个貌似在白天开出租车的年轻男子用托盘端来了威士忌酒、冰块、饮用水和酒杯等，挂有寄存签的威士忌酒是芝华士牌。两个女子分工斟好两份兑水威士忌，她们自己喝的是可乐和姜汁啤酒。四人极为形式化地碰杯之后，八木泽赶紧抓起麦克风，随即与旗袍女开始对唱，辻村也知道那首日本通俗歌曲。旗袍女的日语相当不错，八木泽深深地坐在沙发上亲昵地搂着她的肩膀望着屏幕上的歌词，时不时心有灵犀似的与她对视一下。日本大报社的驻外人员，经常做这种事情吗？两人的对唱配合得十分默契。

“接下来有请辻村先生！”

在连唱两首歌之后，八木泽用兑水威士忌润润嗓子过来招呼。

辻村接过歌本对那个叫“旺”的女子说：“咱们也来个对唱吧？”

辻村兴致颇高，这里是遥远的暹罗王国，而听众只有八木泽和旗袍女。可是，他的搭档却困惑地歪着脑袋。

“旺不会唱歌。”旗袍女像朗读课本似的说道。

“那她还能在这种店里工作啊！”八木泽不知是意外还是惊诧地望着女子，“罢了，长得还算挺可爱，饶了你吧！”

说完，他毫不顾忌地摸了摸女子裸露的膝头。

八木泽叫凯萝尔再兑一杯威士忌酒，随即向辻村发问：“怎么样，对泰国的印象？”

“要说印象么，我刚下飞机才五个多小时啊！”辻村望着腕表答道。

他既没提按摩店的少女也没提她的微笑，这种事情不能说给八木泽听。

“就在这短短的时间里，你品尝了泰国东北风味料理，现在又要品尝泰国的女子。”八木泽故意挑逗似的用低俗的话语说道。

辻村心想：跟这种男人谈论在日本已经消亡的微笑他也不会懂，况且他好像已经喝得醉醺醺了。抑或是装出喝醉的样子？

“泰国的饮食合你口味吗？”八木泽再次问道。

“味道不错啊！”辻村不加修饰地答道。

“那泰国的女子呢？”

“不知道。”

“那就品尝一下吧！”八木泽望着他身旁的女子说道：“Night is young[①]。”

八木泽粗鲁地把女子搂了过去，随即凑在她耳旁窃窃私语。女子扭动身体笑出声来，与其说可能是八木泽的私语滑稽可笑，更像是他的嘴唇厮磨得女子耳朵发痒。但即便如此，凯萝尔可是真不敢恭维。有此男必有此女？那个凯萝尔毫不在意男人们的目光跷着二郎腿，由于旗袍开衩很高，所以大腿露到了根部。可能是本人也颇有自信，她确实长了一双美腿。

“一切都是向社会学习！”八木泽回到了原先的话题，“不过，要是不能适可而止，难免会像我这样被老婆孩子嫌弃哦！”他又语气认真地问道，“辻村先生，你跟太太过得还好吧？”

这家伙怎么说起这个来了？或许是酒后乱语吧？

“这个问题很复杂呀！”

“想得简单点儿，比如说，跟太太是否有定期的性爱生活。怎么样？”

原来这家伙是借着酒劲儿提出实质性问题，辻村没有爽快作答。

“哎呀，实在不好意思啦！”八木泽自己收回了提问，“我就是这个不分场合的毛病，动不动就想聊那些世俗话题。”

---

① 夜幕初降。

这种自我贬损的方式令人厌恶——辻村有几分蔑视对方。原先并没有预订，可刚才那个男子又给女子们端来了饮料。餐桌上的可乐和姜汁啤酒明明都剩了一半还多，可女子们理所当然似的递出没喝完的酒杯，随即接过新的饮料。这就是歌厅促销的模式吧？

"感觉就像在日本喝酒啊！"辻村转换了话题。

"我明白你想说的话。"八木泽抢先回应道，"确实如你所说，从服务到费用，就像把日本模式全盘搬到曼谷来了。不过也是，这种店的顾客几乎都是日本人，而且日企搞接待也都要用到这里。有相当多的店铺引进了日资和日式经营，这当然属于违法，但好像都有自己的套路。"

两人谈话之间，女子们也在小声地聊天。因为说的是当地话，所以辻村听不懂。不过，既然她们当着八木泽的面明说，那就不会是什么秘密。说话的几乎都是凯萝尔，而旺只是点头或微笑。她跟辻村始终没能沟通，障碍似乎并非语言，而是她自己总不放松拘谨的姿态。她偶尔投来谦恭的目光却并非秋波暗送，而是要与顾客拉开距离。

"我可能属于旧传统类型，所以总认为只要能直率地谈论性事就可以产生亲密的联系。"

刚才心不在焉的辻村感到跟不上节奏，只是呆望着对方。八木泽把酒杯端到嘴边继续说道："也就是说吧，辻村先生，我是想跟你加深友谊呢！这就叫男人的友情吧？我也是有点儿性急，所以才领你到这种店里来。是不是给你带来困扰了？"

“不,哪里的话！我获益匪浅呀！”

辻村本来想暗含讽刺,可语气却有些卑琐。

“‘获益匪浅’太郑重其事啦！别说那个,玩个尽兴吧！这里是曼谷！”

八木泽催促女伴起身,然后随着音箱传出的通俗情调旋律开始跳贴面舞,室内荡漾着像要直接发生性行为的低俗氛围。可以带回去——确实有这样的说法,这个店的陪酒女允许带回去。您是在店内享用还是带回去享用呢？将性的美味打包带回,这是性的快餐。

“咱们也跳个舞吧！”辻村拉起旺的手说道。

这次旺也乖顺地服从了。辻村搂过她纤瘦的肩膀,把嘴唇凑向她长发披盖的脖颈。香水味使他眩晕,他在其中分辨出她的肌肤香味,像童男似的全力搂紧对方。两人的舞步顿失节奏,身体也动弹不得了。旺在辻村耳旁笑出声来,辻村也忍俊不禁,这才感到气氛开始融洽了。

“换舞伴吧！”八木泽说道。

恰好一曲终了,八木泽抓住正在发愣的旺的手腕,用不容否定的语气说:“Change partner,OK①？”他这样做,对方若是素不相识的人极有可能发生冲突。辻村心想:他刚才居然说什么“男人的友情”。他是想通过共享女人来进一步加深男人的友情吗？

“晚上好！我是凯萝尔。”旗袍女拉起辻村的手说道,随即把嘴

① 交换舞伴,可以吗？

凑到辻村耳旁私语:“Call me Carol[1]!”

“Hello, Carol[2]!”

辻村伸手揽住凯萝尔的后背,触到了柔软的丰厚。这时,八木泽与旺接吻的情景映入眼中:舌尖缠绕的浓烈交吻。辻村耳旁响起男人友情崩裂的声音,这不是幻听。如果这是幻听的话,那么酒店空调的噪声也是幻听了。辻村心想:如果对方素不相识的话,这时真的要惹出乱子来了。不过,看样子并非只是他粗暴强吻,旺也在主动迎合。这到底是怎么回事儿?

辻村压抑着激越的情绪劝导自己:这不就是逢场作戏吗?说到底不过就是以钞票为等价中介物的消费行为而已,要是较真反倒不正常了。辻村用双臂搂紧凯萝尔贴住身体,胸前感到了颇具分量的丰乳。凯萝尔故作娇态地依偎在辻村怀中,随即小声地笑了起来。辻村感到自己想跟这个女子发生某种行为,心中一直是跃跃欲试的状态。

两人带着女子们离开了歌厅,估计八木泽最初就是这样计划的吧!消费由八木泽付账,他酒喝多了嫌算账麻烦。加上晚餐和车费,合计之后再算也行吧?一切都太麻烦了,包括走路、交谈,辻村真想现在就沉入那张特大床的虚无之中。

八木泽领着凯萝尔,辻村理所当然似的领着旺一同前行。

---

① 请叫我凯萝尔。

② 你好,凯萝尔。

“你要是看到跟外国男人同行的泰国女子，直接把她当作娼妓就没错儿。”八木泽在女子们面前露骨地说道，“当然也有少数真正的恋人或夫妻，但百分之九十都准确无误。”

到了这种关键时刻，他又开始谈论令人不胜其俗的话题。

“那也会有职场的同事吧？”辻村客气地提出了异议。

“所以更不能两人同行啦，在那种场合！要是三四个人倒还可以。”

“真的吗？”

辻村看看旺，她只是面无表情地迈动双脚。

“你去苏梅岛或普吉岛那种休闲度假区看看，这种男女处处皆是。”八木泽倒较上真了，“特别是欧美男人比较多，那帮人带着泰国娼妓堂而皇之地在泰国到处旅游。”

“太搞笑了！”辻村调侃道。

“就是在搞笑！”八木泽语气中透出故意似的反感，“所以那帮人成为恐袭目标是很自然的事情。”

不知不觉之间来到了辻村住宿的酒店附近，不知接下来会怎样发展。不，会怎样发展他当然知道，可究竟是该顺其自然呢，还是该采取退避行动呢？他一时无法自行决定。跟语言不通的年轻女子睡觉颇具吸引力，这是无法否认的事实。他并没有什么亏心感或愧疚感，也许这是因为身在异国他乡，并决定暂时把来此寻子的事情也置于脑后。可另一方面，如果就这样按照八木泽所写的脚本发展，恐怕会被对方抓住把柄，因此有些踌躇不决。他几乎不相信什么男人的友情之类。

“那好,我们就在这儿告辞吧!”八木泽搂着昏昏欲睡的凯萝尔说道。

“那这女孩怎么办?”辻村向八木泽征询意见。

“你别说这些老土傻话行吗?”八木泽话中带刺,随即又开始干脆利索地讲解,“你给这女孩三千泰铢,我跟店方已经谈好,只要这女孩同意就可以待到早上。酒店追加的携客住宿费是一千泰铢,应该是在退房时结账。那好,晚安!”

辻村觉得像是在听产品使用说明,刚才心中对旺怀有的淡淡爱意顿时凋萎,并感到了八木泽的恶意。八木泽欲走又停,脸上浮出善人似的笑容回过头来。

“作为小说家,偶尔也得玩玩调皮的游戏哦!”八木泽像看透辻村心思似的说道,随即使劲点了两下头让辻村放心。

“拜拜!”凯萝尔挥了挥手说道。

辻村满脸迷惑地目送两人离去,然后不动声色地窥探旺的神色,而对方却像是将自己的心思贴了封条。现实问题在辻村的大脑中萦绕:这女孩多大年龄?把这样的女孩带进酒店会不会违反禁令?不过就算被逮捕,这里又不是新加坡,所以应该不会被判鞭刑吧?顶多交几万泰铢就能了事儿吧?

“怎么办?”他像是把选择权交给了对方,“你可以不必勉强哦!钱我会给你的!”

他满不在乎似的把手伸向裤兜,旺乖觉地摁住了他的手,随即摇了摇头似乎在说“不行”。究竟是什么不行呢？是在这种地方掏钱不行呢，还是让她返回歌厅的做法本身有什么不妥？现在拿着三千泰铢回歌厅也许还能再接待别的顾客，要是不愿意就回家睡觉也行，无论怎样都不吃亏。

辻村还在迟疑，旺已挽起他的臂膀走向酒店门厅。辻村心想：此时只有听任对方安排了。尽管如此，先不管刚才八木泽怎么说，这个样子无论谁怎么看都是日本人带着年轻娼妓去酒店开房。门迎男子当然也会这样看，他会默不作声地放两人进门吗？

身穿胭脂红制服的门迎男子默不作声地为两人开门，与迎接普通房客毫无区别。虽然并非笑脸相迎，但也看不出有什么反感，“无动于衷”应该是最贴切的形容。或许他每晚都看腻了这样的日本人。

令辻村惊愕不已的是，旺居然向门迎递去了自己的 ID 卡，而且动作简直就像在地铁站刷卡一样自然。而说到那位门迎男子，他接过 ID 卡后甚至没有确认一下。这究竟是怎么回事儿？他们，这女孩……

年轻娼妓向电梯间走去，大脑一片混乱穷于应对眼前状况的辻村脚步跟不上节奏。女孩驻足等他跟上，在捕捉到男客的视线后现出微笑。辻村一时不知该怎样回应她的微笑。

3 她的真名

少年被冻醒了，他仍躺在铺满落叶的冰凉地面上。姬姬去哪儿了呢？好像不在附近。他想去寻找姬姬，可是别说起身了，就连眼睛都睁不开，想喊她的名字也发不出声音，冷得上下牙直打架。

他感到生命将要从身体里悄然离去，感官完全麻痹，丧失了活动能力的身体与地面一样完全冷透，甚至不知道自己是否还活着，仿佛高高地飘浮在什么地方，就飘浮在遥远的宇宙中变成了放射寒光的星星。

有人在呼唤少年的名字："Osamu！ Osamu……"

这个声音谁都不像，至少不是他认识的人，甚至分辨不出男女，既温和又有些盛气凌人。这是幻听吗?或许是掠过森林的风声。

Osamu——少年的名字,是父亲给他取的。但是,他现在感到这个名字呼唤的不是自己,而是与己无关的名字。曾被唤作“Osamu”的少年,是生活在比自己父亲、比自己父亲的父亲古老得多的时代的人,或者是将要诞生在未来千年之后的人。

自己好像被一个男子背着,在模糊的意识中只有这种感觉。自己所委身的脊背很温暖、很舒适,或许就是死去的父亲背着自己,一定是父亲来接自己了。这就是说,自己也正朝着死者们的国度行进。他想,我必须赶紧苏醒。但他拼尽全力都睁不开眼睛,依然无法从梦幻状态中摆脱出来。

我会就这样死去吗?都怪自己在天寒地冻的森林中睡着了。他并非是在后悔,也没感到悲哀,只要是父亲背着自己,就没有任何可担心的事情,只是企望自己将去的地方没有寒冷、饥饿和恐惧。随着那男子迈步,少年的身体也在慢悠悠地晃动。委身于舒适安恬的晃动,少年感到被不可思议的安心感包裹,他再次沉沉入睡。

当他再次醒来时,发现自己身处微暗的洞穴里。他想起身,却禁不住发出了呻吟。他感到全身僵硬,好像在睡眠中全身筋骨都已凝冻,竭尽全力想要坐起,浑身立刻窜起筋断骨裂般的疼痛。他伸出一只手轻轻地摸摸脸,想确认脸是不是还在原处。无论做什么动作,都只能轻缓地进行。他又小心翼翼地动动手指,这次不是很疼。他明白,手脚的感觉已开始恢复。

我这是在哪里？他想起自己被一个像父亲的男子背着走，现在全身盖的像是动物毛皮，已经感觉不到寒冷。不远处烧着柴火，还飘着香味，少年觉得肚子饿得快要痉挛了。

柴火上方悬着熏黑了的铁锅，对面坐着一个年迈的男子。那不是父亲，面孔和年龄都完全不同，上身前倾像在制作什么用具。少年心想，看来自己并未进入死者们的国度。他暂时不能起身，于是从毛皮边缘只露出脑袋招呼了一声。

那男子慢慢地转过头来。

“醒来啦？”他用沙哑的嗓音说道。

“是你救了我吗？”

“睡在雪地里会冻死的。”

少年像胆小的动物般缓慢地从毛皮下爬出，这才发现在漆黑毛皮另一端伏卧着的姬姬。

“她……”

“只是累坏了，不必担心！”

少年小心防备着突如其来的剧痛想爬向火堆旁边，刚要起身却又发出一声呻吟。老人若无其事地继续做事，少年耸动肩膀喘息着勉强坐起身来。

“你吃吗？”老人指着火堆上方悬着的铁锅漫不经心似的问道，“吃饱肚子就有精神啦！”

老人用长竹勺在锅里翻搅几下，再把菜粥状的食物盛在失去光泽的铝碗里。少年默默地接过铝碗和小勺，然后边吹边啜吸碗里的菜粥。时隔多日又见到米食，少年一声不吭地狼吞虎咽，温热的菜粥开始把能量送到身体各个角落。菜粥里还有略呈红色的肉片，嚼起来咯吱作响挺筋道。

"这是什么肉？"

"那丫头什么都没问就吃啦！你也别问啦！"

老人生硬地回答，随即继续做他的事。

少年再次观察洞内状况：这个洞穴好像是人工挖掘而成，又长又窄的洞顶很低，弯着腰也容易碰头，里面黑黢黢的也不知道多深。头顶上方有无数条粗树根纵横交错，还有白色细根像丝线般垂吊下来。侧壁多处土石脱落侵占了空间，只有他们所在的洞口附近用木柱支撑以防坍塌。

老人似乎对少年的存在视而不见，沉默不语地继续做事，看样子是在制作枪弹，先打磨弹壳，再装填底火、火药和散弹丸。他救了我们，似乎不是坏人。

"你在打猎吗？"少年鼓起勇气问道。

"猎人自然要打猎！"那位老猎手头也不抬地答道，"可你们来这深山里干什么？"

"我们在找一群人。"

"什么样的人？"

"听说他们是在山里开荒生活。"

"那就是种田人吧？"

"大概是吧！"少年的嗓音中充满了期待，"你知道啊！"

“你现在吃的就是从他们那里弄来的。”

少年看了看已经见底的铝碗,本想再吃一碗却说不出口,于是改为提问:“怎样才能见到他们呢? 我必须见到他们。”

“以后能见到吧。”老猎手冷淡地答道。

这时少年突然想起了背囊,装有重要物资的背囊。他迅速地环视洞内,背囊就在他先前躺着的地方,与姬姬小一圈的背囊并排摆放。

“你这又是在找什么?”

老猎手好像看透了少年的心思。

“不,没有。”少年想避开对方的追问便说道,“为了感谢救命之恩,我想帮你做点儿什么。”

“做点儿什么呢?”

老猎手似乎不太期待。

“比如,做子弹之类的。”

“这可不像你看见的那么简单哦!”

“我还想帮你打猎。”

“你吗?”老猎手有几分藐视地说完就嗓音沙哑地笑了起来,“你能代替猎犬帮我轰赶猎物吗? 要是你能帮我把打倒的猎物叼回来的话……”

老猎手话没说完就剧烈地咳嗽起来。

“你可别笑过劲儿啦!”少年心有不爽地说道。

少女被他们的谈笑声吵醒,坐起身来望着少年像是有话要说,歪着头左右扭动嘴唇发出闷声。

“怎么啦,姬姬?”

姬姬欲言又止,随即闭上嘴放弃了。

“她叫姬姬吗?”止住咳嗽的老猎手问道。

“她没有真名,只是我随意这样称呼她而已。”

老猎手没说什么,眯起眼睛望着少女,看上去像是想起了什么人,抑或是在为少女考虑一个更相称的名字?

第二天,三人一同前往老猎手的小屋。他们携带各自的物品,一大早就离开了洞穴。来到洞外,少年终于明白自己是在怎样的地方过的夜——在顶着积雪的矮竹丛和羊齿丛下方有个开着小口的洞穴,是在山坡上以大致水平角度挖掘的坑道遗迹。

据老猎手讲,这一带过去是金矿和铜矿,像这种坑道遍山都有残留。因为等积雪再厚些就该去猎鹿了,有时要追踪好多天,为了在途中宿营就对旧坑道进行了整修以备不时之需。

昨夜的风雪现已晴霁,天空展现出梦幻般的蔚蓝。被寒风扫涤过的澄澈苍穹升起朝阳,沐浴着晨光的山峦浮现出清晰的棱线。气温降得更低,每次吸气鼻孔里都会感到刺痛。

老猎手在途中要顺路查看设置猎夹的地点。他叫少男少女拉开距离等候,自己一人抵近观望,为的是不给猎夹周围留下人的足迹和气味。前两处没有任何猎物,第三处虽然套中了狐狸,但早已被别的动物啃得乱七八糟,开膛破肚后内脏几乎都被吃光。

“这下连皮都没法剥了。”老猎手惋惜地说道，“都怪我昨天没到这边来，要是不天天查看就会造成这样的结果。”

雪地上还残留着无数纤小的足迹，老猎手说那是貂鼠之类的动物。他将惨不忍睹的狐狸残骸从猎夹中取出，再将其作为诱饵重新设夹。三人都几乎没说话，老猎手背着硕大的背囊肩挎猎枪，警惕地注视周围一直走在前头。少年已搞不清自己身处哪片区域，只是默不作声地跟着老猎手前行。突然，老猎手停下了脚步。

“怎么啦？”

老猎手慢慢地转身。

“那姑娘好像也感觉到了呢！”

听老猎手这样说，少年发现姬姬也停下脚步定睛注视着前方树林。老猎手顺着少女的视线注视着同一个地点，两人都纹丝不动。少年凝眸细看林中，没有动静，周围被近于无声的宁静所笼罩，甚至连鸟叫声都听不到。薄雪覆盖的山野间，错落生长着叶片落尽的树木。纤细的树枝相互缠绕，形成透视感模糊的幻想般空间。

“有什么动物吗？”

老猎手没有直接回答，而是稍稍压低嗓音说：“像这样的大晴天反倒不适合打猎，我们的眼睛难以捕捉昏暗林中动物的身影，可自己却被对方看得一清二楚。”

老猎手依然纹丝不动，又过了片刻，屏息吞声的老猎手才长吁一口气。

“还是被它发现了，现在想追也追不上了。”老猎手说完就朝姬姬招呼道，“放掉那家伙吧！”

少年询问再次迈开脚步的老猎手：“林中有什么？”

“是野鹿，就藏在那片树林对面的草丛中。这丫头好像比我发现得还早，她要是会放枪的话准能成为好猎手。”

然后，老猎手就开始讲述昨天的事情：他像平时那样在黎明前就从小屋出来，一边巡视捕捉狐狸的猎夹一边走进山中，正在寻找猎物时听到年轻女子的声音。

“是姬姬的声音吗？”

“确实如此。你得感谢那个姑娘。”老猎手说道，“正因为这丫头呼唤我，才捡回你一条命。”

是姬姬帮自己求救的吗？是她发出的声音幸运地传到老猎手耳中了吗？不过，少年忽然想到了一个关键的问题。

“她不会说话呀！”

“即使不会说话，也能传达信息。”老猎手理所当然似的说道。

“你是说心灵感应吗？”

“我想恐怕不是，不过叫法有各种各样，我们把它叫作悟性。”老猎手回头望着少年，“可是你好像并不具备呀！”

“姬姬具备了吗，那种悟性？”

“她是个不撒谎作假的姑娘吧？”老猎手眯眼望着远处的山棱线说道，“因为她总是敞开心扉，所以能早一步感知动物们的征兆。而且，昨天她发出的声音也准确无误地传到了我的耳中。”

时近傍晚,三人终于到达老猎手的小屋。在杉树和扁柏等常绿树繁茂的林中,有一座简陋的原木小屋,它与周围的树木混在一起,若不靠近就很难发现。少年心想:它简直就像一只藏身于林中的动物。

小屋内有一半是高架木地板,另一半是土地板。角落里有个石砌的灶台,烟囱沿着屋墙通向外侧,也是石砌而成。灶台上放着铁锅,看样子是用于炒菜做饭的。除此之外什么都没有,既没有厕所和洗刷池,也没有餐桌。墙面高处只有一扇小窗,关上入口的门板后屋内就几乎完全黑暗。

持续走了很久早已筋疲力尽,而且离开那个洞穴前只吃了些昨晚剩下的菜粥,肚子也饿了。三人立刻分工开始做饭,老猎手生着了暖炉,木柴就存放在高架地板下面,米麦等粮食也储藏在那里。少年带着姬姬去附近取水,前边稍陡的坡下就是溪沼,小石块铺底的河道里流淌着极度透明的清冽山泉,稍大些的滩石表面密实地长着青苔。老猎手刚才告诉少年,水边那些野草可供食用。

少年和姬姬带着泉水和野草回到小屋,还没歇口气老猎手又叫他们去收集落叶,是用来铺床的。他们去附近树林中从薄雪下挑出尽可能干净的落叶,用代替帐篷的塑膜包起来带回小屋,然后铺在炉灶旁边烘干。为了睡得更舒适些,他们多次往返于小屋与树林之间,收集了大量落叶。

晚饭是黍米粥,在放入肉干的汤汁里加上碎黍米熬煮,黍米膨胀会变得黏稠,再把水发萝卜干和竹笋等干菜切碎下锅,用味噌酱和食盐调味，最后把从沼畔采来的浓香野草切碎撒上。

吃完晚饭，少年和姬姬齐心协力地为自己铺床。少年先钻进高架木地板下面，把老猎手储存的木柴、粮食和打猎用具等拖出来，把腾出来的空间铺满干叶，再垫上动物毛皮，就营造成了相当舒适的地铺。他们还铺上了常用的睡袋，像要测试舒适度在柔软的地铺上来回打滚，然后就像小狗似的相互戏耍起来。

高架木地板下的劈柴被堆在土地板上，粮食和工具等就放在高架木地板上的角落里。原本狭小的屋内更显局促，老猎手铺着毛皮的寝床也更显憋屈了。

"你们多大啦？"老猎手向在高架木地板下嬉闹的少年少女问道。

"我想我大概十五岁了。"少年从地铺边露出脸来答道。

"看样子还很小嘛！"

"因为我没受过正规教育，而且十五岁也并不准确。到十岁时我还会数，可后来就不管它了，因为老想着自己多少岁也没多大用处。老爷爷多大年纪啦？"

"我嘛，已经忘记了。"

"让我说的话，也就是五十岁到一百岁之间吧？"

"那也跨度太大了吧？"

"那六十岁到八十岁之间怎么样？"

"罢了，我的年龄暂且不说，那丫头看上去比你稍小一点儿啊！"

"大概吧。不过，我不了解姬姬的情况，因为她不说话。"

老猎手向灶门里填了新柴，并拨弄几下以免火势烧得太旺。

“你要是十五岁的话，就不能再跟丫头一起睡啦！”老猎手稍显郑重其事地说道。

“关于这一点请别担心，两人在一起睡暖和。”

老猎手皱起眉头望着少年。

“到了你们这样的年龄，男女就应该分开睡觉。”

“是吗？”

“不能为贪图安逸而坏了规矩。你们要是这样下去的话，总有一天会变成恶徒。”

少年不知道老猎手说的是什么意思，随口含糊应了一声就又跟姬姬嬉闹起来。过了一阵玩闹得腻了，少年又从高架木地板下露出脸来。他喘着粗气，身上还出了汗。老猎手就在灶台旁像昨天一样制作子弹，先用砂纸仔细地打磨每一个弹壳，然后装填底火和火药，最后在用蜡封口时，老猎手口中念念有词地祈祷。

“你一直在打猎吗？”少年在地铺上支着下巴问道。

“长期以打猎为生。”老猎手连眼都不抬地答道。

“独自一人不寂寞吗？”

“没什么可寂寞的。”老猎手瞟了少年这边一眼，“这符合我的性格。我之所以躲避种田人也是因为这个，我不习惯跟众人一起生活。”

“我们给你添麻烦了吗？”

“小子和丫头算不上众人。”

双方一时无语，老猎手继续默默地做事，灶膛里不时地发出薪柴崩裂的响声。过了片刻少年说:“我以后可以把老爷爷叫东家吗?”

“那可太奇怪啦!”老猎手似乎并不感到有趣。

“因为我们借住这间小屋的一部分,所以我觉得这样叫并不奇怪。”

“你还要付房费吗?”

少年没有应答,而是钻进高架木地板下取出盒角已经破损的香烟。

“请把这个收下!”

“香烟吗?”

“东家抽烟吗?”

“很久没抽,连什么味儿都忘了。”

“那,请收下吧!”

老猎手接过去问道:“在哪里弄到的?”

“在城里。”

“城里还留着这种东西吗?”

“数量已经很少了。”

“你的生计相当危险啊!”老猎手像在深思似的说道。

“所以我才来山里的。”少年率真地说道,“我不想再干那种危险生计了。”

寒风翻山越岭凶猛袭来,将杉树林刮得东倒西歪后扬长而去。两人暂停对话,侧耳倾听屋外的动静。姬姬好像已经睡着,高架木地板下静悄悄的。

“你帮我打猎吗？”老猎手问道。

“我会尽力做好。”少年答道。

“那我明天带你去打猎吧！”老猎手说道。

“只带我去吗？”

“如果三个人都去，动物就会跑掉。”

两人的眼睛像互通意念般露出谛听森林方向的神色。少年瞥了一眼，只见老猎手凝神盯着空中，像在感知潜伏在昏暗林中野兽们的征兆。

“我怎么称呼你？”老猎手转回视线问道。

“还照以前叫我‘少年’吧！”

“既然你叫我东家，那我就应该叫你‘房客’或‘食客’呀！”

“你随意吧！”

“把帮我打猎的人叫成房客或食客不对劲儿啊！”

“不对劲儿吗？”

“那丫头名叫姬姬。”老猎手一边查验做好的枪弹一边说道。

“她没有真名。”

“即便是临时的，名字就是名字。”

“那你叫我 Osamu 吧！”少年简单地答道。

“这是你的真名吗？”老猎手举着子弹的手停在眼前疑惑地问道。

“我爸就这样叫我。”

“那就算是有来历的名字吧！”

老猎手没有刨根问底。

过了片刻少年又说:“不过,就算用这个名字叫我,我也觉得不是自己。”

“你这个理由真是莫名其妙啊!”

“莫名其妙吗?”

“你不就是伴随着Osamu这个名字降生到这个世界的吗?”

“是那么回事儿吗?”

“我就是这样考虑的。”

老猎手撂下话就收起没做完的子弹和其他工具,然后开始准备睡觉。少年觉得,要么就是错误地使用了父亲给自己取的“Osamu”这个名字,要么就是尚未找到正确的使用方法。

当晚,少年惦记着第二天打猎的事情久久没能入睡。过了半夜大风都没停歇,越过山梁的大风令森林一齐发出呼啸声,引人联想到大军集结,编队齐整地扫过山岭。它令森林树丛嘈杂喧嚣,闹腾一番之后就移师另一座山谷。山风并未深入丛林内部,侧耳倾听它们掠过树冠的吼声,会感到只有自己孤独地躺在昏暗的森林当中。在大风终于从山谷间荡去而恢复宁静时,少年的头脑却已完全清醒。他凝听从溪沼那边透过夜晚寒气传来的声响,开始回忆在城里发生的事情。

当时城里流传着骇人听闻的风言风语,说有一帮家伙专门杀人吃肉。瘤六临终时恐惧不已的正是这件事情,他害怕自己的尸体被那帮地狱邪徒吃掉。不过,少年本人对此仍半信半疑,觉得那只不过是流言而已,实际上也并未见过人吃人的情形。但是,他也曾有过可怕的遭遇。当他为换取食品去街上寻找物资时,在已成废墟的楼宇背面,碰上了正在燃烧钞票以取暖的年轻男子团伙。

“你也过来烤烤火吧!”其中一人热心地说道,“听人说这里有吃的,我们悄悄进来一看,剩下的只有这种废纸。”

旁边一个人发作似的大笑起来。

“真是荒唐可笑呀!”那人笑着说道,“我们本以为能找到吃的东西,哪知却是一堆废纸啊!真不该相信传言呐!”

“就因为这个可把我们饿惨了。”前面那个男子用亲切的嗓音说道,“你带什么吃的了吗?”

少年摇摇头。必须尽快离开这里,不能跟这帮家伙掺和在一起。向他搭话的那个男子脸上现出贪婪的狞笑,望着少年慢慢地说道:“你一定很好吃哦!”

少年没等他说完差点儿发出惨叫,意识稍稍清醒就发现自己正在狂奔。那帮男子哄然大笑,少年头也不回地继续奔跑,上气不接下气可双脚却停不下来,直到听不见那帮人的笑声。

当时他已陷入恐慌,无法做出冷静的判断,一心只想逃离那帮男子。后来他想,那个人也许只是戏弄自己一下而已,他是不是真的说过“你一定很好吃”都不确定,或许是自己听错了呢!但尽管如此也不能完全否定,吃人的家伙们未必貌似魔怪,或许就长着极为普通的面孔,有时也会装出和颜悦色的样子。若真如此,那就更加可怕了。

城里是危险的区域，这一点毫无疑问。大难不死的幸存者们在争夺有限的物资，由于物资匮乏而不能做到友好地分享。即便不是这样，有些贪欲过强的人也会拿着武器诉诸暴力，为了抢夺想要的东西而毫不手软地杀人越货。

然而，如今在城里真正掌握支配权的并非人类却是大自然。城里已经很久不能制造任何生活用品，人类曾经建造的设施也都受到时间的侵蚀。木造房屋日渐腐朽，大都已经摇摇欲倒。坚固的钢混建筑表面也裂痕累累处处剥落，几乎都被霉菌覆盖，而且不能抵挡风沙和落叶的入侵，成了各种大小昆虫和动物们的栖身之所。公园里的景观树和行道树的枝干不停地疯长，久而久之便形成了葱郁的树林。道路表面也龟裂纵横，从缝隙中长出了杂草和树苗。沉陷的局部积存了雨水，因水生植物长势繁茂而变为沼泽，小鱼和水虫已在其中定居。

在逐步回归野性的城里，人类的身影极为稀少。人口数量骤减，幸存者都已隐身蛰居。人类曾经统治着城市，而如今却多数都变成骨渣四处散落。偶尔还能看到新出现的尸体，有的在污水坑里开始腐烂，有的虽经焚烧却未彻底化为灰烬。即使总人口数量已少之又少，但人类仍在持续不断地死亡。此外还能看到被动物们啃咬得狼藉不堪的尸体，不知是丧命之后被啃食还是在活着的时候就遭到袭击。不管哪种情况，人类都已被驱离拥有特权的地位，并被重新收编在由动物和昆虫构成的食物链中。

那时少年居住在市中心某高层商务楼里，父亲去世后他就独自迁居于此。虽说商务楼相当巨大，可居住者却只有他独自一人。在多数岌岌可危的建筑中，这座大楼损毁程度较轻。尽管下部已被火灾烧焦，但强度似乎没有问题。他选择接近顶层的一套房间作为自己的居室，虽说步行上下楼累得够呛，但比起这点不便还是要优先考虑安全。首先，能对人类构成威胁的动物们不会爬上高层，如果仍不放心还可以关闭防火门。另外，为防万一他还在各处安装了能发出巨大声响的报警装置，并设计了几条经由应急楼梯避险的路线。

虽然世界上的人类身影逐渐消失，但宇宙的运行依然美丽，或莫如说日甚一日地继续着美丽。少年尤其喜欢的是黄昏，在天气晴好的日子里，他就去楼顶眺望暮色渐浓的天空。街容渐显废墟的颓相，太阳一边投下分秒变换的阴影一边缓慢西沉。夕阳的色彩天天不同，有时呈现出生机勃发的鲜红，有时呈现出悲伤消沉的暗红。有时还会像有人心血来潮地挥洒画笔，勾勒出形态各异的云朵，演绎出幻化多端的黄昏景象。有时还能看到难以计数的鸟儿成群结队地交织飞舞，可到了半夜就刮起强风，而翌日必定风雨交加。

在心情舒畅时，少年还会来到楼顶吹起口琴。他并不会演奏曲调旋律，只是胡乱吹气吸气而已，顶多能玩出些抑扬顿挫来。没有谁来教他吹奏方法，他也从未听过别人吹口琴。不仅限于口琴，在他降生的世界里，已不存在用任何乐器演奏的任何乐曲了。但即便如此，口琴仍像夕阳那样，每次都呈现出稍显不同的音色。用力一吹便发出勇猛雄壮的强音，缓缓吸气就响起隐含悲凉的幽韵，无论哪种音色都能使他所在的世界略添丰采。琴声从夜幕降临的市区传到动物鸣吠的远方,他就在楼顶吹着口琴度过黄昏。

这口琴是父亲的遗物。父亲去世之后,少年在海滨家中的杂物中发现了它,用柔软的绒布包裹着珍藏在小箱子里。最初少年不知道这是做什么用的,许久之后才知道吹气就能发出响声。又过了几天,他发现吸气还能发出不同的音调。如此这般,口琴渐渐地变得像个乐器了。父亲在年轻时也是这样吹响口琴的吗?少年已经想不起父亲的面孔了,父亲吹口琴仿佛是在另一个世界的事情。

外出搜集食物和市区内剩余的物资,几乎就是少年日常活动的全部。能够维持人类生存的物资对于所有幸存的人来说都极为宝贵,凡是能够想到的地点,剩余物资都已被某些人拿走了。除非好运临头,否则很难搞到利用价值较高的物资。因此,当他不抱期待地踏入西部公园的商城发现大量留存的物资时惊讶不已。他在庆幸自己时来运转的同时也感到了不安,因为他怀疑这是圈套。会不会是谁为了捕杀活人而故意留下的诱饵呢?

少年迅速离开商城,决定暂时隐蔽起来观察周围的动静。这里是从停车场连接高速路匝道的坡顶出入口,他趴在布满常春藤的水泥桥墩旁,繁茂的杂草将他完全遮掩。他身体纹丝不动,只是轻微地运转大脑仔细观察整个商城——每一座建筑、废弃在停车场的汽车、从老化柏油路面长出的灌木和杂草,以及那些物体的背阴处都毫无遗余地扫描了一遍。似乎没有反常的疑点,既没有某物潜伏的迹象，也没有某人出现的动静。

可是，少年并未下定决心再次进入商城，也许是由于骇人听闻的谣传还留在大脑中而戒心过重。为慎重起见，他决定等到早上。趴在草丛中过夜相当艰苦，一到傍晚就有动物出现。而在天色全黑之后，动物的数量还有所增加，似乎种类也不少。距离近的甚至能听到粗重的喘息声，有的动物还踩着他的腿脚和脊背满不在乎地走过。虽然近在咫尺，但由于黑暗无光看不见其身影。不知名动物们的鸣吠声、徘徊在周围的脚步声、威吓对手的低吼声彻夜不断。

少年不知不觉地睡着了，醒来时天已大亮。夜行性动物们都已离去，周围恢复了平静，传来了小鸟们的欢叫声。他起身先观察了周围情况，然后慢慢地向商城走去。经销食品的商店里果然没剩下任何可供食用的物品，货架倒塌，过道上散落着废纸、塑膜碎片，还有大量的粪便和动物的肉皮、骨头、鸟类的羽毛等。其他多数商店也与此相似，但只要仔细搜寻，还是能在堆积的落叶和尘土下找到能用的物品。特别是以合成纤维和合成树脂为材料制成的物资，大都免于腐败和破损。

少年就这样找到了包在塑料袋里的睡袋、小型帐篷和塑料餐具等物品。如果继续寻找，似乎还能找到保存状态较好的物资。他想，还得多来几趟，而且不必一次全都搬回驻地，暂先藏在附近也行。

来到商城外边，少年看到了那只动物的身影，就在杂草灌木丛生的高速路桥上盯着这边。它似乎没有同伙，相隔距离较远，而且不像是要立刻冲过来的架势，于是少年没太在意继续前行。不过，问题是携带物体积太大，少年因为贪多而造成了行动不便。他在穿过停车场来到空地上时，发现那种动物的数量有所增加，不知何时已有五六只了。到这时少年仍未意识到那帮家伙会向他发动攻击。

当少年来到西部公园外边时，他已被完全包围。这时他才明白，那帮家伙是冲自己来的。是打算吃掉我吗？他预估了这种可能性，但仍不具有紧迫感。他与群兽之间只有几米距离，对方总共是五只，以相同间距围成一圈并发出低吼声步步逼近。少年手中没有任何像样的武器，只好暂先把占满双手的物品放在脚旁，然后发出威吓的喊声并挥起卷成棒状的睡袋。群兽虽然后退了几步，但看样子并没有畏缩，倒像是乐在其中。也许对于这帮家伙来说，捕杀就是一场游戏。这既令人气愤又令人恐惧。

有一只野兽率先凑近，少年上步刚要击打，对手就轻捷地躲过并绕到相反方向。它虽然发出微弱的低吼声，但并未立即扑上来，却也驱赶不走，就这样重复了好几次。这时少年感到挥舞睡袋都有些累了，也不知能坚持多久。群兽玩腻了一定会猛扑过来，从第一只现身时开始它们就在实施这个阴谋。少年心想，哪个家伙是领头的呢？领头兽的意志决定一切，当它断定“时机已到”并向同伙发出攻击信号时，群兽就会龇牙咧嘴一齐扑上来，即使抡起这样的睡袋也不可能赶走它们。少年此时才后悔来到这种地方。

突然，身后发出震耳欲聋的爆响，群兽向后跳离少年身边。五只野兽发出瘆人的低吼声，朝着突然出现的另一个对手露出獠牙，其姿态显然与此前不同。这些家伙要动真格的了，因为挡在它们面前的人手里拿着真正的武器。群兽聚拢到一起，开始评估敌我双方的实力对比——能否先将手持武器的小子干倒，再把手无寸铁的小子一起吃掉？但在此之前，己方是否会被对方先放倒？在评估结果得出之前第二枪已经打响，对峙到此终结。群兽转身朝高速路桥方向狂奔，一溜烟地逃窜，再也没回来。

“畜生！浪费我宝贵的子弹！”持枪者不知是在对谁恶狠狠地骂道，然后转向少年不满似的问，“你没带武器吗？”

少年摇摇头，只觉得嗓子里冒火嘴唇发干，什么话都说不出来。

“真是难以置信！”那人像验货似的望着少年，“要不是我从这儿路过，你早就被那些家伙吃掉啦！”

少年点点头，但还是说不出话来。

“你好歹说句话呀！张不开嘴了吗？”

“你说‘那些家伙’？”少年嗓音嘶哑。

“你不认识狼吗？”那人似乎格外惊讶，“你真是个憨小子呀！像你这种自身难保的家伙还不如给狼吃了呢！反正早晚都得被吃掉！为救你这憨小子居然舍了两发子弹，我也是醉了。你知道一发子弹有多贵重吗？稻草人那家伙，总是趁机敲竹杠！”

那人心有不悦地沉默了片刻，随即发现了少年脚旁的物品。

“不过，你在哪儿找到那些物资的？”

少年默默地指指商城方向。

“哦？在那种地方呀！”那人半信半疑，却又产生了兴趣，“那儿还有吗？”

少年就是这样与瘤六相遇相识的。

少年领着瘤六去了父亲告知他的地下储存库。两人提着火苗如豆的旧提灯走进已成废墟的大楼，顺着通往地下层的台阶来到商业街。失去排水功能的地下街已经泡在水中。

“这可真够呛啊！”瘤六说道。

“不要紧的！”少年答道。

少年找到留在立柱上的标记，把手伸进水中摸到了尼龙缆绳。他拉起缆绳，昏暗中出现了一艘橡皮艇。

“即使有人来这儿，但只要把缆绳放长，昏暗中就看不到橡皮艇了。”少年一边收缆绳一边说道，“只要不知道缆绳那头拴着什么，就绝对偷不走橡皮艇啦！”

“你脑筋够用哈！”瘤六佩服地说道。

“不过，这些妙招都是我老爸想出来的。”

“你老爸是干什么的？”

“种菜养鸡啦！”

两人小心翼翼地上了橡皮艇，虽然没有船桨，但由于水位较高坐着也能够到天花板，倒也可以拽着天花板上的线缆随意前行。少年将橡皮艇从商业街转向地铁站，又向铁轨穿过的隧道进发。然后，他把橡皮艇拴在水泥柱后的小凹洼里，伸手在头顶摸到天花板上的金属薄板并卸下来，里面是通风管道。

“要从这儿进去吗？”

瘤六似乎不太感兴趣。

“只能从这儿过去。”

通风管道很狭窄,两人虽然瘦小也得五体着地向前爬。少年端着提灯在前边,瘤六跟在后边。向前爬了约十米后少年说:“就在这下边哦!”

两人踩着开口下方安装的梯凳轻松地下到室内。少年用提灯四处照亮,一个个大纸箱在微光中浮现,难以数清的纸箱从地面堆到天花板附近。

“真不得了!”瘤六发出惊呼,“这里是避难所吗?”

“大概吧!是不是为应灾准备的呀?”

两人在地下储存库里信步而行。这里的空间有体育馆那么大,储存着大量的食品和生活必需品。

“咱俩一辈子都吃不完呐!”瘤六从纸箱里取出过期的罐头、压缩饼干和碗面等说道。

“连厕纸都用不完哦!”

此外还有瓶装水和毛毯。

“这个地方只有你知道吗?”

“我爸说不能告诉任何人。”

“你老爸很明智啊!”

“可我告诉你啦!因为你救了我。”

“你尽管相信我好啦!”瘤六装模作样地说道,“不过,你可不能告诉其他人,这关乎你的人身安全啊!”

“我明白。”

稻草人带着几名手下，就在市区边缘的河口附近带着小船做生意。他们把小船拴在水泥修造的趸船上，那是一艘平底大船，甲板一角还设有供居住的小屋。听瘤六说，那艘小船是要在危急时刻砍断缆绳逃向海面。但这种船没有动力装置能逃得了吗？少年心存疑问。

稻草人做生意以原始的物物交换为主要方式，各色物资从四面八方汇集而来，连在山谷间艰辛种植蔬菜和谷物的人们，也会把剩余农产品拿到稻草人这里来与别人交换生活必需品。对汇集于此的物资制定交换比价并进行交易中介，就是稻草人的职业。虽说是制定比价，但也只是由他一人说了算。他总是根据季节状况相当自以为是且心血来潮地制定比价，因此仍有充分的交涉余地，与稻草人讨价还价都由瘤六来承担。少年跟瘤六曾多次将地下储存库里的粮食和物资运到稻草人的交易所，从未一次性运出大量货物。

在瘤六死后，少年还曾独自去地下储存库取出物资，并在稻草人那里换取必需品。他仍像以前那样，就在商务楼高层的套房里独居。每当他在楼顶眺望夕阳时，就会感到瘤六即将出现。他还对瘤六说：“喂！我又弄到不少东西哦！”他仍常常拿出口琴来吹，虽然依旧不成曲调，但也已经能用口琴与人对话了。他一边吹出“哇——呜——哇——呜——”的响声，一边“喂——喂——”地向身在宇宙某处的瘤六发出呼唤。

少年曾与瘤六躺在楼顶仰望渐渐变暗的天空，伸展四肢摆成

"大"字,凉凉的水泥地面感觉特别舒爽。刚才还呈现出金黄和玫红的云朵,现在已慢慢褪色并飘向东方的天边。然后,留在天心的蔚蓝一点点加深,渐渐与黑暗混为一体。在开始装点夜空的繁星之间,偶尔划过不停眨闪的小小光点。

"那是人类在二十一世纪前后发射的航天器。"瘤六说道,"那玩意儿现在还绕地球转悠呢!"

"不会掉下来吗?"

"它们在既定轨道上运行,所以不会掉下来,就那样永远地转悠哦!"

"上面没人吗?"

"那是无人宇宙飞船!"

再次变成孤独一人的少年回想着与瘤六对话的那个夜晚,就在楼顶凉爽的水泥地板上盘腿打坐,然后拿起口琴来吹,并向与自己一样孤独并不停地绕行地球的宇宙飞船发出呼唤。他觉得那微小的光点就像死去的瘤六,死去的人们也许都像无人宇宙飞船一样。无数的宇宙飞船既不会落回地球也不会远离地球,就在各自的既定轨道上持续运行,所以自己才总想向他们发出呼唤。

当少年停止吹口琴时,遥远的彼方发出"轰隆"一声巨响,就像某种喷发的爆音。也许是宇宙风的呼啸,或者是在既定轨道上高速运行的宇宙飞船发出的响声,更像是某物向少年发出的呼唤声。少年吹响口琴回应,于是那声音渐渐远去。又过了一阵,楼顶恢复了寂静。这是个无风的静夜。

少年偶然回头看了一下，只见面前站着一位少女。她是什么时候来到这里的？少年感到非常不可思议。连一点儿响动都没有，为什么报警装置没启动呢？或者只是自己没有觉察到而已呢？

“你是谁？”少年问道。

少女从咬合的牙齿之间发出闷钝刺耳的声音，少年听到的就是“唧、唧”。

4 家庭

寺岛在一家大型广告代理公司任职，从年轻时起就长期在欧洲和亚洲等地担任驻外工作。他曾在泰国的分公司当了十年经理，其间还参与建立了另外几家驻东南亚的分公司。他目前是东京公司总部的干部，有时也会为照料患认知症的母亲回到故乡北九州，在时间允许的条件下还会来福冈办理业务或会客。

“那种病倒也不总是意识恍惚哦！”他一边喝酒一边说道，“要是对劲儿了就立马恢复正常，可那只限于咨询医生来做症状评估的时候，好像脑回路按下电钮吧嗒一声立马通电，姓名、出生年月日什么的全都回答正确。这多叫人为难啊！怎么就不像平时那样意识恍惚了呢？”

在中洲区的滨河某老字号菜馆里，两人对坐在榻榻米上的矮桌旁喝酒。这家店是辻村安排的，以鱼菜为主，还能吃到价格合理的应季食材。

“可能还是因为见到外人就有了紧张感吧？”辻村给对方斟满清酒说道。

“所以呢，我觉得老夫妻毫无紧张感的生活挺危险呀！”寺岛把酒盅放在桌上说道，“老来相伴越来越和谐，似乎很充实的二人世界。也许老两口很幸福，但这种状态会相互诱发痴呆症。你家没什么事儿吧？”

“我们是有紧张感的夫妻哦！”

“那就很好。”寺岛再次端起酒盅时稍稍歪了下脑袋问，“什么意思？”

“没什么特别的深意，”辻村避开问话并回到原先的话题，“是你姐姐在看护老人吧？”

“所以昨天又大吵了一通嘛！”对方轻描淡写地继续说道，“我一不小心说走了嘴，叫我姐别对老娘说话带刺儿，要温顺些，结果却惹了麻烦。我姐可能平日精神压力过大，所以当时集中炮火对我一阵猛轰。从她的立场来看，我在这方面什么事情都没做，只是在方便时偶尔回来住一两天，当然能尽量耐心细致地照料老人。可她每天都忙得焦头烂额，哪能做得那么周到？哎呀！的确说得头头是道啊！其实我内心很感谢我姐哦！本来要能这样直接表达谢意就没事儿了,可我当时却话赶话地说——那就干脆都交给我好了！我现在后悔也来不及啦！”

“你姐姐有工作吗？”

“在当地医院做护师。”

“那可是够辛苦的呀！”

“是啊！”寺岛捏起烫酒壶给辻村斟满酒,“可我总不能说——那你就辞掉工作怎么样啊？我也不清楚她辞掉工作好不好嘛！我想,虽然工作上体力负担相当重,但还可以借此缓解家庭方面的精神压力。要是辞掉工作的话,那她就只剩下照料老人了,精神方面会不会出问题呀？不是常听说吗？照料老人的女儿不堪重负,最终虐待老人甚至杀死老人。那些人肯定是做事儿又认真又踏实,照料得太尽心啦！本来可以适当地马虎点儿,却一定要竭力做得无微不至。自家人照料老人就往往容易这样吧？所以结果就是不堪重负、精神崩溃,把老人杀死自己也不活了……真是悲剧呀！”

这番话听起来就像台词,他是想把一旦开头就永无休止的不安和担心封藏于其中吗？寺岛有些发呆,表情既不像是担忧也不像是知足。为了避免饮酒过量伤身,辻村开始向渐凉的煮菜动筷子了。

“你不想把老人送进护理设施吗？”

话题仍未离开照料老人的事情。

“倒是提出申请啦！”寺岛语气似乎有些冷淡,“可是据说条件还不够,因为老人偶尔还有正常的时候。就算不是这样,针对认知症老人的护理设施也很少啊！我还去福利院问过,大都需要再等几年。”

“那护理服务呢？”

“每周去四天接受护理服务，然后就是所谓短期住宿吧，每周住一夜。”

“你姐姐做护师还得值夜班吧？”

“这方面就只能想其他办法啦！”寺岛像早有准备似的答道，“我跟我姐也说了，一旦有什么事儿就由我来善后。最让人担心的就是火灾，不过这只能听天由命啦！我姐也说在上班时间内尽量不考虑家里的事情。”

“你姐她自己家里呢？”

辻村虽然态度很客气，却仍不免有些刨根问底的感觉。

“我姐夫本来该退休了，可还单身赴任住在大阪。”寺岛倒是有问必答，“他们两个孩子都已经自立离开家了，也是由于这方面的原因，就把护理老娘的事情推给了我姐。可她的承受能力恐怕已经达到极限，而且症状也逐渐加重了嘛！所以一旦符合条件就得把我老娘送进护理设施，在悲剧发生之前必须采取适当的措施。”

辻村捏起变轻了的烫酒壶给寺岛斟酒，然后将剩下的倒进自己的酒盅，又叫来女侍追加了一壶。寺岛望着远处发了一阵呆，又像突然想起似的拿起筷子伸向面前的菜碟。

“你家怎么样？”寺岛问道，“父母都挺好吧？”

“我老爸已经送进护理设施了。”辻村像坦白交代似的答道。

“哦，是这样啊！”寺岛似乎感到意外，视线从手边转向辻村。

“他腿脚不好，已经走不了路啦！”辻村的语气像是在辩解。

“那确实不能待在家里啦！”寺岛赶紧点头，并抢先继续述说，“还是要尽量借助别人的帮助哦！虽说是照料自家的老人，但那样做还是对双方都比较稳妥嘛！现在的家庭已经跟过去不同，而且老人的寿命也今非昔比了呀！兄弟姐妹也少，还都有各自的老婆孩子，住的离老家又远，不可能一直照料八九十岁的长寿老人。”

辻村慎重地点点头，寺岛像自言自语似的继续述说。

“谁都不忍心把老人送进护理设施，于是悲剧就发生了。这里面既有费用问题也有面子问题吧？而最主要的就是自己心里纠结，扪心自问对生养自己的父母就只能做到这些吗？但是，假如我辞职照料患认知症的母亲，早晚还是会失去耐心，恐怕连一个星期都撑不下来。可换别人来做就不会发生这种问题！因为那样就转变成工作性质了，所以护理员也能友善地对待患有认知症的老人。可像我姐那样每天一对一地照料，显然会导致不堪重负的结果。虽说父母之恩大于天，但也有厌烦的时候吧？听我姐说，她也想过老娘怎么不早点儿死了呢？这也难怪。不过，我姐也因此而深感自责。所以说，自家人照料自家人，根本没有任何好处。”

追加的清酒和菜肴端上了桌，西京味噌酱烧鲅鱼上还点缀了姜芽和花椒叶。辻村立刻拿起伊万里瓷壶，先给寺岛斟上酒再给自己也斟满，然后像要寻找稳妥的对话着陆点。

“说到底，咱俩都已经到了为照料老人伤脑筋的岁数啦！”辻村像是下了结论。

“完全正确。”

“咱俩一起穷游四方那阵儿,根本想不到会有今天。”

“好怀念呀!”寺岛感慨地说道,“背个背囊哪儿都能去的年代,现在想起就像梦一样。”

“不过,你不是已经实现那个年代的梦想了吗?你经常说嘛,我要飞出日本去做面向全世界的事业。”

“我说过吗?”

“我可是深受刺激呀!就像被你拉着似的国内国外到处跑。”

“快别说啦!让人听见多不好意思。”寺岛故意似的皱皱眉头。

“我这是感谢你呢!”辻村一本正经地回应道,“连哥伦比亚大学的夏校你都早早地报了名,那可是我根本想不到的事情。”

“我想起来啦!”对方拍了下膝头说道,“你那时跟巴黎来的外交官女儿好上了,还把那段经历写成小说,毫不含糊地当上了作家。是吧?”

辻村既没肯定也没否定,又端起酒盅送到嘴边。

“如此说来,是我造就了作家辻村启介啦!”

叙旧告一段落,他们终于拿起了筷子。两个五十多岁的男人头顶头地凑在矮桌上默默地用筷子剥剔烤鱼,看着这种光景会产生悲凉的感觉。辻村像要掸拂不知来自何人的目光,轻呷一口酒之后说起了正题。

“恕我唐突,你在泰国有认识的人吗?”

“这是够唐突的呀!”寺岛毫不客气地回应,“说到泰国那就是曼谷啦!我有很多熟人呐!”他又客气起来,随即改变语气问道,“什么事儿？是搜集素材还是干什么？”

“不，不是那方面的事情。”被问到的一方有些迟疑。

“目的不明没法儿介绍呀！”

对方压缩了辻村迟疑的时间。辻村避开对方视线望着桌上的菜肴，刚动筷子的烤鱼还冒着热气。都说“最美海鲜春鲅鱼”，其实鲅鱼真正肥美鲜香是在入秋时节——他在思绪刚刚要信马由缰时开诚布公了。

“说实话，我儿子不见啦！”

他本想说得语气直率些，可实际听来却缺乏真实感。

“不见了?！是理君吗？在泰国？”寺岛一头雾水似的连续问道，“到底是怎么回事儿？”

辻村开始断断续续地讲述此前的经过：可能是因为求职遇挫了吧？理只在形式上保留了学籍，可到了第二年形势依旧不容乐观，仍未收到自己心仪公司的内定通知，于是决定放弃在国内求职去了泰国，至今已过两月依然音讯全无——概括地讲就是这样。

在讲述过程中，辻村十分诧异自己就像在说别人的事情。本来是自己找对方商量，可讲述的方式却像力求避免对方严重关注。而自己对自己所讲述的内容有多大程度的重视呢？连他本人都心怀疑问。

“我觉得他要是待在父母家里可能会闭门不出，”辻村仍用毫无紧迫感的语气继续，“不过所幸母校是在东京，所以比起回福冈老家不如去外国，于是去了泰国。他会不会是意外地感到在那里相当舒适，就定居下来了？”

辻村自己做出了推断，预料对方会调侃几句，可寺岛却默默无语，面露不知其味似的表情往嘴里送菜。是不是因为在难得愉快地享受美酒美味时自己说出烦心事而扫了兴？辻村开始后悔了。

“我们公司近年来应聘投简历的数量也在激增。”对方并未跑题，而是稍稍扩展了范围，“都是经济萧条影响的吧？我听说由于个人简历过多，人事上那帮人根本无暇仔细浏览，也就先看看对方是哪个大学毕业的，只把某排名档次以上的留下。如今就连不入流的公司也是唯学历主义啊！把毕业大学的知名度作为人才聘用的标准——这个说法虽然也不合适，不过叫人事上那帮人讲，这可是最正确的做法哦！怎么说呢？总之多半简历只查查毕业院校就被刷掉，别说面试了，连简历的内容都不看一眼。”

愤懑情绪溢于言表，寺岛黯然神伤地长叹一声，又习惯性地把手伸向了酒盅。

“好可怜呀！”说完他停顿了一下，“现在个人简历原则上依旧要求用手写，对吧？所以大家就都拼命地用笔来书写。因为就业指南上也说，这是你向企业展示魅力的最大武器，绝不能敷衍马虎，要充满热情。听说有的毕业生要向一百多家公司投档呢！手写个人简历得费多大工夫呀？还有拍照费用、邮寄费用……可这些简历对方根本不会细看，只查查最终学历就完事儿。你不觉得这不正常吗？是不是至少该有人通知一下：若非某排名以上大学毕业生请勿投档本公司。可像那种做法不是在捉弄人吗？我觉得，理君一定是厌倦了日本这种偏离人道的不诚实状况。”

辻村有些茫然失措，他没料到寺岛会从这个角度阐述儿子求职的事情，暂先端起手边的烫酒壶斟酒，寺岛一口喝干后望着沮丧的辻村。

“相信自己的儿子吧！”寺岛的话语中含有旧时代的色彩，“咱们以前不也是那样吗？对日本心怀不满就跑到美国去了嘛！”

“那倒也是啊！”辻村含糊地附和道。

“作为当代日本青年的新思潮，去外国找工作是极为正当的。”

“是吗？”

“是啊！”寺岛乘兴继续阐述，“我觉得去泰国也是不错的选择哦！不是欧美而是着眼于东南亚，这很明智呀！中东和非洲倒是也可以去，但考虑到治安状况和基础设施，还是泰国和越南较为适宜。中国虽然市场巨大，但那里政府和民间还有很多难以适应的状况，只凭个人干不出什么名堂来。要是从泰国和越南之间挑选，那就还是泰国啦！越南作为原社会主义国家也有某些情况不同，而泰国是君主立宪制的国家。”

“你这种理论可是有点儿奇怪哦！”辻村打岔道。

“如今只有新兴国家充满了商机。”寺岛用演说的语气断定，“人口开始减少毕竟对经济和产业起了决定性的作用嘛！每个人的基本所需物资能有多少啊？特别是食品业界，现在除了进军海外没有别的出路。即使勉强留在国内，也只能疲于价格竞争，所以不如选择去海外发展。”

辻村耷拉下脑袋像是在点头。

“实际上在市场饱和期就只有裁员的工作了。”寺岛稍稍压低嗓音继续，“说白了就是下岗吧？还有抑制设备投资、削减经费……因为人口减少了，所以劳动力和消费需求都在缩小，企业当然要考虑瘦身啦？但是，经营者却很难转向负增长策略。你要是在开会时提出这一点显然会惨遭驳斥：怎么能如此示弱呢？因为几乎所有的商业模式都建立在市场尚有扩大空间的前提下，所以也许对于资本主义企业来说，由自己做出去产能的决断从体制上来讲就是不可能的事情。”

“于是大家都向海外发展。”

“当然，向海外发展的形势也很严峻。”寺岛自然顺畅地继续阐述，“也许从某种意义上来讲，比在国内发展还要严峻，但即便如此也不得不向海外发展。哪里有市场需求？这是目前大家都在议论的话题。”

“在外国工作也不容易呀！”辻村叹着气插言道。

“那是啊！”寺岛不言而喻似的说道，“不过，那里现在还有制造业的用武之地，只要奋斗就会有回报。因为跟日本相比，当地能够吃苦耐劳的人物还很少。”

“原来如此。”

“比如说丰田和本田把生产基地转移到泰国。”寺岛继续展开话题，“大型汽车企业建设工厂，如同在当地开发出一座城镇。据说一台车由两万左右的零部件组装而成，所以制造供给零部件的厂家就全都被关联在一起啦！在阿育陀耶，也就是大城府和安美德那谷工业园，有很多日本公司在国内连名字都没听说过呢！经过核查才知道，那些都是来自日本各地方的零部件厂家，他们就在泰国大量地雇用当地人。听说，监督泰籍员工叫他们按规定上班都格外费劲儿，因为如果没人看管，他们随时都想偷懒。”

辻村报以无力的微笑。

“不过，工作还是蛮有干头儿的！”寺岛仍然郑重其事地继续阐述，“我们在那边一起工作的公司一二三把手都是三四十岁。也就是说，在泰国的日企干部到了这个年龄就能进高管层。可是回到日本却只有裁员的工作，而且五六十岁的前辈员工都那么趾高气扬。当然也包括我哦！”

“我似乎感到日本这个国家既没有梦想也没有希望啦！”辻村本想开个玩笑，可说出来倒像是发牢骚。

“嗯，对年轻人来说也许就是这样呢！”寺岛像是在说别人的事情，“我自己倒是更乐观一些。”

“有没有什么可以乐观的依据呢？”辻村心存疑惑。

“有！”对方明确地答道，“就是老。”

“老？”

“我看到自己的母亲才发现，这个国家不是还有‘老’这个无限的天然资源吗？资本主义对什么都感兴趣，这是资本主义的可取之处，所以当然也会对衰老和认知症感兴趣。你不必担心，有远见的年轻人会完善地构筑起应对少子高龄化的商业模式哦！”

“好像结局有点儿凄凉呀！”辻村说道。

“确实不是什么繁荣昌盛的愿景哦！”寺岛坦率地接受了。

寺岛的语气远离悲观，莫如说在话语中透露出转变观念的豁达开朗，辻村对此感到特别新奇。因为酒喝得恰到好处，寺岛那微醺的脸膛透出滋润的光泽。辻村将对方知足而轻松的姿态收在眼角，忽然想到他也许接下来就要去跟女人相会了。

辻村在深夜前回到家里，女儿真子还在起居室里看电视，卫星频道正在播放晚间影视剧节目。她独自就着奶酪喝葡萄酒，还摆着一盘小食品，那阵势简直就像宾馆里的迷你酒吧。

“爸爸回来啦！”真子只把脸扭过来说道。

“你那头发怎么回事儿？”辻村直接生硬地问道。

“咋样，搭吗？”

女儿对着父亲摆了个造型，毫不羞怯。

你那头发简直就像火炬冰激凌——辻村硬是把这句台词吞了下去，先脱掉外套挂在椅背上，然后坐在餐桌的斜对面。

“你那头发怎么洗？”辻村试着问道。

“像平常一样用洗发液。”

“做这个发型没人说你吗？”

“谁说？”

“店长或顾客。”

“根本没事儿哒！店长说很Q呢！”

“你傻呀！”

“我很正常哦！”

辻村凭直觉感到这样话赶话就要破坏父女关系了，于是一起看电视，是吉姆·贾木什的作品。

“这部作品公映时在电影院里看过的。”

“唔——”

女儿真子在市内的教会大学就读，中途辍学之后在时装店里当店员。听真子说她最初是那家店的常客，但后来就成了一名店员。虽然工资没多少，却也相当乐在其中。辻村心想，也许这丫头的散漫性格正适合这个社会，而对雇主也一定很合适，所以能够协调运转。而像儿子理那样考虑事情过于较真，结果就是远走泰国了。

“哎！爸爸和妈妈现在还有性生活吗？”

在电影里，工藤夕贵和永濑正敏正在进行性生活。辻村心想，这丫头真是头脑简单。

“哦，几乎没有啊！”辻村坦率地答道。

“那就是说，偶尔还有？”

“因为已经过了那个时期。”

“什么理由呀，那是？”

从真子的立场来讲，父亲也来一起看电影中的床戏恐怕会让她感到难为情吧？因此她的逆袭心理会更加强烈。

“说点儿别的吧！”辻村说道。

“我觉得好乏味啊，你们那样的人生！”

这丫头只能具备这种认识,因为她头脑简单。

“倒也不是那样哦!”辻村试探道。

“就是这样!”女儿固执己见,“绝对是!爸爸五十二了吧?妈妈四十八,还早着呢!就说米克·贾格尔吧……”

“爸爸不是米克·贾格尔,更不是巴勃罗·毕加索。”

对话中断,辻村骤然被一种空虚感笼罩,好像自己的人生遭到女儿否定。自己跟妻子道代确实早已没有性生活,而且连最后一次是在什么时候都想不起来,几乎就像古代史,不知何时早已倏然遥逝。但他对此既不感到失落也不觉得有什么欠缺。由于没见过相关的调查结果所以不知是否准确,但一般的日本夫妻不都是那样吗?随着年龄的增长,性生活也往往会断绝,代之以游览寺院和观赏佛像。这不也挺好吗?至少没有理由被自己的女儿指责为“乏味的人生”。

辻村感到有些郁闷,目光落在女儿正在自斟自酌的葡萄酒上。她居然在装模作样地喝波尔多!餐边柜里总是存着十瓶左右葡萄酒,大都是批量网购的便宜货。辻村想起其中只有一瓶是别人送的高级葡萄酒,虽然他不愿相信自己的预感,但还是拿起酒瓶确认写在简易标签上的酒庄名称,顿时感到脊背发凉,连自己都知道脸色渐渐苍白。

“你,这可是……”

“怎么啦?”

在世界五大顶级酒庄中,这款红酒的产地格外受人追捧。据说,近年来由于中国人也在爆买，所以价格居高不下。

“是不是我不该喝？”女儿胆战心惊地问道。

“你知道这款红酒一瓶多少钱吗？”

辻村虽然知道这样问有失品位，但为了解气还是大概地说出了价格。果不其然，女儿顿时瞠目结舌。尽管这回辻村嘴上痛快了，但女儿把高档红酒当成一千日元左右的佐餐酒来喝，还是令他怒气难消。

“本来你一个年轻轻的女孩就不该在半夜里独自喝红酒嘛！喝点儿洋甘菊茶不就行了吗？”

“请原谅！”真子坦率地道歉。

若在平时，真子对这种带有性别歧视的话语反应特别激烈，但今晚却乖顺得让辻村感到有些瘆得慌。与其说后悔打开了父亲珍藏的红酒，莫如说得知其价格相当于自己的月工资后深受打击。虽然女儿的天真也有可爱之处，但另一方面，这丫头只知道价钱贵贱又让辻村对她的傻劲儿气愤不已。

女儿从根本上就缺失原罪意识——这是辻村的鉴定。她对于生存的悲哀、沉重和阴暗毫无认识，早已彻底摒弃了此类感受。如果向她讲释原罪，她恐怕会崩溃吧？也许会误以为老爸在开玩笑而忍俊不禁吧？反正她就那么点儿智商吧？总之她确信自己纯真无邪，对现实的存在不抱任何疑问，几乎不能称其为人类。

辻村与妻子发生了如今必须加上“B.C.”即公元前才能从记忆中唤醒的性行为之后，通力合作的产物就是这个女儿。如果用嘲讽的眼光来看,倒也未必不能称其为“杰作”。扪心自问:在自己写的小说中曾经成功地塑造过哪怕只是一个如此莫名其妙的人物吗?这个人物的生态和行为早已从“人类”的规格中逸脱,几乎堪称“突然变异体”。因此回答是否定的,断然否定。他对此十分自信,就因为他迄今为止所描写的以及今后将要描写的都是“人类”而不是异类。

“爸爸也喝点儿?”

女儿已经起身去为父亲准备酒杯了。也不知道是在哪儿学的,她开始用调酒师式的奇妙手法斟酒,最后还边旋转酒瓶边翘起瓶口,并用餐巾擦掉留在瓶口的酒滴。

“谢谢!”

“那,从头开始干杯吧!”女儿把酒杯举到眼前说道。

多么可怕的女孩!她们的欲望简直就是吞噬地球所有资源的黑洞!十多万日元一瓶的高档红酒也罢,几千日元一件的东南亚造服装也罢,全都不在话下,不假思索地通吃。或许正是她们撑起了资本主义!辻村一看到自己的女儿就会觉得在其标配中根本不包含“理性”这一项,就像安装了只凭本能和欲望行动的操作系统。这种本能和欲望由母亲传给女儿,一脉相承从不间断。这难道还不够可怕吗?必须想办法整治这帮娘们儿——辻村严肃认真地想道。为了保护地球和地球上的生物,除了整治女人别无良策!

“那红酒很珍贵吧?”女儿问道。

“我想在你妈生日那天开瓶。”

辻村感到猝不及防，不假思索地脱口而出。

“不会吧?!”女儿突然惊呼道，“无法挽救的我……”

“那是别人送的啦！”

“可是，刚才老爸说的是真实价格吧?”

“红酒不是看价格喝的哦！”

“那倒也是，可我几乎不懂品味儿呀！”

“老爸我也不懂。”

“是吗?”

“三千日元和三万日元的红酒倒还能辨别出差异来，可是再贵的就只能深感荣幸却不知其味喽！而且绝不会自己掏腰包喝那种高档红酒。”

即使责怪女儿也没用——辻村在心里劝说自己。也可以说，在除了资本主义之外一无所知的环境中长大的人自然会变成这样。因为资本主义正是造成原罪观念缺失到令人痛心疾首的地步的体制。一切欲望皆为善——这已得到了无条件的肯定，这就是资本主义的原理和原则。也许对于只吃过超市盒装肉食的、堪称天然地道的资本主义土著民真子来说，要求她具备道德情操是根本不可能做到的事情。

“你工作快乐吗?”

辻村试着转换话题。

“还行吧。”

“那挺好。”

“因为店长的方针是‘以近似于爱好和玩耍的感觉去工作’。”

这回是女儿罕见地延续了话头。

“那样还能持续下去吗？”

“似乎可以哦！”真子依然盯着电视机答道，“用我们店长的话来说就是‘赚钱很简单’，但赚钱过多的店却不可持续，想做到既能获得利润又不赚钱过多是相当难的事情。”

“你们店长的经营战略似乎套路很深呀！”

辻村立刻对自己刚说出的奉承话产生了反感。

“在我们店里感觉很舒心哦！”女儿依然采用局外人似的语气继续解释，“顾客们都这样说嘛！所以自然而然就总想去啦！我最初也是这样，并不是特别想买什么东西，只是待在那里就会见到经理和面熟的导购女孩，还有人端来香草茶轻松地聊天儿。就是因为这样轻松愉快，所以顾客才会常去呀！店里氛围令人舒心嘛！买不买东西都无所谓，那只是个借口而已啦！”

这丫头或许不像看上去那么傻——辻村立刻改变了看法。而且想到自己不妨去见见那位店长，只听真子所说就觉得那家伙似乎相当耐人寻味。虽然详情不甚了解，但仍能嗅到力求脱离市场原理主义的味道。先不说是否心有所图，也许对方有志于采取与利益最大化和讲求市场竞争力都不尽相同的经营方式做生意。

父女俩默默地看了一阵电视，英国朋克摇滚歌星乔·斯特拉莫作为剧中人物出场了。辻村想向女儿具体介绍一下，但还是打消了这个念头。因为即便告诉真子那是原碰撞乐队的主唱也如同对牛弹琴,而且估计真子对三十年前在伦敦掀起热潮的朋克摇滚也没兴趣。乔·斯特拉莫本人也在十几年前去世,死于心衰。其他的诸如碰撞乐队、果酱乐队、警察乐队、陌路杀手乐队、性手枪乐队……早在大学时代已是耳熟能详,自己现在还保存着他们的唱片。但不管怎么说,吉姆·贾木什可真是个奇怪的导演——辻村不再深刻思索了。

辻村轻轻推门走进卧室,室内微微飘散着油画颜料的味道。这是妻子道代使用的,今天也许是绘画班上课的日子。室内没开大灯有些暗,眼睛适应后就隐约看到睡在床上的妻子的脸。她好像没被吵醒,大概是服用了助眠药。

辻村躺在凉冰冰的床上暖被窝,脑袋里还在考虑女儿的事情。为了把女儿培养成正派的成年人,他一直认为必须学习各种文化知识,而最要紧的就是金钱管理的知识。实际上女儿在金钱方面很马虎,上高中时还曾用父母的信用卡透支过大额资金。

当时,辻村苦口婆心地向女儿说明了使用信用卡的误区:用信用卡付款不像用现金付款那样现实感强烈,也就是说付款的感觉已被割离在现实之外。据说还有医学研究数据表明:信用卡可以麻痹付款时大脑的不适感。

先拿走想要的商品,付款过后再说——这作为一种创意是不是有些卑劣?以慢性赊欠货款进行消费的模式极不正常。本来借钱就是一种令人羞耻的行为,以前去典当行借钱时都是偷偷地走后门进入。而用信用卡购物本来也是令人羞耻的行为,什么VISA卡、美国运通卡、JCB 卡也都令人羞耻。但是，资本主义就建立在欠债不为耻的错误伦理观之上，其结果就是导致越来越多的人不能区分个人财物和他人财物。老爸不想让真子变成那种愚笨的人……

因为当时女儿毕竟欠了不少账，所以十分认真地倾听父亲的教诲。虽然不清楚她听懂了多少，但目前看来女儿似乎做得还算不错。不过，与其说她已经掌握了相关知识，莫如说找到了不需要那类玩意儿的场合，这或许可以算作一种智慧。例如她工作的那家商店，就似乎通过某种共同性和公共性缓冲了市场原理主义。由于商家与客户是面对面地打交道，所以货币不会起到太大的副作用吧？既然这个毫无原罪意识的群体已然营造出那种庇护所式的空间并快乐地工作着，父母也就不必再说长道短了。

辻村心想，本来做父母的这一代也就没理由说什么漂亮话。不能区分个人财物和他人财物的并不仅限于自家的女儿。根据前几天的报纸报道，国家和地方所背负的长期债款，在今年末将达到近九百万亿日元。因为国债占其中大半，而百分之九十以上的债权人都是国内的银行和生命保险公司，所以可以断定，迄今为止发行的巨额国债几乎都是政府对国民的欠款。

这笔欠款恐怕永远不会被偿还了。国民借给政府的债款不会返还，就因为政府认定所借款项已经用于国民，所以没有必要返还。通过发行国债所筹集的款项确实用于财政支出，暂且不究其具体用于何处，但硬件设施建设、医疗保险、社会福利、公共教育等领域也得到了拨款。托国债的福，日本国民可以不像美国那样支付巨额医疗费，绝大多数日本国民都可以放心就医了。因此，日本国民借给国家的债款不能得到返还也实属无奈之事，不得已只能放弃。

问题是将来，这种不健全的财政体系毫无疑问终将崩溃，总有一天要大幅度增税，这是显而易见的事情。而且由于政府所背负的财政赤字数额巨大，所以无论怎样增税，只靠现在的父母这一代恐怕填补不完，而亏空的部分就只能转嫁给儿女一代了。对于原本没有储蓄的他们来讲，增税不会带来回报，只能是被迫为上一辈人擦屁股。而且与沉重的税负不对称，能够享受到的服务也肯定比现在薄弱得多。那种不公平感将会多么强烈啊！

再不能这样荒唐愚蠢地过下去了，赶紧逃出这个国家吧！年轻群体做出如此打算也是理所当然。夺走他们的未来、驱使他们逃往国外的，正是包括自己的父母一代。欠债的父母们无力偿还，而是把欠账赊到如今还是孩子甚至尚未出生的后代身上——这就是我们这一代干出来的事情。

理也许已经对作为父亲的自己极为厌烦，所以才逃离日本——辻村心情有些失落。为了缓解这种失落感，他劝说自己：儿子采取的行动没错！岂止如此，或许更应该说"你逃得好"。如果在泰国见到儿子就这样对他说，但目前这还只是"如果"而已。虽说如此，理究竟会去哪里，在做什么呢？

5 她的真名

老猎手在天没亮时就起来做出猎的准备：先坐锅煮米饭，其间用另一只锅烧开水，并在沸水中撒入某种干叶，然后倒在容器中加入少许砂糖，制成味道奇特的茶饮。米饭焖好之后捏了六个大饭团，再分成三份用竹笋皮包裹起来。

“这是早饭和午饭，”老猎手递来饭包说道，“要是能打到猎物，晚上就有鲜肉吃了。”

姬姬就在小屋留守，老猎手叫她去搜集柴草，还分配了其他几件事。姬姬没有抵触，听从老猎手的指令。少年觉得姬姬挺可怜，其实搜集柴草显然只是借口而已，因为小屋周围原木成堆，差不多够一个冬天使用，老猎手把姬姬留下可能是嫌她累赘。

天空有些阴沉，根据老猎手的说法，这种天气应该适合捕猎。此时没有刮风，感觉也不太冷，前些天的积雪已融化殆尽。老猎手默默无语地走在前边，步伐坚实有力，就像是在挺进未知的世界，或是世界的尽头？除必要之外两人没有交谈，所谓“必要”大都是指老猎手单方面发出指令，而少年则尽量不主动搭话。

少年开始想象打猎的情景：会碰到什么样的动物呢？能碰到长着漂亮犄角的雄鹿，还是凶暴的黑熊？少年在老猎手身后做了个据枪动作，模仿瞄准藏在山中看不见的猎物扣动扳机，子弹射出枪膛、后坐力冲击肩窝、子弹命中猎物。会发出什么样的声响呢？会发生什么样的后坐力呢？被击中的动物丧命时世界会怎样反应呢？是屏住呼吸鸦雀无声，还是一起哄闹喧嚣呢？

他们用一个小时爬上了山梁，俯望峡谷间森林绵延，刚才离开的小屋也应该隐藏在其中，但从这里完全看不见，因为连柴烟都看不到，所以也不知其具体位置，自己一个人恐怕是找不回去的。

“要走到哪里呀？”坐下歇脚时少年问道。

“翻过这道山梁就是猎场。”老猎手用小树枝指着重重山峦说道，“那里藏有雉鸡和山鸡。”

少年刚才想到大型猎物而情绪高涨，可现在一听老猎手说出的名称就有些沮丧。

“是鸟儿吗？”

“你来轰赶吧！”

“什么是‘轰赶’？”

“就是我端着猎枪准备好，你把猎物赶到我面前。这本来是猎犬的任务。”

“叫我来代替猎犬吗？”

“你别这样说！这活儿也很重要哦！”

“什么时候让我放一枪吧？”

“什么时候呢？”老猎手眯起眼睛望着远山，“等你掌握了打猎技巧再让你学放枪吧！”

在越过山梁开始下山的地方还有残雪，少年滑倒了好几次。可老猎手走同样的路却一次都没摔倒过，而且不摇不晃，迈出的脚步坚实而稳当。老猎手不管身后发生了什么都不放慢脚步，两人渐渐拉开了距离。少年加快脚步急追，却滑倒得更加频繁，并且全身大汗淋漓，嗓子干渴却发现没带水。

又走了一阵，老猎手停下脚步等待，看样子是到达猎场了。前方似曾被烧过山的缓坡延伸到山顶，那里长着一人高的灌木丛，树叶几乎落光的枝干上重叠缠绕着藤蔓般的细枝。

“是这里吗？”少年问道。

“你感觉到什么没有？”老猎手边往枪膛里装子弹边反问道。

少年什么都没感觉到，只见微弱的阳光从云缝间映射出来。老猎手端起猎枪做好随时瞄准射击的准备，然后特别小心地向前行进，少年依然跟在后边。老猎手凝眸注视灌木丛中，竖起耳朵不漏过任何细微响动，并不时地驻足观察前方状况。

“是不是有啦！”

老猎手把食指竖在嘴前皱起眉头，像是在说“肃静”。

“到了前边不能说话！”

两人继续前行。周围被寂静笼罩，在寂静中只能听到自己的呼吸声。少年开始想象潜藏在树丛中的动物，死亡时时刻刻在向它们逼近。它们预感到正在迫近的危险了吗？有没有觉察到异常动静？

一声枪响即刻夺走它们的生命——这种鲜明而毫不含糊的现实引起少年严肃思考：假如换了自己会怎样呢？是否会觉得这种行为有悖于公道？死亡会降临所有的生物，人类与动物没有不同，可子弹所带来的死亡还是有悖于公道。一个人类夺走了它们的自由、活力和意志，仅仅一声枪响，刚才还展现在它们视野中的森林、雪山、蓝天和阳光就会永远地消失。

少年不知道是否存在着有悖于公道的死亡。是否能够设定合乎公道的死亡呢？他只知道今后还会有大量动物遭到杀戮，就因为人类需要它们的生命和血肉毛皮。人类不可能靠吃土来维持生命，必须夺取自己以外的生命。为了一个人的存活需要丧失多少生命啊？需要多少只动物倒下啊？人类为了多活一天就必须夺走其他的生命。少年心想，活着真是件可怕的事情，是件阴暗、深晦、沉重的事情。

这时少年感到自己正在被谁注视，与其说被注视的是身体莫如说是心灵，仿佛整座大山都在侧耳倾听他的心声，心中所想全被对方看见和听见了。他在这种感觉的驱使下回身向后看，目光与一头壮硕的雄鹿相遇。它是什么时候出现的？就在不到十米远处稍高的位置，睁着充满好奇的圆眼睛望着少年。它头顶左右长着雄盛的漂亮犄角，还有一身浓密绚丽的毛色。少年觉得那头雄鹿仿佛山的化身，或者就是山的主人。

老猎手依然注视着前方树丛，没有发觉雄鹿的存在。要不要告诉他？少年迟疑不决。他知道这是十分宝贵的猎物，但又觉得不能打死它。人类被允许夺取山主的生命吗？他更觉得夺取这美丽动物的生命有悖于公道。

老猎手终于察觉并转过身来，在发现雄鹿的瞬间响起了震耳欲聋的枪声。雄鹿那美丽的皮毛表面腾起了鲜红的血雾，散弹打中了它。雄鹿轻捷地转身跑上背后的山坡，仅仅几秒钟就消失得无影无踪。

第二枪没有打响，老猎手依然端着猎枪望着雄鹿消失的方向，脸上露出仿佛看到幻象的表情。也许少年自己就是这样的表情，刚才看到的景象在他心中变得虚幻不定。那是真实的雄鹿吗？是不是自己在心中描绘的景象浮现在眼前了？真会发生这样的事情吗？

他觉得过了很久突然回到现实，老猎手的视线转向少年。

"为什么不告诉我？"老猎手的语气并非责难，但也毫不妥协地问道，"你发现鹿来了吧？"

"东家也看到那头鹿了，是吧？"

"没有的事儿！"

老猎手不再继续追问，而是心有不悦地说了声"吃饭吧"。两人坐在避风的灌木丛中,各自打开装在背囊里带来的饭包。出发前就捏好的饭团已完全凉透,而且用尽全力捏握的饭团硬得就像石头。少年慢慢地啃着嚼着,把两个大饭团全都吃下肚。吃完饭团,两人都用茶杯接了从岩缝里渗出的清水来喝。

“子弹打中鹿了吧?”少年又提起刚才的事情。

“散弹打不死鹿!”老猎手生硬地答道。

“那鹿就不会死了吧?”

“鹿没死你好像挺高兴啊!”

“不,没有,我觉得挺可惜。”

老猎手疑惑地望着少年。

“用散弹打鹿只能擦伤表皮,它现在还活蹦乱跳呢!”

少年听老猎手这样说就松了一口气,觉得只要那头鹿还活着,自己和老猎手就不会遭遇不测。这个道理老猎手恐怕不会懂吧?不,不是道理而是感觉。虽然难以说清,但他心中确实有这种感觉。

“也许还会碰到它吧?”少年说道。

“下次一定要打倒它。”

“能打倒就好啦!”

“言不由衷!”老猎手像是看透了少年的心思,“其实你心里想的是打不倒它吧?不过,我也还有机会呢!虽说刚才用的是散弹,但铅弹还留在它皮肉里,彻底痊愈需要很长时间,再次看见就一定能打倒它。”

少年心想,也许会吧?但他宁愿把赌注压在雄鹿得以幸存这边。

"不过,东家的悟性也不靠谱啊!"

老猎手似乎恼羞成怒,不过这也许只是少年自己的感觉而已。

"你怎么会那样想?"老猎手强装平静地问道。

"你没发现那头鹿走近吧?"

"因为我只注意前方了嘛!"

"是那么回事儿吗?"

"就是这么回事儿!"老猎手满不在乎地说道,"好啦,出发吧!"

两人打猎持续到下午较晚时刻,老猎手去的猎场大都低矮树木丛生。少年忠实地执行猎犬的任务,就是听到指令后用树枝敲打地面大声哄叫。在雉鸡惊慌失措地飞起时,端枪待机的老猎手就瞄准射击。可他们并未打到任何猎物,老猎手选定的地点根本没有猎物隐藏。即使换个猎场也是一样,就像整座山上的动物全都消失了。

两人渐渐意识到自己做了愚蠢透顶的事情,真不该向那只雄鹿开枪,它毫无疑问就是山主。人类打伤了山主,大山还能赐惠于人类吗?

"咱们是不是该回去啦?"少年谨慎地提议道。

"就这样空着手回去吗?"老猎手头也不回地答道。

"明天再来呗!"

"今天的猎物必须今天拿到。"

看样子老猎手还要继续寻找,不打到猎物决不罢休。少年不禁感到打猎是个不知何时才能到头的苦差事。他已经走得腿脚僵硬,并且十分羡慕姬姬。她已经完成了搜集柴草的任务，正在小屋里悠然自得地休息吧？或许老猎手就是这样考虑才把她留下的。

“是不是用猎夹效果会好些呀？”少年刚一想到就开口发问。

“用猎夹抓不到雉鸡和山鸡！”老猎手立即否定道。

“那鹿呢？还有野猪什么的？”

“用猎夹又没个准儿。”老猎手这回没否定，“有时一头都夹不住，有时一天就夹住好几头。用猎夹就是这样，每次最少得设五六处呢！”老猎手停顿了一下，“要是一天就夹住两三头鹿或野猪怎么搞？你能帮我宰杀吃掉吗？”

少年无言以答，老猎手继续讲述。

“因为我有过这样的经历。那天居然夹到了三头野猪，就是去掉内脏每头也有一百公斤。那简直就像是活地狱呀！宰杀第一头时倒还好，先用棒子打昏再用猎刀刺穿心脏弄死，并且当场肢解分割。因为不知道后边还有，所以我特别仔细地做了五个小时。宰杀野猪很麻烦，把肉块和内脏弄回小屋已经过了正午。我把肉浸在沼池里降温，然后去巡视其他设夹地点，这才发现又夹到两头。我把第三头放跑，其实第二头也该放跑，可我以为还能处理得了……真不该太贪心呀！因为时间不够充裕，所以内脏也处理得很快，只割下猪心和猪肝，其余的就归还给大山了。虽然我知道其他动物会来帮着收拾，但还是太浪费了。我回到小屋时天已经完全黑下来，就赶紧把浸在沼池里的野猪肉提上来开始切割。第二天又忙活了一天，总算是把两头野猪全处理完了。我知道不管是煮是烤自己都吃不完，就想把剩下的做成熏肉。可是根本做不过来，结果好多肉都烂掉了。我也累坏了，后来的几天都没法儿上山打猎。从那以后，除了狐狸之类剥制毛皮的动物之外，我都不再下猎夹了。因为夺取动物的生命又浪费它们的皮肉，实在是愚蠢透顶啊！”

两人继续寻找猎物。由于连续多次扑空，所以最后当树丛中飞出一只大鸟时，轰赶动物的少年反倒吓了一跳。出现在眼前的猎物看似巨大的怪鸟，强力振翅的轰鸣声笼罩上空，简直是地动山摇。枪声响起，少年看到几片羽毛慢慢飘落，却没有听到大鸟坠地的声音。

“叫它跑掉了。”

“不是打中了吗？”

“只是擦了个边儿。”

老猎手刚才肯定也是措手不及吧？

“它受伤了，或许还在附近呢！”

“没用，它已经飞到另一座山上去了。”

少年有些留恋地仰望天空。

“走吧！”

老猎手已开始迈步前行。

“我好不容易赶出来的。”

“有时会被幸运垂顾，有时会被幸运疏弃。”老猎手用平常的嗓音说道，“打猎就是这样。”

转了几个猎场，好不容易才打到一只山鸡。老猎手当场放了血，并从鸡屁股里拽出内脏扔掉。当两人回到小屋时，周围已被黑暗笼罩。

从那以后，老猎手和少年还是每天上山打猎。他们设夹捉狐狸，用猎枪打雉鸡、山鸡和野兔等小动物。少年的分工是将夹到的狐狸一棒毙命，最初他觉得动物可怜有些不忍心，但很快就适应了。他们只剥取狐皮，其余的骨肉还之于大山。

在下雪天里，因为地上留有动物足迹而便于寻猎，所以到午前就能打到猎物。虽说已经容易了许多，但老猎手并不超量猎捕。

“够吃就行，这样每天都能吃到鲜肉。”老猎手说道，“只要别贪多，大山总会给足你必需的食物。”

正如老猎手所讲，此后天天都能打到猎物，从来没为食物犯过愁。少年学会了无声走路的方法，渐渐熟练地掌握了轰赶动物的技巧。老猎手也是弹无虚发。

“你也明白了吧？”打猎归来时老猎手说道，“山里什么都有。虽然不能饱食终日，但也不至于饿死。饱食终日是打不了猎的，正因为饿着肚子所以才会拼命地追捕猎物，感受力也能得到磨炼。也就是说，这样做才能与获赐猎物的尊贵生命相抵偿。”

剥取带回来的狐皮主要由姬姬来鞣制，老猎手已向她传授了做法。由于操作过程繁复，鞣制一张狐皮很费时间。在一个星期之内，姬姬鞣制完成了几张狐皮。这些狐皮主要用于交换，去种田人居住的村里换来生活必需品。首先是稻米、小麦等主食，还有粟米、稗子和荞麦等杂粮，以及大豆、食盐、砂糖、味噌、酱油、食油等副食品，还能换来火药。

不过，老猎手尽量少跟他们打交道，原因是他认为种田人越来越堕落。

“人一旦开始建立村庄就干不成什么事情了。”老猎手说道，“我特别厌恶被卷进麻烦事端，而且要想换他们的东西就必须夺取更多动物的生命。我虽然以打猎为生，但并不想过度杀生。”

因此，老猎手在秋季就会大量储备橡子、核桃、板栗和马栗等坚果。另外，他还在山坡上开出小片菜地种植芋头等作物。这些作物和米麦及杂粮就是每天的主食，以此尽量减少对种田人的依赖。而打理菜地现在成了姬姬的职责，她还学会了用坚果和芋头煮制各种菜肴，同样的食材经过蒸煮和烧烤摇身一变成了美食。

虽然仍能获取动物肉类，但只吃肉食根本不够，所以每顿饭都得消耗五谷杂粮，眼看着从种田人那里换来的粮食一天天减少。这些粮食原本是老猎手为自己过冬而储备，可现在平添了两个年轻的胃囊，即便能够巧妙地烹制坚果和芋头，恐怕还是撑不到来年春季。

“得打个大家伙啦！”老猎手说道。

“黑熊吗？”

“不，猎熊要等到开春以后，还是先猎鹿吧！”

少年又想起老猎手没能击毙雄鹿那天的情景，现在依然相信那头雄鹿就是山主。还能见到它吗？如果能见到，老猎手这次就会把它打死吧？少年虽然还想见到它，却不愿看到它被打死。若有可能，希望它只悄悄地出现在自己一个人面前。

“现在的种田人也越来越抠门儿了,用狐皮只能换那点儿粮食。”老猎手愤愤不平地说道,“无论如何要打一头大鹿才行!”

于是,老猎手决定少年跟他同去猎鹿。由于一进山就可能要好几天,所以老猎手反复叮嘱姬姬在留守期间要提高警惕,还委托了需要她做的事情。姬姬就像聪敏的猎犬般默默倾听老猎手的指令。看到这种情景,少年就觉得姬姬会渐渐离开自己,最近两人就几乎没在一起玩耍过。由于干活很累,所以他们一钻进地铺立刻进入梦乡。少年十分怀念地想起在城里自由自在的时光,虽然只过了一个月,却感到恍如隔世。

少年跟老猎手仍如往常一大早出发,各带两个竹笋皮包裹的大饭团,这次还多加了若干米麦粮食。夜间土壤中的水分冻结,地面还下了霜,连厚厚的落叶也已冻硬,每走一步都会发出薄玻璃破碎般的响声。两人涉渡浅沼、穿过树林,来到了最近的山梁。不久,从遥远的峰顶露出了朝阳,用金色光带将阴暗的森林层层缠绕。沉睡的崇山峻岭全都苏醒,森林里的动物们离巢外出开始活动。

少年感到两人已闯入完全异质的世界,一个人类不可轻易涉足的世界,一旦涉足即有危险伴随的世界。老猎手说过,干打猎这个行当有时会被幸运垂顾,有时会被幸运疏弃,这里有人类难以更改的自然法则。那么今天吉凶如何呢?少年心想,不管吉凶如何都无关紧要。他感到自己生命犹存,如同山中树木动物一样还活在这个世界上。

老猎手说过,饱食终日打不了猎。确实如此,他现在腹中空空甚至饥饿难耐,似乎无论什么样的动物都能赤手空拳地打倒,并立即撕裂动物的肚皮啃咬那滚烫滴血的内脏。他觉得饥饿感蔓延到了全身,已经活到了即将发狂的极限。所谓生存就是饥饿。植物渴求水分和阳光,动物渴求饵食,蜜蜂渴求花朵,蜥蜴渴求太阳。他觉得就连小石头也会饥饿难耐,所以才会那么坚硬吧?

人类不也一样吗?持续不停地渴求寻觅食物,若不进食就会死掉。空腹感或许就是某谁为驱使人类谋生而传递的信号。少年已经饥肠辘辘,不过他每天都在忍饥挨饿,并不仅限于今天早上。他现在的饥饿感很特别,此前从未有过。也许此时并非仅仅渴求食物,似乎隐含着更加抽象的内容。那究竟是什么,连他自己也不明白。

走在前边的老猎手突然停下脚步,目不转睛地凝视明亮开阔的落叶树林。有猎物吗?少年想问,但在这种场合不能出声,学打猎首先得学会沉默和肃静。少年目前正在磨炼这个功夫,如果因疏忽而出声说话或弄出微小响动,警惕性极高的动物们就会立即逃走。

“我觉得前边树林里有看不见的人。”老猎手放松紧绷的身体自己先开口说道。

“那是些什么人?”

听到少年询问,老猎手似乎有些困惑。

“我也不太清楚。”老猎手答道,“不管怎样,因为那是看不见的人嘛!即使走到他们身边也看不见他们的样子,也什么都听不见。

但是，他们正看着咱们，而且听着咱们发出的声响。”

“你怎么知道有那样的人？”

“凭感觉。”老猎手满不在乎地答道，“我能感觉到他们的存在，自古以来猎手们都具备这种感知能力。而最先感觉到的是猎犬，但它们并不是狂叫或低吼，而是摇着尾巴走近对方，所以猎手也会感到有看不见的人在身边。可是，当我们接近时，那些看不见的人却已经离开了现场，绝不会进入人眼能看到的范围。所以，咱们永远都看不到他们的身影。”

“简直就像幽灵啊！”

“也许吧，或者是神灵？”老猎手像在沉思停顿了一下，“人既能变成兽也能变成神，也许一旦变兽失误就会变成神。”

少年觉得老猎手的话有时不明不白。

“哦，吃午饭吧！”

这里是较为浅缓平坦的谷底，周围还有树丛遮挡，山风几乎吹不进来。两人坐在倾倒的树干上打开竹笋皮饭包，老猎手嚼着米麦混合的饭团讲起了熊的故事。

“那些家伙偶尔也会自相残杀。”老猎手人说道，“也就是熊吃熊。我只看到过一次现场，留下了激烈搏斗的痕迹，周围散落着啃剩下的骨头和带毛的肉块。”

少年的视线离开刚吃了几口的饭团，抬脸露出食欲大减的表情。

“看样子是胜者吃掉了败者。”老猎手继续啃咬饭团，既不像津津有味也不像味同嚼蜡，“我不明白为什么会发生那种事情？一般来说，身高力大的猛兽为了避免不必要的争斗，往往尽量避免碰面。先觉察到的一方会躲开另一方，这是常道。那次可能是发生了某种状况，但真正的原因只有熊自己知道。肯定是两头饿熊只顾找吃的，在发现对方时已经失去了回避的时机。我能想到的就是这些。”

“也许是因为饿极而冲动吧？”

“也许是吧？反正是打起来了。要么吃掉对手要么被对手吃掉，这是你死我活的斗争。越是体格相仿、实力相当的猛兽就越难把握撤身的时机，所以哪怕身受重伤也要坚持把对手击倒。”

老猎手露出忧虑的神情暂停叙述，少年趁机吃完了饭团。

“对于动物们来说，暴露自己是极为危险的失误。”停了片刻老猎手又说道，“就连同类动物也会自相残杀，更别说弱小动物把自己暴露在强敌面前，立刻就会被吃掉。因为当动物出现在咱们面前时，咱们必定朝它射击，所以动物们总是既不露面，也不出声，尽量不让咱们发现它。”

“那看不见的人也一样，对吧？”

老猎手轻轻地点点头。

“也许他们为了规避无谓的争斗，养成了跟动物一样的习性呐！”老猎手继续说道，“山中有很多世界，你想过这一点吗？”

少年摇了摇头。

“有那么多世界吗？”

“有啊！”老猎手理所当然似的答道，“走兽有走兽的世界，飞禽有飞禽的世界，昆虫有昆虫的世界，植物有植物的世界。那些世界原本相互重合、相互交织，但一般相隔很远不会相遇。因为它们的体格、饵食和交流的语言……一切都迥然不同嘛！”

少年似乎听得着了迷。

“各种世界具备相互不同的法则。”老猎手继续说道，“因为每个世界都很神圣，所以不能将某个世界的法则带入另一个世界，因为那就意味着将死亡带入。当性质不同的世界相遇时必定发生死亡，随意越界者恐怕会成为捕食者的猎物。反过来讲，捕食者也会为寻觅猎物而越界，就是咱们现在做的事情，为寻觅猎物而闯入神圣的世界。在那里等待着的就是咱们追捕的猎物的死亡，但也许相反是咱们的死亡。不管是哪种结果，没有死亡就不可能从某个世界进入另一个世界，这是铁的法则。所以捕猎伴随着危险，一旦踏入就有可能永不复还。你要做好心理准备。”

老猎手中断叙述看看少年，少年乖顺地点头回应。老猎手慢慢地从倾倒的树干上站起身来，两人又出发了。

“最重要的就是在动物发现咱们之前发现动物。”老猎手边走边说，“就是在对方觉察到咱们的动静之前先觉察到它们微弱的声响，这就需要时刻磨炼全身的感知能力。必须排除恐惧、不安和顾虑，要全神贯注，最好还要空腹。你刚才把两个饭团都吃了吧？那样一来全身的感知能力都会变得迟钝。”

山里的黄昏特别短暂，转眼之间夜晚来临。那天最终仍未找到野鹿，两人便决定去老猎手事先备好的几个洞穴之一过夜。这像是个自然山洞，入口用倒树等物拦挡，以免动物闯入。搬开拦挡物，只见洞里比想象的宽阔。在最里面,存放着用塑膜包裹的睡袋和铁锅等暂住必需品。

两人立刻开始搜集枯树枝,并在洞口燃起篝火。在烤手暖身之间,柴火越烧越旺。由于这里没有积雪,就去附近取来泉水倒在锅里烧开,再加入米麦杂粮煮粥。老猎手沿路采挖了类似蜂斗菜的植物,抹上味噌酱就做成了唯一的菜肴。即使是这种野菜,少年也觉得特别好吃。在这里,温热的饭菜就是无与伦比的美餐。

透过稀疏的树梢,少年看到了漆黑的夜空。空气冷冽澄澈,无数大小星斗闪闪发光。少年想起了死去的父亲,他常跟父亲两人在这样的夜里眺望星空,望着繁星就觉得它们在守望着自己。日复一日,空中出现了更多星斗。凝望星斗将思绪萦绕在夜空,他就能忘掉发生在地上的事情。或许父亲也是一样,所以他才会那样热衷于眺望星空。

明星和星座的称呼也是父亲教给他的,此时父亲的语调也会变得特别庄重。有史以来,人类一直在眺望星辰,怀着好奇和敬畏的心情仰望夜空,并在各地修建天文台,企望叩开黑夜的神秘门扉。

“你没觉得不可思议吗?”父亲问道,“拥有不同文化和不同语言的人们给明星和星座取了同样的名称,传承了同样的故事,尽管星斗多得不计其数。”

当时少年就生活在父亲出生的小岛,划着小船可以渡海去对岸的城市。好像只有他们住在那座岛上。不过,即使还有其他居民,少年也无法获知,因为父亲严格禁止他走出院门,所以只有狭小的后院成为他玩耍的空间。而母亲在少年刚出生后就去世了。

那时常有黑色的灰烬越过海面飘来,也会飘落在少年家的后院。在空中飘舞的灰烬就像黑蝴蝶,少年奋力追逐却捕捉不到。黑蝶闪躲翻飞巧妙地逃离少年的双手,他以为抓住了,黑蝶却从他的指缝间溜走。他再伸手去抓,黑蝶像嘲笑他似的翩翩飘向空中,最后乘风升腾,不知飞向何方。

父亲定期从城里运回大米和罐头等食品,并在院中菜地里种了蔬菜,还养了鸡,所以从来不缺食物,而且自家还有水井。不过,渡海去城里的父亲总是脸色阴沉地返回,即使询问缘由也从不详细说明。少年从父亲的只言片语中得知,城里正在流行可怕的疫病,已经死了很多人,现在还在死人,今后还得死人。由于人口骤减,城里变得昏暗无光。少年心想,也许就是这个原因,星星也变得更加清晰可见。

老猎手开口发话打断了少年的回忆。

“走了这么多路都没看到动物的足迹,实在不可思议。”老猎手一边拾掇猎枪一边歪着头说道,“咱们明天去别的山梁转转吧!”

少年心想,这恐怕是因为打伤了山主吧?或许那头雄鹿再也不会出现在自己眼前了。

“要是打不到猎物咱们会怎样?”

“饿肚子呗!”老猎手与己无关似的答道。

少年想到了姬姬,她那悲伤的面容浮现在眼前。要是空手而归,她也会悲伤不已。少年想到这些心里就特别难受。

“你怎么啦？担心打不到猎物吗？”

老猎手像是看透了少年的心思。

“东家不担心吗？”

“我相信大山！”

这是一个无风的静夜，空气变得冷森森，两人都望着篝火噤口不言。

“好啦，睡觉吧！”过了片刻老猎手收尾似的说道，“明天还得起大早去猎鹿呢！”

两人躺在垫着枯枝落叶的地铺上，少年钻进了平时与姬姬共用的睡袋。老猎手从头到脚盖上兽皮，很快就发出了鼾声。少年久久不能入睡，他把视线投向洞口，越过快要熄灭的篝火遥望对面漆黑的夜空。

自从姬姬到来之后，此前少年独自生活的楼顶就开始有鸟儿聚集，而且数量和种类日益增多。他并不曾投喂饵食，所以原因应该在于姬姬。只能这样推断，姬姬或许拥有召唤鸟儿集结的特异功能。

最先到来的是山斑鸠，初夏时节它们就成双成对地飞来，在生锈的水箱下营造爱巢，在早晚时分发出独特的鸣叫声。海鸥也从不同方向乘风飞来，大都是几十只成群结队，落在扶手或房檐上休整羽翼，没过多久又飞往别处。少年心想，它们一定是回到海面上了吧？时近黄昏又飞来了黑鸢，像在窥视楼顶动静似的盘旋，不时地发出“叽——咻噜噜噜”的尖叫声。当星斗出现时，它们就消失在笼罩街市的黑暗中。

少年喜欢眺望行云，总也看不够。它们不断地变换姿态，一刻也不会停留。它们从哪儿来，向哪儿去呢？它们在哪儿出生，又在哪儿结束此生呢？它们从来不会关心地上的人类是繁荣昌盛还是衰败消亡，总是悠然自得地享受蓝天上的漫步。少年的心就像云朵般在天空旅行，与广阔无垠的苍穹融为一体，飘游在永无终止的时间中。

在天气适宜的日暮时分，他躺在余温尚存的楼顶水泥板上，仰望随着日落变幻色彩的行云。他和姬姬就这样观云赏景直到天色变暗、星月初现。

"姬姬全身都被夕阳染红了呀！"少年起身说道。

姬姬惊讶地看看自己的手臂和肩膀。

"染红的是里面呀！必须翻过来才能看见哦！"

有时行云会带来降雨。由于少年平时特别注意观察云卷云舒，所以大概能准确预测什么样的云会带来什么样的雨。例如在太阳照射下顶部泛白光而底部发暗的云团常会带来疾风骤雨。

"姬姬，那团乱云过来就会下雨哦！"

少年的预测几乎全都准确无误，可他此时却像犯下无法挽回的大错似的说："雨说来就真来啦！"

当雨云浓积且顶部平坦时就需要特别注意，因为这种云往往带来雷电暴雨。有一天，在远方天空出现了巨大的积乱云团，而且不止一个，很多酝酿暴雨的云团从周围集拢而来。西方天空延展出瘆人的晚霞，呈现着掺入铅黛的殷红。俄顷骤风袭来，黑云被撕扯着似的乘风而去，高空和低空乱云飞渡，渐渐扩展为巨大的卷云。

“不好啦，不好啦！”少年亢奋地说道，“要下暴雨了，洪水会冲毁城市的！”

仿佛受到少年话语的诱导，剧烈膨胀的积雨云迅疾迫近并有冷风吹来，云团也加速朝这边碾压过来，其下部变得黝黯并射出闪电。突然，雷声轰鸣，仿佛将金属铸就的天盖刀劈斧剁。

“来啦——”少年双手捂耳喊道，“世界末日到啦！大洪水要来啦！整个大楼都会被冲到海里去！”

暴雨落下。雨点大如石子，直接砸向头顶，并在肩膀、脸颊和手掌上迸裂。

“疼、疼、疼！”少年欢快地蹦跳起来，“简直要砸出洞了。咱们全身都要被砸出洞来啦！”

市区上空垂下好几道灰色雨幕，连最近处的楼宇都变得模糊不清，暴雨已经吞没了城市。猛烈的雨点与其说是从天而降，莫如说仿佛倒竖起来一般。这个世界除了暴雨之外再无何物，人类、动物、鸟儿、树林、水泥建筑和铁架，全都变为雨中生成的雕塑。

狂风裹挟着暴雨横扫而来，正面抽在脸上就像遭到高压水枪喷射。雨水灌进眼里、嘴里、鼻孔里和耳朵里，几乎喘不过气来。少年好不容易睁开眼睛，只见姬姬在楼顶狂奔而去。她要跳楼吗？跳进眼前这滂沱如瀑的雨幕如同跳进水池，充满了空间的雨水似乎完全能够托起跳下楼顶的身体——雨脚如此之密令人产生错觉也不足为怪。

“姬姬,危险!”

少年的喊声被风雨声吞没,姬姬在楼顶那端折返向他跑来。她像鸟儿般伸展双臂并绽开笑脸,雨点落在露出的牙齿上迸溅水花,她几乎是在闭着双眼奔跑。

“撞墙了!”

少年没有躲闪,而是抓住了将要擦身而过的少女的手臂使劲向身边一拽,两人随即像陀螺般原地打转。姬姬迅速甩开少年的双手,继续朝她盯着的方向跑去,边跑边脱掉衬衫。这时,她露出了微微隆起的乳房,并毫不害羞地连裤子也脱掉。雨水顺着她柔软的肌肤流下,雨点在她小巧的臀部迸溅水花,完全裸体的姬姬就像雨的精灵般在楼顶奔跑蹦跳。

少年梦幻般地望着眼前的景象,感觉伸手一触姬姬就会化为雨水流走。所以他没有去拉姬姬,而是自己也脱掉了湿衣服,与少女同样赤身裸体。他的全身也被雨水罩裹,沐浴着瀑布般的雨帘,哪儿是自己哪儿是雨水早已分辨不清。雨越下越大,两人就在雨中奔跑,朝着雨帘跳跃,在水花中打滚。

整座楼宇好像都在晃动,由于无法站立,少年就在楼顶爬行,终于来到姬姬身边。他抓住了姬姬的脚腕,少女惊讶地俯视着他微微一笑。姬姬像是说了什么,但由于暴风骤雨电闪雷鸣而未能传入耳中。不过即便传入耳中,听起来也只能是“唧、唧”的声音。

肯定是洪水已涨得接近楼顶,波涛汹涌撞击楼体。楼宇在巨大的冲力下向左向右大幅摇摆,就像航行在惊涛骇浪中的巨轮。下方暗流涡旋,水深莫测。少年在洪水包围的钢混建筑上与姬姬背靠背静坐,感到这暴雨如注的星球上只有他们两人。

6 经济

辻村去一楼餐厅用早餐，在门口出示房卡，年轻的泰籍女服务员为他引座。辻村要了咖啡就去取餐，在浏览几张餐台之间禁不住想笑：怎么这么没条理啊？例如，主食是面包、米饭、面条、杂粮等，这就已经够令人怪惑了，而面包从法式面包到中式馒头，米饭从炒饭到米粥，面条从汤面到意大利面，真是应有尽有。别的就更不用说了，那种全球化的感觉与其说具有压倒性优势，莫如说荒唐滑稽。

辻村先是端着大号菜盘夹取了生菜、培根、炒蛋一类美式早餐菜品，随即回到餐桌旁坐下。餐厅整体展现的场面令他产生了强烈的违和感，这种过度服务透出一种非人性化的味道，而且在过度服务的同时必然欠缺某些具有决定性的东西。辻村感到在吃早餐这件事上,人的尊严受到了伤害——如果夸张地说。但是,他暂时不再深入思索。奇怪的不仅是酒店的早餐,一旦开始思索,就会感到一切都很怪异。

辻村吃着仿佛带有虚拟味道的美式早餐,开始回想昨夜发生的事情——称之为虚拟体验也未必不可。他还记得"旺"这个名字,当然不会是真名,虽说在泰语中是"胖墩儿"的意思,但这无关紧要,就算是"朱丽娅・克里斯蒂娃"也不会有太大的区别。她肯定是来酒店客房了,不过自己是否与她发生了性关系却已不记得。不,倒是还记得,只是感到恍如身处梦境之中。也不知从哪儿到哪儿是现实,从哪儿到哪儿是梦境。或许是因为两人都没说话的缘故,没有语言交流的性行为有种务实性和无机性的感觉,缺乏故事性、逻辑性和独创性,就像这家酒店的早餐。

辻村一边喝着餐后咖啡,一边打开从客房带来的《日本经济新闻》报,它刚才就挂在门把上。令他惊讶的是,这居然是当日的最终版。也就是说,这与东京上班族在通勤电车里阅读的版本相同。虽说泰国时间比日本时间晚两小时,但在上午八点多就能在曼谷读到最新的报纸,这到底是怎么回事儿?在开始阅读之前,他先要找到其中的奥妙。其实用不着细想,答案立刻得出:附近肯定有印刷厂。当日最终版的电子数据从东京发来后就在那里印刷,随即将报纸配送到曼谷市内的酒店和商务楼——就是这么回事儿。

辻村看到关于中国的GDP超越日本成为世界第二的头条报

道。如今中国已是世界的工厂,广东和上海就相当于第一次工业革命时期英国的曼彻斯特和格拉斯哥。

日本也曾有过以世界第二经济大国为傲的时代,不过,如今不会有哪个日本人认为中国这个仅次于美国的经济大国的一般国民比普通日本人富裕。而德国的GDP相当于日本的三分之二以下,说到法国和英国也就是日本的一半以下,但也不会有哪个日本人认为自己比他们富裕。说到底就是这么回事儿。这是……怎么回事儿呢?

例如辻村昨晚付给旺的钱款是三千泰铢,这种交易无疑是将原第二位经济大国作为背景。他禁不住对此深感羞愧。所谓国力是什么?富裕又是什么?愧疚感令他面对一片狼藉的餐盘发出夸张的质问。例如,根据高水平的GDP能对该国哪方面做出好评呢?确实不会是国家的品格和德行。这就跟年收入的多寡不能反映本人的品德一样,而且似乎也与幸福和富裕无关。哦,准确地讲应该是这样:通过GDP的提高,现在日本人比过去富裕和幸福,同时也变得贫穷和不幸了。从某种意义上讲,跑到曼谷来找年轻女子买欢毫无疑问就是不幸,就是心贫的行为。想到这里,辻村又沉浸在甜美的忧愁中,并不思悔改地还想再见见她。

即便见了又要怎样呢?坦率地讲并非是想睡她,而只是想聊聊而已。跟语言不通的人聊聊?简直是愚蠢透顶,而且纯属自我欺骗。不,真是那样吗?正因为语言不通,所以才更想聊聊。这样想有那么愚蠢吗?就算这种想法不够现实,但也不能说愚蠢透顶吧?有些情愫只有对语言不通的人才能传达，所以人才会去教堂做祷告。难道不是这样吗？

一个月前，辻村仍如往常打开脸书博客，只见页面右侧出现了似曾相识的面孔和名字。此人没有共同的朋友，像是通过账号信息与属性相近的网友链接。从附有照片的个人资料来看，对方目前从事联合国方面的工作。好像是她——辻村想道。辻村不打算与她联系，不想让本来就复杂的人生变得更加复杂。

大学三年级那年暑期的哥大夏校，从六月末开始到八月初结束，只有五个星期的恋情。其本身再平常不过，但那段经历被他写进了小说。那是在他年近三十时发生的事情，书已成功出版，虽然只销售了几千部，但还是得到一部分读者善意的肯定，而且与编辑也建立了联系。通过这次意外的进展，辻村踏上了写作之路。

可现在连对方的容貌也已模糊，在看到脸书博客上的照片时都没能立刻回忆起来。虽然也想追溯两人一起度过的那几个星期，却也几乎全都想不起来了。在当年写小说时应该还记得很多细节，但写过之后就忘得一干二净。就是因为写作具有促进忘却的作用，所以人们才会通过写作来超越某些记忆吧？例如遭遇过的困难、长期蚀损心灵的痛苦经历、悲苦的过往等等。伴随写作的忘却作用应该对那种功效施加了很大影响。反过来讲，过往的经历一旦被写出来，就会化为轻石或海绵一样的存在。

目前他手边只有化为残骸的碎片式记忆，从生动文脉中脱落的几个小插曲，以及连时间排序都已乱七八糟的记忆空壳：两人一起漫步纽约街头、清晨的格林尼治村、刚出炉面包的香味、边走边吃的三明治、熟食店的门口、批量购买食材占满双手的妇人们、哈德逊河渐趋颓朽的码头、被夕阳映染成橙红色的自由女神像、眼前交织如梭的驳船……

辻村他们选报了以外国留学生为主要对象的基础英语课程，每周有十五个课时，还有每天下午去纽约各景点参观的课外活动。同学有二十五名左右，大都来自亚洲各国，人种多样化，年龄差别也相当大，其中多数人已确定在秋季新学期正式进入美国大学，来这里都是为利用暑期尽可能提高英语能力。

爱交际的寺岛跟所有的人都能很快搞好关系，而且迅速掌握了美国人所特有的、加上夸张的肢体语言来高谈阔论向前看空洞理论的技艺。因为他无论何时何地都特别拉风抢眼，所以辻村大都老实低调。不过，没过多久他也找到了与自己相同类型的女孩。由于那女孩总是独自一人看书，所以辻村以为她毫无疑问是韩国人或中国人，于是最初就用英语打了招呼。那女孩也用英语回应，而且十分流利。辻村随即质疑她是否还有选修这种基础课的必要，用蹩脚的英语说出了这个疑问。

“谢谢！”女孩用地道的日语回应，“我也就是口语还凑合，但写作完全不行。”

“我太意外啦！原来你是日本人呐！”

女孩简单地做了自我介绍：父亲是外交官，自己从懂事时起就在法国生活，高中一毕业就进了巴黎的大学。后来又跟调动工作的父亲来到纽约，将从秋季开始在波士顿的高校就学。辻村也讲了自己的情况：父亲在一座小城市里当公务员，而自己就读于地方城市的普通大学，专业是经济学。不可否认，与她高贵华丽的家境相比，自己有些相形见绌了。

“有空来家里玩儿吧！”女孩发出了无所谓似的邀请。

“可以吗？”

即便如此，辻村仍很高兴。

“因为我妈很孤闷。”

“让我去慰问你母亲吗？”

“倒也不是那个意思。”

女孩跟父母一起住在上东区的高级公寓，门卫询问辻村找谁……宽大的起居室里摆着古董样式的家具和貌似高档的沙发。虽然女孩说她母亲孤闷，可此时那位外交官夫人却把辻村晾在一边，聊的都是在意大利旅游的见闻。虽然是初次见面，却既不问客人的名字也不问来历，只是听着女儿的介绍点了一两下头，然后就只管继续讲述自己感兴趣的事情：对纽约已经腻烦透顶，真想早日离开这种城市，目的地是意大利的维罗纳、佛罗伦萨、威尼斯。尽情地观赏美丽的教堂和美术馆，在露天咖啡座品尝浓香馥郁的卡布奇诺，购物，还有……

看上去她像个我行我素的人，把辻村当成从日本来短期寄宿的高中生，并带他去了好多地方，每到一处都是美餐招待。三人还一起去长岛的练习场打高尔夫球。辻村仍记得在俱乐部餐厅里用餐时，这位母亲有意无意地说："我仅仅是想跟外交官结婚而已，只要是外交官就谁都行啦！"

辻村已想不起那女孩当时是什么表情，大概是若无其事地继续用餐吧？倒是辻村颇感困惑，没敢正视那女孩的脸，以为当亲生母亲说出这种话时做女儿的会很没面子。或许正因如此才会依旧印象深刻，恍若悲情电影中的一个场面。

那女孩会说一口纯正的巴黎女士法语，并且精熟法国文学。萨特和加缪自不必说，还经常阅读福楼拜、左拉、莫泊桑的作品。辻村勉强还能想起这些文学史常识中介绍的作家，至于女孩所喜欢的朱利安·格拉克和克洛德·西蒙，辻村此前连名字都没听到过。

"你上大学是要专攻法国文学吗？"

"不知道。可能会选英国文学呢！"

"那为什么？"

"因为法语正走向终结，以后还是英语的前景更好。"女孩不无悲愁地说道。

"很实用的愿景。"

"这是我的缺点哦！"

"我倒觉得不是。不过，法语真会走向终结吗？"

"可是，现在无论学什么都不需要法语了。法语只是单纯地为了学法语而存在。"

那女孩年龄不大却头脑聪慧令人惊讶。她想通过这种聪慧与不太幸福的家庭环境保持一定的距离。至少在辻村看来就是这样，也可以说正是这一点吸引了他。他想以年轻人特有的天真让她幸福,要通过自己的努力永远陪伴在她身旁。

“不可以哦!”女孩用沉静的嗓音说道,“你还想做那种事儿吗?”

当然想做那种事,他再次搂过她的肩膀并把嘴唇凑过去。她闭上了眼睛,他的舌尖碰到了她的门牙。当他把手伸入她的衬衣领口时被她轻轻摁住,她用法语说了句话。

“你说的是什么?”

“我说的是‘住手’。”

那个时期曼哈顿有很多大厦到了夜间只运行观光电梯,而且安检也不太严格,非本公司的人也能自由出入。电梯是透明胶囊状,在电梯里就可以观赏曼哈顿的夜景。当时好像是在第四十层,能够俯视著名的高级酒店,其周围聚集的大型豪华巴士令人想起祭悼国王之死的仪仗马车。

没必要慌张——他安抚着奔涌的情欲对自己说道。为什么这样性急呢?到底想逃到哪儿去呢?这狭小电梯就是整个世界,只有两人待在里面。如果可能的话,他还想搭讪几句法语,但词汇量有限,顶多能说“你好”“谢谢”就到头了,于是只好代之以搂紧她的身体——小心翼翼地。他当时觉得想象两人置身于另一个时空太不现实。

排列着美丽行道树的大街向前延伸,树冠蓊郁葱茏,为精致小店鳞次栉比的步行道投下阴凉。据说,如今这条穰南大街周边居住着很多日本人，仅次于素坤逸大街。其最大的原因就是这里价格适中的公寓较多。

例如，素坤逸大街公寓的行情是月租费三万泰铢，几乎都是相当于九万日元以上的住房，若非拿补贴的驻外人员，一般是租不起的。而这里则集中了月租费为五千到一万泰铢的简易公寓，配置了具有一定档次的设备和服务项目。曼谷的日企在当地招聘的日籍员工平均月薪是三万泰铢，即便如此，这种档次的公寓应该还租得起，大概每月有十万日元就能以与日本相同的方式过上相当富足的生活。

辻村来到这条大街，是要走访向日本人发行资讯杂志的编辑部。向他介绍这家杂志社的是八木泽，他昨晚在用餐的料理店已用手机打过电话，帮辻村预约了今天的访问。辻村自己在来此之前，也去暹罗百丽宫的星巴克打电话确认过。当时他婉拒对方前来胜利纪念碑轻轨车站迎接的安排，决定先沿着对方介绍的路线走走看。

辻村走在路上，继续回忆三十多年前那次短暂的相遇，现在想来又觉得当时应该能找到某种办法。就算不那么容易，但也并非毫无希望。可当时却没有朝那方面仔细考虑，而是觉得年纪尚轻的自己还把握不了这种事情，就草草地收了场。总之就是那样的一段浪漫时光吧。

回国之后，辻村每每忆起在曼哈顿电梯里度过的时光，都深切地感到自己应该留在那边。他还常常想象两人在格林尼治村周围租一间简易公寓住下，狭小的工作室型房间，只有床、沙发和餐桌的生活，脆玉米片、鸡蛋和咖啡的早餐。冬季的纽约，在雪天里像年轻时期的鲍勃·迪伦与苏西·罗托洛那样挽着臂膀在村中散步。中央公园的水池会结冰吧？去大都会艺术博物馆，徜徉在埃及的尖顶方柱、石棺和木乃伊之间，或许会觉得自己变成了杰罗姆·大卫·塞林格小说中的主人公。

可那只是脱离现实的梦想。那女孩并不想在日本生活，而辻村也不打算在美国长期居住。留在美国到底要干什么呢？当时的辻村还曾考虑过读研并走上学者的道路，因此并非不可以选择进美国的大学留学。然而，实行这个计划必须解决很多问题，有些事情不得不放弃，有些事情不得不做出牺牲，无疑都是风险极大的押赌之举。

那次是沿着公园走在五号街上，女孩向表演哑剧的街头艺人投予二十五美分硬币。她就是那种能够漫不经心地做出此类举动的人，而辻村则觉得自己很难做到，并发现自己与她之间存在着无法逾越的鸿沟，所有的一切都迥然不同。在始自曾祖父时代的外交官家庭中长大的她，与几代前家族来历不明的辻村家？在东京芝区居住并在富士山河口湖畔拥有别墅的她，与老家在四国、现住福冈简易公寓的他？打算将来从事与联合国相关工作的她，与不愿当职员而逃向学术世界的他？

辻村转悠了一阵，结果没能找到编辑部，于是打手机向对方告知自己目前所在位置，没过五分钟就有一位年轻女职员来迎接了。一座面朝大街的潇洒酒店后边有块空地，这里就是编辑部的停车场兼门廊。女职员带辻村进入貌似会议室的房间，会议桌周围摆着十几把带脚轮的座椅。

总编辑名叫岸本,四十来岁的文静型男子,已经开始稀疏的头发推得很短。在简短寒暄并自我介绍之后,辻村开始进入主题,就像对寺岛和八木泽那样,向岸本讲述儿子来泰国后失联的情况。因为已经复述过多次,所以这回他觉得自己尚未开口对方似乎就已了解情况了。

"像这种情况经常发生吗?"他口齿不清地问道。

"在泰国失联吗?"对方似乎有些冷淡地反问。

"不,那个……就是像我儿子这样为找工作来泰国的情况。"

"还是挺多的吧。"

"那工作好找吗?"

"我觉得好找啊!"对方满不在乎地答道,"因为有很多企业需要日籍员工。"

"比如说哪些企业呢?"

"像丰田、本田那类汽车公司啦,旅行社啦,酒店啦……"

"能当正式员工吗?"

"应该是经过试用期再正式聘用吧?"

会议室用透明玻璃隔开,对面可见正在进行编辑和摄影操作的杂乱办公室。辻村望着站立忙碌的工作人员心想,自己到底在谈些什么呢?与其说对方答非所问,莫如说自己都没搞清到底想问什么。

"怎样找工作呢?"他继续不得要领地提问。

"像登录中介公司啦、查询我们这种资讯杂志的招聘栏啦!"岸本似乎正在想办法，过了片刻又说，“要真想就业的话，还是得找人才中介公司吧？如果特别想进日企的话。”

“没有签证也可以找工作吗？”

“倒是也可以，不过为稳妥起见大都是办好旅游签证过来。”

“旅游签证是……”

对方看了过村一眼，像是在说“你连这都不知道还来找儿子吗”，但还是不厌其烦地做了说明。

“要是同时向多家公司求职的话，一个月的免签恐怕就不够了。所以，在来找工作之前就要办理旅游签证。”

“那能待多长时间呢？”

“三个月。”

“简单吗？”

“简单。需要护照和相片。”

如果理是办了旅游签证来到泰国，那他就还没有超期，过了两个月没回国也不必大惊小怪。

“近来泰国政府对免签也管控得更加严格了。”岸本用聊天的语气继续说道，“也就是说，没带钱的家伙别来！以前背包客什么的免签来泰国还可以长期居留，但现在就不那么容易了。非法居留会被罚款，大概是一天五百泰铢吧。”

“相当于一千五百日元呐！那超期一年可就够呛啦！”

“不过也有上限，最高应该是两万泰铢。”

“那也不少呀！”

“而且再次申办可就难啦！”

在问答之间，辻村觉得儿子离自己越去越远。目前理已脱离了父母的监护，身处适用外国政府法规裁处的地界。

“要是找到工作在这边就业了的话，再用旅游签证就不行了吧？”

“通常需要该公司提供相关材料，然后由本人带上材料回日本，去泰国驻日大使馆申请商务签证。”

“这个也简单吗？”

“不，不简单哦！企业在聘用外国人时，首先要向劳动局申请工作许可证。那也有各种限制，比如说申请聘用一名外籍员工需要有资本金二百万泰铢，而且向外籍员工支付的薪金必须在五万泰铢以上。反正就是说，要想聘用外国人就得交税。除此之外，目前还规定聘用一名外籍员工就要相应地雇用四名泰籍员工。”

“太严格啦！”

“泰国与日本不同，接纳外国人的历史相当长啊！”岸本口齿流利地继续说明，“山田长政就是个典型——有用的外国人可以当官，在国家中枢工作。泰国就是这样利用外国人来增强本国的活力。因为有过这样的历史，所以接纳外国人已经形成传统模式，或者说绝不做于本国无利的事情。”

辻村边听边想，或许他特别爱好历史。

“我觉得从泰国的工资水平来看，五万泰铢应该算高工资了。即便如此，企业还愿意聘用日籍员工吗？”

"日本企业要是送正式员工来驻外的话,也必须支付跟在国内相同或更高的工资,还要负担交通费和房租以及各种津贴。与此相比,在当地聘用日籍员工花五万泰铢应该不算高吧?"

"原来如此!"

辻村觉得自己从刚才起就一直在说"原来如此"。

"虽说如此,由于在申领工作许可证时付出了代价,所以企业当然希望员工做出相应的业绩。"岸本进一步说明,"明确地讲,工作强度相当大。因为所有的企业都是最小限度地聘用日籍员工,所以一旦受聘就得超负荷工作。"

这时辻村又想说"原来如此"了。

"即便是在物价低廉、气候适宜的泰国,也不可能悠闲度日了,是吧?"

"那种生活方式当然也有可能,而且现实中就有很多呀!"对方认真地答道,"有个人长期给我们帮忙,他就是办旅游签证来泰国的。我们征询对方意见,问他能不能办理工作许可证并转为正式员工,结果被他本人拒绝了。他说还是愿意保持自由记者的身份,可以在自选的时段去旅行或休整。如果进公司成了正式员工,那不跟在日本没什么两样吗?"

"那倒也是。"辻村暂先笑着附和,却又不知道该不该笑,"要是当自由记者的话,会做什么工作呢?"

"以我们的业务关系来讲,首先就是平面图文设计师和摄影师。另外还有海报和传单的制作,以及租赁汽车、租赁公寓、外卖配送……总之都是向日本人提供服务的工作,只要会日语就可以聘用哦!”

“那些人都住在什么样的地方?”

“最便捷的应该是背包客栈吧!还有就是租费适中的简易公寓。大都是这种情况。”

“那就是考山路一带吧?”辻村装出早有了解的样子说道。

“不仅限于考山路,各地都有呢!上网搜索一下,会有大量信息。”

“也有长期住宿背包客栈的人吗?”

“应该有吧?”

辻村此刻才意识到,自己可能在浪费对方的时间。他若无其事地看了下表,到这里已经过了三十多分钟,可对方却未必像自己这样有空闲。于是,他问了一个目前不太紧要的问题。

“要是旅游签证过了三个月,就变成非法居留了吧?”

“到时候就去外国更新延期,在马来西亚或柬埔寨等地的泰国使馆办理。”

“可以多次更新吗?”

“好像可以。”

“你不觉得奇怪吗?”辻村心生疑问并脱口而出,“一般来说,以旅游为目的很难想象会居留三个月以上吧?那会不会受到怀疑:此人在搞什么名堂?”

“大概什么都不会怀疑,只会机械性地盖章而已吧?”岸本似乎并不认为有什么奇怪之处，“因为现实中就有人持旅游签证居住泰国多年。”

“是年轻人吗？”

“也有年龄稍大的呀！四十多岁的、五十多岁的。”

在麦当劳店前，立着一尊双手合十的唐纳德像。坐在门外餐桌旁喝啤酒的年轻人们，貌似正在无忧无虑地享受旅行。这条随处可见 7-11、全家、汉堡王等便利店和快餐店的大街，显现出具有欧美感觉的东南亚景区情趣，原先把这里想象成邋遢背包客满街的贫民窟的辻村此时感到期待完全落空。

据说，曾经的考山路是世界第一背包客栈街。即使是这样的背包客栈，虽说墙面多少有些发黑，却并没有那种专为穷游客提供住宿的感觉，其中还有刷了黄色、绿色等多彩涂料的，貌似度假酒店的建筑。那些文身、烫发和按摩等店面的气氛毕竟有些可疑，但其他经营服饰和杂货等土特产的商店鳞次栉比，也都是如今日本大城市里常见的街景。

街上除了饮料和水果之外，还有制售被称作“帕泰”的泰式炒粉的车摊。盗版 CD 和 DVD 被装在手推车上贩卖，承制假驾照和假学生证的店铺就在街边堂而皇之地营业。有个白人青年正在兜售手工艺品。辻村走过数百米长的街道，对这种无国籍的违规氛围不知不觉地放宽了心，还萌生出在这种地方无忧无虑地生活一段时间的想法。

走得有些累了，辻村便进入一家咖啡店休息。他要了啤酒，服务生就端来了喜力牌，而不是象牌和胜狮牌，由此可见这里确实是对外国游客服务的区域。音箱里播放的音乐是雷鬼，每小节的第三拍用爵士鼓敲出重音，第二拍和第四拍用吉他和键盘弹出即兴重复，这种配器组合奏出了雷鬼独特的律动感。在店内喝啤酒的顾客中或播放音乐的店员中，有人能分辨出斯卡与慢拍摇滚及雷鬼的曲风差异吗？恐怕不会有吧？不可能有。他们什么都不懂。不过，就算是精通也没什么可自高自大的。自己拥有数不清的唱片，几乎都是在大学时代收集的，例如King Tubby①、Lee Perry②、Channel One③、Sly & Robbie④……在那个时代一听到这些名字就会心潮澎湃。

理对音乐几乎没有显示兴趣，对文学似乎更无兴趣。那小子由于某种原因有意识地规避父亲爱好的领域。不过辻村心想，那倒也罢了，父亲与儿子就是这么回事。自己也曾是这样，发现不知从何时开始，跟父亲交谈越来越少。可能是从初中或高中开始的吧？当然也从未坦诚地说过自己的烦恼。到了如痴如醉地聆听朋克和雷鬼的时期，就与父亲处于应该是相互完全忽略的关系。这也是为了规避无谓的冲突。这种状态持续了很久，在理和真子出生、自己也当了父亲时，他才觉得渐渐地懂得了父亲的心情。但是，儿童时代

① 亚麦加音乐人金·托比。

② 音乐人。

③ 专辑的名字。

④ 亚麦加著名的乐队组合。

的那种亲密感已经一去不返了。

父亲现在进了老年人护理设施，手脚已经失去活动能力，由于脑部有很多腔梗，说话不太利索，反应也似乎有些迟钝了。辻村无意疏远这样的父亲，时间所剩无几，自己要为他做些力所能及的事情。其实客观地讲现在是父亲在疏远他，因为儿子希望尽量改善父亲的衰老和腔梗症状，所以每次探望都会给父亲的病体增加负担，强制性地让他做手脚运动，让他张大嘴说话，按摩面部肌肉，揉捏脸颊和嘴唇。八十五岁的老父亲希望儿子别再管他了，可儿子虽然明知这一点却无法停手。

理真想在泰国就业吗？还是打算通过自由职业赚取生活费随心所愿地继续居住下去呢？辻村根据迄今为止掌握的信息进行推测：经济全球化和出境大众化使理这样的青年更容易出国，而且由于终身雇佣制瓦解和人口减少造成的经济萎缩毁灭了在日本就业的意义和魅力。不仅限于在国内就业，去自己喜好的国家工作也许就是如今年轻人自然形成的志向。

特别是泰国，从各种意义上都可以说是门槛较低的国家。这里气候温暖，物价低廉，民风淳朴。而它本身就属于信仰佛教的国度也是令人产生亲近感的原因之一吧？而且，日本人只凭日本人的身份即可免签入境，据说只要愿意还可以一直居住下去。而与此相反，日本政府针对泰国人却规定必须申办签证，哪怕是只待一天。签证这个东西本应以两国之间平等相待为原则，但虽说如此，泰国政府却仍然容忍这种不平等关系。估计还是因为日本游客会来这里撒钱吧？也就是说，这里也存在着以世界原第二位经济实力大国为背景的不平衡。儿子就是被这种气压差所吸引而离开日本的！

那小子肯定有他自己的苦恼，肯定有他自己离开日本的因由。而自己却不了解他的苦恼。不了解就不了解吧，也没必要了解。若是如此，那自己又为什么待在这里？到底是为了什么来到曼谷的呢？当然是为了找儿子。但也许根本没那个必要，至少理不会希望自己这样做吧？辻村甚至搞不清自己与儿子再次见面是好事还是坏事了。

望着眼前太阳永远不会黯淡的街道，他想起了儿子小时候的事情，眼前浮现出他美好的面容、无忧无虑的面容、曾经柔嫩的面容……全都去了遥不可及的地方。自己现在感到孤独了吧？大概是吧！这一点不能不坦率地承认。你小子肯定已经不想跟我说话了吧？不过我也不太想跟你说话。这可是个不大不小的问题呀！或许咱俩来到了相互无法理解的境地。

辻村心想：这到底是怎么回事儿呢？在那个时候根本不会想到会有这样的一天，就是理年龄还小、脸上露出无忧无虑的笑容的时候。这就是人生吗？只要还活着，这种空虚悲愁的感觉就会持续吗？

辻村的视线落在近旁正在喝啤酒的白人青年身上。他的年龄跟理差不多吧？太阳晒得他鼻翼有些发红，肯定是长期在这边旅行。他的金发在阳光下闪亮。辻村开始在心中诉说：如果这个年轻人是你就好了，在这面朝明亮街道的咖啡屋里无忧无虑地喝啤酒。

我可没想跟你搭话哦！我就在稍远处望着你的身影，因为我知道总有一天你会回来。就算不能理解，相互也能接纳对方。在你求职遇挫、疲惫不堪时再回到咱们的家也行啊！

那天晚上，辻村在酒店餐厅用过晚餐后独自上了街。他本想晚间散步，可双脚却自然而然地走向昨晚与八木泽去过的小巷。如果有机会就还想去见见旺。不，倒也不是真心想那样做，没什么特殊想法，只是想在温暖的夜气中走走而已。

这种排列着歌厅和酒吧招牌的街景确实已经见过，可本应在商住楼地下层的歌厅却怎么都找不到了，昨夜发生的事恍若梦幻一般。辻村在适当时机转身返回酒店，那些站街揽客的妇人令他不胜其烦，而且就算找到那家店他也没勇气踏入。他说服自己：也许只把昨夜发生的事当作异国浪漫悄悄留在心中就够了。

这里虽说是色情场所集中的娱乐街，却并不像日本的红灯区那样灯火通明，而是整条街道昏暗无光。他似乎迷了路，来到了有些冷清的区域。周围已看不到站街揽客的人，连行人都很少。这是个无风闷热的夜晚。不知是因为街道昏暗还是自己神情恍惚，在那个物体走近之前，辻村都没发觉即将遭遇的物体的存在。当他注意到时，那个小山般的动物已经来到他眼前。还因为那动物全身都是黑色，所以感觉就像从黑暗中突然出现。他下意识地向后跳步，差点儿翻倒。

一个牵着大象鼻子的男人放声大笑，还朝骑在大象背上的男人说了什么,并从袋中取出貌似甘蔗的东西递过来。这是叫我买他的吗?辻村摇摇头明确表示拒绝:你先把人家吓得够呛,然后又叫人买你的甘蔗,真是个无耻的家伙!骑大象的男人又说了些什么,辻村盯着那个男人。他又与大象四目相对,大象目光悲凉地望着他。

“你是想叫我买甘蔗吗?”

大象没有任何回应,缓缓地从他面前走过去,又消失在街道前方的昏暗之中。辻村似乎被吓着了,呆呆地目送大象和男人们远去。他眼前浮现出大象那悲凉的眼睛。不,大象并不悲凉,而是在怜悯自己。但这也只不过是自己任意的想象而已。准确地讲,大象眼中浮现的是漠不关心、是孤独感,所以才会显得那般高傲和威严。自己也很孤独,却没有大象那般高傲和威严。

辻村深深地吸了一口气,就觉得有微微的粪味。这是那头大象留下的吗?倒也没什么不好的感觉。他想,任何状况都有可能发生,因为这里是曼谷。大象逛街又有什么可大惊小怪的呢?发生任何状况都不足为怪,一切皆有可能。大象一旦发怒并闹腾起来,谁都无法遏止,不管是他信还是普密蓬国王。他再次深吸一口气,并从湿暖空气中分辨出遥远大河与热带丛林的味道。

7 她的真名

云层渐厚,少年嗅到了雪的味道。这味道是从哪儿飘来的? 又是怎样产生的呢? 水在天空与大地之间循环,大气形成信风吹遍地球的各个角落。那么刚才送来的雪味就是从这山中某处产生的吗? 是不是还混杂着遥远城市和大海的味道呢?

从饱含湿气的空中落下鹅毛大雪,仿佛吸收了周围所有的声音般静静地落下。视野开始混沌发灰,沉默统治了周围的一切,世界像被注射了麻醉药般沉静下来。动物们压抑着呼吸,鸟儿们在树梢上休整羽翼。无声的世界颇显神秘,似乎任何奇迹都有可能发生。但是并没有谜物存在的迹象,眼前展现的风景中只有少年视线所及的物体。

他感到自己身处刚刚被创造出来的世界中,眼睛所看到的就是刚刚诞生的世界。少年心想,今天必须决出胜负,要向某物宣示自己在这个世界生存下去的意志,向统治世界的某物宣示自己的决心。他在自己心中呼喊:"我还在呢!你想灭绝的人就在这里,你打算怎样?你打算把这些人怎样?你打算把我和姬姬怎样?你打算把顽强生存、等待时机重建盛世的人怎样?"

老猎手在前边走,少年像饿极了的肉食动物般跟在后边。他听到了自己心脏的搏动声,这就是生存并饥饿着的证据。这搏动声越来越大,甚至令森林、峰峦和世界震动,仿佛自己的心脏正在和宇宙共振。少年想到这种搏动也属于姬姬,现在他所听到的也是姬姬心脏的搏动。因为就在这个瞬间,姬姬的心脏也跟自己的心脏以相同的节奏搏动。

姬姬那开始鼓胀的乳房浮现在眼前,还有被大雨淋湿的小巧臀部,仿佛精灵般在雨中跃动的姬姬甚至恍若遥远的幻景。这个从未说出过一句话的少女,若有可能真想永远跟她在一起嬉闹玩耍。然而,现在是狩猎期间,自己必须捉到像样的猎物带回去。姬姬也饿了,忍饥挨饿的不只是自己一人。他饥饿着她的饥饿,此时此处的饥饿感显示出明快的状态。捕获猎物的渴望、想看到姬姬笑脸的切望,一种不可思议的温柔气息降临饥寒交迫的世界。

出发后已过两个小时,在途中小憩并继续前行不久,发现在泥泞地面上有动物的足迹。两人顺着足迹继续前行,又发现坡下溪沼旁有块地面被刨起。

“这是野鹿吃食后留下的痕迹。”老猎手说道。

少年心想，会不会是上次没打倒的山主？如果不是就好了。

“追上去吗？”

老猎手没有直接应答而是反问：“要是换了你，吃完食之后会干什么？”

少年思索片刻回答：“休息一会儿。”

“动物也是一样。”

两人随即开始追踪野鹿的足迹。大雪时下时停，天空依然被厚重的云层遮盖，太阳一直不露脸。老猎手循着地面的足迹继续前行，少年注意警戒周围动静跟在后边。鹿的足迹沿着溪沼断断续续，又出现了几处刨掘土中植物的痕迹，并继续朝相反方向遮盖山坡的杉林中延伸。

“那家伙就在里边！”老猎手盯着前方树林很有把握地说道。

“你怎么知道的呢？”

“根据天气。”老猎手看到少年疑惑的表情进一步解释，“你还是把自己换成鹿想想看。”

少年仰望黯淡的天空。

“是雪吗？”

老猎手满意地点了点头。

“那家伙会待在相对温暖的林子里过夜。”

“咱们也进去吧？”

“在林子里就算找到猎物，恐怕也几乎没机会开枪。”

两人决定采取惯用的打山鸡的方法，老猎手端枪准备，少年轰赶猎物。不过，这次的对手不是雉鸡或山鸡而是鹿，而且那片可能隐藏着猎物的树林也比以前的灌木丛大得多。

“我一个人能赶出来吗？”少年稍显示弱地问道。

“鹿是胆小的动物，”老猎手安慰少年道，“动静稍大点儿它肯定会跑，我就在上边端枪等着，准备好就给你发信号，你就帮我从下边轰赶，我在它跑出林子时打倒它。”

少年默默地点点头。

“就看你的本事啦！”老猎手加重语气说道，“要动脑筋去吓唬鹿。”

“明白了。”

“我再叮嘱一遍，你可不能先跑出来，否则我在情急之中可能把你打倒！”

老猎手向树林迂回，开始从右边的山坡向上爬，少年原地蹲下等候。大雪已经停止，林中没有丝毫声响传出。别说是野鹿，根本没有任何动物藏身的迹象。如果真是山主藏在林中的话，这回还能轻而易举地逃脱危机吗？或许它已经觉察到这边的动静，正在谋划怎样逃脱。不过，如果对方只是普通的鹿，就可能是胜负各半。

少年开始向鹿搭话：现在死亡正向你迫近，你发现了吗？你是不是头脑聪敏的鹿很快就会见分晓。当我从坡下向上轰赶，你会跑向树林反面吧？现在，准备击倒你的人就在能俯视整个树林的位置等候，在那里可以向任何角度瞄准。他应该是在最容易瞄准射击的位置等你出来呢！你一离开树林就进入射程之内，而且会一直拼命奔跑，顾不得停下脚步观察周围状况，一直向端枪射击的人跑去。因为你要跑上山坡，所以速度就会降低。你生还的机会很少。

老猎手被树林遮挡，从这里看不到他的身影。他应该仍像往常那样吹口哨发信号，而自己一定不能听漏了信号声。为了不引起猎物的警觉，老猎手的口哨声会很短促，而且只吹一次。少年一旦竖起耳朵倾听，就会感到自己被沉默吞没，感到自己与动物置身于同一个世界。

突然，一种像是鸟叫的尖利哨声撕裂静寂传来，短促，只有一次。这是老猎手的口哨声，因为已经听过多次，所以绝对不会错。老猎手已经做好了准备，少年站起身来凝眸注视林中。怎么做？做法有很多，但要思考选择最有效的一种，把自己换成鹿来思考而不能让鹿思考。不能给猎物留下选择的余地，要向高处轰赶猎物。虽说如此，也不能令其陷入恐慌，因为那样会使老猎手更难射中猎物。既要让它意识到危险已经迫近，又要让它感到这种危险不会即刻突袭。

他先朝看不到的猎物轻轻拍手，反复几次并观察动静。果然，林中发出细枝折断的响声，猎物开始移动了。它不是山主，显然已被这边的响声惊动，它的反应已经传递过来。少年有了自信，断然踏入林中故意弄出脚步声，并更加大胆地拍手，还“吼——吼——”地发出恫吓声。他是第一次发出这样的喊声。

少年眼前浮现出一头鹿的身影，它警觉地竖着耳朵，毫无疑问受到了惊吓。现在，你怎么做？你会感到我是狰狞而危险的动物吧？你应该不会想到从我身旁逃生，你是胆小的动物，那就运用你的智慧吧！判断稍有失误就会丧命！

少年缓缓地前进，林中的响声越来越大，那头鹿咔吧咔吧地踩响枯枝继续移动。少年停下脚步竖起耳朵，响声并没有朝这边来，而是渐渐远去，好像在朝山坡上走去。站住！那边危险，不能去，要向侧面跑，这样你才有机会！

少年开始奔跑，他不明白自己要干什么，只顾在林中狂奔。树枝划过脸颊，耳朵能听到粗重的喘息声，那是鹿的喘息声。不，也许是自己的，已经搞不清是谁的了。他在跟鹿一起奔跑，但看不到鹿的身影，鹿就是他。前方越来越亮，看样子已经来到了林边。快出去了！一出去就会被猎枪射中。被射中的会是鹿，还是自己？

枪声响起，少年下意识地停下了脚步，就像全身都被冻僵。他觉得是自己被子弹射中，却没有疼痛的感觉，只是喘不过气来，特别难受。枪声再次响起，紧接着又是一声。打中了呢，还是打偏了？少年向前走去，边走边做深呼吸调整气息。他走出树林，看到老猎手端枪向前跑去的背影。周围还飘散着火药味，时间在无声地流逝，眼前的情景恍若梦境。

刺耳的枪声将梦境震碎，这是老猎手打出的第四枪，长长余音变成了回响。前方山坡上出现异常状况，一头鹿倒在地上在痛苦地挣扎。子弹打中了！少年屏息注视着事态的发展。老猎手仍然端着猎枪慢慢向它靠近,并从绝不会射偏的距离慎重地瞄准又开了一枪。鲜血从鹿的脖根处喷溅出来,由于子弹的冲击力,它的头部向上扭转。鹿反弹般地站起来,刚要拼尽最后的力气逃跑,可前腿一屈又颓然倒下。

老猎手继续向鹿凑近,准备发出致命的一击。住手! 不要开枪——少年无声地呼唤。他的无声呼唤似乎传递了出去,老猎手退出枪膛里的子弹并放下了枪。鹿倒在原地朝空中拼命蹬腿,少年也走到了近旁。就在这时,他眼前出现了匪夷所思的景象:那头鹿就像什么都没发生似的,站起身来迈着轻快的舞步朝天空跑去,随即隐没在灰色云层之中——刹那间的幻象。少年用手背擦擦眼皮,再次注视倒在地面的鹿,它瘫在冰冷地面的样子惨不忍睹。

鹿已无力站起。那是当然,它已身中数发铅弹,从脖根和腹部流出的鲜血把曾经美丽的毛皮涂染得污秽不堪。但它还是继续蹬腿,仍不停止奔跑和行走。偶尔间歇片刻,却又开始慢慢地蠕动,在渐渐模糊的意识中重复着曾经重复过数万遍的动作。对于它来说,这就是在地球上生存至今的证据。

少年心想,它将要去旅行,最后的生命将要从它的肉体中离去。刚才那一幕并非幻象,而是鹿的灵魂抢先离开肉体长驱直入天空的姿影。倒在地上的鹿似乎已经感觉不到疼痛和恐惧,或许感知疼痛和恐惧都是灵魂分内的职责。这灵魂现在也飘向了天空的彼方,而灵魂已经离去的四肢仍在安静而柔缓地重复着那个动作。

少年严肃地守望着鹿的最后时刻,它圆圆的眼睛依然睁大,其中却不再映出任何物体，没有天空，没有山峦，没有端枪的猎人，已经消除了暴力和残酷的痕迹，只有虚空而透彻的沉默。巧克力色的瞳仁渐渐蒙上白翳，犹似红炭渐渐失去热量。然后，鹿的生命静静地消逝而去。

刻不容缓，老猎手已经开始了肢解作业，看上去就像生命消逝的后续步骤。他拔出猎刀先划开鹿的腹部，从肚脐位置竖起刀刃朝胸口处滑去，再从脐部向下划开。这一系列操作就像神圣仪式般平淡而自然地进行，既没有犹豫也没有迟滞。少年目不转睛地望着眼前的情景，因为他必须牢记肢解猎物的顺序。总有一天自己必须独立完成捕猎和肢解作业，此时心情不可思议的沉着镇定。

老猎手将手伸进划开的鹿腹，像是要扯出内脏，却又停手转向少年。

“你也来试试看！还挺热乎呢！”

少年按照老猎手所说将双手伸进开了膛的鹿的腹内，立刻烫得他差点儿把手收回来，已被冻僵的手就像要被烫伤。鹿的生命就曾在这里燃烧，虽然旺盛的火焰已经熄灭，但现在火种依然如此炙热。少年从这里感到了顽强不屈的生命力，就是这种力量支撑着鹿活到现在，支撑着它在崇山峻岭中驰骋、奋战、传宗接代。

少年轻轻地抽出双手，鹿的肠子仍在缓慢蠕动。少年的视线落在自己沾满血污的双手上，凝视了片刻。

“生火吧！”老猎手发出了指令。

少年开始搜集燃烧篝火的柴草。老猎手继续肢解作业，掏出鹿的内脏、剥离、切割。两人几乎没有对话，都在默默地做自己的事情。

少年心中产生了奇妙的充实感，既没有愧悔也没有悲伤和哀怜，心中流动的莫如说是沉静而安宁的情绪，觉得剥夺一头鹿的生命并肢解其骨肉、内脏和毛皮的行为都容纳在崇高的生命溪流之中。生命总是采用各种动物、鸟类、昆虫、鱼虾和植物的外形源源不断地流淌，无声地、轻快地流淌。今天这一日已随着生命的溪流渐渐远去，不久就会消逝吧？刚才还活生生的身影，往后再也不可能看到，它即将作为肉食被摄入自己和老猎手的体内，被消化成营养素并内化为延续生命的火焰，曾在鹿体内燃烧的生命之火就这样被别的生命承接。

在这个世界上不可能有单纯的“生存”，除了希望积极地生存和延续生命的动物之外，其他动物都不可能幸存。人类与动物相同，稍稍发呆走神即刻就会被吃掉，若不努力获取食物就会衰竭而死。那头鹿努力地活到了今天，我们自己也是一样。鹿作为动物偶尔与人类相遇，于是就被人类宰杀，这里没有任何矛盾之处。鹿也好，人类也好，只是遵循各自的成规行动而已，因此没必要对它心生悲悯，也没必要责怪自己残酷无情。

少年心想，自己根本没必要把那头鹿的身影留在记忆中，因为记忆只不过是个空壳而已。回忆当中并没有生存，所谓生存就是活过今天，不知道去往何方，且不想知道去往何方，永不厌倦地重复日出而始、日没而终的每一天，就这样将燃烧在自己体内的生命之火绵绵不绝地传递给新的生命。

姬姬的身体开始散发出怪异的气味，腥臊味、油腻味和药味混杂于其中，原因就是她总要鞣制动物毛皮。为使兽皮变得柔软而采用的药草有种独特的强烈异味，她手上皮肤粗糙皲裂也是因为在冰冷的溪沼中反复漂洗毛皮。

两人已不像刚来小屋当初那样常在地铺上嬉闹，特别是少年，几乎不再对姬姬搞恶作剧，开始介意睡在上铺的老猎手的存在，不想让他总把自己当成孩子看待。此外，在跟老猎手一同打猎并现场体验了动物们的死亡之后，他就更没心思跟姬姬嬉闹了。当然，姬姬似乎并没有这种意识，仍如往常那样忽而咬咬少年的耳朵，忽而舔舔少年的脸，忽而把鼻尖贴在少年的胸膛或脖颈上闻味。少年尽量不发出呤唤，咬紧牙关扭来扭去地忍耐着，但实在痒得忍耐不住时就哼出声音来了。在嬉闹过头时，睡在上铺的老猎手就会用脚后跟咚咚地敲打木地板。

“还没闹够吗？快睡吧！”

在晚饭后的时间里，老猎手大都会借着烛光读书。他有几本厚厚的旧书，好像一直在反复阅读。

“你在读什么呀？”少年问道。

“佛典。”老猎手仍如往常冷淡地答道。

“佛典是什么？”

“就是佛的教诲。”老猎手终于抬起头来问道，“你识字吗？”

“不太多，是我爸教的。”

“你读读看吗？”

老猎手把书递过来,少年只看了一眼就递了回去。

“都是难认的字,我读不了。”

“你知道佛吗?”老猎手问道。

“我不知道,也没见过,佛是人吗?”

“这很难讲清楚。”老猎手抬手摩挲着下巴答道,“佛既是人也不是人。以我的理解,彻悟到这个世界的真理的人就可以称之为佛。不过,我不认为现实中存在那种人,所以说佛既是人也不是人。”

“原来如此。”

“你真懂了吗?”

老猎手疑惑地望着少年。

“因为东家说的话常常很难懂嘛!”少年大模大样地答道。

“根据佛的教诲,从所有的人终究都能得道成佛的意义上讲,包括我和你在内,都具有佛性。”老猎手继续讲解,“可实际上出现在这个世界的佛只有一个,或许他原本就是佛而不是人。”

“大概就是那样吧?”

老猎手当即回到佛典中去,像是觉得孺子不可教也。姬姬一边挫磨已经鞣过的兽皮一边小声唱歌,听不出歌词是什么,只是没完没了地在同样的高低两个音之间重复。少年觉得那简直就像夜晚森林里猫头鹰在叫。

“姬姬也有佛性吗?”少年冒失地问道。

老猎手慢慢地抬起头来,看了看正在专心鞣皮的少女。

“看样子她比咱俩佛性还高呐!”老猎手答道,“也许正因如此,她才不开口说话。”

姬姬似乎觉察到自己成了议论的话题，抬起头来高兴地微笑一下，随即继续干活儿，并继续唱歌。

“那，动物和昆虫也有佛性啦？”少年乘兴说道，“草木也有，石头倒算不上。”

“昆虫成佛后还是昆虫，草木成佛后也还是草木。”老猎手郑重其事地说道，“除了人类，万物都已经成佛。也就是说，世界贯彻了永恒的真理，所以咱们在任何时候都可以安心地消亡。”

老猎手继续读书，少年看了看仍在鞣皮的姬姬，她依然哼唱单调的无字歌。少年心想，她肯定是不需要语言，就像生活在森林里的鸟类和动物一样，只需有声音的强弱和高低足矣。因为她并不想传达什么，只是沉浸在自己嗓音的愉悦感之中。少年觉得姬姬生存在比自己自由得多的世界里。

少年只能在狩猎的间歇中在小屋里与姬姬亲密相处。有时因为天气不好而不能出猎，还有猎物颇丰以及老猎手想休整的时候，才会不定期地休猎。在这样的日子里他们就会比平时晚些起床吃饭，之后老猎手要么保养猎枪，要么修葺小屋，要么制作熏肉，少年就帮姬姬鞣兽皮或做饭。最快乐的事情就是以拾柴和采野菜为借口带姬姬去附近山上漫步。

他们在离小屋不太远处有个只属于自己的秘密场所，位于风吹不进的树丛中。由于林下长满了矮竹，他们的身影就被完全遮掩起来。地面铺着厚厚的落叶，躺在上面打滚就像在柔软的床上特别舒适。

这里十分平常却隐藏着永恒。倒在落叶上时怦然心跳的愉悦感，全身即将溶化般的恍惚感，两人欢快地、充满热情地触摸对方。现在这里发生的事情，与姬姬同在的这个瞬间，她的身体就在这里随时都可以伸手触摸，还可以与她的嘴唇、舌头、乳房互致亲密问候。美妙至极的情趣不需要语言，神秘的瞬间超越了语言，取而代之的是喘息和呤唤。

少年心中想了这样一些事情：在这个世界上为什么会有雌有雄、有男有女呢？雄性动物与雌性动物也会用自己的身体相互致意吗？它们每次体验如此神秘而美妙的瞬间时都会鸣叫、嘶吼和歌唱吗？真是不可思议——雄与雌、男与女的存在。本来鹿是鹿、人是人不就可以了吗？不过，如果人只能是人的话，会怎样的无聊呢？独自一人无法寻求任何美妙的瞬间，独自一人不会发生任何神秘的情趣。

两人感到了轻度疲劳，于是并排躺下小憩。他们躺在温暖的落叶上望着树梢顶端展现的天空，久久地不言不语地出神地望着时光的游移。一只褐色大鸟在薄云漂浮的空中盘旋，洒在寒天下的光线由金色变为白色，又由白色变为灰色，秒秒钟都在千变万化。

姬姬再次唱起那支无字歌，山风徐徐掠过树梢。少年心想，这简直就像森林的音乐。这音乐一定就栖居在森林之中，如同动物和昆虫们那样既无起始亦无终结，既不高亢也不低沉。时间就像沼间溪流般透明地流淌，游移的光线将时间从东天移送到西天。

黄昏将近，时间瞬息流逝，一如既往。必须赶紧返回，否则夜幕很快降临，天就黑了。老猎手极不愉快的面孔浮现在眼前，今天肯定会惨遭痛斥。玩得太过头了，也许老猎手会限制自己与姬姬两人出行。少年拉起姬姬的手急忙往回赶。

天色昏暗，即便是来时走过的路也会变得仿佛另一个世界——被太阳丢弃的世界，可怕而凶险的世界。此时看不到任何友善可亲的物体，白天与黑夜就像运用完全不同的法则统治着森林。白天屏息吞声的活物们在此时恢复了生机，从树后和丛林中出现，感觉它们仿佛就藏在近旁，毫无声息地擦身而过，那是一种眼睛看不到的活物们的感觉……

浓密而深沉且具有威胁性的沉默完全笼罩了森林，似乎有谁给森林念了咒语。动物们的鸣叫声响起，听上去与平时有所不同，就像栖身于森林中的妖魔在模仿动物们的叫声。山风发出瘆人的低吼声从黑暗的林间吹过，少年感到自己正在不明真容的庞大生物的腹中游来荡去。

有一次外出打猎走在树林里，老猎手曾在某处绕道改变了前进路线。少年问其因由，老猎手回答说“要避开不吉利的场所，因为那里笼罩着不祥的灵气”。在少年看来，那里并没有什么异样。但即使询问哪里有何不同，老猎手也只是问“你感觉不到吗”，并未进一步说明。

看样子，森林中确实有些不可踏足的场所。这种场所在白天仅限于某些局部，但在太阳落山黑暗笼罩森林之后，那种场所就会向四面八方扩展并不断地膨胀，须臾之间就覆盖了整个森林，于是所有的地界都会变为瘆人可怕的空间。

姬姬突然停下了脚步。

“怎么啦？”

姬姬没回答，只是凝视着前方的暗处，好像感知到了某种异常。

“有什么东西吗？”少年不安地问道。

姬姬还是没有回应，只是屏住呼吸盯着同一个地点，可以看出她全神贯注。少年一直相信姬姬拥有感知危难的特异功能，所以她一定是看到了什么，看到了自己所看不到的某种物体。少年紧张得胸口难受，头顶突然发出唰啦啦的响声，吓得他差点儿跳起来，但立刻明白那并不是什么怪异之物，可能是在枝梢间飞移的鸟儿，也许是松鼠。不觉之间全身都已绷紧，他暗暗地深吸一口气。空中还残留着依稀天光，枯叶落尽的林梢凸现出奇形怪状的剪影。

过了片刻姬姬开始前行，虽然表情似乎有些紧张，但她并没有害怕。不会有危险吗？穿过林中被灌木丛覆盖的难行地段，两人好不容易来到溪沼边，离小屋应该已经不太远了。天空的蓝色也已完全消失，夜幕开始降临。从即将黑透的天空洒下朦胧微光，流过溪沼的水面隐约发白，两人借着微光继续前行。

两人又向前走了一段路，少年闻到从溪沼水面吹来的风中含有烟味。没错，就是烧柴火的烟味，其中还有动物肉脂的焦煳味。这是从老猎手小屋飘来的吗？可是到小屋还有一段距离，而那股味道却是从近处飘来。

“姬姬,你不觉得奇怪吗?”

姬姬像是早有察觉,并未表现出惊讶。不仅如此,她还朝飘来烟味的方向走去。

“等等!还是观察一下吧!”

姬姬毫不在意地继续前行,少年无可奈何只好跟在后边。前行不久,只见林木之间有微弱的火光时隐时现,有人在溪沼附近燃起了篝火。是什么人呢?或许是种田人。本来自己进山就是为了见他们,若真如此愿望即可实现。可那真是种田人吗?

少年心想,只要不是所谓“那达”之类的亡命狂徒就好。因为他们见到外人就会无情地加以残害,要是被他们找到老猎手的小屋就是最坏结果。姬姬感觉如何呢?她在林中察觉到的异常就是这里吗?

两人轻手轻脚,尽量不弄出声响一步步地接近篝火。几名男子的身影在火光中映现,他们正围着篝火吃东西,一声不吭,只是默默地吃东西。火堆中不时地发出树枝燃烧的爆裂声,风向转变,浓烈的烟团飘向这边。少年竭力忍住呛咳,而姬姬却毫无戒备地越走越近。少年心想,太近了!会被发现!

姬姬还想向前靠近,少年从身后拽住她的衣襟,姬姬终于停下了脚步。距离已经很近,似乎能够听到他们吃东西的声音。怎么办?在尚未弄清对方情况之前出去十分危险,只能等待他们离去,然后通知老猎手。

两人像打猎时一样屏息吞声地窥探情况。那里有五名男子，都不说话，专心致志地吃东西，只看那情形都会心生不祥之感。少年心想，那帮家伙要是就地宿营可不得了，天一亮就他们会发现老猎手的小屋。少年真希望他们赶快吃完东西离开这里去别处，可他想不出赶走他们的好办法。

少年觉得一分一秒都那么漫长，上次产生这种感觉还是在西部公园度过的那一夜。但此时非彼时——少年告诫自己。通过跟随老猎手狩猎，他培养了相当的耐性和韧性。狩猎最重要的就是控制着呼吸等待，耐心地等待数小时之久。甚至可以说，狩猎的多半过程都用在耐心等待中。如果不能赢得与动物们比耐性的对抗，就不可能获得猎物。虽然目前要获得的并非猎物，但是为了规避不可预测的危险，就不能输掉比拼耐性的对抗。

周围被宁静所笼罩，连细微动静都显得异常刺耳。也许是因为听觉被磨砺得十分敏锐，少年甚至觉得能听到地下小虫们的窃窃私语。天气真冷，一旦静止不动就会感到寒气彻骨，就像变成了被积雪埋没的野果。姬姬感觉不到寒冷吗？她确实忍耐力很强，从未有过示弱的表现。无论是面对严寒还是饥饿，甚至连眉头都从未皱过一下。这一定是因为她已经具备了佛性吧？

少年心想，最好有什么突发状况，例如突然出现一头凶暴的黑熊，替自己把那帮家伙赶走。可是听老猎手讲，黑熊目前尚处于冬眠状态。真心羡慕还在温暖洞穴里睡觉的黑熊！真心想赶紧回到小屋钻进地铺睡觉！真心眷恋与姬姬二人营造的温馨！

过了很久,那五个男子终于吃完了东西,随即开始做出发准备。他们扑灭了篝火,迅速地整理行装,似乎并不打算在这里宿营。那帮人正在赶路,个个都带着沉重的大包裹,直到最后都没开口说话。吃东西、稍事休息、出发,不做任何多余的事情。

那帮男子离开之后,周围连空气都显得平和祥瑞了。少年长吁一口气,这时附近发出了响动。少年反射性地伏身隐蔽,也许是那帮人中有谁返回?过了不久,黑暗中出现了老猎手的身影。

“哎呀!原来是东家呀!”

老猎手从两人面前走过,并在昏暗中开始查看那帮男子们停留过的地点,像要寻找什么线索,弯着腰用树枝这里戳戳那里戳戳。

“他们是种田人吗?”少年说出了心中的揣测。

老猎手直起身来瞅了少年一眼,什么话都没说就朝溪沼方向走去。他蹲身捧水洗了脸,再用袖口擦抹着转回身来。昏暗中老猎手的眼睛微微发亮。

“你们干什么去了?这么晚才回来!”

少年从老猎手的语气中感到了他的不愉快。

8 密林

无论先前怎样吐槽，辻村还是更愿意在酒店的餐厅用早餐。主要是因为此时身处外国，周围没有认识的人，所以感觉很放松。他在国内平时的早餐很简单，只要面包和咖啡即可解决，顶多再吃些水果。而目前人在旅途，便乘兴再吃些蔬菜、鸡蛋和培根。不过，最基本的还是面包和咖啡，其他的即使没有也无所谓了。一年三百六十五天，早餐几乎都一样。他忆起以前在某本书中读过的内容做出推断：或许自己这种习惯也是细胞分化达到尽头的表现。

人类的胚胎干细胞即所谓ES细胞，是从生成后五到七天的受精卵中抽取的细胞。过了第二周，在此之前尚可转变为任何组织的细胞就分化为外胚叶、中胚叶和内胚叶，则再不能转变为由其他胚叶造成的细胞了。由某种细胞转变为具有特定功能和特定形态的细胞就叫作分化。反而言之，像 ES 细胞这样仍可转变为任何组织的细胞，则尚处于未分化状态。还有所谓 iPS 细胞，可以通过向体细胞导入几个遗传基因将细胞重组，从而使其进入未分化状态。由于它是以从成人体内采取细胞为出发点，所以与 ES 细胞相比伦理性问题较小。

受精卵生成一个月之后，人的胚胎就达到三毫米，此时心脏已经成形并开始搏动。再过数日就会长出将来发育成手脚的突起，已能看出胎儿的雏形。到四十二天时就会长出眼皮、手指和脚趾。过五十天时长到两厘米，躯体形状大致清晰。其后每过十天体格长大两厘米，在第三十八周新生儿诞生。

过村心想，人生就类似于漫长的分化过程。刚刚受精开始分裂的细胞能够长成所有的器官，如神经、骨骼、消化器官、皮肤、血球。换而言之，无论构建躯体的细胞如何多种多样，都是以受精卵这一个细胞为根源，受精卵即全能细胞的理论因此而成立。我们所有的人无一例外都来自全能的受精卵，在诞生之际就拥有无限的可能性。

通过细胞分裂，仅仅一个受精卵就能分化为神经细胞、消化器官细胞、真皮细胞。然而细胞一旦分裂，就会立即失去转变为其他细胞的能力。而且据说越是高等动物，其细胞个体的制约力就越强，因为它会严格抑制由某种已分化细胞转变为其他组织细胞。通过由受精卵开始的生涯来演绎绝妙的戏剧——就是这么回事儿吧?再换个说法就是,我们每个人都是已达到分化尽头的,也相当于一个细胞的“自己”。于是,问题就在于每个人达到了什么样的“自己”。

辻村边喝第二杯咖啡边思考:以自己为例,除了写小说之外还能做些什么呢?自己的分化是不是已经达到具有强大制约力,再也无法重塑的尽头了呢?这种可能性极大。自己在五十多年分化的尽头已失去了多功能性,将本来就贫乏的能力特化为写小说的本领。而且即使作为小说家也好像算不上一流,可以说比普通人擅长的顶多也只是写小说而已,并且目前尚不清楚是否有读者期待这部小说出版。

自己是不是应该适可而止地终止这种颗粒无收的营生,把精力放在侍弄自家菜园方面呢?辻村自暴自弃地想到今后只以伸手可触的绿色为伴度过余生。当然这并非真心所愿,自己对创作小说的生活依然难舍,也不愿就此终结。或许是自己的写作方法不太对路——辻村老实地反省。确实有这种可能性。但虽说如此,自己也不擅长其他的写作方法,而且也不想尝试。长年以来分化的尽头就造化出“辻村启介”这个制约性极强的自己,时至今日已无法从头再来了。

目前在地球上生存的大象有亚洲象和非洲象两种,其面部和体形都有显著差异,在遗传基因层面上也有所不同。亚洲象主要栖息在印度、斯里兰卡、孟加拉国、缅甸、泰国、老挝、柬埔寨、马来西亚和印度尼西亚这些国家的热带雨林中，而据说大象只能居住在热带是由于它们虽然皮厚却保湿性较差。

大象的一生周期与人类相似，在大概二十岁时进入成年，到六七十岁时死去，但据说有的还能活到近百岁。大象性成熟的年龄也与人类大致相同，雌象从十四岁左右开始生育，间隔三四年，所以算起来一生中能产十头仔象。新生的小象体重可达百公斤左右。

正如直观所见，大象的视觉较差，看不清远处的物体，而且不能分辨颜色。取而代之是听觉发达，据说大象能听见人类无法感知的超低音。它大大的耳朵除了作为扇形天线帮助拾音之外，还能发挥调节体温和表达感情的作用。它虽然躯体庞大、四肢粗短，但奔跑速度较快。特别是亚洲象，据说最快能跑时速五十公里。

大象的睡眠时间较短，大都是从半夜到拂晓三个小时左右，在白天就站着随时打盹。大象是彻底的草食动物，每天要吃几百公斤。它醒着的时间大半都用来嚼食野草、坚果、水果和树皮等，但据说只能吸收其中百分之四五十的营养。

人类从很早就开始驯养野象，特别是亚洲象，在印度河文明发祥时期已有驯养大象的遗迹。作为狩猎和战利品获得的大象与王位和宗教权威相关联而被当作崇高地位的象征，有时还会以战时征集大象的数量来评测统治者的实力。身披铠甲、满载兵器的大象发挥压倒性的威力将敌人踢翻、践踏、抛摔，变成极度凶险的动物。

虽说如此，但实际上可以说用于战斗的大象都是例外，被征用的大象几乎全都用于运输。大象虽然看似笨拙，但在山区却比马匹还顶用。特别是在热带地域，大象能在泥泞和湿地中轻松行走，其实用性更加显著。在泰国，直到十九世纪前后都被大量用作运输工具。在运送人员的时候，就在象背上安装名叫“豪搭”的木椅形坐垫。不仅仅是运送货物和人员，大象在伐木运输时也十分活跃。

在泰国漫长的历史中，大象一直是人们最亲近的动物，不仅是最亲近而且被当作最贵重、有时甚至是神圣的动物。在了解到大象与日常生活的所有方面相关联之后，也就能够理解它为何频繁地出现在泰国的美术工艺作品中了。从古刹里的壁画、石雕和泥塑到土特产店销售的摆件饰品以及吉姆·汤普森的泰绸几何图案，在泰国几乎每天都能看到大象的某种形象。

辻村心想，在曼谷街头看到大象根本不是什么怪事，大象在人口五百多万的大城市里与人类共生存是特别美好的事情。真不愧是泰国，这是其鲜活生动的特征。不过也稍欠斟酌：体重超过四吨的巨大躯体，时速超过五十公里的奔跑能力，这样的动物突然舞动长鼻袭来又该如何是好呢？

“早上好！”

辻村回过头去，只见一个日籍礼宾员站在柜台里微笑着问候。他年龄在三十五岁上下，身上的胭脂红马甲是这家酒店的专用制服。

“您查完信息了吗？”

这是最初对自己开口说话的人，看样子自己从上网隔间里出来时被他看到了。

“我查了一下有关大象的资料。”

辻村回答了对方没问到的内容。

“哦？大象吗？”

对方像是来了兴趣。

“因为昨晚我在附近看到了大象。”

“啊！是吗？”

对方似乎已经预料到了。

“大象总是那样到处转悠吗？”

“不，最近倒也不会那样。”男子说话不太流畅，“应该是很少见到了，因为警察监管很严。”

“那就是我运气好。”

“是啊！”

对方的视线落在手中的资料上，似乎在等辻村离开。

“是不是有人在驯养大象啊？”

“哦，啊！”

“人象不能算是宠物吧？”

“做生意。”男子说完皱着眉头征求赞同似的点点头，“他们没叫你买甘蔗什么的吗？”

“这么说来，他确实拿出那样的东西了。”

“那是给大象吃的，用来跟游客做生意。”

“原来如此。”

“不过，那样的庞然大物在街上转悠，会造成交通拥堵，会出现很多问题，还会伤人，所以曼谷市内禁止大象上路。”

“不过,它既然在街上转悠过,就应该是在什么地方藏着吧?”

“会有少数。”

“你知不知道藏在哪里?”

男子顿时现出困惑的表情,随即露出好奇的神色。

“您感兴趣吗?”

“想看看。”

男子从柜台里取出市区地图,又用圆珠笔指着酒店附近错综交织的街巷。

“其实,在我住的公寓附近就有一头呢!”他像同案犯似的压低嗓音说道,“是他们偷偷饲养的。”

“警察不知道吗?”辻村也压低了嗓音。

“我想不会不知道,一定是默许了吧?”男子用更亲近的语气继续说道,“也可能是塞过钱了,具体情况我不了解。”

“我可以带走这张地图吗?”

“您请!”

酒店的男子说那里离这儿不远,步行就能去。室外气温应该超过三十度了,但可能由于空气干燥,身上并没有出汗。因为树荫较多,所以只要在树下走就不会太热。辻村停下脚步边看地图边想:事态的进展有些奇怪,自己来这里是找儿子的,可现在却要找大象了。

根据网络上的信息,在大城府、素可泰和清迈等地有很多服务游客的大象,它们会展示力大无比的技艺,并驮着游客游园。此外,他还查到了骑大象游览历史遗迹和森林等项目。不过,辻村想看的并不是那些,而是胆大包天地在这种猥杂街巷里藏身的大象。

在泰国好像把驯象人称作"玛富特",辻村对这个奇特的发音也很中意,如有机会还想问问他们怎样过日子,但因为没有翻译陪同不便采访。首先这不重要,因为文字信息可以在回到日本后通过电脑网络查询。他想感受的是生活在这座城市里大象们的气味、声音、喧嚣,以及在它们周围所营造的氛围。

辻村穿过排列着拉面车摊和泰式炒粉摊的街巷,来到了貌似目的地的公园旁边。他沿着围栏前行,走进门扇脱落的入口,眼前展现出郁郁葱葱的热带草木。高大的树林和竹林遮挡了视线,也不知公园面积有多大,暂且进里面看看再说。

附近的大楼像遭受过导弹轰击般岌岌可危,碎砖和混凝土块撒满了地面,随处丢弃的垃圾堆成小山,与其说是公园莫如称之为废墟或荒地,根本看不到大型动物藏身的迹象。这种地方真会有大象吗?

在树木稀疏的地块出现了一座蓝色塑膜帐篷,就像日本流浪汉在公园、河滩等处过夜的窝棚。树干之间还拴着细绳,晾着衣物,帐篷下胡乱摆放着摩托车、冰箱、沙发和吊床等,就像废品回收站。他向里面窥探,只见坐在椅子上的老太婆从深处的黑暗中盯着这边。辻村下意识地避开视线赶紧走开。

辻村穿过高大的密林,只见杂草入侵的荒芜草坪前方出现了一汪积满泥水的池塘,他要找的动物就在池畔,正悠然自得地用长鼻卷起脚旁的野草来吃。辻村环视周围,好像只有这一头大象,也不知是不是昨晚那头，从体格大小来看很像，但这并不重要。他完全被光天化日之下的大象身影牢牢吸引住了，一时呆立不动。

大象对身旁这个人视而不见，默默地继续吃草。它不时地摇摇尾巴，像是在驱赶纠缠在屁股上的苍蝇。看不到象牙，这或许是头雌象。它稍稍扭动脖颈，用小眼睛瞟了辻村一下。

"太迷人了！"

大象瞟了一眼后似乎对辻村毫无兴趣，继续用长鼻子卷起草来大嚼特嚼。辻村很想叫大象一直看着自己，于是慢慢地朝大象的视野内移动。他也想近距离细看大象的面孔，想充分地窥探那双被粗厚脸皮堆挤的小眼睛。这时，大象十分自然地微微抬头，只是这一个动作，辻村的身影就被赶出了视野。

"脑瓜挺好使！"

辻村心想，我完全被它迷住了！如果可能，就让我来喂养它吧！我要租用泰航的头等舱带它回日本！在半夜骑着它去吓唬那些醉汉，一定很痛快！

大象优美地摇动尾巴驱赶执拗地纠缠在肛门边的苍蝇，吧嗒吧嗒地呼扇那荷叶般的大耳朵，不停地为自己的身体送风，无论哪个动作都不慌不忙，也包括用长鼻子悠然进食，一切都那么协调而典雅。在乍看沉稳悠闲的动作中，蕴藏着深奥的智慧，只需观察它鼻子、尾巴和耳朵的动作方式即可知晓，特别微妙而细腻。在它周围再无如此动作细腻的活物，包括人类。在大象面前，人类就像低等动物。在这种极富魅力的动物身上，似乎蕴藏着太多应该学习的东西。

“不管怎么说,你身体重达四吨呀！就是粗略计算也相当于我的七十倍呢！”

辻村转到正面去看大象,顿时哑然无语,大象的姿容堪称“庄重神圣”。刚才从侧面观察时感觉更容易亲近,还有几分滑稽感,而现在从正面看却像是神的使者。调驯这样的动物让它表演和拖运木材真是大错特错。倒是应该叫人类在大象面前跳舞表演吧？文雅而带有威严的行止坐卧,这动物似乎在向辻村说:“你是你,我是我。”

嗯,确实如此啊！你是你,我是我。你可能不想变成人类,我也不想变成大象。我只是想跟你再亲近些而已。我现在开始感到儿子招引我来也是为了见你,因为若非如此,我恐怕不会大老远地跑到泰国来吧？与你相遇——这也许就是潜在的真正目的。这当然是牵强附会的说法。

大象是怎样交尾的呢？辻村没有见过大象交尾,或许人类不应该看这个,因为他们是神的使者。辻村想摸摸它却有些害怕,没准儿它会突然闹腾起来。不,不会那样,它何必为一个微不足道的人闹腾呢？

“还不到亲密接触的时候,”辻村发出声音说道,“因为咱们刚刚相识嘛！”

辻村心想,也许大象和鲸类的未来也关乎于人类的未来。在大象和鲸类难以生存的世界上,人类恐怕也无法生存。与这些大型动物们构筑更加良好的关系,应该能使地球物种之一的人类得到提升。就像斯宾诺莎所说：如果神的无限属性是通过森罗万象来表现的话，那么大象和人类都不具备自身的实在性，而仅仅作为神的属性的表现具有实在性，包括大象、人类、鲸类……必须尽早注意到这一点。

辻村突然像遭到雷击般想道：神或许就像是 ES 细胞。这正是天赐的启示，辻村为了确认这个启示再次发声说道："神或许就像是 ES 细胞！"

既明快又确切！如此绝妙的比喻堪称自己大半生的思考所得——这样形容未必太夸张——作为胚性干细胞的神！我们就从那里分化出来，并作为大象和人类等不同物种而存在。作为个体的生命不可避免地要争夺地球上的有限资源，掠夺或被掠夺，杀戮或被杀戮。这就是个体所背负的原罪，但又都是同根同源，也许有必要将这种存在的唯一性强行称作"神"。不过"神"这个字眼会使事态复杂化，那么是不是可以更简洁地称之为"那个"？ES 细胞的"那个"……是哪个？

辻村又开始思考 iPS 细胞：至少在细胞的层面上人类即将开发出重组分化的技术，通过解锁将染色体组进行初始化正在变为可能。通过嵌入仅仅三个或四个遗传基因，即可将人类体细胞变为人工多能干细胞。如果将这种因子嵌入全体物种的话，那就不是你是你、我是我，而是我是你、你是我，即大象是人类，人类是大象，我们就会见到共同的神了吧？

不，突然拿大象与人类相关联跨度太大，还是要尽量贴近现实。首先从家庭内的我是我、你是你开始推论，例如我的家庭——我和道代、理、真子。所谓家庭原本不就是由一个胚性干细胞分化的成员的集合体吗？这也许不能称之为严密的定义，那就算是假设。从胚性干细胞分化的我们在似乎永无止境的分化过程中突飞猛进，如今已被制约性极强的“自我”所限制，并且相互难以理解，连语言都无法沟通。但是，如果嵌入某种因子的话，我们就会受到诱导再次获得多功能性，就会重组为所谓的 iPS 状态，即我也是道代、理、真子，而他们也是我。这种假说能够变为现实吗？

近代以后的欧洲以及追随欧洲的整个世界，就是按照“自由”和“平等”这两个原理发展而来。法国人权宣言的第一条就是“人出生就拥有自由平等的权利”。但只有这些尚显不足，如今更是明显的不足。在自由与平等的原理下，每个人只能是制约性极强的“自我”。既不能超越这个自我，也不能脱离这个自我，某个自我与其他自我也不能相互渗透。只要还是一个个的“自我”，我们就成了绝缘的个人，只能生存于失去微笑的残酷竞争状态中。这正是当代的悲剧、凄惨和不幸的根源。

如果只靠自由和平等来生存，人类就会变成恶徒，所以无论如何都需要再加一两个因子，应该称之为第三因子“X”。自由、平等，这些词语和理念，确实就像星火燎原般延烧到人群之中。然而遗憾的是，友爱、博爱和邻人爱却并未像自由与平等那样得到推广，可以说几乎没有深深扎根。也许是这个词语本身不具魅力，还是这种理念有所欠缺呢，抑或是人类难以适应“爱”这个字眼，还有可能就是尚未具备容纳“爱”的因子？无论怎样讲，还是有必要发明别的名称吧？

当然，这并不是说只要找到名称即可，因为它不会偶然地来到世界上。名称的到来有待于意象和理念的成熟，而自由与平等这些名称也都应该是这样来到世界上的。也许自己就是通过写小说来追寻第三因子“X”的，可目前就连模糊的意象都没能捕捉到。但即便如此，自己要朝哪个方向进取、目标在哪里依然心知肚明。大概不只是自己一个人吧？应该另有其人也在某处思考同样的问题。如果不是一个人而是众人朝着同一个方向追寻同样的理念，用日语、英语、法语、德语、西班牙语、俄语、中文……总有一天，那个名称就会到来吧？那时人类就会被初始化和重新编程，还原到尚未分化为多种文明、宗教、民族和国家之前的状态，还原到我们每个人尚未如此貌合神离之前的状态，还原到我的话语能够毫不费力地传达给你的状态……

大象不知何时已经消失。在这种动物消失的世界上既没有光辉也没有深度，在超过三十度的气温中，周围奇妙地显现出冷冰冰的景象。时隔多日，辻村又想起三十多年前去世的曾祖母。她是一位十分虔诚的净土真宗信徒，临终前还在念佛。她生前常常谈论净土世界，谈论从净土世界放射出的光芒。她所说的光芒如今似乎已经消失，仅仅是因为大象消失了。

“那家伙说不定就是来自净土世界的使者。”

辻村就这样喃喃自语，独自站在红褐色的水塘边。也不知过了多久，他忽然感到后边有人，转身一看，是个貌似日本人的同龄男子，正在注视着他。

“你不要紧吧？”那男子担心地问道。

是在问我吗——辻村在心中自问。不要紧吧?！肯定不要紧嘛！因为我是在思考任何人都不曾思考过的问题，多亏能与来自净土世界的大象相遇。我所思考的问题说不定会为人类带来福音，这可不是开玩笑……大象哪儿去啦?

“你一直在自言自语吧？”对方紧追不放地问道。

“我？”

辻村莫名地产生了扒窃或性骚扰被抓现行的感觉，下意识地改用礼貌语体。

“因为我听你说的像是日语，有点儿担心就下来了。”

“我就是想看看大象。”

“啊，我知道。不过，你是在大象离开之后开始自言自语的呀！我最初还以为你是在用手机通话呢！”

辻村难为情地低下了头。自己是不是显得特别古怪，就像大脑的螺丝脱落了？或许真是这样，自言自语地说了半天，谁看见都会觉得这人脑子有问题，然后匆匆离去，或者干脆无视、不予理睬，像他这样过来打招呼确属稀少模式。因为如果自己真的疑似脑子不正常而且像个危险人物的话，根本就没有主动过来打招呼的道理。既然有人过来打招呼，那至少说明自己不像危险人物吧？而且说明这个过来打招呼的人本身可能也是个相当奇怪的家伙。

“你了解大象吗？”辻村问道。

“大象？就是刚才在这儿的那个吗？”

辻村默默地点点头。

“我不了解详细情况。”

“它很早就在这儿了吗？”

“倒也不是很早，可能就两个月左右吧。”男子似乎有些不耐烦，“大概是从乡下来的吧。”

“是那帐篷里的人们养的吗？”

“可能是吧。”

“他们是靠大象生活吗？”

“这个，我不知道。”

对话中断，辻村做出找大象的样子，不动声色地窥探那个男子的模样。他上穿T恤衫，下穿七分裤，像是完全适应了本地的气候和生活方式以及时间周期。如果让他走在日本的街道上，或许反倒显得格格不入了。

“你是来旅游的吧？”这次是对方主动问话。

“嗯……啊！”

辻村望着对方，像是在问“那又怎样”。

“因为很少有游客来这种地方呀！”

对方像在揣摩辻村的心理。

“我就是想看看大象。”

“原来如此。”

“奇怪吗？”

“不，没什么。”男子随即转身指着一座楼说，“我就住在那里，如果不介意不妨去我那里歇会儿！”

对方用关心而好奇的目光望着辻村。该不该接受这个男子的邀请？辻村迟疑不决。不，用不着迟疑，应该断然拒绝。别看他貌似善良，却不知心里在想什么，也许自己已经引起最该规避的家伙的兴趣。辻村心想，自己之所以会这样考虑，就是因为我们在以绝缘的个体生存。

“谢谢你！不过，别担心我。”

“你是不是身体不舒服？真的不要紧吗？”

“嗯，我要回酒店休息。”

辻村刚要离去，却见一个年轻女子背对着密林走过来。辻村立刻明白那是谁，但在一瞬间又怀疑自己认错了人，因为泰国女子乍看长得都一样。可是，没有错，不可能错。这种偶然几乎就是必然，或近乎命中注定。这种感觉使他心情激荡。

“嗨……”

辻村举起一只手毫不拘束地打招呼，把“旺”这个名字吞了回去。他不知道在这里该不该说出那个名字，觉得在白天也用“胖墩儿”呼唤那女子不合时宜……

“你们认识啊？”男子在身后说道。

辻村停下正要迈出的脚步转回身来，虽说时间短暂，那男子却已从大脑中消失，所以他用“你是谁”的目光重新审视对方。

“你认识她吗？”

“我俩住在一起。”

辻村顿时感到被打了脸，而且力度很大，好像连地面都起伏摇晃站不稳脚跟，也许真的趔趄了一下。他站稳双脚，不向对方示弱。

“是这样啊！”

他从嗓子里挤出呻吟般的声音。

“去我那儿坐会儿吧！”男子热情地说道。

辻村心想，不可久留，应该立即逃走。他心里很清楚，再磨蹭下去也许会挨枪子儿。但是，面前好像有某种力量将他紧紧拉住。不，不是“某种力量”这类模糊概念，而是明明白白地对那女子的留恋。他用羡嫉而憎恨的目光瞅瞅跟旺站在一起的男子，又觉得对方不像是凶神恶煞，不像是滥用暴力的类型。估计是吃软饭的吧？也说不定是毒品贩子。

总而言之，辻村心中的自我防卫本能已被麻痹，或者说已被赴死的冲动所控制，就像被灭蛾灯吸引的飞虫般慢慢向那两人走去。

9 她的真名

老猎手在那天看到可疑男子后不久，就下决心走访种田人的村庄。听老猎手说去那里要走整整一天，少年略感意外。此前跟老猎手外出狩猎，几乎走遍了这一带的高山峡谷，如果附近真有村庄就应该能发现，因此只能断定老猎手确实是有意避免接近种田人的生活圈。

他们决定三人一起出行，为的是尽量多带些粮食回来。因为这次有姬姬伴随远行，所以少年几乎是怀着游山玩水的心情出发了。但是，他很快就意识到此次行程与平时打猎并无不同，或者说更加艰险。首先，为了登上山梁，必须耗费数小时攀爬覆盖着茂密森林的陡坡。由于一旦踏入森林就很难把握前进方向,老猎手不时地在树干上砍出记号,或者垒起石堆,在林中各处留下只有他自己能看懂的路标,然后继续勇往直前地向上攀登。

他们终于爬到山梁上,累得连说话的力气都没有了。三人像是身处特别高峻的主梁,从这里可以展望周围的复杂地形,但依然看不到有人生活的痕迹,也无法确认类似村庄和农田的地貌。叠翠层林所覆盖的山峦被无数溪谷切割,山麓呈现出多重皱襞。那座村庄和农田会不会就隐藏在那些幽深的皱襞之中呢?

"因为种田人害怕自己辛苦劳作得来的粮食被夺走,"老猎手像在回答少年心中的疑问,"所以专找外人不易进入的地方隐居。"

三人在山梁上暂歇之后,开始走下以杉树扁柏为主的针叶林中。这里好像原先是人工林,但由于长期无人修整,森林早已荒芜,只要踏入一步,就是在白天也会立刻变得昏暗无光,根本无法向周围眺望。少年心想,这样一来即使附近有村庄和农田也不会被发现,或许真的有利于防御外敌入侵。能走到这里已属不易,即使弄到了粮食也得翻山越岭地搬运出去。考虑到长途跋涉耗费的劳力,掠夺行动本身只会得不偿失。

林中有一尊被荒草盖住的石佛像,看样子相当古老,眼鼻处已开始风化。老猎手微微合掌静静地走过,少年和姬姬也模仿他的动作。仔细观察,只见周围还有几处长满苔藓的石塔和墓穴,或许村庄就在附近。抬头仰望,刚才密厚如盖的林梢略显稀疏,冬日柔弱的光线洒向林中。

森林已到尽头，呈V字形洼陷的山谷间出现了几户人家，瓦顶屋之间散落着草顶屋。谷底有小河流淌，村庄夹河而建。据老猎手讲，那里原本是避世的聚落，以前的居民都已不在，留下了颓朽的房屋和撂荒的田地，逃出城市的人们重建村庄并定居在这里。

每座房子都破旧不堪，偎挤在河畔窄憋的地面。周围看不到人影，整个村落悄然无声，抑或是因为时近傍晚。少年先前想象这里热热闹闹富有活力，而现在看到这荒凉的村落不禁感到期待落空。

"我肚子饿了。"少年这时想起，白天在途中每人只吃了一个饭团，"那里有住的地方吗？"

老猎手默默地点了点头，少年也不再多问。三人一声不吭地沿着河边小路继续前行，天色已经开始昏暗，散落在各处的人家都没有光亮，看上去不像有人居住。但即便如此，还是能闻到不知从哪里飘来的饭香。再前行不久，老猎手走进了一户农家庭院。他随手拉开没有上锁的房门，像进自己家一样踏入昏暗的土地板玄关。

"谁？"

昏暗中传出男子的声音。

"是我啊！"老猎手答道。

"哦，是你呀！"对方似乎放了心，"我琢磨着你也该来了。"

"你不舒服了吗？"老猎手放下背囊问道。

"只是有点儿感冒，"里屋似乎有人起身，"你今天还带别人来啦？"

"他们从城里出来迷了路，就在我的小屋暂住。"

主人点着了蜡烛，看模样比听嗓音所想象的年轻，相当于老猎手儿子的年龄。他把蜡烛朝向少年和姬姬。

“哦？客人好年轻啊！”

“晚上好！”少年乖顺地俯首致意，“我叫 Osamu，这女孩叫姬姬，她没有正式的名字。请多关照！”

“这个少年很有礼貌啊！”男子称赞道，“我的名字叫锻冶介，当然不是正式名字，村里人都这样称呼我。我就是个铁匠，你知道铁匠是干什么的吗？”

“不知道。”

“就是给村里人打造锄头、铁锹和镰刀，但主要的还是修理旧农具。他用的猎刀就是我做的呀！”

“不好意思，能让我们在你这儿住一晚吗？”老猎手谦恭地请求道。

“你不总是在我这儿住吗？”对方理所当然似的答道。

“我今天还带了两个人，而且你又身体不舒服。”

“不碍事儿啦！”男子大方地说道，“倒是这两个人，味儿太大了吧？我刚才就觉得不对劲儿，快带他俩去河边吧！我做饭等你们回来。”

老猎手领着少年和姬姬沿着流过村中的河边向上游走去，河道从村边开始呈现出溪流的样态。再向前走，昏暗之中可见白色蒸气升腾，从地下涌出的热水与溪水混合成适温的天然浴场。温泉从河滩各处涌出，形成了很多天然的水洼，还能看到有人用石块圈垒成的简易浴池。但这里既没有洗衣池也没有更衣室,那些简易浴池也没有顶盖。

可能是由于天色已晚,这里没有其他人沐浴,三人立刻分开各自找到中意的浴池脱衣洗澡。河滩上偶有寒风吹过,脱衣后确实冷得不能多待片刻,少年赶紧跳进附近的水池。由于全身都已经冷透,所以感到温泉水热得像要被烫伤。他忍住想要跳出去的冲动,渐渐地适应了水温。

在城里那会儿还是夏季,少年和姬姬每天都去流经市区的河里洗浴。流经高楼大厦之间的河水也很干净,甚至可以饮用。但是,随着天气转冷,他们连洗澡都不想去了。特别是自从进山之后,一次都没洗过。老猎手倒像是常用溪沼的水洗澡,但一想到那冰冷的溪水,少年实在下不了决心。姬姬似乎也是同样的想法,于是两人身上总是有股浓烈的异味。

“真舒服呀!”在稍远处泡澡的老猎手陶醉地说道。

少年像是受到老猎手情绪的感染,也在温泉水中舒展开胳膊腿。当身体完全暖透之后,冷风吹在脸上感觉特别爽快。

“东家的朋友是个好人呀!”少年坦率地说出了自己的感想。

“你是说铁匠吗?”

“你们早就相识吗?”

“那个人最怕腥臭味儿啦!”老猎手像透露秘密似的岔开话题,又含笑继续说,“他不是叫你们也洗个澡吗?他最初放弃当猎手也是因为害怕腥臭味儿。”

“你们一起打过猎吗？”

“他还没你领悟得快呢！”

少年听到这话心里挺高兴。

“他一闻到动物尸体的腥臭味儿就难受。”老猎手直截了当地说道，“要是每次打到猎物后都恶心反胃还怎么当猎手呢？所以我就把他送到种田人的村里来了，因为我觉得他适合干农活。因为村里没有铁匠，村里人说要是愿意当铁匠才收留他，于是他就开始干这行了，确实比当猎手更适合。”

“他为什么害怕腥臭味儿呢？”少年在浴池里歪着脑袋问道。

“他说他遭到过苍蝇的袭击。”老猎手边划水边说道，“刚开始看着像乌黑的云团，其实是多的可怕的苍蝇群。它们就朝着铁匠飞来，他差点儿被苍蝇吃掉。这是铁匠本人说的。”

“苍蝇会吃人吗？”

“吃不吃呢？”老猎手开始搪塞，“那肯定是因为苍蝇在城里到处乱飞吧？”

对话中断，流水声响起，暮色中还残留着几许天光，河面微微泛白。

“就因为发生了这种事情，所以他终于逃出了城市。”

老猎手回到了主题，少年抢先插话：“跟我们很相似啊！”

“所有人的想法都一样嘛！”老猎手在浴池里好像点了点头。

“东家以前也住在城里吧？”

“那是在你们出生以前很久的事情啦！”

“为什么到山里来生活呢？”

老猎手没有立刻回答，像是在犹豫该说不该说。

“这件事情以后再细说吧！”老猎手似乎想留个悬念，“因为说来话长，要是在这儿说起来，你俩就得泡晕过去啦！”

这时附近响起水声，昏暗中浮现出白色的裸体，像是姬姬从池中出来了。

“好啦！咱们也上去吧！”

老猎手招呼了一声，也不管少年有什么回应就开始擦拭身体。

铁匠已经做好晚饭等候，吊在地炉上方的锅里煮着不可与老猎手相比的杂烩粥。

“用这种东西招待你们真不好意思！”铁匠边在锅中搅动边过意不去地说道。

“是我老来给你添麻烦。”老猎手接过碗来说道。

“不麻烦。我在这村里是个另类，所以偶尔见到你特别高兴。”

四人在微弱的烛光下吃饭，少年边吃边打量土地板间，先前没注意到的熔炉、铁砧、铁锤、固定材料的工具此时进入了视野，这狭窄的土地板间又像是操作间。

“前些天在我小屋附近看到了几个可疑男子，”在饭锅快舀空时老猎手说道，“好像要翻越山梁到这里来。我看他们有些奇怪，不像普通的搬运工。”

“大概是往村里运送枪支吧？”铁匠像是有所了解，“因为村里人开始武装戒备了。”

“是要防范强盗吗？”

铁匠默默地点了点头。

“他们认定一到春季城里人就会来侵扰，”铁匠事不关己似的说道，“所以大家都赶紧用粮食换枪。”

老猎手板着脸不说话了。

“种田人拿起枪来像什么话嘛！”铁匠皱眉咋舌地说道，“这个村里的人以前都没碰过枪，连我看着都心惊肉跳。”

“哦？”

老猎手放开交抱的双臂看看对方。

“也罢，反正我自己也没什么可吹嘘的。”铁匠难为情地挠挠头，随即用担心的语气问，“你明天要在村里换粮食吧？”

“我想一大早就去，”老猎手毫不隐讳地说道，“还想在日落之前赶回小屋呢！”

“恐怕不会有什么好行情啊！”

“就是因为那帮搬运工吗？”

“反正村里人现在最想要的就是枪，你带来的那些东西，不管怎么说都会被看作次要的、更次要的。”

“原来如此，那倒也是。”老猎手坦率接受。

“而且季节也不太合适啊！往后会渐渐地暖和起来，所以这个时候不会有人想要毛皮吧？”铁匠向地炉里添了些柴，停顿了一下又说，“你要是不介意就先放我这儿吧？”

“放在你这儿怎么办？”

“我再找机会慢慢替你换粮食嘛！”铁匠用树枝拨弄着柴火说道，“你得多耗些时间耐心地讨价还价，不然的话就会被坑，辛辛苦苦加工的毛皮和熏肉也换不了多少东西。”

“谢谢你提醒，不过，我的存粮都快吃完了。”老猎手说到这里看了看另外两人，“我自己倒还能凑合，可不能饿着年轻人啊！”

铁匠思索了片刻，像是想到了什么办法。

“那就把他俩暂时留下怎么样？”然后他不等回应继续说道，“时间不会很长，一个星期就够了吧！我就在这段时间里筹措米麦味噌酱和其他必需品。”

“我不能给你增加负担呀！”

“当然不会让他吃闲饭哦！”铁匠看着少年说道。

“你还要叫他俩背货回去吗？”老猎手又担心返程的安全。

“很抱歉不一定能满足你的期待，恐怕筹措不到太多的东西。”铁匠遗憾地说道。

老猎手转向两个年轻人问道：“你们怎么想？”

“不用担心我们。”少年自信满满地答道，“如果能为东家做事，我们愿意留在这里。”

“这个少年挺有出息的嘛！”铁匠饶有兴趣地说道，“他自己也同意了，就这样办吧！”

第二天，少年跟着老猎手走村串户，既像游商又像乞丐。村里人似乎都在以鄙夷的态度对待老猎手,还有人露骨地说些傲慢无礼的话。少年想,老猎手也许就是因为这个才厌恶种田人。

正如铁匠所说,交易很不顺利,有时会吃闭门羹,而有的人即便愿意交换也不会拿出令人满意的东西。虽说这都在预料之中,但老猎手的表情眼看着越来越阴郁和严峻。

“虽说是手中有粮,可他们也不该那样傲慢无礼吧?”

少年禁不住说出对种田人的反感。

“因为他们也付出辛劳了嘛!”老猎手反倒表示同情,“他们好不容易保住性命,从城里逃进深山以耕种维持生存。他们本来都不是农民,虽然也许会有几个人略懂一二,但大多数都是门外汉吧?就是这样的一群人,在既无农药也无化肥的情况下开始从事农业。听说他们最初连续失败几乎颗粒无收,常常处于饿死的边缘。就像咱们豁命追捕猎物一样,他们也是竭尽了全力。多次失败,反复试错,好不容易达到填饱自己肚子的地步,再一点点地有了盈余。我就是从那时开始用毛皮和熏肉跟他们交换粮食的。”

“不过,要是不能在这里换到粮食就会出大问题吧?”少年说出理所当然的担心事。

“其实山里什么必需品都有。”老猎手不为所动地说出平时总在重复的固有观点,“只要到了春季,就会有很多动物和植物可以利用。”

“只有那些东西还不能吃饱肚子吧?”

“饱食终日并不是真正的自然状态。”老猎手表情冷峻地说道,

“野生动物都会让自己经常处于空腹状态，而且是由自己付出辛劳获得食物。这才是生物的自然状态，所以不能盲目追求安逸的生活。”

在少年听来，这只能是老猎手不肯认输的辩解。以前出猎时总是带着米麦混煮的饭团，而今后恐怕连这种奢侈都不可能了。为了打到猎物饿着肚子在山里跋涉数日，只是想想都觉得悲惨至极。少年闷闷不乐地继续前行，几乎不再说话。他心情郁闷当然不能怪老猎手，或许也不能怪种田人。从根本上来讲，是生活在这个世界上令他感到苦闷不堪。

没能得到满意的收获，两人在正午之前回到了铁匠屋。留在家中的姬姬迎接二人，少年不能正视姬姬，因为她付出辛劳鞣制好的毛皮村里人却不愿交换。

“怎么样？”正在操作的铁匠问道。

“就像你说的那样，情况跟以前大不相同了。”老猎手意外地用爽利的语气答道。

“以后的事儿就交给我吧！”

老猎手爽快地将没能出手的毛皮和肉干托付给了铁匠，然后在午前时分离开了村落。少年和姬姬把老猎手送到山脚林边。

“你们自己能回去吗？”分别时老猎手问道。

“我记住标记了。”少年答道。

少年突然心生就此跟老猎手一起回小屋去的冲动，那些种田人的傲慢态度再次闪过他的脑际。哪怕只有几天他也不愿在那些人的近旁度过，还不如饿着肚子跟老猎手转山打猎。但是，少年抑制住冲动点了点头。他不能辜负铁匠的好意，而且就算是为了收留自己的老猎手也要尽量多带些粮食回去。

简单地说了几句告别话语之后，老猎手走向了森林。两人伫立目送，直到老猎手的身影消失在森林之中。

粮食自不必说，村中几乎所有的物资都是自给自足。在既无材料也无机械的地方，制作新的农具非常困难，这时就轮到铁匠大显身手了。他的主要工作就是将残旧的农具和木匠工具拆解开并磨制出所需工具，也常常将废料回炉后打造别的用具。此外，他还承接修理村民使用的农具，更换锄头、铁锹的木把，用铁锤矫正变形的部位，正在等待修理的农具相当多。另外，用三角锉锉伐锯、研磨镰刀和斧头也是铁匠要干的活儿。

少年在村里暂住期间就给铁匠当帮手。

“这些活儿都是在监狱里学的。”铁匠不无得意地说道。

“你进过监狱吗？”少年单纯地问道。

“是啊！”

“是因为干坏事儿了吗？”

“干过小强盗的事儿。”铁匠毫不畏怯地开始讲述，“本来我就不适合进学校。过去搞义务教育，小学和初中总共九年，所有的小孩都得去学校上学。”

“这我知道，我爸说他上过大学。”

“那可就是精英啦！”

由于铁锤敲打铁砧响声很吵,两人不得不大声说话。

“反正我这个人就是不爱上学,”铁匠继续讲述,“中考倒也及格了,但因为成绩不好进不了好高中。周围人都说那是垃圾学校,我交往的人也都厌学,一个个辍学离开。我也不例外,到高二时退了学,然后就打工,相当正派地过日子。但是,我的伙伴中有个枪迷,就是那小子坏了事儿,带着模型枪去抢劫了便利店。我也够傻的,还说挺好玩儿呢——其实真的挺好玩儿哦!他就用模型手枪顶着店员说:‘喂,把钱交出来’。”

“好厉害呀!”

“厉害什么呀?”

铁匠像是想起什么突然放下了铁锤。

“这种事可不能到处乱说哦!”然后就故作姿态地压低了嗓音,“第一次只是偶然顺利,就是抢劫便利店。本来干一次就该收手,可一旦尝到甜头就不能作罢。后来又干了几次,就被埋伏的警察逮住了。我因为还有许多前科,所以立马进了监狱。你瞧,不厉害了吧?”

“监狱里是什么样子?”

“那可真是太糟糕啦!”铁匠粗鲁地答道,“狱警相当野蛮,囚犯根本没有自由。不过,如今想来倒也不那么糟糕,因为谁都没料到世界会变成现在这样。首先那时睡觉的地方有保证,像衣服什么的全都免费发放。最难得的是一日三餐不用愁,明明是干了坏事,可每天都能吃到三顿热饭哦!早饭还给直接送到房间里来呢!”

“真是个好地方呀!”少年羡慕似的说道。

“在监狱里时可不这样想。”

“比起现在这样可算是福利多多呀！”

“哦？是吗？”铁匠含糊地点点头，“不管怎么说，我在监狱里学了不少本事，挺好的。除了铁匠活儿，还有裁缝、木工、木雕等等。在农业班还学了做菜。我什么都会啦！”

“那监狱不还是好地方吗？”

“本来学校教育不就是为了通过考试淘汰分数低的人吗？”铁匠没有直接回答少年的问题，“像什么数学啦、理科啦、伦理社会什么的，我觉得都没有什么实际用处。在我边打工边找工作那会儿，报纸上的招聘广告大都附有高中毕业以上学历的条件，像我这种高中辍学的人根本当不了正式工。现在政府机关和公司全都垮掉了，什么学历之类连鼻屎都不如。真是解气呀！因为我在监狱里学的本事更有用嘛！”

“那我也想进监狱啦！”

铁匠不无扫兴地看看少年。

“那倒也不是想进就能进的地方。”

接下来由少年开始讲述，回应铁匠的提问，他讲了自己从出生到现在的经历，简直是滔滔不绝。他在讲述过程中都搞不清那些所谓的经历到底是真是假，一旦说起过去的事情，居然分不清哪些是实际发生过的，哪些是自己任意想象的了。不过倒也无妨，因为现已无人能够判定真伪了。

“你喜欢我讲的故事吗？”

“哦，喜欢啊！”铁匠说着眯起眼睛望着少年，“不过吧，我想听的是真事儿！想听你的真实经历。”

“你觉得我说的是假话吗？”

“倒也不都是假话，但你的话里也有一些不可信以为真。例如，你说你跟那姑娘克服了种种困难什么的，到底有多少是真的？”

“因为她有特殊功能。”少年说道。

“倒也像是那么回事儿吧！”

铁匠半信半疑地点点头。

“所以我好几次遇险都能死里逃生。”

少年开始讲述死里逃生经历之一：那是去地下储存库取食物的时候，两人像往常一样前往那座几成废墟的大楼。地下商业街已经泡在水中，他们要走下楼梯去藏匿橡皮艇的地点。当他正要踏入楼门时，姬姬突然停下脚步伫立原地纹丝不动。不管少年怎么催促，姬姬仍像石柱般呆立，目光空虚，紧闭双唇，像要防备什么。

片刻之后异常状况发生了，先是鸟儿们开始躁动，无数飞鸟在大楼之间穿梭。以前从未见过那么多鸟，这次几乎都是麻雀和燕子之类的小型鸟类，它们好像受到什么惊扰而惶恐不已。栖居在大楼里的蝙蝠们也混杂其中，罕见地在尚未昏暗的空中来往翻飞。没过多久，动物的叫声也此起彼伏，以城市为生活圈的大小动物开始齐声鸣吠。

“我感到那是不祥的预兆。”少年回想起当时的景象难掩心中不快，“像是要发生什么灾难。我觉得待在通道里会很危险，就想去附近的建筑里避难，可这时姬姬却说不行。当然不是用嘴说，而是用动作警示我。她坚决不离开原地。”

“原来如此。”

铁匠善解人意似的点了点头。

所有的声音全都消失，就像开始时一样，动物们毫无前兆地停止了鸣叫。刚才在上空盘旋翻飞的鸟儿们也不知何时全都消失。少年打了个激灵，感到全身都起了鸡皮疙瘩，真想逃离现场，不管去哪儿都行，反正就想尽快离开现场。他拉着姬姬的手朝大街跑去，感觉会有什么东西从身后追来抓住自己。

突然，地下轰的一声就像发生了爆炸，地面开始摇晃，脚下踉踉跄跄失去了平衡。在接下来的瞬间一阵剧烈震动袭来，两人赶紧就地蹲下，只见高层建筑开始来回摇摆，玻璃碎片、混凝土块和脱落的墙砖等各种物体从高空坠下，若被砸中非死即伤。少年护着姬姬一直蹲在地面，晃动持续了很久，其间什么声音都听不见，也不知是根本就没有声音还是耳朵发生了异常。当摇晃终于停止时视野已被完全遮蔽，就像夜晚突然降临，周围一片黑暗。两人久久没能站起身来，因为烟尘十分浓烈而难以呼吸，他想喘口气却被呛得猛咳不止。

“姬姬具有预知地震的特异功能，”少年正儿八经地说道，“而且比鸟类和动物还要早。我也不知道她怎么会有那种功能，只能说她拥有匪夷所思的感知力。因为发生过好多次这类情况，所以我相信姬姬具有预知危难的能力。”

这时，姬姬拉开房门走进来，两人像商量好了似的紧盯着她的脸。因为刚才在打铁,所以没发现她出去了。更令两人惊讶的是,她抱着一个大布袋,里面装着分别包好的米麦和其他杂粮。

当天的晚饭不同以往相当豪华,多亏姬姬出乎意料弄来不少稻米。在地炉上方吊着的铁锅里,每次熬煮的都是毫无改善的杂粮粥,必须节约食物的境况也毫无改变。尽管如此,眼下弄到的粮食还是带来了难以言喻的安心感。

"她太有才了!"铁匠高兴地说道,"你们一开始就该带着她去嘛!"

"姬姬的能力不可低估哦!"

"完全正确。"

不知何故,姬姬在说到她自己时就好像不感兴趣,似乎身处另一个世界而心不在焉。

"你们总是在一起,真不错呀!"铁匠羡慕似的说道。

"我们的协作机制十分完善。"少年郑重其事地答道。

"真像是那么回事儿呢!"

"铁匠没有什么朋友吗?"

"原来有的,都死了。"

"曾经遭到过苍蝇袭击吧?"少年提出了尚未释怀的问题。

"是老爷子告诉你的吧?"铁匠颇感乏味似的答道。

"他说你差点儿被苍蝇吃掉。"

"老爷子是这样说的吗?"铁匠像是深感意外。

“难道不是这样吗？”

“苍蝇怎么可能吃人呢？”

“城里发生什么状况啦？”少年追问道。

“也就是发生了各种状况嘛！”铁匠像是在打岔，“因为发生的事情太多，所以也不知从哪里说起，该怎么说呢？”

铁匠噤口不语，像是在沉思。

“我总是感到不可思议，语言一方面能够说明某个事物，却又隐匿了其他的事物。”铁匠有些茫然地说道，“例如我想告诉你城里发生的状况，但不管我怎样努力，都只能讲述实情中的一小部分。那么没讲的部分会怎样呢？就会隐匿在讲过的事情的背后，装出从没发生过的表象躲藏起来。所以就很难讲啦！特别是关于那种可怕的事情。”

铁匠看着少年的眼神似乎有些怯懦。姬姬不知何时开始哼唱，就是在鞣制兽皮时哼唱的奇妙无字歌。这种像猫头鹰叫似的、只有一高一低两个音的歌能够不可思议地使人心平气和。铁匠表情恍惚地听着姬姬的歌声，然后用文静的语调问道：“你多大了？”

“大概十五岁了。”

“那你就不知道那事儿发生时的情况了吧？”

“当然不知道。发生之前的事儿更不知道。”

“这就不能怪你啦！”铁匠说的话似乎有了距离感，“那事儿发生之前的世界并不是你所知道的那样。”

“是什么样啊？”

“比如说城里到了夜晚也是灯火通明，人来人往热闹非凡。白天所有的街道都被汽车占满，严重拥堵、噪音刺耳。我到现在还记得呢！汽车发动机的响声、刺耳的喇叭声、尾气的异味……”

铁匠突然停下来，像刚从梦中醒来般望着少年，又像对着梦中所见场景说话。

“那事儿发生时街道都变成了停尸场。”铁匠自言自语似的说道，“到处都是重叠堆起的一座座尸山，必须翻过那些山才能逃离城市。在发生那事儿之后，城里就变成了另一个世界。”

对话中断时，附近传来了流水声。姬姬的歌声不知何时停止，她用双臂抱住膝头目不转睛地盯着地炉的火苗。

“我在监狱里也读了些书呢！”铁匠继续讲道，“每周允许借阅几本书，我都从头到尾读过。我没在学校里好好学习，却在监狱里用功读书。有一本书中这样写道：人类不会将死去的伙伴丢弃不管，而是举行葬礼、造墓立碑——这就是人类的特征。但是，在那事儿发生最严重的时期根本顾不上举行仪式，连点火焚烧都来不及。其实那也不都是为了死者，因为要是弃之不顾就会腐烂发臭。人的尸体腐烂后会发出强烈的恶臭，闻过一次就永远都忘不掉。当时是因为万般无奈，才往堆成山的尸体上浇汽油点火焚烧。没有人哭泣，就连哭的空闲都没有。在那种场合，感情之类都是奢侈品。在面对真正恐惧的事实时，人类甚至无法悲伤，无论看到什么样的惨状都无动于衷。看到尸体也不会觉得那是尸体，就跟瓦砾、枯树和纸屑没什么不同。也许是因为看得过多而感觉麻痹，已经完全习以为常了。但只有尸体的恶臭不可能适应,因为那种恶臭就像是地狱一般,不管逃到哪里都躲不掉,到处都弥漫着尸臭。那种感觉如今也常常被突然唤醒。"

铁匠皱起眉头,就像又闻到了那股恶臭。

"曾经那样处置死者的我们,或许早已不能算是人类啦!即使是现在,我们能否复原为人类仍值得怀疑。"铁匠停顿片刻,目光聚焦在远方。"我一想到当时的情景,就感到自己还待在这里实在不可思议。我真的还活着吗?那么多人都死了,为什么我还活着呢?当那事儿发生时,我根本不敢想象自己还能幸存,就觉得自己也会跟其他人一样丧命,只是时间早晚不同而已。我感觉所有的人都在为死亡而生存,怀着早已死去的心态像死者一样活过那段时期。"

少年默默地点点头。

"实在难以置信。"铁匠似乎现在都无法接受,"在那么短的时间内死了那么多人,怎样才能做到呢?也不知是天神降罚还是魔鬼作恶,直到昨天还是家人、妻子、儿女、朋友、恋人,今天就莫名地死去,突然变成了尸骸。以前快乐的回忆都被残酷地斩断,还有很多自杀和发狂的人。也不知是幸运还是不幸,我倒还没有因亲属死去带来的悲哀。虽然有朋友遇难,也觉得那是无法挽回的事情。"

铁匠用乏力的目光望着少年,然后像是在追溯记忆。

"灾难刚开始发生时,街道上还沸腾着各种声音。"铁匠接着说道,"有哭声、叫声,还有笑声——想必是因为精神失常了吧?有人边走边喊'别杀我、别杀我'。过了一段时间之后就没有声音了,所有的声音都停止了，街道完全被静默笼罩，只有焚烧尸体的黑烟高高升起。日复一日，黑烟连绵不断。就连雨天都有黑烟升起，更别说在晴天……”

铁匠把后面的话吞了回去，然后深深地吸了一口气。

“人世间发生了如此悲惨的灾难，可天空却仍像与己无关似的晴朗湛蓝。碧空如洗，美得令人窒息！我看到那样的天空忽然心潮澎湃，我从来没有那样激动过。当我清醒过来时，发现自己在失声痛哭，毫不介意周围的目光。不过，人几乎都死光了，周围已经不会有人看我。我以前没哭过，以后也不会再哭，只有那一次。”

铁匠说到这里停了下来，似乎沉浸在自己的思绪当中。少年感到自己被冷落，随即想起父亲死去时的情景。当时少年没有哭泣，他在悲痛欲绝之前还有很多事情要做。在瘤六死去时也是同样。而差点儿哭出来是在姬姬吃掉仅存的一颗奶糖的时候，但最后还是欲哭又止。在能够回忆起的经历中，他从来没有哭过。少年莫名地为此感到愧疚。

“为什么只有我们活下来了呢？”少年忽然想到就脱口问道，“其他人都死掉了。”

“我也不明白啊！”铁匠惘然无措地答道，“这种事情不会有人明白吧？为什么会发生那种事儿？而且应该能够做出解释的聪明人也都死掉了嘛！我们只知道幸存者很少，几乎所有人都死掉了。如果按百分比计算，一定是令人震惊的数字。因此可以说，咱们是在难以置信的超高竞争率中胜出而得以幸存。看来确实不是脑瓜好使、学习用功就能免灾,因为像我这样的人反而活下来了嘛！由此可见并不都是所谓优秀人物才能幸存。”铁匠颇感困惑似的看着少年,“为什么是我们？我也想哪天找个高人指点迷津呢！”

10 拥堵

那座面对公园的公寓楼三层就是男子的住处。他把辻村让进摆着沙发、餐桌、电视机的起居室，室内是木地板和白漆墙壁，估计是八十平方米左右的三居室吧？感觉就像日本的公团住宅。起居室外边是阳台，从那里就能俯视辻村刚才痴看大象的池塘。

辻村坐在沙发上，男子没做自我介绍而是递出名片。辻村道谢并接过名片只说了句“我叫辻村”，只见名片上写着“川那部乔”，职务是用英语印刷的“摄影编辑”，下面的地址应该是事务所之类。翻过来再看，背面像是用泰语印着同样的内容。

“你是做摄影工作的吗？”辻村抬头问道。

“职业看着倒是蛮酷呢！”对方谦卑地答道。

“都拍些什么样的照片啊？”

“没什么高大上的玩意儿。”川那部像是要回避应答，接着又认真地说道，“主要拍摄用于广告的照片。我有个熟人在开公司，是他把活儿转给我，我就按照他提供的草图进行实地摄影。倒也没多大意思，就是为了混口饭吃呗！”

“编辑是指……”

“就是派活儿。”

川那部似乎不太想多说自己的工作，自我介绍也就到此为止了。旺在厨房里忙着做什么东西，正是午餐时间。虽然刚才并没提出请客人吃饭，但对方似乎已有这个打算。对话一旦中断气氛就有点儿尴尬，川那部话少，似乎没有为客人营造轻松气氛的意识。辻村环视房间，视线落在几部相机上面，都是专业级别的数码单反相机。

饭做好了，两人来到起居室餐桌旁坐下。娼妓和吃软饭的男人一起招待来客，大家和和气气地品尝泰式炒饭。辻村根本不知其味，只是机械地往嘴里送饭而已。怎么就发展到这一步了呢？我只是来公园看大象的——辻村以受害者的心态暗自琢磨。

当时川那部最先说的是“你不要紧吧”，他从三楼的阳台上看到了自己，随即特意下楼来到池畔打招呼。可自己的表现真有那么不正常吗？他是不是觉得我会扑倒在大象脚下寻死呀？可自己根本没那个心思啊！当时自己既不悲观也不绝望，莫如说正是激情满怀。因为有幸遇见那威严感十足的动物，心情激动也是理所当然的嘛！

倒是这对男女特别奇妙——辻村再次心生疑念。旺自不必说，那个川那部跟她也几乎没有语言交流，甚至连看都不看她一眼。他俩倒也不像是关系紧张，只是看不到类似于普通伴侣的语言交流。他俩单独在一起时也是这种状态吗？或者是因为不速之客造成了这种不自然的沉默寡言？

直到吃完炒饭，辻村也没能预判到下一步的进展。是不是应该道谢之后离开呢？还记得“好吃”用泰语应该说“阿罗伊”。要是自己用只言片语的泰语道谢，旺会以笑脸回应吗？她对那件事到底是怎样想的呢？像自己这种一夜狎客是否如同嚼完的口香糖？

餐具收拾完毕，旺在川那部耳边说了些什么。当然是用泰语，辻村不知道是什么意思。当她与辻村目光相对时收敛地微笑了一下，似乎有些难为情。川那部也不自然地做出笑脸，然后旺就回房间去了。她是不是要睡会儿觉为晚上的工作做准备呢？辻村心中隐隐作痛。既然看不到旺，再待下去也就没什么意思。就在他想伺机告辞时，川那部开始泡咖啡了。

川那部体格壮硕，近一米八的身高，但肤色黝黑得不像单纯日晒而成，面部和双臂都浮现出紫红色斑，而且眼神浑浊无活力。他一定是身患某种顽疾，也许是酒精惹的祸，看样子寿命不会很长。辻村心想，倒是该我问他“你不要紧吧”。

两人在起居室里喝咖啡，一时无话题可谈。辻村想问的事情倒是很多：你怎么跟旺一起生活？你们是什么关系？但是向女人的情夫问这种事恐怕不太合适。自己与这个男人之间有没有营造蔼蔼和气的因素呢？正当辻村一筹莫展地啜饮咖啡时，川那部向他询问工作方面的情况了。

辻村不太清楚普通人对作家和小说家持有何种印象，虽然受到尊敬的场合不太多，但也不至于受到鄙视。可能因为这是一种有赖于读者偏爱的职业吧？据说只要读者对已出版作品的某个标题留下深刻印象，就会增强对作者的亲近感。所以，作家有时会碰到某些人突然像老交情似的讲起个人经历，令他陷入窘迫的境地。而且，还有人会半开玩笑或十分认真地要求作家把他的个人经历写成小说。在这个世俗化的世界里，小说家或许就是个聆听忏悔的堕落神父。

而川那部对辻村的职业表示出的兴趣很一般，当然也不会说出类似恭维的话语。

"辻村先生，今天你还有什么安排？"川那部语气郑重地问道。

"没什么特别的安排。"

"应该是这样吧！"

"为什么呢？"辻村意外地问道。

"那还用说，你在岸边对着大象念念有词，谁都会觉得你闲着没事儿。"

辻村想说自己是来找儿子的，可话到嘴边又吞了回去——神父不能主动告白自己的隐私。

"今晚一起出去吧！"川那部特别客气地发出了邀请，"陪我喝喝酒！"

辻村犹豫了，他本来就不擅长与人亲密交往，连为采访去见陌生人都很消极。再说川那部也不是自己想接近的那类人，他打算向自己讲述何种趣事尚未可知，所以在此应该表示拒绝。可他情急之中又想不出什么合适的借口。

“我是想讲讲关于旺的情况。”

辻村本来打算婉言相拒，至少要做出踌躇不决的样子，可心思却完全倒向接受邀请一边。对方像是看透了他的心思，当即确定了晚餐的时间和地点。

从辻村在国内居住的福冈乘飞机去韩国的釜山不到一小时，实际在空中飞行的时间也就三十分钟左右。别说比去东京了，比去大阪还近。在福冈的周围区域，还保留着很多讲述以陶瓷文化和饮食文化为主的、与朝鲜半岛交流史的遗存。在釜山和附近的庆尚南道一带所使用的语言，包括重音和语调的音韵感都跟北九州的方言特别相近，乍一听还以为是日语呢！

虽然如今被一条海峡分隔在两个国度，但从历史来看，海路就是两岸人员和物资长期交流的媒介。就像在最典型的地中海看到的那样，在近代国家建立之前，那里就以内海为中心形成了广泛的文化圈。说到河流也是一样吧？据说早先湄公河中游流域就居住着老挝族人，并形成了一个文化圈。但后来因为法国和泰国划定了国界，他们就被机械地分割在老挝和泰国这两个国家的范围之内。从那以后，河川就不再是丰厚文化的摇篮，而变成了分割地域的屏障。长期走过共同历史的人们因为与自己无关的缘由，开始在河川两岸发展各自的历史。

这就是所谓的国界和国家。即使在全球化的现在,国界依旧赫然存在,并由各国严格管制。而且就业和定居方面的门槛也不可轻易逾越,虽说各国国情有所不同,但国家与国界的现实状况依旧拦挡在希望去海外发展的年轻人面前,去外国从事正当职业依旧不太容易。

辻村合上有关泰国历史的书看看表,像是已经过了约定时刻。与川那部碰头的地点是星巴克店,或者应该说——又是星巴克。据说饮用深焙阿拉比卡品种的西雅图式咖啡会令人上瘾。是辻村指定了这家店,因为昨天在走访位于穰南大街的杂志编辑部时才来过,所以自己应该能找得到——只有这一个理由。据说其店名来自赫尔曼·梅尔维尔的《白鲸》,是真的吗?在那部小说中倒是真有同名的一等航海士登场。

由于在亚洲各国的酒店里难以期待正宗美味咖啡,所以辻村在旅途中只要看到星巴克就会进去品尝。在首尔和北京都曾几度叨扰,味道当然不必多说,价格也不相上下,都与该国的物价毫无关联。例如在北京,花十元钱就能吃一份虾肉颇多的炒饭。饭后喝的卡布奇诺为二十五元人民币,也就相当于二百五十日元吧?而在曼谷是九十泰铢,那就是二百七十日元,可吃一顿像样的午餐才三十泰铢。辻村总觉得似乎哪里不对劲儿,但哪里、怎么不对劲儿却不得而知,他也没心思认真思索这种事情。星巴克的价格体系如何也都是无关紧要的事情。

辻村把思绪转向儿子的事情，理也许在心灵上受到了严重伤害，也许在求职过程中感到自己被完全否定。辻村想到这里怒不可遏，到底是谁有权力做这种事情，让我们心爱的儿子深受创伤？那些既非父亲亦非亲属的家伙们，不过就是公司的齿轮而已吧？他们是不是以为自己手握决定雇用的权力就很了不起啊？真正了不起的难道不是受雇用的劳动者吗？

在外国工作未必能有多么愉快，大家不都是迫于无奈才出国的吗？全球化真有那么好吗？他觉得一点儿都不好。因为去外国就业切断了亲人之间的纽带，有什么理由对此心存感激呢？孩子们难道不应该跟父母在一个国家里生活吗？而且应该和和睦睦地食用自己国家生产的食品。

这样的想法有错吗？不，应该不会错，错的是全球化。这个世界在某个方面犯了某种错误，就像星巴克的价格体系。辻村望着定错价格的咖啡沉痛地思索，任何人都无权否定我的儿子，不管在何处也不管是谁，都没有资格把理赶出日本。

“我来迟了，不好意思。因为工作上的事拖延了一会儿。”

辻村抬起头来，只见川那部站在面前。

“你怎么啦？”

“没事儿，”辻村一边搪塞一边指着像是装有摄影器材的大包问，“你在忙工作吗？”

“是啊！”川那部心神不定地环视店内，说声“我先去拿杯咖啡”就离开了座位。

过了片刻，川那部端着冰咖啡返回，或许是因为口渴，他先喝下了半杯咖啡，然后才像是缓过劲儿来。

“你好忙呀！”

“还行吧！”川那部满不在乎地说道。

“你太忙就不用管我啦！”

“也没什么大不了的事儿！”

“是出外景吗？”

“就在曼谷市内各处跑。”

“什么样的工作啊？”

“只是按照草图拍拍照，没啥意思。”川那部先是应付了一句，又像是觉得没说清楚就进一步解释道，“去接待从日本来的杂志社的人。”

“杂志？就是时装什么的吗？”

“嗯，就是那方面的出版物。”川那部边喝咖啡边不耐烦似的解释道，“他们定期带着‘曼谷特辑’之类的策划来这儿，每次内容都是固定的，像美食啦、购物啦。应该是叫协调人吧？就是我根据对方的策划带他们去适当的店铺，像餐馆、咖啡厅、水疗、美甲店、酒店、杂货店、车摊、夜市……还有别的。”

对话中断，辻村若无其事地环视店内，貌似游客的欧美人特别抢眼。在北京的星巴克店里几乎没有中国顾客，只有店员是中国人。而在这里，顾客中一半以上都像是泰国人。

“你明天也要忙工作吗？”

川那部微微一笑。

"普通人在工作日都得上班。"

辻村欲言又止。

"你怎么啦？"川那部好奇地问道。

"不，没什么。"

"我接了单，明天要去寺院拍照片。"川那部像在试探似的说道，"过了中午就结束，然后可以来陪你。"

"其实，我是有事儿要拜托你。"

辻村像开闸放水似的讲起儿子的事情，而且在讲述过程中意外地感到心情十分急迫。对方也不点头附和，只是静静地聆听，可在辻村想简明扼要时却又询问详情。辻村讲完之后，感觉就像在配合警察做笔录。

"我先前就怀疑你有什么状况啦！"川那部目不转睛地盯着辻村说道，"在公园里对着大象说话，要是没有特殊状况，普通人是不会那样做的嘛！"

"你能帮帮我吗？"辻村直率地提出请求，"当然要付给你日薪。也不知道该不该叫日薪。"

"那就是雇用我啦！"对方抢先说道。

"倒也不是那样。"

"该去哪里打听，你心里有数吗？"川那部平淡地说道。

"我想先去各家人才派遣公司，查一下他有没有注册过。"辻村像朗读似的说出准备好的回答。

“其他呢？”

“现在还……”辻村含糊地回应，停顿一下后反问道，“有没有什么好办法呀？”

川那部没有直接回答而是看了看表。

“咱们先出去吧！”川那部起身说道，“这事儿得仔细筹划一下。”

两人在暹罗百丽宫前坐上出租车，晚高峰的街道拥堵不堪。曼谷天铁高架桥下的车道上排起长龙，几乎纹丝不动。三条车道全都车满为患，车辆走走停停每次只能前进一两米。据说街景中的云蒸霞蔚貌似暮霭，其实是由汽车尾气造成。日本的汽车企业转移到国外，所到之处就发生交通拥堵，地球大气污染日益严重。说起来是进军海外，可都干了些什么事情呢？

“我早就听说曼谷交通拥堵特别严重，真没想到会是这个样子。”辻村望着车窗外不堪其扰地说道，“不会是因为今天特殊吧？”

“天天都是这样。”川那部乏味似的说道，“汽车数量增速过快，基础设施跟不上。”

可能是因为已经习以为常，年轻司机不急不躁，还轻轻地吹着口哨，手指搭在方向盘上打节奏。其他车辆也在耐心等待，没有人恶意轰油门或鸣喇叭。大家知道不管怎么闹腾都没用，交通拥堵不可能轻易缓解。

“关于我找儿子的事情……”辻村用协商的语气再次提起刚才的话题。

“你知道玉佛寺吧？”对方没让辻村多说就抢先问道。

“就是绿宝石佛寺吧？”

“我明天下午就在那里。咱们两点钟在玉佛像前见面吧！手机呢？”

“带着呢！”

“那就好办了。我的名片给你了吧？上面也有手机号。”

辻村一脸茫然。

“我还会去找客户们收集信息。”川那部煞有介事地接着说道，“就按你说的明天去人才派遣相关机构找找看，或许能抓住什么线索。”

出租车完全停下不动了，但为了开空调又不能熄火。为疾驰飞奔而制造的汽车却寸步难行，真是岂有此理！辻村虽然憋闷不已，但因为得到了川那部的协助，心里也就轻松了一些。

“你喜欢泰国吗？”

辻村刚一想到随口就问，立刻感到提出这种问题很蠢。

“嗯，还算喜欢吧！”对方没有回避，但也没有确切地回答，“我也说不清楚。”

“你还要待多久？”

“我是来回跑，有时也会在日本多住几天。第一次来是在大学时代，中途退学想出国。因为去美国和欧洲花费太大，就来到最简便的东南亚了。然后就一直是离离合合，像冤家夫妻似的。”

“偶尔也回日本吗？”

“就算是吧！”

“怎么样？”

“怎么样?！”

“对日本的印象啊！”

“很阴暗啦！”川那部立即答道，“这是最强烈的感受，反正日本人都很阴暗。你怎么看？”

“听你这样一说，我也有同感。”

“缺乏活力，或者说所有人的表情都很落寞。”川那部用不带感情色彩的嗓音说道，“上班族会在午休时间去CD店的视听室戴上耳机听音乐吧？我觉得那种现象挺奇怪的。”

“可能大家都有孤独感吧？”辻村事不关己似的说道。

“孤独到去公园跟大象说话？”

“你不也一样吗？所以才会跟她住在一起嘛！”

川那部没有应答，对话中断。当辻村对沉默有些介意时，川那部又开始用困倦的嗓音讲述。

“在日本的人行横道前等绿灯时，不是常有拆掉消音器的摩托车发出刺耳爆音从面前窜过吗？”川那部开始朝未知方向拓展话题，“让人觉得开摩托的家伙简直是活腻了，对吧？那些大都是年轻男子，也可以说还是孩子，装大人似的在后座上带个女人。真是令人气炸肚皮，干脆一块儿摔死算了！”

“我理解你的心情。”辻村赶紧附和道。

“有些家伙常常滥杀无辜，是吧？”川那部依旧无精打采地说道，“舞刀弄枪，开车冲撞，也许全都一样吧？因为无冤无仇嘛！顶多不过是发出噪声刺激了自己的神经而已，却希望素不相识的人去死。这是什么心理？连我自己都常常觉得毛骨悚然，心理失衡极为严重。在日本生活是不是就有这种心理危机？”

“在泰国就不会有心理危机了吗？”

“好像不会有啊！不只是在泰国，除了日本，其他国家都不会有心理危机。在日本就不行。”

“那是为什么呢？”

“我不明白。”川那部甩出这句话后又抽出一个话头，“因为那是个没有任何理由就想杀人的社会吧？我也说不清楚。也许是因为人太多的缘故吧？据说，日本列岛在绳文时代的居民人口是数十万，到了十六世纪末的关原时期也就是一千万吧？可是过了四百年就增加到了十倍。本来日本列岛就不是很大嘛！也许超过了人类正常生活的极限，一亿数千万人居住在那里太局促啦！人口密度几乎跟难民营差不多了。也许当过多人口填塞在狭窄地域时就会迫于精神压力而自相残杀。当人数增加过多时，就会不堪忍受周围再有其他人。我觉得这是有可能发生的事情。”

辻村没有应答而是望着车窗外边。

“是不是可以把这种状态看成战争呢？”川那部用既不明朗也不晦暗的嗓音继续说道，“我觉得看到日本社会谁都不能说没有发生过战争吧？因为仅仅过了数十年，景物就发生了翻天覆地的变化。整个日本遭到轰炸后，新的城市建立起来，于是战争就爆发了。

我只能这样认为：在半个世纪以上的时间内，我们一直持续着肉眼所看不见的隐形战争。”

出租车终于向前开动了，但也顶多是步行的速度。前行不久司机突然打方向盘开进窄巷，对本地不熟悉的人会立刻晕头转向。少言寡语的司机灵巧地变换方向，轻松自如地通过按常规无法转弯的拐角，忽而左转忽而右转，行驶在迷宫般的小巷里。辻村心想，如果不知道捷径、没有熟练掌握转弯技术的话，在这里也许无法胜任出租车司机。

两人下车后走了一段路，经过排列着车摊的明亮商业街，不久就来到了河边。这条流经城中的狭窄水道似乎应该称作运河，周围有些昏暗，还远远算不上娱乐街。从水面吹来的晚风稍显温热，随之飘来略含霉味的生活气息，还有在日本早已弃用的防虫剂的味道。巷内有个小女孩坐在餐桌旁吃着粗简的晚饭，只是在米饭上浇了些鱼酱，桌旁有条干瘦的红毛狗垂涎欲滴地抬头望着她。

再向前走就来到一家大众食堂式的餐馆前，看招牌像是以鱼类为主的泰式料理店。不太大的店堂里没有顾客，空餐桌旁有个做帮手的少年闲着没事在剥花生壳。柜台里的微胖中年妇人过来招呼，川那部边看菜单边跟她交谈，干脆麻利地订了餐。

“今晚就像咱俩包场一样，”川那部环视店内说道，“可能也是因为时间还早。”

“你常来这儿吗？”

“偶尔来。”

刚才在剥花生壳的少年端来啤酒，确认是否加冰块之后就把啤酒倒入大酒杯。这里看样子像是自家经营的小菜馆，管订餐的妇人是母亲，做帮手的少年是她儿子，厨师就由男主人承担了吧？

“辻村先生知道‘湄公’吗？”两人轻轻碰杯后川那部问道。

“是威士忌酒吧？”

“严格地讲不是威士忌，因为原料完全不同嘛！其实应该算作烧酒。”

“那是用什么原料做的呢？”

“应该是糯米，不过好像还添加了其他各种材料。但最好别问添加了什么。”

“也不知道还有没有啦！”

“是啊！以前几乎所有的店里都有卖的。来点儿尝尝？”

“难得来泰国一次嘛！”

川那部叫来少年询问湄公酒，柜台里的母亲大声笑了。那种酒很可笑吗？

“她说没有那种酒了。可能是因为泰国经济也在快速增长，所以不再销售那种酒了吧？”

“挺遗憾呀！”

“一点儿都不遗憾哦！”川那部笑着说道，“不过，听说还有一种跟湄公酒味道相近的东西，一会儿尝尝吧！”

川那部现在跟刚见面时不同，口齿伶俐多了。他一改在公寓里时那种冷硬的态度，摇身一变成了和蔼可亲、易生好感的人了。

“辻村先生只有一个孩子吗？”

“还有个女儿，是失联儿子的妹妹。”

“叫什么名字？”

“真子。”辻村有问必答，“就是真实的孩子。”

“这是有寓意的吧？”川那部疑惑地问道。

“是的。女儿出生的时候，因为他哥哥取名叫‘理’，所以妹妹就取名叫‘真’。”

辻村特意规规矩矩地做了说明，川那部笑嘻嘻地聆听。少年接二连三地把菜肴摆上了餐桌：浇了酸味汁的白鱼肉、用贝类和粉丝做的冬荫公火锅、蛋包咖喱味煮大青梭蟹。这里似乎不像日本的怀石料理那样按照既定程序，几乎都是看厨房的方便随机上菜。

“你为什么请我去你的公寓？”辻村提出了心中的疑问。

“因为我对你产生了兴趣啊！”川那部边用菜碟分菜边回答，然后瞅了辻村一眼开玩笑似的说，“对一位朝着大象说了那么多话的日本人产生了兴趣。”

“我说了那么多话吗？”辻村不无扫兴地问道。

“好像在特别诚心诚意地表白。”

“不会吧？”

“你都说了些什么呀？”川那部进一步问道。

“说了各种事情，”辻村此时感到酒劲儿已经上来了，“就不告诉你。”

“你这人真有意思！”川那部毫不介意地说道。

“你不也挺有意思的吗？”

订好的菜品似乎已经上齐，因为餐盘都很大，所以两个人根本不可能吃完。川那部从眼角乜斜一下开始畏缩的辻村，随即开始专心致志地剔剥贝肉，并不时地从嘴里夹出鱼刺。他虽然表面看去健康欠佳，但食欲似乎相当旺盛。

“哦，你说的也没错儿……”

川那部咬断虾头，突然像想起重要的事情向柜台里的妇人要了威士忌。过了片刻，少年推着金属小车过来，上面摆着小瓶装的威士忌酒、饮用水、冰块和酒杯等。少年把小推车放在餐桌旁，然后开始做兑水威士忌。川那部赶紧尝了尝味道。

“怎么样？”辻村问道。

“根本不像湄公酒。”川那部失望地答道，“就是普通的威士忌嘛！这我就放心啦！”

这种威士忌有股轻微的薄荷膏味，与背街小巷的轻微霉味及引人怀旧的防虫剂味相洽相融。

“不过，实在不可思议啊！”川那部语气松垮地说道，“今天早上还是陌路人，晚上就坐在一起喝酒了。汉诗中是不是有这类表现啊？清早还是翩翩少年，黄昏就成了白骨。”

“朝有红颜夸世路，暮成白骨朽郊原……你说的是《和汉朗咏集》吗？”

“这诗好像跟咱们不太搭调，是吧？”川那部赶紧把挑出的话头打住，随即再次举杯说，“来，再干一杯！祝你成功找到儿子！”

“那就拜托你了。”

“如果他来泰国是为了求职，我觉得你不必太担心。目前没有迹象表明他被卷入什么事件吧？”

“这方面我也不担心。”

“那，你来干什么呀？”

川那部的语气中并没有恶意，辻村无言以答。川那部把快喝完的酒杯递给少年，少年就在小推车上冲兑威士忌酒。这里天天都这样吗，还是只在顾客少的时候提供这种服务？店内仍然只有他们这两个顾客。

“你跟旺是老交情吗？”辻村换个话题问道。

“啊，嗯！”对方含糊其词。

“你们一直生活在一起吗？”辻村趁着酒劲追问道。

川那部停顿一下看看上方，然后把因酒精变得迟钝的目光转向辻村。

“你想知道吗，旺的事情？”

“昨天不是你说想告诉我她的事情吗？”

辻村像出示陈年老字据般提到对方在公寓里说过的话。

“是吗？”川那部并非佯作不知地反问，又像自言自语似的说：“这真是匪夷所思的相遇，在我公寓楼下对着大象说话的男人竟会是旺的顾客。”

此话虽无冷嘲热讽的意味，可辻村还是感到脸上发烫。仔细想来，不，用不着仔细想，这确实是奇妙的组合——陪酒女的情夫与酒客一团和气地推杯换盏。这种事情在曼谷算是常态吗？

“辻村先生，你知道‘尕兔伊’吗？”

“不知道。”辻村即刻否定，略显呆滞的目光望着对方，“从来没听说过，那是什么？”

“用最接近的说法就是‘变性人’吧？”川那部毫不隐讳地回答，又用不那么神秘的语调泄密说：“旺就是尕兔伊呀！”

辻村骤然迟钝的大脑无法弄懂这到底是怎么回事，既无情绪也无感慨。也许准确地说应该是——由于事态过度复杂令他不知该做何反应。随后他又觉得，在此时此刻那些事情都已无关紧要，都已事过境迁了。

川那部说，旺从小就喜欢玩布娃娃，向往女孩，想做与女孩同样的事情。周围的人都觉得他与众不同。那时他个头很小，对体育运动几乎毫无兴趣，常跟妹妹的朋友们一起玩耍。他喜欢摆弄长发，极其厌恶剪发。

他自己心里当然也有纠葛，一直在怀疑自己。在大人们的要求期待与自己的感受之间，总是横亘着难以逾越的鸿沟。这种隔阂随着成长不断增大，他整天疲于伪装自己，越来越不知道自己是谁了。在他的潜意识中，自己完全是个“女子”。他并没有刻意去模仿谁，可言谈举止和兴趣爱好却都像个女孩。然而，当他并非故意地做出女孩式的举动时，就会受到父母斥责，在学校里也被视为变态，家庭和学校都渐渐变成了难以容身的场所。

他在十五岁时来到曼谷开始打工，也就相当于离家出走。他无所顾忌地穿上女式衣服并化了女妆，体会到了无法言喻的解放感。到了十九岁，他下定决心作为变性人度过此生。他在色情场所工作赚钱，最初先做了隆胸手术，从腋部切口填入硅胶，双侧费用为五万泰铢，隆胸的大小由医生根据全身的协调性决定。接着他又接受了面部的整形手术，这次只是在鼻部填入硅胶，其他部位几乎没动。

辻村没有插话，只是静静地聆听川那部讲述，而且对越来越详细的情节产生了奇妙的距离感。

"那个时期的旺就像在为做手术而打工。"川那部的语气不像是故作深沉，"都是为了回归自己的心灵和身体——他本人就是这样说的。他去做变性手术是在二十二岁的时候，可五万泰铢根本不可能够用。虽然他没提出请求，但我还是资助了若干费用，因为我想让他去正规医院做手术。在这个领域，全泰国也只有十名可以信赖的医生。疑似非法行医的人倒是很多，而且那种地方的手术费用也很低。但这种手术特别精细微妙，往往容易发生并发症。只有优秀的医生才能妥善应对手术过程中的意外事态，所以费用相当高。"

辻村喝酒的节奏越来越快，川那部讲的故事必须借着酒劲才能听得下去。少年连续为他们追加威士忌酒，第一瓶很快就已倒空。川那部毫不犹豫地要了第二瓶。

"他从小就对长成男子怀有近似恐惧的心理。"川那部继续讲述，"觉得自己的身体出现男性特征就像是某种魔咒——这是他本人说的。他觉得与其这样长成男子还不如死去，特别是变声，好像对他打击非常大。他不愿听到自己的嗓音,因此渐渐地不想开口说话了。听说他还曾经用裁纸刀割腕自杀过,因为剧痛而哭出声来,并且对那种声音感到毛骨悚然,后来他就再也不会哭了。”

辻村感到这些都是虚构的故事,越是听来煞有介事的情节反倒越显虚假,都是说给跟旺睡过觉的男人听的保留段子。倒也不容否定其可能性,可他又为什么要如此煞费苦心呢?动机不明。就算都是真事,能向几乎不知根底的人透露吗?

“有证据吗?”

辻村性急地提出了幼稚的问题。

“证据?!”

“旺曾经是男孩的证据。”

川那部夸张地发出一声叹息。

“所以大前提就是错的嘛!”川那部不无蔑视地说道,“那家伙从来就不曾是个男子。如果不把最基本的事实放在脑袋里,那就无法理解旺。”

辻村困惑地噤口不语,开始用微醉的大脑整理问题,只有猜疑的念头在脑海里回旋。他像求救似的环视店内,站在厨房门口的少年误以为他在召唤刚要过来,立刻被他轻轻挥手制止。

“到底是怎么回事儿啊?”

辻村好不容易才说出话来。

“就像刚才说过的那样,那家伙一出生就是女孩。”川那部慎重地挑选词语做出说明,“只不过她的身体偶然地长成了男孩而已。

不知是哪儿阴差阳错，就被错配了身体。这类事情不是经常发生吗？一出生就铸成大错了。这一带的人们可能都会那样想吧？只是因为偶然地出生在柬埔寨就全家都被杀掉了。因为相似的事情太多了嘛！现在的缅甸不也是一样吗？”

辻村头也不点地聆听，心想这个男人到底讲的是什么呀？他绞尽脑汁地思索，但还是无法理解，感觉被酒精浸泡的脑细胞正在急速坏死。酒里是不是放了什么不好的东西——他频频举起酒杯仔细端详。

“也许人生就像是个圈套哦！”川那部说出一个很普通的比喻，“所有的人多少都会被圈套束缚，而是否感到被圈套束缚、是否能够忍受那种束缚则因人而异。那家伙就是被性别的圈套束缚，并想靠自己的力量摆脱圈套，于是拼命地挣钱去做变性手术。除此之外她无路可走。”

辻村依然沉默地聆听对方讲述。

“她太可怜，我看不下去了呀！”川那部用听来有几分心酸的语气继续讲述，“我觉得这种待遇太不公平，为了回归女儿身为什么要遭这么大的罪呢？她又没做什么坏事儿，只是一出生就偶然地倒错了性别而已。旺在接受手术前写了遗书，如果在手术过程中发生了意外就把她交给住在老家的父母。据说现实中确实有不少在做手术时丧命的实例，还有很多人做过手术后自杀或失踪。”

此时依然没有别的顾客进来，少年站在厨房门口无所事事，他母亲在柜台里整理票据。这家酒馆今晚恐怕只有两个顾客的酒菜钱进账——辻村杞人忧天地想道。

“这样的人生太艰难了吧？”川那部用做戏似的语气继续讲述，“为了做变性手术不仅要花那么多钱，还要搭上性命。回归女儿身伴随着痛苦，既有肉体的痛苦也有心灵的痛苦……真是充满了痛苦的人生。这对健康也不好吧？旺总是在说自己不会活多久。不过，人无论寿命长短终究得死去。那家伙当时可能是想就算搭上性命也要做回自己吧？”

川那部说到这里突然停下，就像在不觉之间来到了终点。两人都表情茫然地望着酒杯。

“你们相爱吗？”辻村不觉愚蠢地问了个愚蠢的问题。

“我和旺吗？当然相爱啦！”川那部舌根发硬地答道，“超越了性啊！超越性的相爱十分珍贵，而不是男女性爱。或许这跟爱不是一回事儿。辻村先生不是也跟她男欢女爱了吗？”

“因为我当时觉得她是个女人。”辻村趁着酒劲答道，“我毫不怀疑吇就是女人……”

“那就行！”对方高兴地点点头，“因为旺毫无疑问就是女人。”

“川那部先生怎么样呢？”

“什么怎么样？”

“作为男女性爱。”

“因为我知道得太详细了嘛！”

“我也知道了。”

“你不想知道吗？”

"倒是也有那种心理。"

川那部愉快地笑了。

"我是个充满恶意的男人吧？"

"看样子是啊！"辻村直率地回答。

"你别看旺是那个样子，也有很多坏心眼儿呢！"

"是吗？"

"因为我们都背负着深重的苦难嘛！"川那部用爽朗的嗓音说道，"背负着深重苦难的人比普通人心眼儿坏，但同时也比普通人和善，或许因此才能相伴相处。"

这话本来并非那么容易理解，而辻村却貌似理解地听在耳中，可又立刻产生了疑问。

"你能有什么苦难？"他用质疑的语气问道。

"这方面的情况就且听下回分解吧！"川那部告一段落似的答道，"一次说不完哦！明天还得去找你儿子，我想还会有时间呢！"

第二瓶威士忌也喝光了，川那部理所当然似的要了第三瓶，并把辻村还没喝完的酒杯递给少年。少年顺从地接过去开始兑酒。他到底要喝多少啊？要是再喝就免不了第二天宿醉难消。辻村虽然心里明白，却仍想今晚喝他个酩酊烂醉。

11 她的真名

春天渐渐临近，少年依旧跟着老猎手转山追捕猎物，熊也该结束冬眠从洞穴里出来了。熊在冬眠时不进食，胆汁淤积就会使胆囊增大。熊胆作为药材倍受珍视，村民们会不惜代价用粮食换取，所以老猎手迫切希望猎获一头熊。

然而，熊的数量本来就少之又少，因此很难找到它。两人每天翻山越岭，查看溪沼寻觅熊的足迹。老猎手说熊冬眠的洞穴每年都不一样，可能是为了避免在冬眠中遭袭。熊冬眠的洞穴并非自己挖掘，大都利用天然，最喜欢的就是粗树根下的间隙，还有老树朽烂的空洞。老猎手就去这种树洞较多的地点集中排查。

离开小屋后的第三天，他们终于找到了疑似熊的足迹，就在吃过午饭开始从山梁走向溪沼不久，发现了留在软土上的足迹，大小与少年的脚相仿。

"没错儿！"老猎手说道，"虽然不算很大，但肯定是熊的脚印。"

"它会在附近吗？"

老猎手蹲下身仔细查看那些足迹的状态，并用手指辨验表土的触感。

"还很新呢！"老猎手说道，"好像只过了一天，顶多过了一天半时间。"

"追吗？"

"如果是你会怎么做？"老猎手用试探的目光望着少年问道。

"如果是我就追上去。"少年答道。

"那好，就这样吧！"

熊的足迹延伸到山坡下溪沼旁，看样子它已经涉水过河了。河水流量不大，踩着浅滩里的石头几乎不湿鞋就能走到对岸。熊的足迹在湿软的表土上继续延伸，能观察到它中途休息的形迹，还有迂回逗留的地段。看样子它不像是直奔某个目的地，而只是随心所欲地漫游。

"它这是在活动身体呢！"老猎手说道，"因为睡了一个冬天腰腿都僵硬了嘛！"

"它刚醒过来，脑袋可能还迷糊着呢！"

"也许会吧！"

再向前追,足迹进入一片常绿树林。这里空气滞淀,野兽的腥臊味愈加明显。在细竹密集处的一角,可以看到被沉重躯体压倒的痕迹。可能是因为饿极了,它还把旁边的树皮剥下吃掉。前方不远处落着黑硬的粪便,时间过得并不长,说明它应该还没走远,可能就在附近找食吃呢!

老猎手仰头确认太阳的位置。

"今天就别勉强了吧!"老猎手自言自语似的嘟囔道。

"不追了吗?"少年意外地问道。

"明天吧!"

少年不解地抬头仰望,太阳还高高地挂在蒙着薄云的天空,到日落应该还有四个小时左右,就问老猎手是不是过于谨慎了。

"要是我还像你这么年轻就会继续追上去的。"老猎手解释道,"要在几年前我肯定会这样,但可惜我最近腿脚不给力了。"

"我看不出来呀!"

"这种事儿只有自己心里才清楚。"老猎手生硬地回答,随即缓和语气继续说道,"熊要是发现自己被跟踪就会拼命逃窜,那样一来我这双腿就追不上了。即使追上,天黑没法瞄准开枪也是白费劲儿。因为山里天黑得早嘛!好啦!不必勉强。"老猎手做出后撤的姿态又说,"这家伙可能还没觉察到被咱们跟踪,今晚会在附近睡觉。咱们明天一早再来这里追踪就行。"

两人后撤了一段距离,就在溪沼附近的林中用杂树枝搭起一座掩体式的简易窝棚。他们先在支柱上搭好横木，再从两侧盖上树枝和树叶，还在地面铺了些矮竹和落叶。工程进行得很快，天还没黑就造好了当晚的睡巢。因为在窝棚里也能生火，所以只要没有雨雪就会相当暖和。

晚饭依旧是特别省事的杂粮菜粥，用铝饭盒盛水泡发肉干并煮烂，放上从村里弄来的杂粮，再按自己的喜好加入食盐、酱油、味噌酱调味。往常在老猎手的小屋时都是由姬姬来做这些，而在外出打猎期间就由少年承担了。他在反复多次之后便深得要领，现在从生火到做饭基本上都已驾轻就熟。

“角色完全逆转了。”从溪沼边采来野菜的老猎手望着正在忙活的少年说道，“你俩刚来时是我做这些事儿，现在你都替我做啦！”

“我喜欢做菜。”少年边尝味边回答，“在小屋时因为总是姬姬做饭所以轮不到我。不过，我承认她做的菜比我做的好吃。”

“你做的杂粮菜粥也相当棒哦！”

“不好意思。”少年递出盛好菜粥的碗说道，“我想偶尔也让姬姬尝尝我做的饭菜呢！”

“当然好啦！那丫头肯定会高兴的啦！”

“可是一回小屋就不知为什么只想吃姬姬做的饭菜了。”

两人在火堆旁坐下，因为时间充裕所以能从容不迫地细嚼慢咽。虽然依旧是粗粮野菜粥却吃得很香，明显地感到暖意从体内向外扩散。不过，如果是在老猎手的小屋里吃同样的饭菜，是否还会如此美味却值得怀疑。或许是因为在山里走了一整天，所以在临时窝棚里吃饭才会如此胃口大开。

“东家以前喜欢学习吗？”正在向第二碗热粥吹气的少年忽然想起似的问道。

“你怎么问起这个来了？”老猎手头也不抬地反问道。

“铁匠好像不爱学习。”

“他与其说是不爱学习还不如说是厌恶学校吧？”

“我也是这样看。”少年像英雄所见略同似的点点头，“他知识渊博，听说在监狱里读过很多书。”

“我也想让你读书，可不巧我那儿的书似乎不适合你读。”

“太难的书我还不想读呢！”

“以后你可以常去他那儿听他讲。”老猎手苦笑着说道。

少年一边啜吸菜粥一边思索关于学校的问题，他不能接受铁匠厌恶学校的说法。为什么厌恶学校呢？那里的老师会讲授很多自己以前不懂的知识，还有未知国家的语言，古代发生的事情，各种动植物，天上和海里发生的事情，遥远宇宙的事情……说不定还会教自己吹口琴呢！那该会多么快乐呀！又能画画又能听音乐，还有很多朋友在一起，听起来就像梦中的世界。

“我也想去学校啦！”

“也许你真适合去学校学习呢！”

老猎手回答时眼中透出几分怜惜的神色。

“东家以前喜欢学校吗？”少年郑重其事地问道。

“也不喜欢也不厌恶。”老猎手即问即答，“我根本就没考虑过喜欢不喜欢。”

“我觉得那是特别好的地方。”少年说道。

“在我还是少年的那个时代,上学是理所当然的事情嘛!”老猎手开始回忆往事,“这是当时的规定。本来读完初中就可以了,但大多数人都上了高中又考入大学,否则社会就不予接纳。”

“铁匠也这样说过。”

“我在学校里感到不爽的首要原因是动不动就考试。我对考试真是烦透了。”老猎手说着皱了皱眉头,“因为试题答案都是固定的嘛!只有一个正确答案——试题就是这样编制的。可其实答案未必只有一个吧?一般来说都不仅限于一个答案。就像今天这种情况,设问是否继续追熊,你的答案是继续追,而我的答案是不追。你认为谁正确?”

“我认为东家正确。”少年毫不迟疑地答道。

“不对啊!”老猎手平静地表示否定,“你我双方都是正确答案。要是以你的脚力,今天就能追上那头熊。所以对你来说,继续追踪就是正确的。而我却相反地做出了不要勉强、明天再去追的答案。这个答案应该也不算错,因为我年龄比你大得多呀!所以对于我来说,不继续追才是正确答案。因此说答案可以有多个,正确答案也会因人而异,而且问题也未必总是以考试那种形式出现。首先必须在现实中发现问题是什么,往往越是重大问题就越是深藏不露。有时也不能急于拿出答案,而是需要多观察、多思考,必须针对具体情况灵活判断。在学校里一般不会讲授这种策略,除了自己经过历练逐步掌握之外没有别的办法。”

“我越来越觉得不去学校也可以了。”

“坏了你的美梦啦！”老猎手高兴地说道。

“我觉得如果去学校上学的话，我恐怕也会像铁匠那样中途辍学。”

老猎手没有直接回应少年的话，而是稀罕地讲起了自己家的事情。

“我家原先是搞畜牧业的，饲养了很多肉牛，大概有一百头吧！因为早已确定我高中一毕业就在家里帮父母干活儿，所以没必要全身心地投入学校的课程。”

“我连牛都没见过。”

“那可是跟人特别亲近的动物哦！”老猎手稀罕地笑逐颜开，“当我去清扫牛舍时，它们就会用硕大的躯体蹭蹭我，或者伸出长舌头舔我的脸。它们是在表示亲密，可正在干活儿的我却受到了妨碍。要是被那么重的家伙踩上一脚，就会疼得大声惨叫。”

少年大声地笑了起来。

“我高中一毕业就开始帮家里干活儿。”老猎手用原先的语调继续讲述，“我从小就耳濡目染地学到了养牛方法，还在农业高中学过养殖技术。要是继续发展下去的话，就可以接父亲的班啦！”

“你没接班吗？”

“所以我当了猎手。”老猎手生硬地答道。

“为什么呢？”少年催促道。

“因为瘟疫扩散，”老猎手发出一声叹息，“我家养的牛也全被杀掉，这是当时的规定。”

“太可怜了。”少年悲哀地嘟囔道。

“所谓的规定就是那帮家伙做出来的，他们认定任何问题只有一个正确答案。”老猎手苦不堪言地说道，“没有染病的牛也因此被杀掉，多达数万头、数十万头。他们认定为防止瘟疫扩散只有这样做。相关法律规定，以确认最初发生瘟疫的地点为中心，半径数公里范围内的家畜都必须杀掉。制定这种愚蠢法规的就是那帮从来没养过牛的家伙。本来最了解自己饲养的牛，应该是每天照料它们的人嘛！”

少年暂且点头同意，老猎手表情僵硬地继续述说。

“无端地杀掉自己含辛茹苦养大的牛和猪是十分痛苦的事情，因为多年以来它们就像是自己家的成员了嘛！况且我家养的牛没有一头被传染瘟疫。我老爸到处去交涉，希望至少能销售一些肉制品。也许他觉得反正一样都是宰杀，既然要了它们的命就该把牛肉派上用场，饲养肉牛的牧户就是这种心态。可结果还是没能如愿以偿，肉牛全都被处置掉了。先打疫苗再实行安乐死，然后把尸体深埋在附近的农田里。我老娘他们在给牛喂最后的饲料时哭着谢罪，后来也是每天去埋牛的地方合掌祈祷呢！”

老猎手望着火堆停顿一下，微微俯垂的侧脸被火光照亮，另一侧遮隐在暗影中。

“实施注射和宰杀都由兽医操作。”老猎手沉静地说道，“当时牛的吼叫声如今还留在我的耳蜗深处，恐怕一辈子都不会消失了吧？牛惊叫着四处奔逃，它们已经意识到自己将被处死。它们的目光不时地与我相对，恐惧充血的眼睛望着这边。可我却无能为力，只能眼巴巴地看着它们被宰杀。太痛苦了！我们能有什么办法呢？”

少年不知该说什么好。

“他们用挖掘机在农田里挖出深坑，然后把牛的尸体埋进去。”老猎手语调平淡地继续讲述，“深埋作业每天彻夜进行，我们精心培育的肉牛被处死变成惨不忍睹的尸骸，层层叠叠地放进深坑，再撒上大量熟石灰，那情景实在太可怕了。我觉得做出这种事情不可能简单了事，几百头牛的尸骸会渐渐变成白骨，我觉得就像是某种诅咒。”

老猎手那悲痛的目光转向少年，就像错用了本来无意说出的词语。

“当我听说城里传染病大流行时，就想到可能是发生了相同的疫情。”老猎手的嗓音有几分冷厉，“人口密集的大都市特别容易受到传染病的危害，一旦开始流行就会成为疫病的窝巢。就像在狭小圈舍中饲养家畜，跟牛、猪、鸡等发生瘟疫的机制相同，这回是轮到我们人类了。或许是因为我在潜意识中早有预感，所以这次并没有惊慌意外，而是心想‘果然来了’。”

“东家也觉得那是由病毒引起的吗？”

老猎手既没肯定也没否定，而是用旷远的语气回忆道：“当时有很多人从城市逃到山里，都是奔着大山而来，好像到了山里就能活命，幸存者全都进了山。那帮城里人说，市区完全成了坟场，街道两旁尸体堆成了山,每天都能看到几十台卡车把尸体运走。因为不可能一个个地安葬,就挖好大坑集中掩埋,跟家畜发生瘟疫时一样。我们那时是用重型机械挖坑掩埋了处置掉的家畜尸体,虽说人手还很多都不堪重负。而这回能干活儿的人急剧减少,所以处理不完的尸体就随处丢弃了。”

在堆成山的尸体上浇汽油焚烧——少年想起了铁匠说的话。少年又想起在自己还小的时候,父亲去城里回来总是阴沉着脸,呆呆地望着海面久久伫立,向他打招呼也不应声。过了很久父亲才回过头来,眼神沉郁,表情就像刚从可怕的噩梦中醒来。

“很多人连衣服都没能换洗,而且饥肠辘辘。”老猎手茫然若失地继续说道,“简直就像刚从战火中逃出来。可瘟疫却毫不留情地追杀到各个角落,不管是城里还是山里都一样,不管是大人还是小孩都难逃厄运。我避开那帮城里人进了深山,倒不是害怕感染瘟疫,而是我生来就不爱与人交往。由于浅山已被人类破坏,不能像从前那样随心所愿地打猎了。”

少年机械地点点头。

“不知是什么原因,我没有被传染。”老猎手似乎有些想不通,“我不明白为什么像咱们这样只有一部分人得以幸存。只是单纯的偶然,还是体质方面的原因?是不是具备了某种特殊的免疫功能呢?”

老猎手像是被他自己投出的疑问绑架,交抱双臂默默地沉思。

“就算是病毒搞的鬼,人类又为什么会那样轻易地遭到虐杀呢?这就是我想不明白的问题。”老猎手字斟句酌地继续讲述,“病毒那玩意儿并不是突然从哪里蹦出来,它们原本就寄生在人类和动物的体内,存活了多少万年之久。真是奇妙莫测呀!它们本来自己无法存活,必须寄生在某种动物体内。无论什么样的动物,体内都寄生着为数众多的病毒。可动物并不会因此而生病,也极少因此而死亡。从病毒本身的角度来看,它并不排斥它所寄生的动物,因为如果动物死了病毒也无法存活。它在探索共生共存的途径,这一点非常高明。它无论如何不会杀灭动物,否则将同归于尽。但虽说如此,还是有数不清的人连续死亡。这究竟是怎么回事儿?真是令人百思不解。”

“那种病毒一定很厉害吧?”少年推测着问道。

“或许是这样。”

听语气老猎手似乎并不这样想。

“还能想到其他原因吗?”

“那时因为瘟疫流行,我们就被迫把自己养的牛全部处置掉了。虽然据称是因为病毒传染引起的,却没有彻底查清病毒传入的途径。以前曾考虑到病毒会随着饲料在人员和车辆来往时传播,所以养殖户都竭尽全力进行消毒。因为都说唯一的应对措施就是消毒嘛!虽然大家都为此而精疲力竭,但绝不可以中断作业,所有的地块都撒上熟石灰,整个村子都变成了白色。但是,不管怎样消毒都没能遏止病毒传染,就连远处无人出入的区域都确认被污染了。于是有学者说可能是通过苍蝇等野生动物扩散的,还有报告说是从数百公里外随风飘来的——传染途径肯定有很多吧?虽然国家对处置肉牛也有补偿,但最终结果却是包括我家的所有养殖户都停业了。”

老猎手像是说累了沉默不语,少年看他似乎突然苍老了许多,或者就像重病患者。也许侵蚀他身心健康的就是用语言牵出的那些回忆,也许他就是想在孤独的山居生活中埋葬那些可憎的记忆。

“我们是在根本性的观念上出了差错啊!”老猎手重新振作精神说道,“真正的原因并不是什么病毒,其实病毒和牛瘟只是现象而已。我现在的看法就是这样。”

少年用疑问的目光望着老猎手。

“我们生产的牛肉有种难以置信的细嫩口感,”老猎手换了个话题,“不管是猪肉还是鸡肉,都细嫩得不像是动物的肉。你一定会感到惊讶吧?”

“好吃吗?”

“在那个时期感觉特别好吃,但现在吃不知会怎样,人的口味也没个准儿。你想想为什么会那么细嫩?”

少年答不出来。

“就因为牛还在幼年期就出栏了。”老猎手像是在公开某种秘密,“动物的肉质是越年幼越细嫩、越老越柴,所以要把它们关在狭窄的牛舍里,尽量少运动,还要投放营养丰富的饲料,使其在短期内长到成年肉牛的体重并尽快出栏。也就是说虽然体重已经达到成年牛,可肉质却近似于幼年牛的状态。而且每头牛的肉质都必须保持均衡一致,所以就要用肉质细嫩鲜美的种牛繁殖后代。正是因为所有的牛都遗传了相同的体质,所以一旦发生瘟疫就无一幸免。”

老猎手停顿了一下，用有些干涩的嗓音继续讲述。

“长期以来，我们一直采用违背自然规律的方式肥育肉牛，其结果就是培育出了免疫力和抵抗力较弱的动物。在人类社会中发生的事情不也是一样的吗？我们长期以来采用违背自然规律的方式生活，其结果就是使自己的体质陷入了脆弱的状态之中。所以疾病才会乘虚而入，不是吗？我现在已经深刻地认识到了这一点。首先，我从来没见过野生动物如此大量死亡，一般都是被其他动物捕杀，或者因受伤衰弱而死，或者因衰老而死。本来野生动物体内几乎找不到任何疾病，不就是因为它们遵循自然的方式生存吗？”

少年不得要领似的点点头。

“违背自然规律的生物出乎意料地脆弱。”老猎手继续说道，“我们是靠收获植物的果实、索取动物的生命得以存活的，但这并不意味着人类的智慧和力量无比强大。而是强者变脆弱，弱者变强大。不管怎样强大的动物，一旦把作为食物的动植物吃光就只能灭亡。强大的动物一旦灭亡，弱小的动物就会兴盛起来。我觉得大自然中不可能存在什么物种优劣和实力强弱的关系，用那种观点看世界只不过是人类的狂妄自大而已。大自然由复杂的关联和万物的精妙平衡构造而成，我们人类当然也是在这种关联和平衡中生存啦！如果忘掉这一点而过度自信的话，就会破坏自然界的关联和平衡，最终结果就是由强者转为弱者。”

“东家说的话有时候挺难懂的啊！”

“也许吧！”老猎手放松眉头，眼睛像是遥望远方，“这也许都是该发生的事情，人类以大自然为敌毫无胜算可言。”

第二天早上天还没亮两人就起来煮好饭，少年把米饭装进饭盒裹在睡袋里塞进背囊，这样在走路的过程中米粒完全焖透，吃起来非常可口，而饭盒所透出的热量还可以温暖后背，真是一举两得。由于一旦开始追踪猎物，别说生火了，可能连吃饭的时间都没有，所以就要在出发之前准备好，在路上瞅空垫垫肚子。

虽说春天已经临近，但夜晚冷透的寒气依然凛冽。两人来到昨天的折返点时，太阳才从山脊棱线露出脸来，他们便坐在晒暖的枯草上开始吃早饭兼中饭。少年从背囊里取出饭盒，可能是因为一直裹在睡袋里，饭还算温乎。老猎手的行囊里装着味噌酱腌野菜，两人就着酱野菜吃了饭。

填饱肚子之后，两人正式开始追踪行动。熊的足迹穿过树林，斜着登上山梁。老猎手仔细辨认熊留在软土上的足迹，非常谨慎地向前行进。不只是对于熊，要想打到猎物就必须在自己被发现之前抢先发现它。要是先被猎物发现，成功的可能性就微乎其微了。老猎手一边根据熊留下的痕迹推测距离一边继续追踪。

地面没有积雪就不利于追猎，特别是在地面坚硬的路段足迹不太明显，有时还会消失。在这种时候老猎手就会像口头禅似的说：“要跟着熊的感觉走，想想熊会朝哪边去，熊想在哪里休息，把自己当成熊向前走就不会跟丢。”

果然像老猎手所说，消失了一段距离之后，熊的足迹又出现了，爬上山梁的足迹向前方的溪沼延伸下去。在那片相当大的溪沼与对面山梁之间，有一道从右侧延伸出来的小山梁，老猎手从视野特别好的山梁顶部凝眸搜寻溪沼周边。少年也仔细地观察，却看不到任何可疑形迹。

“怎么还看不见啊！”

“它可能已经离开溪水了。”

但老猎手仍未能确定。

“只要跟踪一天时间，就能摸清它的癖性。我看这是个既浮躁又马虎的家伙，可能还在溪水边哪个地方磨磨蹭蹭呢！”

从老猎手的话语中能听出满含希望的推断。这里离对面山梁还很远，要想穿越恐怕得耗费一整天时间。如果熊已经离开了溪沼，要想追上也许难度很大。

“不管怎样，咱们先下山梁，然后向右侧迂回，去那道小山梁看看吧！”老猎手似乎想在不确切的可能性上赌一把，“要是这家伙还停留在溪水周边什么地方，应该能发现它。”

少年心想，或许老猎手推断有误，但眼下为此纠结毫无益处，只有说服自己：肯定能找到它！一定要追上它！只有继续追踪！猎获一只动物绝非易事，并非每次出猎都能有所斩获，有时眼看就要得手也可能被它逃脱。就算历经千辛万苦将猎物击倒，所能得到的有用部分也很少。如果作为一项工作或劳动来看，其实从事农业的效率远远高出狩猎。不过，少年并不羡慕种田人。

狩猎确实辛苦，整个过程都充满了艰辛。但他还知道艰辛并非狩猎的全部，在艰辛和困苦中还有某些闪光点。他虽然不知道那闪光点的真容，但心中仍会产生强烈的冲动，真想呼唤“我在这里呢”。在失手时他也会暗自责骂“笨蛋”，但并不会因此而灰心丧气。

少年心想，这就是对决，既非工作亦非劳动。当然都是为了生存，但工作和劳动却不会去追猎野兽。这是人与野兽的生死对决，在地球上除此之外并不存在其他的关系。人类不可能驯服野兽，也不可能饲养和肥育野兽。对决的关系永远是对等的，人类有机会，野兽也有机会。

在狩猎中也常有胜算在握却被猎物巧妙逃脱的时候，于是他暗自责骂“笨蛋”，而且不禁失笑。当然这不是什么可笑的事情，因为如果让猎物抓住机会逃脱，那自己就得忍饥挨饿。不过那又怎样，这不就是大自然的法则吗？如果自己在此次对决中输掉的话，那就意味着那头熊可以继续存活。这对于那头熊来说无异于一种幸运，而对于大自然来说肯定是无所谓的事情。

要想百分百地获得动物的鲜肉，就像老猎手曾经说过的那样，只有饲养家畜。但是，以那种方式得到的细嫩鲜肉真的好吃吗？如果一年或一个月吃一次也许很鲜美，但每周吃一次怎么样？或者每天都吃还会感到鲜美吗？本来这个世界上并不存在比自己捕获的猎物更美味的肉食。将刚刚捕获的猎物剥皮、肢解，割下热乎的鲜肉大快朵颐，刚才还活蹦乱跳的生命被分解，在肠胃中被消化，变成营养被送到自己身体的各个角落，只有在此时才能最强烈地感到“生命”的存在。少年心想，人类或许正是用“美味”这个词来表达生命的延续。

少年抬起头来，以一种全新的感觉来展望周围的景色：向溪沼延伸的缓坡上生长着矮树丛，从右侧突出的小山梁被常绿树覆盖。对面又展现出一道山梁，上面生长着明朗的落叶树林，其间开始露出片片绿茵——这是一幅和谐而匀整的画面。从常绿树到落叶树，从高树到矮树，从灌木到野草，各种植物都在适得其所地生长。

正是因为有了这些植物的支撑，多样化的动物才能维持生存。从泥土里的微生物到大型动物，任何一种生物都具有其存在的理由。说到此时追踪的那头熊，它也正在寻求可能有食物并且安全舒适的场所。当熊走近时，小动物们就会逃开。但是，当熊进食后排出粪便，小虫子们就会聚拢而来。少年认为，围绕自己周围的大自然并不存在任何差错，全都建立在完美的和谐之上。

老猎手似乎又有些迷惑，他们虽然下坡迂回到溪沼右侧，但熊的足迹时隐时现地朝另一道小山梁延伸而去。那道小山梁被阴暗的常绿树林覆盖，如果熊藏在那里就必须充分地提高警惕。由于视野不清，熊极有可能从出乎预料的位置向人发起突袭。

老猎手十分清楚，熊貌似蠢笨但其实相当聪明。它既懂得怎样隐身，又会控制脚步声，所以常常会不被察觉地突然接近。老猎手说他曾有一次被熊抄了后路险遭突袭。当时他沿着溪流追上一头熊，就在他端枪寻找目标时，熊已经悄悄转到他身后，好像是巧妙地利用了瀑布的溅水声。当他发觉并转身一看，那家伙就站在眼前，他立刻开枪予以击毙。虽然结果倒是有惊无险，但如果稍慢瞬间就会惨遭熊袭——老猎手曾历历在目般地讲述过他的那段经历。

两人放弃攀登小山梁，沿着溪沼继续向纵深进发。他们避开视野极差的常绿树林，沿着右侧那片只有枯草和稀疏灌木、视野开阔的斜坡爬上山梁。虽然相当绕远，但这样走就不必担心突遭熊袭。问题是那头熊是否真如老猎手所推断仍在附近。据说，如果一时兴起，熊在一个夜晚就能走数十公里。若是它已经充分活动开腿脚并已越过下一道山梁，那就不得不放弃它另找猎物了。

两人继续向前走几乎没说话，因为说话会耗费相应的体力，而且如果熊在附近就会被它察觉。闭口不言，把全身的神经指向周围，就会感到所有的物质从身体通过：风、光、细微响动、土和草的味道、动物们的迹象……外部的诸多信息都从身体通过，而自己只不过是宇宙中一个微不足道的通过点而已。而自己又向周围无限地扩散，将群山、大地和整个宇宙全都覆盖。

两人终于爬上了小山梁，迂回走过的山坡被苍郁绿色遮蔽向左下方延伸。老猎手边走边仔细查看山梁上的树，没过多久就像发现了要找的痕迹。他抬手指着旁边一棵树的树干。

“这是熊啃过的痕迹吧？”少年问道。

“还很新呢！”老猎手仔细观察后答道。

“它翻过这道梁了吗？”

“可能吧！”

山梁下的斜坡是茂密的常绿树林，延伸到坡底为止，再向前是落了叶的阔叶林带。老猎手的目光长时间地扫视前方延展的林带，但别说是熊了，就连小动物和鸟类的身影都看不到，没有任何动态物体。

“看样子它还没有离开树林。”老猎手盯着前方说道。

少年不知道这是好事还是坏事，熊还没有离开树林就意味着有可能追上它，但同时也意味着前方延展的昏暗林中潜藏着危险。

“好啦！咱们也出发吧！”

老猎手像是下定了决心。

“要进树林吗？”少年露出畏缩的神色问道。

“在这儿等着也没用。从那家伙的性格来看，也许今晚不会出来啦！”

老猎手目前确信那头熊就在坡下树林里，并决定今天完成猎熊行动。当然也充分估计到了可能发生的危险。

“咱们利用逆风接近那个家伙。”

熊的听觉和嗅觉都非常灵敏，现在风正由山下向上慢慢吹动，不必担心人的味道会飘向熊那边，轻微的响动也难以传过去。在发现目标时从上方向下容易狙击，而熊要反扑就得向山坡上方跑。老猎手综合考虑了这几个条件后才敲定了行动方案，这一点少年也明白。

“从现在起不能说话，”老猎手叮咛道，“腿脚要轻抬轻放，走路不能弄出声音。”

少年神情紧张地点点头。

“你拉开距离跟着我。”老猎手发出了更具体的指令，“我先前进，在我停下来发出信号后你再靠近我，连续重复这个步骤。在我前进时你要警戒周围，因为跟在后边的人视野更开阔。熊一出现你就大声发出警报。”

“明白了。”

“一秒钟都不能放松警惕呀！”

少年从老猎手的语气中也能感到猎熊危险至极。他想，现在两人即将越界，正要赌命踏入由不同以往的法则所统治的境域。

两人开始在昏暗林中穿行下山，由于坡度很陡，要想不弄出声响并非易事。在沉静的树林中，连轻踩落叶的声音都显得格外响亮。老猎手几乎毫不出声地快速下坡，而少年却怎么小心都会弄出响声。要是滑倒被熊发现，此前付出的辛苦就全都徒劳无功了。少年想到这里全身更加僵硬，感觉走同样距离所用时间相当于老猎手的两倍。

不知从何时开始，头顶上方被厚密的树冠遮盖而看不见太阳的位置。由于前进缓慢，时间感有些失常，既感到时间几乎停滞，又觉得时间过得比想象的更长。老猎手的步履比此前任何时候都小心谨慎，是不是感觉到某种异常状况了？少年希望老猎手回头发出哪怕是最微小的信号，可老猎手的背影却越走越远。在他前进时自己必须留在原地警戒，少年紧张得胸口难受，只好做几次深呼吸让心情沉静下来。

老猎手终于停步，接下来该少年跟进了。可老猎手并未发出信号，他正注视着前方某一点。由于树林遮挡，从少年这个角度无法看清。当少年起身想观察情况时被老猎手察觉，他转回头来用责怪的目光望着少年，似乎在说不要动，少年就又弯腰隐蔽。过了一阵，老猎手依然原地不动，一直盯着那个地点。他肯定是感觉到了什么。

少年想起老猎手先前说过的话：有时视野中只有一处看上去与周围景象不同，就像从别的空间剪贴而来似的浮凸于背景之中，并且笼罩着刻意伪装般的宁静。在那宁静的中心似乎有某种物体，而拥有压制周围一切的威力的动物就静静地潜伏在那里。老猎手像是早已感觉到了那种异常。

过了片刻，老猎手转身轻轻招手，少年慢慢起身开始小心翼翼地前进。突然有个小黑影掠过视野一端，定睛望去，那个黑影却已隐没在林中。老猎手正提着猎枪观察前方，枪弹应该已事先装好，但还没进入随时射击的态势吧？因为在不易站稳的地方稍有闪失就会走火。少年迟疑不决，不知该不该报告，那黑影说不定就是熊。但如果不是熊呢？如果只是自己看走眼了呢？如果此时发声报警，恐怕难免前功尽弃。

少年继续前进，心想下次再看到什么就报告。老猎手担心地望着这边，少年轻轻点头表示“没事儿”。这时黑影又出现了，可老猎手依然面朝完全相反的方向。黑影已迫近老猎手身后，在紧急时刻少年没能发出喊声，而树丛中闪出的黑影顷刻间变成了巨兽。

“熊！”少年拼力喊道。

老猎手猛然转身并朝眼前的猛兽射击，从顶弹上膛到扣扳机行云流水般一气呵成。子弹准确命中，发出楔入骨肉的闷声。可是熊并未倒下,就像要把企图入侵自己身体的铅弹咬碎般凶狠地龇牙咧嘴,随即发出可怕的咆哮声朝老猎手扑去。它愤怒得全身刚毛倒竖,张开双臂站立起来。在少年眼中,熊的身体仿佛膨胀了一倍多。随着第二声枪响,熊的喉部喷出鲜红血雾,但它仍未倒下。老猎手正要射出第三发子弹,黑熊已向他发起攻击。它抡起粗壮凶暴的掌臂将老猎手连枪带人一起扇倒,老猎手立刻从少年的视野中消失。

黑熊再次怒吼咆哮,那双充血的眼睛直盯少年。少年心想,它要冲过来了!果然不出所料,黑熊扑了过来,只有几米距离了。

"快跑!"

这次是少年向自己发出指令,可双脚却不听使唤。当他心想"这下完了"时,却见正要向坡上冲来的黑熊向后倒去,就像一堵墙般返身倾覆。少年茫然失措,原地呆立不动,一时无法判明眼前所发生的事情,但只有一点心里清楚:看样子自己已经脱险。过了片刻他才想起老猎手,赶紧坐在厚厚的落叶上朝坡底滑去。

12 寺院

辻村反胃愈加强烈，每次翻身都几乎呕吐出来。他想至少得换掉汗渍的内衣裤，再洗个淋浴，可现在连起床的力气都没有，只能绝对静卧，等待在体内肆虐的风暴退去。因为在大学时代也曾多次经历过这种状况，所以如何应对已颇有心得。他每次饮酒过量难受得要死时都发誓不再这样，可每次都轻易地打破戒律，把持不住时甚至撑不到星期六。但从频次来讲近年来已大大减少，一年最多也就那么几回。

他现在觉得脑袋像要炸裂一般，这种疼痛不太寻常，那酒里恐怕含有某种劣质添加物，昨晚确实喝了不少那种威士忌。不，宿醉的原因不是威士忌酒,至少不单纯是因为喝酒,而是听川那部讲故事导致的恶醉。那个关于变性手术的故事就像噩梦,据说做了变性手术后三个月就可以性交。据说要将原来的阴茎表皮塞入膀胱旁边的开孔中,而睾丸的表皮则改成大阴唇。倘若这种手术都有可能的话,那真是堪称艺术……

实在无法忍受下去了,辻村起身跑进浴室,有东西从胃囊深处激烈地向上翻腾。他刚刚弯腰伏在马桶圈上,污泥般的流质物就迸泻而出,瘆人的寒气蹿遍全身使他颤抖不止。他许久没能抬起头来,全身的六十万亿个细胞此刻也必定发生了大量死亡事件。川那部给他灌输的不单单是信息,更是足以导致一个男人死亡的大剂量毒素。这种毒素在他体内循环,并把作为“男人”而存在的依据从根基彻底摧毁。

自己怎么就没发现呢?那美丽的双峰竟然是用硅胶和雌激素人工制造的!他竟然射进了膀胱旁边的开孔中。想到这里,他眼前又浮现出旺的躯体并产生了性兴奋,又像呼唤恋人名字似的小声念叨。

“旺……”

辻村心想,自己是不是有些失常?他感到自己陷入既非挫败感亦非丧失感的消沉情绪当中,迄今为止所构建的诸多观念全被颠覆,苦苦循守的认知体系被残酷地砸得粉碎。他大脑中浮现出二战时期被盟军不加选择地炸毁的德累斯顿市区,那张照片是在收集指挥家富尔特文格勒二战期间作品的CD包装套上看到的。他不明白为什么此时会想起那种画面。

在多次吐出混杂着极苦胆汁的浆液之后，感觉终于有所好转。他去盥洗池洗了脸、漱了口，甩掉身上的衣物爬向旁边的洗澡盆，一边用凉水喷淋头部一边冷静地扪心自问：问题到底出在哪里？就出在发生性关系的那个人生理上曾经是个“男人”吗？出在“他”身上的手术变性器官呢，还是出在自己不曾对其质疑的愚昧无知呢？

自己确实不想知道那些事情——这是他的真心想法。如能做到，他要把那次相遇作为浪漫的回忆原汁原味地保存起来。可川那部所讲明的事实将他对一个“女人”的幻想击得粉碎，在异国度过的甜美夜晚因此而骤变为怪诞的体验。或许用“怪诞”来形容有些过分，却最贴近真情实感。可即便如此，这并不等于伤害了谁，也不等于伤害了自己。然而，仿佛被抽掉脊梁骨的感觉却久久不能消失。

倒也未必不能说那次经历也还算不错，尽管目前根本没有那个心思，但这毕竟是泰国风格的珍奇体验——在时过境迁之后是不是还可以这样来回顾呢？

从十九世纪末到二十世纪初，对泰国独立最具威胁的就是法国。当时，法国与英国等都出现了强烈的帝国主义倾向。在拿破仑三世时期，法国从越南夺取了交趾支那，并连续将泰国领有的柬埔寨和老挝划归自己的保护领地。针对谋求最终获得整个泰国的法国，泰国方面期待英国为保护自己的经济权益介入其间，可力求规避与敌国冲突的英国却表现出静观其变的姿态。而法国则在了解对手的懦弱心态之后加强了对泰国的攻势。

与日本的情况相同，泰国在对外开放时期也与列强各国缔结了不平等条约，其中就包括治外法权。所谓治外法权，通常是指以该国近代法典不完备为理由认可对本国国民的领事裁判权，而泰国又将它扩大到了亚裔受保护民。法国就利用这个盲点，采用让领事滥发受保护民资格的妙策，趁泰国司法权限鞭长莫及的机会，鼓动亚裔受保护民进行非法活动以恶化治安状况，企图挑起社会动荡。等到泰国的统治能力有所降低，即可以此作为夺取宗主权的借口。

泰国免于殖民地化的最大原因就是第一次世界大战。当时，被卷入战争的欧洲列强已经顾不上展开夺取亚洲和非洲殖民地的竞争，泰国就利用这场世界大战谋求国际社会地位的好转和提升。而若想实现这个目标就必须先成为“战胜国”，于是泰国在战争爆发初期暂先宣布中立并观察战况。在一战进入第四年的一九一七年，美国参战并占据了同盟国的优越地位。此时泰国即宣告以盟军身份参战，并只是应景地向欧洲战线派遣了少量部队，既无显赫战果亦无牺牲直到战争结束，随即顺利地摇身变为“战胜国”。

当辻村读到这里时，八木泽出现在酒店大厅。

“您在看什么书啊？”八木泽在对面沙发上坐下后问道。

辻村举起书让对方看封面。

“我想学学泰国历史呢！”

八木泽只是默默地点了点头。看样子他是要去健身房，身上穿着运动装。他从挂在脖子上的小包里取出记录本，立刻开始报告调查结果。

“看样子,您儿子是在槟城办好旅游签证再次入境的啊!”八木泽说道。

“是槟城吗?”

“就是马来西亚的槟城。”

他怎么会在那种地方办旅游签证呢?辻村的疑问似乎被八木泽猜到,于是他开始熟练地进行说明:“如果是在以前,一般都是采用从阿兰亚普拉特去柬埔寨波贝的方法,这样的话从曼谷乘坐巴士就可以当日往返。但是,现在严格规定从陆路入境只能居留十五天,所以去槟城办理签证更新的人越来越多。”

“他是免签入境泰国的吗?”

“好像是的。后来在槟城换成了旅游签证。”

八木泽的语气像是在暗示辻村要克制做父亲所特有的自寻烦恼——那并不是什么值得担心的状况。而辻村也对自己未做应有调查就让初识之人劳心费神感到懊悔。

“他来这儿找工作,也不知都干了些什么。”

辻村本想惭叹儿子没出息,可嗓音中却不禁透出了困惑。

“没事儿!您儿子也需要缓口气儿嘛!”

缓口气儿?!从那小子的性格根本无法想象……不,也可能真是这样。他要先缓口气儿,然后换取旅游签证再正儿八经地找工作。尽管这不像是自己所了解的儿子的行动模式,但这里毕竟是泰国,心态是有可能发生变化的。也许他紧张焦虑的情绪已得到缓解,也许他突然觉得待在日本为求职而长期烦恼太不值得,也许他认为自己在这个国家能干出名堂并向前看了。辻村如此一想倒觉得心情轻松起来。

辻村先道了谢，然后邀请八木泽吃午饭。

“今天我得就此告辞了。”八木泽欠身说道，“我现在要去跑步。”

“你每天都跑步吗？”

“每周两三次。”

“真了不起！”

“因为天天都大吃大喝嘛！”

八木泽说完摩挲着脂肪似乎相当厚的肚腩。

他没有提起旺的事情，或许因为这对于他来说只是日常琐事，根本没必要留在记忆当中。他以前知道旺是“尕兔伊”吗？他是明明知道还介绍给自己发生一夜情的吗？自己是不是想得太多了？

“在你回日本之前咱们要一起吃个饭。”八木泽用社交辞令的语气说道。

“是啊！好的！”辻村心不在焉地答道。

“祝你早日找到儿子！”

按照川那部昨天所说，他今天午后会在这座寺院里工作，应该是拍摄用于旅游指南的图片吧？玉佛寺属于王室的守护寺，是泰国级别最高的寺院，也是曼谷市内的观光胜地，来自欧美的半老情侣也很多。虽然正门有士兵站岗，但并没有戒备森严的气氛，似乎毫无紧张感。刚进寺院门就有检查点，告示牌上图示禁止穿无袖衫、短裤和拖鞋等入寺。三百五十泰铢的门票从泰国的物价来看贵得离谱，当然这只是对外国游客的定价，而泰国人似乎免费。也许这种双重标准也在讲述泰国从很早就开始接纳外国人的历史。

进入寺院，左侧是娇绿炫目的草坪，从那里到前方矗立的黄金佛塔之间是一条笔直的石板路。据旅游指南介绍，金塔上收藏着佛陀的骨殖。不仅是寺院建筑，所有物件都被使用了大量黄金的五彩装饰涂覆，与素雅的日本佛教建筑相比，简直就像来到了主题公园或游乐场。建筑物的入口旁也是由金光闪闪的鬼怪、妖蛇和半人半兽把守。泰语中“鬼”的发音好像是“雅酷”，他虽然手拄豪华宝剑，可表情却显得困窘可怜，特别滑稽。

约定的见面时刻是下午两点钟，川那部在工作结束后给辻村打电话。当然是在喝酒之前商定的步骤，却不知川那部是否还记得。辻村想到两人都喝得烂醉离开小酒馆就有些担心，看看表快一点钟了，几次想打电话予以确认又都放弃，他不愿听到对方正在忙工作时的说话声。他想，不管怎样还是等到约定时刻再说。

川那部当时讲了很多关于旺的情况，但辻村并未百分百地信以为真。事后仔细想想就觉得有很多疑点：虽说旺做过变性手术，但是跑到有可能与顾客发生性关系的店里工作是不是有欠斟酌？明明另有专门让“变性人”工作的店！而手术整形造就的“阴道”能够承受与众多男子性交吗？移植缝合的部位不会因摩擦而脱落吗？辻村一边提出貌似合理的疑问，一边对实事求是的自己皱起了眉头。

辻村不觉之间来到了微暗的长廊里,壁画上描绘的好像是古印度叙事诗《罗摩衍那》。辻村望着人、鬼、猿混战厮杀的阴惨壁画,心中想起孩提时代见过的地狱图。老家街上有座祭祀阎魔大王的庙宇,每年二月都有祭祀活动。因为届时会有小吃摊等非常热闹,所以他总跟朋友相约前往。不过,辻村一直到上小学高年级都对那些地狱图心怀恐惧。

辻村后来曾在盂兰盆节期间回乡探亲,并领着理去游览过。理当时才两三岁,虽说是在扫墓时顺路去的,但想不起为什么会产生那个念头。是不是像顽童般一时兴起想看看幼小的儿子会怎样反应?当时的理刚进挂着地狱图的画堂就哭了起来,与其说是惊悚于地狱的图案,莫如说是害怕堂内的昏暗和异样的氛围。他赶紧抱起儿子迅速跑出画堂,在夏日明亮的天空下,开始反省自己对不停啼哭的年幼儿子做出的鲁莽行动。

如今理还记得那时的事情吗?可能不记得了吧?即使是回想自己儿时的往事,三岁以前的记忆也已消失殆尽。难道强烈的恐惧会保留很长时间吗?自己给理造成的恐惧阴影已在他心中扎根了吗?自己当然不是故意而为——辻村倒是十分怀念地回想起那段经历,回想起当时的理,回想起不顾一切放声大哭的年幼儿子。理是从什么时候开始不哭了呢?他直到上小学时还动不动就哭,可不知从何时开始已经不在父母面前流眼泪了。这是不是跟他的自我萌生有关呢?

辻村心想,也许任何人都明明想哭却哭不出来,不愿让任何人看到自己的眼泪。不只是别人,也包括自己。这是因为某种功能实施了紧急制动。不愿让自己看到自己的眼泪,仔细想想这不是很可恶吗?所以,这也许就是把自己当成了他人。为什么……为什么我们要压抑自己呢?我们为什么不能接纳真实的自己呢?如果不能接纳自己,也就不能接纳他人。这是否与失落了微笑有关呢?

绿宝石佛像比此前想象的要小些,虽然从远处倒也能看出绿宝石的色彩,但据说原料并非绿宝石而是产自中国的翡翠。辻村脱鞋进入正殿,众多信徒以各自的方式崇奉祈祷——虔诚合掌的人、低声诵经的人,还有前额触地祈祷的人。香客几乎都是泰国人,女性的身影较为显眼。置身于众信徒之间,心中会产生不可思议的安详感。

辻村盘腿坐下,漫无目的地环视堂内:堂前照例安放着几尊金灿灿的佛像,墙壁、地板和天花板也全都用细密的五彩图案涂覆。这种过度的装饰也使他产生了得到护佑般的安心感。

“也许我是想在这里找到答案呢!”辻村在周围的祈祷声中嘟囔道。

或许我如果不提出该问的问题和正当的问题,就无法寻求任何答案。自己虽然思绪有些混乱,但依然明白自己在做什么。因为世界如此混沌,所以人心也发生混乱不足为怪。或许发生了混乱就会找不到灵魂的归途,自己的灵魂应该回归何处,目前尚未找到答案。自己到底应该魂归何处呢?

自己对理也应该有正当的问题要问,可那小子目前也处于情绪混乱的状态之中。他不可能不混乱,所以才会跑到泰国来。这一点跟自己相同，都是为了找到应该提出的疑问。那小子跟自己很像，因为是父子当然相像。道代虽然心态也很混乱却并未离家出行，而是非同寻常地选择了住院的方式。那婆娘跟自己一点儿都不像，她与自己本来就没有血缘关系，所以不像也无可奈何。不过尽管如此，道代或许也在寻求应该提出的疑问，就在那狭小的病房里，在病床上和餐桌上。什么时候我们都能找到各自的灵魂归宿再次聚首呢？

有什么东西发出嘈杂声，不只是人弄出来的响动，还有肉眼看不见的东西弄出的响动。辻村确有这种感应。由于整个堂内既无留白也无余白，所以待的时间太久还是会感到压抑。修建如此金碧辉煌空间的人们究竟在惧怕什么呢？是惧怕连如此狭小空间也可能入侵的邪恶之物吗？难道他们把世界和人类都看成如此不可掉以轻心、不可信任之物吗？

辻村走出正殿时还感到有些茫然若失，是草木的翠绿使他逐渐恢复了活在今生的意识。花坛中色彩斑斓的热带花卉在竞相绽放，旁边摆放的水盆里，睡莲浮摇着楚楚动人的白花。辻村驻足出神地凝视了许久。

约定时刻已过，川那部还是没来电话。辻村再次打电话对方却没开机，于是想到他可能工作有些拖延，就决定再等等。等电话令人郁闷不已，等得不耐烦时辻村再次联络对方，却依然打不通，也发不了短信，反复多次都一样。

或许是操作方式不当，手机是来这边之后租用的，与在国内所用机型有所不同。要不就是因为信号方面有问题？也许发生了什么状况——辻村进一步揣测。就算川那部酒量够大，但昨晚喝了那么多威士忌酒，今早恐怕不会醒得多么爽利，肯定免不了宿醉头痛。可这跟电话打不通有关系吗？

由于情况不明，辻村决定先回酒店。他拦了一辆打表出租车并向司机说明去处，年轻司机点点头开动了汽车。此前在国外总是跟会外语的同伴一起行动，从来没有独自乘坐过出租车，因为他担心被敲竹杠或卷入纠纷。据说曼谷的治安管理比较松懈，倒还未曾听说有黑车上路，而且市内大多地点只需花几百日元就能到达。他由此体验到了轻松便利，所以这几天已乘坐过几次。

辻村心想，一天又是这样即将过去，就在这本该来找儿子的曼谷。说到几天来干了些什么，先是轻率地对为自己做足部按摩的少女怦然心动，然后就是在K歌厅认识了变性人并与其发生了性关系，最后还跟她的“情夫”喝了酒。

“也许所谓人生就像是 种圈套。”

说实在话，他最初的那股劲头已经开始衰减。既然儿子没有被卷入事件或事故的迹象，为何不能静观一段时间呢？那小子也已经是成年人了，可以有他自己的想法吧？他可能是想在这里寻找失落的自我。比如说为了完成某项功业而与家人断绝联系，这在宗教修行中不是常见的做法吗？年轻人总想出去做修行僧式的旅行，这种心情辻村并非不能理解。无论谁都会萌启这种意念吧？特别是出生在像日本这样闭塞感极强的岛国的人们更是如此。

辻村对妻子道代的心态失衡深感忧虑，时至今日他才意识到这就是自己不远万里来泰国的最大因由。为静养而住院的她虽然嘴上没说，但其实迫切希望丈夫前往当地寻找儿子。作为母亲和妻子，这是理所当然的事情。自己必须满足妻子的期待，既为得到她的信赖，也为证明自己是个称职的父亲。

自己在这里找儿子期间，道代也能安安稳稳地静养吧？当然这只不过是拖延时间而已，并未解决任何根本问题。他对这一点已有自知之明。本来作为一个外行，自己能办成什么事情呢？这从最初就已十分清楚。如果自己没能找到任何线索回去见道代，她会是什么表情呢？为了延缓令她沮丧的时刻的到来，自己必须待在泰国无休无止地找儿子。辻村自嘲地想：说不定自己在找儿子期间也会失踪呢！

辻村在酒店前下了出租车，忽然想起就向川那部的公寓走去。反复多次没能打通电话令他心有不爽，或许只是手机出了问题，但也许是川那部自己发生了什么状况。他倒没往更坏处想，也许还能见到旺。事到如今，他还惦记着这种卑俗之事。

公园里看不到大象的身影，昨天那个略感瘆人的老太婆住的蓝色塑膜棚屋也已不见，仅仅过了一天就全部消失。都回乡下去了吗？或许是受到警察驱离而换了地点。看不到大象令辻村产生了连自己都深感意外的强烈失落感。

辻村走楼梯上了三层，来到已有印象的铁门前用拳头猛锤一通。房门意外地打开，从里面露出川那部的面孔。

“是辻村先生啊！”川那部出乎意料似的说道。

“你在呀！”

辻村语调中透着几分扫兴。

“来，进屋吧！”

川那部让辻村进屋坐在起居室的沙发上，说了声“请稍等”就开始貌似忙碌地打电话。辻村听不懂他说的泰语，从语气上推测可能是业务方面的内容。虽然每通电话都很简短，但他连续给各处打了好几通，还要做记录，总共说了有十五分钟左右。

“我放你鸽子了，不好意思！”

返回起居室的川那部面容有些憔悴。

“发生什么状况了吗？”辻村也用疲惫的嗓音问道。

“旺不见了。”

“不见了……”

旺今早从机场打来电话，说马上要回老家——就是这么平淡的内容。川那部询问原因，旺只回答说有亲属发生了不幸。打电话时是早上六点半左右，经核查推测她可能乘坐七点多的航班。川那部想马上去追，但即使叫出租车也赶不及。下一个航班要到傍晚五点半，但即便如此也比陆路交通快，于是他暂先订好机票，随即向各处打电话调整这段时间的业务。

“实在抱歉，我因为这个没法儿帮你找儿子了。”川那部心不在焉地说道，“如果你愿意，我再介绍别人吧？”

“你要去待多长时间？”

“不知道。”川那部用双手摩擦着面部说道,“反正旺的老家是个很偏僻的村庄。我最早能在明天下午见到她吧!先得见到本人,才能说以后的事情。”

看样子情况十分复杂,川那部茫然地望了一阵窗外,然后钻牛角尖似的说:“那家伙一回到家乡就会精神失常。”

在刚刚重新装修过的出发大厅里,国内航班候机乘客人满为患,同伴们大声交谈,整个大厅闹哄哄的。喇叭里不时地播放泰语和英语的通知,刺耳的回响令人生厌。

离登机还有半个小时左右,两人坐在发灰的蓝色树脂垫座椅上,几乎没有什么实质性的对话。川那部用手机忙不迭地发短信,可能还是在安排外出期间的业务。辻村心不在焉地望着窗外起降的飞机,干燥的跑道上已泛起依稀暮色。

旺与家乡之间的关系并不幸运,这一点很容易想象得到。她与不理解自己的双亲和周围的人们恐怕也有纠葛吧?回到那样的环境中去想必非常痛苦,因此而导致情绪不稳定也有可能吧?但事态真的严重到致使川那部抛开工作追随而去吗?川那部显然心神不定,甚至慌张到几乎六神无主的状态。或许他邀请辻村同去也是因为独自前往心里没底?辻村用新奇的目光望着川那部。

即便如此,辻村对自己的做法再次产生疑问:自己居然想跟这个几乎不知根底的男子一同前往靠近老挝国界的山村!虽然川那部的行动已不合常理,而自己的行动则更是脱离了常轨。自己到底在干什么呢？只能说像是完全解除了紧箍咒，辻村对此倒是颇感爽快。既然万里迢迢地来到泰国，这样做才不枉此行。

自己来这里不是为了消愁解闷和吃喝玩乐，而是为了寻找什么。尽管多少也有逃避现实的嫌疑，但确实是在寻找什么。而且自己寻找的不是儿子，至少不只是儿子这一点，现在已经完全清楚。但要追问自己究竟在寻找什么，恐怕还是说不明白。

突然，候机厅里发生了骚动，一个男子叫喊着从过道上跑来。看样子像是喝醉了，他岔开双腿挺立在登机口附近，并指手画脚地高声喧嚷起来。

“他在说什么？”辻村小声问道。

“老虎吃了他的女儿。”川那部镇定地答道。

“真的假的？”

“他可能精神不正常吧？”

那男子做出意外的举动——拔出了一把小水果刀。坐在他附近的女子们发出尖叫，周围的候机乘客都赶紧远远躲开。但尽管如此，可能因为他手中所持并非枪械，所以暂时没有引起恐慌。也是因为情况不明，躲开那男子的乘客们有些不耐其烦。因为川那部没有起身的意思，辻村也就没有动。那男子离这边还远，所以没有迫在眉睫的危机感。

那男子仍在快嘴利舌地倾诉莫名其妙的事情，并非针对某个特定人物，而是对着候机厅内所有的人唠叨不休。当他转向这边时像是露出了笑意，闭不严的嘴角流下口水，没有焦点的目光在空中游移。辻村心想，他也许是吸食毒品了。

没过多久，穿制服的男子们赶到现场，并把那男子远远围住。他们好像不是警察，而是机场的官员。一个官员说了句什么，那男子转过身来怒目紧盯。那官员稍显畏缩，缓和语气又说了一句。那男子举起手中小刀抵在自己耳旁，周围女子们再次发出尖叫，惊恐程度比刚才有所提高。那男子像是得到惊叫声的助推，随手就把自己的耳朵割了下来。这次周围没有尖叫，而是传来近似呜咽的短促呤唤。官员们后退几步。

候机厅被紧张的静寂笼罩，此时无人发声。那男子似乎感觉不到疼痛，脸上浮出懒散的笑容，还捏起割下的耳朵夸耀地伸向包围自己的官员们。从他耳部滴落大量鲜血，将白色地板弄得丑陋不堪。他的周围形成了异质性空间，谁都不能踏入其中。

终于有四五名警官赶到，他们替换官员围住男子，全都手握警棍拉开架势，并逐步缩小包围圈。异质性空间在男子的周围压缩，男子笑嘻嘻地呼扇着捏在指间的耳朵，半边脸已被鲜血染红。

男子突然将手中的耳朵扔向一名警官，那动作就像顽童耍笑般滑稽。警官们趁机一拥而上，男子没有抵抗，老老实实地被警官们摁住，手中小刀落在地板上发出刺耳的响声。他双臂都被抓住，全身动弹不得，目光呆滞地被警官控制，令人怀疑他是否清楚自己发生了什么事情，就那样连拉带拖地被带走了。

那男子站立过的位置留下了血迹，由于地板洁白如雪，所以血迹格外鲜明。过道上也有鲜红的血滴，还有被鞋底踋出的带状血痕。

过了片刻，官员们拿着拖布来清理血污的地板。可能是由于平时不干这种活儿，他们的动作显得特别笨拙，血痕反倒被越抹越大。坐在附近座椅上的女子都蹙脸皱眉难受地望着清扫的情景，还有人用手帕捂着嘴。过村心想，不洒水哪能擦净？

13 她的真名

老猎手像一堆破布般瘫倒在铺满落叶的地面，在少年看来他似乎已经死去。虽然尚未咽气，但已濒临死亡。他伤势很重，由于被熊猛扇一掌，从左肩到胸部已塌陷变形，恐怕是骨头被拍碎，皮肉也被剜掉了一大块。

“扶我起来！”老猎手说道。

少年将老猎手扶起，让他靠在近旁的树干上。看样子主要损伤只有以左胸为中心这一处，其他除了面部擦破再无明显外伤。但是，他身上衣服的半边就像用桶浇了水般已被鲜血浸透。

“叫那家伙巧妙逃脱啦！”老猎手用意外有力的语气说道，“咱们追踪的那头熊好像闯进了另一头熊的地盘，受到侵扰的这头熊十分气恼，可它没去阻击入侵的熊，却偷袭了追踪而来的人。这对咱们来说真是意外的灾难呀！”

“你还是别说话了吧！”少年担心地说道。

老猎手看看从左肩到胸部的伤处，还特别稀奇似的注视了片刻，就像受到重创的不是自己的身体。

“实在是惨不忍睹啊！”

老猎手像是在说别人。

“你不疼吗？”少年战战兢兢地问道。

“受了这么重的伤都感觉不到疼，真是邪了门儿了！”

“包扎一下吧！得止血呢！”

“别管它！”老猎手阻止了刚要伸手的少年，“血自然会止住的！”

真不敢相信如此大量出血会自然止住，流血停止之时恐怕就是生命逝去之时。但是，少年没有说出自己的想法。

“我的背囊在那边吧？”

少年找到了滚落在不远处的背囊，可能是在遭到熊掌猛击的瞬间从老猎手背上甩出去的。少年捡回背囊放在老猎手的膝头，老猎手用没负伤的右手在背囊里探摸，从底部取出挤破纸盒的香烟。这是少年和姬姬住进小屋第一个晚上为表谢意送给老猎手的。

“帮我点火吧！”老猎手把压弯的烟卷叼在嘴上说道。

少年用自己携带的火柴为老猎手点着了烟卷。

“我就是为了这种时刻小心保存的。”

老猎手连续地小口吸烟，不时痛苦地扭曲面孔。

“香吗？”

“说实话，我不懂味道好坏。”

老猎手表情恍惚地继续吸烟，过了片刻像是突然想起了什么。

“那家伙怎么样了？”

“死了，”少年答道，“是东家打死的。”

“我虽然知道熊受伤后会更加凶暴，却没想到它会那样豁命扑过来呀！我也有点儿失策，本以为打中了要害，但好像稍稍偏了点儿。”

“可还是打死它了。”

“白白丢下夺去生命的动物实在不舍。”老猎手没接少年的话深感遗憾地说道，“至少该把胆囊取出来带回去。那头熊的胆囊想必不会小吧？得赶紧取出来，不然胆汁就渗到肉里去了。”

“咱们再去追那头熊吧！”

老猎手没答话而是把没吸完的烟卷递过来摇摇头，像是在说“不用了”。少年接过烟卷摁在地面熄了火。

“你俩来时还是初冬季节吧？”

老猎手像要找回即将消失的记忆。

“那是在山里下第一场雪的时候。”

“那会儿还觉得咱们会一起待很长时间，可这才过了一个季节呀！”

“东家教了我很多东西。”

少年极力避免告别式的语气。

“还有很多东西没教你呢！”

“等伤好了就教我吧？”

“我死后你俩去找铁匠吧！”老猎手岔开话头说道，“他是个好人，会照顾你们的。”

“我要一直跟着东家。”

“这话我爱听，可是已经无法办到了。看不见的人好像已经来到附近。”

少年警惕地环视周围。

“看不见的人是看不见的哦！”

少年不再寻找看不见的人，埋怨似的望着老猎手。

“他也许是来带我走的。”

“看不见的人要带你去哪里？”

“这个嘛……去了就知道啦！”

“你不害怕吗？”

少年刚提出这个问题就后悔了，但老猎手只是微微一笑。

“那有什么可怕的？不但不怕，我还很期待呢！”老猎手像是在激励年轻的伙伴。

少年再次环视周围，还是看不见那个看不见的人的身影，也感觉不到附近有什么，森林里充满了静寂。老猎手闭住嘴沉浸在只有自己的世界里，似乎连少年的存在都已忘掉。他会就这样走了吗？恐怕已经回天无力了。事已至此自己却无能为力，只能守望着老猎手的生命从他身体里离去,跟那时候一样。父亲死去时,少年也只能默默地守望自己珍爱的人,生命即将离开他的身体。因为那个时刻太平静,没有明显的变化,所以错失了最后一次呼唤的时机。当他发觉时,生命已从父亲身上离去,他甚至来不及悲伤。

“东家!”

少年发出呼唤,老猎手缓缓地抬起目光,就像不知身处何方地环视周围。

“你还好吧?”

老猎手没有应答。

“你怎么啦?”

“为什么是这个世界呢?”老猎手像在说糊涂话,“为什么是现在?为什么这个时候呢?为什么是我?为什么是我和你呢?”

老猎手在连续发出让人无法应答的疑问之后停顿了一下,随即怀疑似的望着少年。

“对你来说,这是个什么样的世界?我不知道你对自己生在这个世界怎么看。”老猎手像是朝着自己意识中所确定的某个空间说道,“像我这样的老年人,多少还知道些除此以外的世界,就是变成现在这样以前的世界。但是,即便告诉你那个世界的样子又能怎样?你所要生存的是这个世界,而不是其他任何世界。这是不可选择的事情,即使对你来说降生于此世是一种不幸。”

老猎手停顿片刻调整呼吸,少年默默地等他继续讲述。

“我常常想穿越时空回到过去的世界,向生活在那里的人们讲述这个世界的状态,告诉他们——瞧瞧!你们的未来就是这个样子!都是因为太愚蠢、太浅薄、太贪婪、太任性、太欠思考,世界才会变成这个样子。不过,那些总想痛斥你们的人都已死掉,依然在这个无聊世界上活着的是我,是你们。我不久就会从这里出去,虽说还有些不舍,但也无可奈何。你们还得再待一段时间吧?”

老猎手还想说什么,但突然呛咳起来,伴随着痛苦的呛咳吐出大量鲜血。

“东家!”

少年慌了神发出惊叫。

“不要紧!”老猎手用右臂袖口擦擦嘴说道。

“我去打水来吧?”

“不用!”老猎手固执地摇摇头,“你就待在这里!没时间了!”

少年握住老猎手的手,老猎手像回应他似的说:“最可怕的事情就是无法将自己的体验讲给任何人听。没有人聆听自己述说,这就是一直纠缠着我的噩梦。你看那些不具备语言的动物,在传宗接代时有些雄兽虽然在搏斗中落败没能得到雌兽,却依然活在留下优于自己的子孙的自然秩序之中。可我们又怎样呢?如果人类就此灭绝,我们的体验就会完全失传,一切归零。因为任何时代的人的体验中都已注入以前出生并死亡的无数人的体验,所以如果发生了断裂,就意味着无数默默无闻的人代代传承的体验被终结。生物的历史不可能有永远,末日总有一天会到来,这是毋庸置疑的客观规律。这且不说,但为什么是现在呢?为什么不幸抽到最后坏签的是我们呢?”

老猎手停顿一下凝视着少年。

“这就像是圈套。”老猎手像揭秘似的说道，“当我们恍然大悟时，已经全都落入了圈套。无论对谁来说，世界只能是这个世界，既不是百年以前的世界也不是百年以后的世界，现在就只有这里。所有人都像落入圈套的动物，想要逃离可没那么容易。我为什么是我？为什么只能是我？这究竟是谁的安排？究竟是谁决定的？是谁决定了我作为我生存在这个世界？这种圈套从内向外不知还有多少层。”

老猎手说到这里又呛咳不止，但这次只是少量吐血。

“别再说了！歇会儿吧！”

老猎手充耳不闻地继续讲述。

“但是，圈套也不可能完美无缺，无论怎样貌似完美的圈套都不免会有细微的漏洞，因此落入圈套的动物还有机会逃脱。说到我们不也是一样吗？某些角落总会有细微的出路，为的就是逃离这个世界。”

老猎手用渐渐低弱的声音反复这句话。

“总会发现能够逃离的细微出路，肯定会有，一定要找到它。”

“肯定会找到。”

“对我来说，少年，就是你和那丫头，也许就是逃离这个世界的出路。”

少年疑惑地凝视着老猎手。

“我这种感觉越来越强烈。”老猎手似乎已经看不清少年的脸了，“好好活着！照顾好那丫头！对于你来说，她或许就是逃离这个世界的出路。”

少年点点头，倒也并非透彻理解了老猎手说的话，而只是想把它牢牢记在心上。

“看不见的人好像来接我了。”

少年下意识地环视周围，老猎手察觉到了他的举动。

“看不见的人是看不见的哦！”

“东家能看见吗？”

“我也看不见，但我明白他就在附近。我得走了，不好意思让人家久等呀！”

“你要去哪儿？”

“不能告诉你，这是只有我才可以知道的秘密。”

“你别走！永远跟我们在一起！”

“当然要在一起！”

老猎手身体里的生命之灯熄灭了，就像蜡烛燃尽。

周围开始昏暗，夜幕就要降临，山林即将进入夜行性动物出没的时段。看不到身影的动物们在山野各处发出鸣吠，似乎有些悲哀的叫声，暗藏狰狞的叫声，饥饿难耐的叫声。

少年心想，自己必须保护老猎手的遗体，要挖坑掩埋，就像掩埋父亲时那样。坑穴必须尽量挖深，以免被动物们刨出尸体，还要在覆土上压满石块。可是，没有理想的工具怎能挖出深坑呢？

无论多么困难都要完成，因为这是赋予自己的使命。不过，目前还无法做到,天已完全黑透,自己也累得站不起来,埋葬老猎手恐怕要耗费很长时间。那今晚就在这里过夜,明天再开始动手。只要燃起篝火,哪怕再饥饿的动物也不敢靠近。休息一晚体力就能恢复,天亮时就有力气挖坑了。

少年像往常那样捡来柴草熟练地燃起篝火。早上煮的菜粥还有剩余,但他不想吃,眼下最重要的是好好休息。前一顿饭还是在上午吃的,若在往常早已开始忙着准备晚饭了,可现在却不觉得饿。虽然口渴,但绝不能抛下尸体离开这里。在篝火的映照下,老猎手似乎只是累得睡着了,闭着眼睛,表情安详,好像摇摇肩膀就会醒来。留下冰凉躯体悄然离开的生命去了哪里?生命离去后的遗体与动物尸体没有什么不同吗?已经与老猎手完全无关了吗?

身体渐渐暖和起来,睡意也随之袭来,少年从背囊里取出压弯的烟卷,这是老猎手剩下的。他用枯枝点着香烟吸了一口,感觉味道太差,再吸一口就开始恶心。虽然他不想再吸,而睡意也已完全消失。

少年想到从此往后该怎么办真是一筹莫展,要靠什么生活下去呢?自己一个人连小动物都很难抓到,要想成为真正的猎手恐怕得好几年吧?还是按老猎手生前所说去投靠铁匠吗?可是,自己又不愿在村里生活。再想想姬姬,已经几天没见了。当他眼前浮现出姬姬的面容,立刻迫不及待地想回到小屋去。

少年不知不觉地睡着了,当他被响声惊醒时,感到稍远处那头熊的尸体周围好像聚集了其他动物。在黑暗中看不见有多少,也不知是哪些种类，但他不想靠近察看。那边不时地传来动物相互恐吓和打斗的响声，大概是黄鼠狼或紫貂之类吧？听上去聚集了很多。对于它们来说，熊的尸体可真是意外的美味。它们似乎因为分餐不均发生了争执。

突然，那边开始大乱，好像有一个家伙率先窜向熊的尸体。以此为号，其他正在相互驱逐的动物也一齐扑上去啃咬，随即传来低吼声、撕裂声和粗重的喘息声。野兽们的腥臊味也从黑暗中飘散过来，大小动物在死熊周围聚拢的情景历历在目地浮现于眼前。那头向老猎手发出致命一击的熊虽然相当强壮，可现在却被比自己弱小得多的动物们吞噬，内脏和脑髓都成了它们的美餐。熊那么大的块头，一定能填饱很多动物的肚子。

少年心想，这就是死亡。饥饿动物围绕肉食的争斗正在喘声可闻的咫尺之遥处展开，如果近看就会觉得混乱不堪且惨不忍睹，但若稍稍拉开距离观察即可发现，这种争斗已作为井然有序且毫无侈费的营生方式混编在生物链中。孱弱者、伤病者、战败者都将被毫不留情地吃掉，不容任何蒙混和宽待。

少年想起老猎手的话：人类也必须仿效动物采取顺应大自然的生存方式。所谓顺应大自然的生存方式，就是接受弱肉强食的法则。在大自然中，孱弱只能被看作缺陷。然而，人类却是一种从孱弱中寻思某种意义的动物，连伙伴的尸体都不愿遗弃。据老猎手所讲，由于人类坚持偏离大自然法则的生存方式，才使自己陷入羸弱的状态。或许确实如此，但即便如此，人类也难以放弃偏离大自然法则的生存方式,因为人类不是动物,人类只能是人类,或许人类是以羸弱作为交换而成为人类。那么羸弱才是人类固有的特质吗?

那些家伙还在大嚼特嚼,似乎不知饱足。就算它们腹中空空,可熊的身体那么大,要想分光吃净谈何容易!或许这场盛宴仍将展开数日之久。自然界中并未编入保存和贮藏的智慧,这使自然界奇妙地成为公平的空间。当大型动物满足食欲之后,小型动物就会来收拾残羹剩饭。再过不久,熊的尸骸就开始腐败。腐肉生蛆,还会有别的生物来吃蛆。还有无数昆虫,像蚂蚁那样的小生物,最后由微生物来彻底清理。森林的秩序就这样得以维持。

自己并未处于这种秩序当中,人类不能与森林的秩序完全同化并生存下去。要想同化,就必须舍弃人类这个物种的属性,必须变成人类以外的……恐怕是动物了。自己还是得去铁匠那里吗?无论怎样不情愿,除了让村民们接纳自己之外无路可行,这都是为了今后继续作为人类生存下去。

好像有什么活物向这边凑近,少年闻到了野兽的腥臊味。是吃腻了熊肉的家伙一时兴起呢,或是还有别的什么动物?少年走近篝火拿起老猎手的枪,心里祈祷但愿不要真的用到这玩意儿。他没有放过枪,甚至没有把握断定扣扳机就能射出子弹,何况对手是在黑暗之中。但是他不能迟疑,必须保护自己。对手越来越近,会不会是一群凶猛的家伙?它们要是真的扑上来,那就只有扣扳机碰运气了。即使子弹打不中,枪声也能唬住对方吧?

“你把那玩意儿收起来!”黑暗中传来说话声,“在这里咱们可以友好相处嘛！”

“谁？”少年朝声音传来的方向问道。

那帮家伙同时发声：“我是你们吃掉的雉鸡！”

“我是兔子！”

“我是鹿！”

“我是狐狸！”第一个声音说道，“还记得吗？你们剥掉了我的皮，因此这个冬天我冷得够呛。我想我会被冻死呢！”

周围似乎还有很多其他动物，想必都对他心怀怨恨，但目前尚未感到露骨的杀气。

“你们来干什么？”

“那还用说？来吃那老家伙呗！”

随即响起“嘻、嘻、嘻”的贪婪笑声。

“你也一起吃吧？”

少年心头一惊，禁不住打了个哆嗦。

“我不吃人！”

“为什么？”

“明明挺好吃的嘛！”

“肉质柔嫩，满嘴都是香味！”

“可有些发臭的部位还是受不了。”

“吃了会上瘾哦，人肉！”

那帮家伙七嘴八舌地说道。

“人不吃人！”少年大声呵斥道。

对方哑然无语，有谁小声哼了一下，显然含有反感情绪。过了片刻，那帮家伙打破静寂又吵吵起来。

“我不信！”

“那不太傻了吗？”

“装腔作势呗！”

“傻透了！”

“你好像不知道什么是真正的饥饿呀！”黑暗中的声音像要晓之以理，“肚子真的饿了的时候，吃什么都很香哦！”

“不管怎么饿，我都不吃人！”

“咱们可以打赌，如果你饿急了，连那丫头都会吃掉。那丫头也会吃你哦！”

“胡说！闭嘴！”

“好啦！别太生气，夜还很长。”

周围好像聚集了更多动物，到处弥漫着兽类的腥臊味，夜幕中充斥着猥杂的野生氛围。它们的目标真是老猎手的尸体吗？虽然此时稍有些迟钝，但少年心中还是产生了应有的疑问。说不定它们是冲自己来的呢！也许必须保护的不是老猎手的尸体而是自己。因为对于野兽们来说，人不管死活都只是充饥的肉食而已。

周围传出“噗噜噜”的颤唇声，还有舔唇咂嘴声。黑暗中闪动着瘆人的目光，似乎正在贪婪地射向自己。少年扣在猎枪扳机上的食指开始加力。

“别过来！别到这边来！”

少年感到自己的嗓音在颤抖,随即全身都颤抖起来。害怕吗?当然害怕。不管是谁,遇到这种状况肯定都得害怕。活活地被野兽吃掉,是这个世界上能够想象到的最糟糕的事情。必须开枪,即使是为了击碎目前的恐惧和不安。不过,然后呢?也许第一枪能顺利打中,但第二枪、第三枪……就算能打出几枪,可子弹打光就只能空手待毙了。

现在那些家伙以篝火为中心形成包围圈,把自己和老猎手严严实实地包围了起来。如果它们知道自己没子弹了,肯定会一齐发动攻击。暴怒之下它们肯定会不顾熊熊篝火,龇牙咧嘴毫不留情地扑过来,开枪恐怕适得其反。但也不能就这样撑到第二天早上,况且还没弄清那些家伙的真面目。

“人肉是我的最爱!”

黑暗中又传来说话声。

“因为那是顶级美味嘛!”

“听说还是健康食品呐!”

“别啰唆了,赶紧吃吧!”

“对呀!难得的新鲜人肉不抓紧吃会馊的。”

“别急!”一个像是领头的家伙制止道,“先得确定怎么分配。”

这是要干什么?这些家伙到底要怎样?

“我想吃肚子呢!”

“我吃脚!”

“我要把眼珠啄出来,然后再吃点儿腮帮子上的肉。”

“别动！”少年声嘶力竭地喊道，“不要碰他！”

“你发什么火呀？”黑暗中的声音回应道，“为了活命，找到什么就得吃什么。你不也一样吗？况且这老家伙已经死啦！不管什么痛苦都已消失，这可是令人羡慕的事情。既没有遭到敌手袭击的恐惧，也没有子弹打进肉体的难受，也没有骨头碎裂的剧痛，也没有被剥皮的羞辱，只是安详地死去。死了就要被吃掉，这是定数。”

“可是我爱吃活的呀！”

“你瞧！真有这种嗜好的家伙呢！你要是再说些不识相的话，就连你一起吃掉！”

“是呀！一起吃掉哦！”

“在此之前，我先得打死你们！”

接下来的瞬间，少年耳旁响起撕裂黑暗的枪声。然后，森林归于宁静。枪声去除了邪恶——这当然只是一时猜测而已。有个家伙从鼻孔呼出粗重的气息，还有的家伙用利爪猛烈地刨挖地面，少年感到周围充满了杀气。射出子弹后的猎枪变成沉重铁块留在他手中，本应顶上第二发子弹的枪栓已锁死不动，不管怎样推拉都纹丝不动。少年心想：完了！那些家伙会立刻猛扑上来，已经无计可施了。想到自己将被活生生地吃掉，他感到了全身冻僵般的恐惧。

但是，那些家伙并没有立刻扑上来，却听到一阵嘲讽的声音。

“真笨呀，这家伙！”

“就是呀！我没想到人类居然这么笨！”

“被这种笨家伙吃掉的咱们倒算是怎么回事儿呢？”

它们吵闹着似乎开始咀嚼什么，说话声因而比刚才更显贪婪。

“想起来了吗？”一个嗓音鄙夷地说道，“我们都是被你们猎食或剥皮的动物，你向我们开枪又能怎样？来吧！别再干傻事，跟我们一起吃这老家伙吧！”

它们好像已经开始撕咬老猎手的尸体了。

“别，不要吃他！”

它们对少年的喝止置若罔闻，不顾一切地啃咬老猎手的尸体，用强韧的上下颚、用短剑般的利喙、用尖锐的脚爪，无论怎样都无法遏制它们贪享盛宴。前边不时地传来令人毛骨悚然的响声，不知是对企图抢夺的同伙发出的威吓声，还是对人肉美味发出的陶醉声。对少年来说，那就像老猎手在发出痛苦的惨叫。他开始感到恐惧，对老猎手就在自己面前被吃掉而感到恐惧，对自己的无能为力而感到恐惧，对自己在这个世界上愈发不像人类而感到恐惧。

少年不知自己正走向何方，是在向小屋走近还是远离？黑夜的森林里没有任何标志物，不管看哪里都似曾见过，又像是未曾走过，或许早已走过多次。月亮出来了，这是不幸中的万幸，但也会不时地被薄云遮挡亮光。

少年漫无目标地在昏暗的森林里继续前行，似乎要从哪里逃离，要从丢弃老猎手的愧疚中逃离，要从没能守护老猎手的罪恶意识中逃离。这种情绪啃破少年的胸膛渐渐进入体内深处，即使劝慰自己“在那种状况下无可奈何”也毫无效果。如果自己鼓起勇气留在老猎手身边，那些家伙也许会放弃并散去，可眼下即使懊悔也已无济于事。虽说如此，他仍感到自己背叛了无比重要的东西，并且无法摆脱重负放松心情。

但是，自己到底背叛了谁？又背叛了什么呢？少年开始为自己辩护：在那个时刻老猎手已经死去，而守护死者遗体真有那么重要吗？虽说自己对恩人的做法多少有些不近人情，却并非犯下不可饶恕的罪过。首先，说不定那正符合老猎手的愿望呢！从他的生活态度和观念来看，也可以说那正是他最为恰如其分的归宿。在森林中动物与人类是对等的关系，愚笨者将被吃掉，病弱受伤者将被吃掉。死亡者无论是动物还是植物，都将成为滋养一切生物的食粮。这不就是老猎手生活过来的世界吗？不就是老猎手情愿接受的世界吗？

这不属于善恶问题吧？少年不认为人类被动物吃掉是错误，可他从感情上却难以接受，大脑的判断与感情之间总有距离。那些动物正在黑暗的森林里啃食老猎手，只是想想心里就充满近似愤怒的强烈厌恶，感到针对某物的憎恨，感到对这个世界本身的憎恨。他憎恨这个世界，对自己降生在这个世界、对自己投胎于这个世界感到不近情理的强烈愤怒。

不可思议的是，少年虽然对寻觅尸肉的动物并无憎恨和厌恶，但延续生命的悲哀却像弥漫的雾霭般充满了心胸。在续接生命方面动物与人类并无不同，只有露骨与否的差异而已。少年在精神上难以容忍那种露骨的状态，当他窥见那种赤裸裸的嘴脸时，生理上的反应与作呕般的憎恶感便同时发生。但是,所谓世界不就如此而已吗?绝对不能直视的东西,令人厌恶的东西,倘若这就是世界应有的状态,那么几乎所有的人尽管身处这个世界的内部却又是外来者,既是在内部也是在外部,无论去何处都找不到容身之地,就像现在的自己。

"那好吧!"少年鼓起勇气下定决心嘟囔道。

总有一天我要逃离,已经没有理由留在这里。究竟有什么呢?这个世界!不就是赤裸裸的饥寒交迫和痛苦恐惧吗?几乎没有什么愉悦和乐趣,活在这种世界上还有什么意义?换了老猎手会怎样回答呢?他会不会说"你看看动物们吧"?动物们确实没有什么大不了的乐趣,占据它们生命大部分的也肯定是饥寒交迫的痛苦,以及可能遭到其他动物袭击的不安和被捕食的恐惧。但即便如此,动物们依然毫无怨言地继续生存。可是人类不同,至少少年认为人类是与动物不同的生物,人类如果没有愉悦和乐趣就无法生存。难道说人类也该像动物一样生存吗?也该仅仅为了生存而生存吗?

少年渐渐产生了无力感,精神也松懈下来,对一切都很厌烦,不管怎样苦思冥想都找不到答案。反正老猎手的痛苦结束了,已经不会再感到饥饿和寒冷,眼下肯定已被收入动物们的肚子里。它们的肚子里暖和吗?老猎手已经离去,而自己依然在这里。看样子还得待一段时间。为什么会待在这里呢?为什么会待在这可憎可恶的世界上呢?少年没能找到缘由。

到底走了多长时间?少年已经搞不清楚,时间感发生了错乱。

虽然觉得走了好几个小时,却没有依据来准确判断实际所耗时间。也许过了一个小时左右,也许过了四五个小时,心中只有持续追逐猎杀的感觉。

下雨了,这是预告春季来临的雨水。因为行走在森林里,所以雨滴不会直接落下来,而是沿着树木的枝叶落在头顶和肩头。冰冷的雨滴渗透衣服掠走体温,如果继续待在昏暗的林中,很可能会由于寒冷和疲惫而体力衰竭。自己也会像老猎手那样被动物们吃掉吗?

月亮依然藏在云中,雨滴淋湿的树叶似乎蕴含了微弱的光线。忽然,前方闪出某种物体的影子,仿佛人形,但看不清全貌,只是在昏暗林中浮现出发白的形影。少年立刻端起猎枪,他只带走了老猎手这一件遗物。

少年端着猎枪继续凝视黑暗,那个影子渐渐靠近。少年发不出声音来,枪栓还是推拉不动,紧要关头派不上用场。过了片刻,那个影子停住了。

“跟我来！我带路！”

那个声音很耳熟。

“去哪里？”

“回小屋嘛！”

听对方的语气像是早已洞悉一切。

“喂！等等,是瘤六吗？”少年难以置信地问道。

影子没有应答,他的身形仍然看不清楚。

“赶紧走吧！”影子像是回过头来，“天一亮，我就得离开了。”

少年拼命地向影子追去。真是瘤六吗？少年想看个清楚，可怎么赶都追不上前边的影子。无论他怎样加快脚步，那影子还是拉开同样距离继续前行。少年追累了，连一步都走不动了。

“歇会儿吧？”

“我不是说了吗？没时间了。”

“一起去小屋吧！跟我们一起过。”

“那不行！”对方毫不妥协地说道。

“为什么？”

对方似乎在考虑什么，但步伐并未放慢。

“因为必须忘掉过去的事情！”对方用悲切的嗓音答道。

“什么事情？”

“总之不能一起过了。”

“是因为被禁止了吗？”

少年即刻脱口而出。

“嗯，就是因为被禁止了！”对方不耐烦似的答道。

大雨不知何时减弱，天空有些微亮，好像起雾了。当少年翻过山梁时，雨已完全停歇，陡峭的山脊顶端开始发亮，白色朝雾在峡谷间涌流。

“来到这里就不会走错路了吧？”影子头也不回地说道，“沿着这道山谷一直下去就行了。”

“你真的不一起去吗？”

“我不是已经说过不行吗？”

影子不像是急不可耐，倒像是心中充满了悲伤。

“你有伙伴吗？”少年试探道，“瘤六，你是孤独一人吗？”

影子没有应答，轮廓渐渐变得模糊。

“喂，赶紧走吧！”影子焦急地说道。

“我还能见到你吗？”

“大概吧！”

“这个不被禁止，是吧？”少年叮问道。

“嗯，没问题！”影子的嗓音似乎爽朗起来。

晨风缓缓向山谷间吹去，少年开始朝前方树林下山。他也渐渐地明白，所谓离开这个世界并非是指真的离开，而是以别的存在方式活在这个世界上，也就是与小虫或微生物结成亲密的关系，通过植物的根系，被雨或雪有时是风携带着回到这个世界上来。但它们返回的并非同一个世界，虽然与这个世界完全重合，却是彻底隔绝的、完全不同的另一个世界。

少年来到那片熟悉的森林入口处，树木似乎还在熟睡。他本想在找到这里之前绝不回头看，但途中还是抑制不住冲动停下了脚步。他们分别的那道山梁已不见任何影子，初升的朝阳放射出炫目的光芒。少年心想，他肯定来自难以置信的远方，也许是乘着凛冽寒风穿越夜幕而来，即使凝神侧耳也听不到任何脚步声，然后无声无息地离去。

“瘤六！”

少年几乎听不到自己的声音，甚至不知道这样呼唤是否恰当，可他又不知道还能用何种方式呼唤，而在咽喉深处念叨的古怪名字却已飘散在清晨的冰冷空气之中。

14 乐园

在一个半小时的飞行期间,两人几乎没有交谈。川那部像是一整天的疲劳总爆发,在飞机开始滑行之前就沉沉睡去。而辻村却被睡意完全抛弃,本应疲惫不堪,可大脑却奇妙地格外清醒。一闭上眼睛,那个在候机厅割掉自己耳朵的男子的脸就浮现出来。那男子用手指捏着血淋淋的耳朵向前伸出,还发出冷笑。辻村无法从大脑中删除那幅令人怀疑其现实性的画面。

他为什么会做出那种举动?根据川那部翻译的内容,那男子的女儿被老虎吃掉了。这简直是莫名其妙的事情。莫非是某种比喻?他是在说像老虎般的邪恶之物不知何时来把他女儿吃掉了?现实中会发生那样的事情吗?

辻村心想,一定会发生,所以那男子才把自己的耳朵割掉。换了自己,如果女儿真子被老虎吃掉的话,还不知道自己会做出何种举动呢?也许正因如此,人类才会秉持某种信仰,希望依靠神或佛的无边法力护佑自己不受邪恶侵犯。就像在玉佛寺里看到的那样,安放多种偶像,并且把墙壁、地板和天花板也都用致密工笔和五彩颜料涂覆无遗,为的就是防止邪恶从微小缝隙中侵入。

但即便如此老虎还是会不请自来,而且会来到任何人的身边。在厨房冲泡咖啡时也会偷偷潜入,然后把无比珍爱的人吃掉。其实所有人的心中都隐藏着大老虎,只是因为它平时都在内心深处沉睡而没发现而已,可一旦被某种条件激活就会猛然站起并四处踅摸吃的东西。辻村心想,自己或许已经不知不觉地把心中的老虎释放到乐园里了。

在候诊室的白墙上,挂着一幅托马斯·麦克奈特和玛丽·洛朗桑之类颇像心疗内科的绘画。那当然是复制品,但就算搞错也绝不会挂上巴尔蒂斯或弗朗西斯·培根的绘画。从天花板上的博士音箱中轻轻流淌出赏心悦耳的波萨诺瓦乐曲,确实是一种充满疗愈意趣的空间。可那种故作姿态倒让辻村感到很不自在。

几名候诊患者坐在沙发上翻看诊所提供的杂志,其中既有像是来治虫牙的上班族男子,也有表情阴郁、确有心病的年轻女子,类型各种各样。辻村以前也曾浏览过那些杂志架,摆放的都是时装、旅游、宠物和烹调等杂志，并没有什么自己想看的读物。可能诊所在选杂志时也会特别用心，因为患者已经身有不适，若在诊查前再读些文艺杂志上刊登的小说之类，恐怕还会加重病情。

在十五分钟之前进入诊室的妻子还没出来，看样子医生聆听患者倾诉特别细心。这种疾病还是要找人聆听自己倾诉，治疗效果才会更好吧？患者只是说说话就能得到精神放松。当然，诊查之后还是要开药方的，医生给道代也开了些安神药和助眠药。每月一次就诊，辻村尽量陪同前往。诊所位于市区中心，貌似勉强在狭小地块上修建的商务楼，把车停在附近的立体车库后乘电梯上到六层，内科和口腔科都在这里，药房就在下一层。

辻村陪妻子往返这家诊所看病已近五年，道代除了精神负担之外还有女性所特有的症状，目前病症虽未彻底治愈却还算稳定。每次就诊日快到时，道代必定要去美容院，先把头发梳理漂亮，还要精心打扮一番，选衣服似乎也比平时多用些时间。在做诊查时，患者的外表也会被当作一项指标。好像至少道代这样认为。

就在辻村漫不经心地浏览杂志时，道代从诊室里出来了。她向护士简短地道了谢就朝辻村这边走来。

“医生有话要说。”

“跟我吗？”

辻村合起杂志站起身来，道代就留在候诊室里，看样子医生只需要跟患者的丈夫谈话。辻村在护士的催促下走进房间，医生从病历上抬起视线说了声“你好”。这位医生颇有亲和力，年龄在四十五岁上下。

“承蒙关照！”辻村点头致谢。

医生笑着点点头，示意辻村坐在患者专用的座椅上。这间诊室开阔而明亮，宽大的窗玻璃外可以看到商厦和商务楼，清爽的蓝天上没有一丝云絮，内墙上挂着很普通的风景画。

“您夫人跟您说过了吗？”

“诊查的结果还没说过。”

医生点点头，视线落在病历上，他那稍稍卷曲的黑发已从头顶开始稀疏。辻村心想，与白皙的娃娃脸组合，这副形象或许也能起到缓解患者紧张心理的作用。

“刚才我建议您夫人住院治疗。”医生轻描淡写地说道。

“有那么严重吗？”辻村稍显惊讶地反问道。

“倒也不是马上住院，”医生停顿一下缓口气，然后毫不含糊地说，“但病情比表面看到的严重，您夫人精神疲劳相当严重。我认为最好别再勉强，还是住院充分休养一段时间。”

好可怜的道代！她为了这一天特意去美容院精心打扮后才来接受诊查，却都被医生轻易识破了。

“有必要为休养住院吗？”辻村用公事公办的语气说道。

“在家属协助下居家休养当然也可以，不过还是住院效果更好，便于根据患者的状态精准地调整处方用药。”

看来没有理由拒绝了。

“她本人是怎么说的呢？”

“我想听听您的意见。”

“我不反对。”

“那太好啦！”

医生满意地点点头。对于需要住院治疗的患者，医生大都会介绍自己比较熟悉的医院。医生随即提到了几家医院的名称，都是离本地稍远的城市或街区，也不知是有意还是偶然。辻村没有强行追问，他作为外行推测：反正都是住院，也许患者与家属及日常生活隔开一定距离更好。

“需要住多长时间呢？”

“没有固定的时间，”医生纠正了辻村的误解，“因为说到底住院的目的还是休养。一般是先住一个月，如有需要再延长到两个月、三个月……当然要尊重患者本人的意愿。”

这真是风云突变！本想既然是休养顶多也就一两个星期，哪知会要一个月以上。

“是不是时间长些更好呀？”辻村试探地问道。

“我认为需要一定的时间。不过，即使在短期内也能得到相应的效果。”

医生似乎很理解辻村犹疑不决的心态。

辻村突然意识到自己变成了天涯孤客，此前从未产生过如此孤独感，可能是因为道代住院的事态令他的潜在意识浮出了表面。不过，在别离时感到孤独是否因为在一起时就很孤独呢？

“病因还是妇科病或更年期综合征，就是女性所特有的激素失衡吧？”辻村像求救似的问道。

“从数值上看确实可以这样断定，”医生看着检验报告进行说明，“不过，把数值直接当病因来看为时尚早。特别是在精神科领域，很多病例都难以判定因果关系。”

“是不是可以说，由于精神负担太重而导致激素失衡？”

“嗯，就是这么回事儿！”医生文雅大方地继续讲解，“人的身体比我们想象的还要精密得多，所以不会无缘无故地发生失衡。无论是激素还是脑内物质，都可能由于某种刺激而分泌过多或分泌过少。这种刺激大都来自人体的应激反应。”

医生把稳重的微笑投向辻村，像是在说“接下来该你发言了”。

“其实吧，我儿子去了泰国一直没回来。”辻村的语气像是在辩解，“已有好长时间没联系了。”

“我听您夫人说了。”医生用听来有些冷淡的语气回应道。

“这就是原因吗？”

“或许这也是原因。”

“其他还有什么？”

“这种病很少有单一病因，”医生直接盯着辻村答道，“往往是多种因素重叠并长期持续，渐渐发展到精神难以承受的严重程度。”

虽然医生做了补充说明，但辻村几乎没听进去，而是陷入自己的思绪当中。他在完全宁静下来的空间里扪心自问：难道我们不是原本就很孤独吗，无论是道代还是自己？也许是因为我们没有意识到那种孤独，所以才能够待在一起。孤独的人即使凑在一起也不可能疗愈孤独感,反倒会进一步加深孤独感。这也是原因之一吗?

“医生您也知道,我在写小说。”

辻村性急地脱口而出。

“是啊!”

医生脸上浮现出那种亲和力很强的微笑。

“小说这个东西,特别是当代小说,很多都是描写爱情的。”

“是啊!”

“我觉得这就是我妻子健康状况变差的根本原因。”辻村急于下结论似的说道。

“您是说,夫人的病因是您在写小说吗?”医生不无困惑似的确认道。

“是的。而且是在写爱情小说。”

医生似乎难以接受这种说法而默然无语,辻村继续分析。

“丈夫在小说中写些自己不相识男女的爱情故事,妻子看到会怎样呢?”

“会怎样?您的意思是……”

“她会不会一年到头都会怀疑丈夫在拈花惹草出轨呀?”

医生瞬间不悦地皱起眉头,但又立刻放松,恢复了医生面对患者的姿态,宽容地微笑着看看辻村。

“不过,小说的情节都是虚构的吧?”医生的语气像是在发放免罪符,“况且那又是您的职业。”

啊,是吗?别人是这样解释的呀!辻村虽然有些歉疚,但还是感到自己暂时获得了赦免令。

走出航站楼时天色已晚，两人乘出租车前往预订的酒店。这是一座在考山路也曾见过的、像度假山庄风格的潇洒建筑，临街院内种着亚热带植物，形似椰树的高大乔木快要探到二楼阳台。楼门前是石台阶，开门进去是一间小前厅。建筑虽新，但里面却给人萧条的印象。

前台发红的灯下有个男子，虽能看出他已不年轻，却长着一副似乎从四十岁到六十岁皆可通用、年龄难以捉摸的面孔。两人拿出护照办理了入住手续，那男子的态度可谓虚弱无力。在签字之后，川那部用泰语向男子搭话，简短交谈两三句之后领取了房间钥匙。

“他说员工已经回家了，没法儿用餐。”川那部离开前台满不在乎地说道，“咱们先把行李放在房间里，然后上街看看吧！”

两人乘电梯上三楼进入各自的房间，所幸床单好像都已换过。过村是直接从曼谷的酒店出来的，所以说到行李也只有换洗衣物和洗漱用具而已。他先试了一下淋浴，放了好长时间终于出热水了。

过村下楼来到前厅，川那部已经做好准备在等候。刚刚来到门外，暖湿空气立即包裹住身体，无风而闷热。整个街道昏暗无光，若无汽车驶过就连丝毫人气都没有。两人尽量选择较宽而有光亮的街道前行，闻不到饭菜的香味，取而代之的是不知从哪里飘来的下水道气味。

“好奇怪呀！”川那部像期待落空似的嘟囔道，“平时都有很多车摊出来的嘛！”

辻村不知该怎样应答。

“是不是因为萧条没生意啦？”

川那部疑惑地歪歪脑袋。两人又转了一阵，别说食堂了，就连貌似商店的房屋都看不到，既没碰到行人也没碰到动物，只看见一个老妇在简陋的祭坛前点着蜡烛专心致志地做祈祷。两人决定放弃晚餐返回酒店，反正辻村也不太饿，甚至可以说没有食欲，而川那部好像也不太执着于进食。

微暗的前厅里依然没有房客的身影，而且前台的男子也已不见踪影。只要没有来客就是这样吗？看看表，时间还不到八点钟。

“正所谓‘开店停业’呀！”川那部十分诧异地说道，“不管怎么样，总得喝点儿啤酒吧？”

前台深处有个小厅，从那里摆着几张餐桌来看，应该是供房客使用的食堂，现在只亮着夜灯，也是连个人影都看不见。两人朝静悄悄的厨房走去，刚进门处有个玻璃冷柜，里面摆着十瓶左右的胜狮啤酒。川那部毫不迟疑地取出一瓶，然后端着酒瓶开始在周围寻找，很快找到了酒杯和开盖器，就把它们拿到微暗小厅的餐桌上斟满两杯。

“既然员工不在，咱们就自己动手吧！”

川那部完全恢复到平时的我行我素，出发时的六神无主已像梦幻般消失得无影无踪，他可能是觉得此时再慌乱也没用了吧？辻村心想，也许是因为已经付诸行动，焦躁的情绪便得以平复。

微暗的餐厅内仿佛被时间吞噬般寂静无声，甚至很难想象有人在这里吃吃喝喝的情景，却弥漫着每晚都有死者聚集谈论生前回忆的氛围。

"这家酒店在十年以前也是欧美游客扎堆的地方。"川那部喝干一杯啤酒开始讲述往事，"大都是闹着玩儿地吸食毒品并沉溺于其中，然后到处流浪最终来到这里，十几岁二十几岁的青少年皮肤都已经像老年人了。"

"川那部先生没玩儿那个吗？"辻村直率地问道。

"因为有害健康嘛！"川那部表情认真地答道，"我有一段时期吸食过大麻脂和大麻，但都没上瘾。可能是因为体质不适应吧？"

川那部拿起空酒瓶离开餐桌，辻村百无聊赖地环视餐厅，墙上挂钟的指针停在十二点多的位置，那是一架施以新艺术派装饰的大型立式摆钟，也许早已停摆。过了片刻，川那部端着啤酒和单臂夹抱那么大的水果返回。

"我去看有没有吃的东西，结果冰箱里镇着这家伙。"川那部高兴地说道，"辻村先生，你吃榴梿没事儿吧？"

"怎么没事儿啊？那个味道……"

"吃惯了会觉得很香呢！"

辻村心想，我才不想吃惯了呢！只见川那部握着榴梿的短柄狠狠地将人头般的果实摔向地板，那满身三角刺酷似史前动物的硬壳应声裂开，顿时弥漫出异味。辻村曾听说过，由于榴梿有异味，所以被禁止带入公共场所。

“已经熟透了，肯定好吃！”川那部把裂成四瓣的果肉摆在餐桌上说道。

“我听说榴梿跟酒精一起吃会死人！”

“我没事儿！可能吃多了才会有危险吧？”

川那部满不在乎地说着就用手指捏起形似卡门贝尔奶酪的果肉，这对厌食榴梿者无异于某种虐待。辻村颇感膈应地瞥了一眼那淡黄色的物体，随即把杯中剩下的啤酒灌进嗓子眼。

辻村很想趁此机会详细询问有关旺的最详细情况。目前已经了解的只是从这里到旺的老家还有半天车程，而关于旺的家庭状况以及生活却一无所知。既然已经跟着川那部来到这里，再询问些情况还不是应该的吗？

“你跟旺是怎么认识的？”辻村绕着弯子试探道。

“在帕蓬的‘GOGO 吧’里。”川那部边吃边爽快地答道。

“什么时候？”

“很久以前。旺刚刚来到曼谷，而我跟老婆离了婚刚刚飞回泰国。”

“你结过婚呀！”辻村意外似的说道。

“倒是还没孩子呢！”

川那部的言外之意像是拒绝刨根问底。

“对于川那部先生来说，旺是一种什么样的存在？”辻村郑重其事地问道。

“并不是为了替代分手的老婆。”对方像要打岔似的答道。

“我明白。”

“好像也不是情人。”

“也不是朋友吧？”

“一句话说不清楚啊！”

这样绕来绕去还是什么都弄不明白。辻村心想,可能他并不愿意细说。川那部毫无意愿拾起中途抛弃的话题,只管贪婪地继续嚼食榴梿果肉。辻村简直忍受不了那种异味,虽然希望川那部赶紧吃完,但估计果实吃完之后那种异味也难以消散。

“你以前去过旺的老家吧？”辻村像刚刚想起似的问道。

“只去过一次。”川那部头也不抬地答道。

“去干什么？”

“参加葬礼,旺的祖母去世了。”

“旺不想回去吧？”

“听说祖母是唯一理解她的人,总是站在她这一边,所以她要回去见最后一面吧？”

几条线索都在刚开始试探时中断,凡是涉及旺的话题,从哪里接近都是这种感觉,也许再问什么都会毫无所获。辻村一旦收住话头,就再没心思重新提问了。

“听说旺从小就特别厌恶自己的真名。”过了片刻,川那部很稀罕地自己开始讲述,“辻村先生,你的名字？”

“叫启介。”辻村立即答道。

“多体面的男人名字啊！”川那部颇感滑稽似的说道,“旺的真名肯定也很有男子气吧？谁听见都会立刻想到这是个男孩。”

那在泰国具体是指什么样的名字，辻村无从想象。

“她觉得自己是个女孩，可别人却用那个极富男子气的名字呼唤她，她肯定很痛苦吧？”

“川那部先生也不知道吗，旺的真名？”

“我不知道，”川那部摊开沾满果汁的手指表情天真地答道，“她无论如何都不告诉我。”

“旺这个名字在泰国特别有女人味儿吗？”

“恐怕都算不上什么名字吧？可本人要求这样叫她，我也没办法呀！”

川那部好像终于吃腻了，叹了口气用无奈的眼神望着狼藉的榴梿残骸，又拿起餐桌上的餐巾纸擦手。

“听说她想要妹妹的名字。”川那部继续说道，“大概是中间名或绰号吧？可是妹妹特别怨恨旺，所以绝对不肯让出自己的名字。”

“她妹妹恨她吗？”

“听说一直到现在都不跟她说话。”

“为什么呢？”

“可能是觉得被旺欺骗了吧？”川那部偏袒妹妹似的说道，“哦，这种心情倒也不是不能理解，最初把旺当作哥哥，可后来见面却变成了姐姐。”

两人相互点点头。

“总之旺是想要一个女孩的名字，因此当别人用真名喊她时都不应声，不管是在家还是在学校。这恐怕就会招来反感吧？听说她被父亲狠揍了一顿，可她就是不应声。在这一点上那家伙也真是够犟的呀！”

“她父亲做什么工作？”

“医生，在自家开了间诊室，给村里人看病。”川那部停顿片刻又附加说明，“他家有很多土地和财产，那次为她祖母办的葬礼规模也相当盛大。就在野外支起帐篷，全村人闹腾了整整两天。这地方的守灵夜很讲排场啊！除了歌舞奏乐还有烧烤、赌博……什么都有，也不知道是办丧事还是过狂欢节。”

川那部把目光投向窗外，像在沉思似的闭口不语。

“我很想知道旺的真名啊！”川那部停顿片刻后说道。

“事到如今吗？”辻村愕然反问道。

“那家伙出走之后我突然心里惦记起来了。”

辻村不再穷追不舍，不知从何时起已不介意那榴梿的异味。辻村心想，也许自己已经闻惯了。

两人回到酒店房间，辻村冲过淋浴后上了床，本来累得够呛，可大脑依然十分清醒毫无睡意。睡不着觉是常有的事，他又开始思索那些不必思索和即使思索也没用的事情，感觉那任性的思索不请自来，就像潜入乐园的老虎，就算赶出去也还会不知不觉地钻进来。辻村只好放弃驱赶，陪伴它直到入眠。辻村开始思索有关或许是被他自己释放的老虎的事情。

自己常常听到某种声音，大都是在像这样难以入睡、闭上眼睛躺着的时候，或是在半夜醒来再也睡不着的时候。那好像不是幻听，可能也不是病态，是没有声音的声音，也许是自己内心的声音在反复地宣述："是爸爸杀了妈妈。"

自己当然会立即反驳：哎，等等，你在说什么？你妈妈没死，也没预定以后会死，只是有些疲劳住院休养而已，你好像搞错了……过村越说越没自信，搞错的会不会是自己呀？儿子说的完全正确，对于他来说，母亲已经不是自己所熟悉的母亲，而且这都是父亲造成的。若真如此，也许正像儿子所说，是自己杀了道代。

当时，医生就像祝福纯洁无瑕者般使用了"虚构"这个词。过村心想，社会上的大多数人是不是误解了这个词的含义？所谓虚构并非单纯的荒诞无稽，成功的虚构应该是描写得比真实更加真实。正因如此，陀思妥耶夫斯基和卡夫卡的作品才会超越时代被众人喜欢。这种所谓的"真实"正是表里不一。

举例来讲，假如我撒谎伤害了道代的话，那事情就简单了，只需道歉说声"是我不好"即可，发誓再不撒谎即可。这跟出轨的场合相同，就算会发生暂时性的激烈争吵，但随着时间流逝也会平复，一时的冲动还可以挽回。可是道代并非被我的谎言所伤害吧？莫如说是被真实所伤害，严重伤人且有时会加以致命伤的正是真实。我通过写作某种真实伤害了道代，并且造成理的伤痛，所以道代才会住院，理才会离开日本。

人在一生中能够实现的志向，只占本人心中所蕴藏的极少部分，不可能完全表露和成为现实，其余则作为可能性止步于尚未显现的阶段。高贵、纯真、勇敢、卑劣、冷酷、残虐……以及善恶，过度极端的东西不会浮出表面。这是因为由社会成规和日常习惯及教育所培养的心智和常识能够发挥控制力，从而使人时常回归正态分布平均值吧？其结果就是，人们的思考和行为的多半都处在预估的偏差值之内。

写小说就是努力促使正在休眠的种子在语言这种环境中开花，可以说"虚构"就相当于所需的水分和阳光。小说家通过巧妙操纵作品的结构和情节，为激越的情感和危险的性格取向等原本潜沉的因素打通渠道，探索人生潜在的可能性并以形象和比喻予以提示。如果能够成功，那么日常无法看到的东西就会变成语言文字跃然纸上。

夫妻过日子都是在日常性的现实中进行，在这里能够实现的只不过是双方所蕴含的一部分可能性而已。但是，在辻村的小说中表现了妻子所未知的"他"，其行为、思考和感情在由语言文字构筑的所谓虚构的地平面以高纯度的状态生根。无论什么样的作品，如果只能蕴含作者内心的东西，那么作为作品所实现的、至少作为可能性，可以说就是潜沉在作者内心的"真实"。在精巧编织的故事情节中，主人公们往往发挥出偏离平均值的纯真和热情。或许它能够打动读者的心灵，但是对于同作者一起生活的人来说却难以忍受。

辻村在不觉之间入睡，是那种多少有些怄气似的浅眠。他在似梦似醒之间听到老鼠之类在房间里蹿跳的干燥声响，而且持续了很长时间。当声响消失终于恢复宁静时，他又完全清醒了。他伸出手去探摸嵌入墙壁的电灯开关，但无论是开是关灯都不亮。停电了吗？要是有火柴也行。他想起了杰克·伦敦的小说，描写一个男子在严寒中用冻僵的双手划火柴生火，结果他失败了。可那不是为照亮而是为取暖吧？不管怎样，房间里没有火柴。

他再次沉入睡眠，而再次醒来却是因为异味，浓烈的异味充满了房间，像是食物腐烂的气味。他在这种异味中完全无法安睡，必须打开窗户通风。睡了多长时间？两个小时？四个小时……时间感已不可靠，夜会伸长也会缩短。他想伸手去拿枕旁的手机，却无法动弹一根手指，身体像灌了铅似的沉重不堪，尽管大脑十分清醒却起不来。

这时他发觉房间里有人，最初还以为是小孩。看身高确实像小孩，但动作却像老人。是盗贼吗？由于房间里黑暗看不清面孔。他想，要是弄出响动被察觉就糟了，于是躺在床上观察情况。那男子抱着一个大球状物体，辻村立刻想到那是什么。

“榴梿！”

异味的来源就是那种令人生厌的水果。男子把抱来的榴梿放在辻村脚下对面的墙角。此时从未关的房门又进来一个男子，也是只有小孩的身高。两人在房间里擦身错过，不仅没有交谈，甚至没有对视一眼。随后进来的男子在最初摆放的榴梿旁放上了第二个。

“这是干什么?!”

过了片刻第三个人进来，也抱着个榴梿。到底有几个人呀？他们默默无语地搬运水果，身高都像小孩那样，进进出出地在房间角落里将榴梿越堆越高。为什么要这样做呢？难道是有人蓄意骚扰吗？可到底是谁呢？辻村无法想象发生了什么状况。

始终没人开口说话，那邪恶的果实仍被没完没了地搬进房间，没过多久房间就变得像水果店了。哪怕只搬进一个都够怪谲的了，何况此时榴梿已堆成了小山，那情景更加怪诞邪魔。

"太难闻了！"辻村忍不住嘟囔道。

不可思议的是，当时还在房间里的男子虽然只隔几米远，却像没听到辻村说的话，把榴梿放在确定位置后就目不斜视地出去了。

"这到底是怎么回事儿？"

就在自问的同时，他已经明白这是怎么回事儿了——自己还是在做梦。这种情况常常出现，心里明白是在做梦，而梦仍在继续，肯定又是这种状态。这是因为年龄吗？近来睡眠较浅易醒，常常半夜醒来多次，起夜如厕后再睡，如此反复直到早上。有时甚至不知到底睡着了没有，因为只有清醒时的印象相连，所以觉得根本没睡着过。在这种时候，往往搞不清梦境与现实的界限。

他安慰自己，既然是梦就不要紧，反正要么醒来，要么再次入梦。不管怎样，顺其自然即可。是不是因为发烧了——他又想到了别的可能性。是不是因为自己发高烧而做了怪梦？幼年时代经常发生这种情况。他如今还记得的一场梦是黄沙进入房间，也不知是梦还是发高烧产生的幻觉，就看见干燥的细沙从房间四角缝隙中侵入,最初是穿过小孔像线状流泻,后来渐渐变成奔腾的流沙。大量涌入的流沙朝他睡觉的被窝袭来,他险些被流沙活埋,情急之中大声呼喊随即惊醒。

由于四肢仍像以前那样无法动弹,所以不能用手掌在额头上测试体温。但似乎并未发烧,可能并非因身体不适而引起,于是他放下心来。但他又有些蛮不讲理地想,为什么偏偏在今晚发生这种状况? 明天必须尽早出发,听川那部说要在巴士里晃悠半天时间。本该好好地睡一觉,可偏偏就在此时发生这种怪事!

不,即使发生了怪事也没什么不可思议——他随即改变了想法。在机场看到的情景又浮现在眼前,就从那男子割下自己耳朵的时刻开始,一切事态都变得不正常了。世界齿轮运转失调、时空发生了偏倚——若是科幻小说就会出现这种解释。他厌恶科幻小说,所以这样想:这当然不是时空偏倚的问题,也不属于超常现象之类,只是单纯的心理或生理的问题。

想到这里,他发现已经没有男子们出入房间,看样子梦该醒了。房间里笼罩着异样的静谧,如此说来,那些男子出入房间时也悄然无声,到这时他才感到真是咄咄怪事。他试着动动手指,重复几下握紧伸开的动作,然后左右扭扭脖子,所有的动作都正常,就像手术之后已从麻醉中彻底醒来。

窗外已微微发亮,全身有些发僵,特别是从脖颈到肩膀肌肉酸痛,恐怕是因为睡姿相当别扭,感觉像在身体被拘缚的状态下沉入长时间睡眠之中。他伸展胳膊腿做肌肉拉伸运动,就躺在昏暗的房间里。他又闭上眼睛躺了一阵，却再没有被牵回梦乡的可能。

他回想起刚才的梦境，把寸断的胶片一截截地连接起来，还原了古怪梦境的全貌。他心想，自己居然能做出这种梦，实在太不正常。原因肯定在于川那部吃的榴梿，因其冲击力过于强大，所以才会出现在梦中。虽说如此，那些小矮人似的男子忙进忙出搬运榴梿的身影倒像童话般妙趣盎然。

辻村慢慢起身，用双臂撑着身体下地，脚掌心感到地板上带着湿气的凉意。他觉得房间里仍有榴梿的异味，这当然是心理作用。不管怎样先打开窗户吧！真想呼吸外面的新鲜空气。当他站起时，房间角落里堆放的东西映入眼帘，他怀着再次被牵入梦境的心情懵懵懂懂地走向墙角。

就在这时他意识到了自己的错觉，顿时惊得魂飞魄散，甚至喊不出声来。他向后退步差点儿翻倒，被床沿挡住坐在地板上。他下意识地拿起床头的电话，却不知该往哪里打，也不知道前台的号码，对着键盘乱摁一通，紧张得喘不过气来，心想不管是谁只要有人接就行。他把听筒贴在耳朵上，可里面只有仿佛很遥远的杂音。

15 她的真名

少年的脑袋里喧闹不已，就像有什么在窜来跳去，并传来不明物体的脚步声和呻吟声。是动物吗？他觉得有无数蹄爪在脑袋里践踏，似乎在哪里发生了争斗，远方传来凶猛的咆哮声，那是弱小动物正在被撕咬啃食。他想赶紧醒来，稍有迟缓脑袋里就会变得杂乱无章，可他却无法从厚重淤泥般的沉睡中爬出。

不知何时下起雨来，就在脑袋里下雨。额头刚刚感到雨水的冰凉，脑袋里立刻被积水淹浸。他想去找合适的工具把积水舀出去，要是有水桶或长柄勺之类的就好了。他拨开野草到处寻找，手指触到一截凉冰冰的棍状物，拿起来细看却是动物的骨头，像是刚刚被啃过，还残留着黑红色的肌肉。他蹲下身来观察草丛深处，看到了头盖骨和肋骨状的物体，像是一具人骨，倒在草丛中静静地淋着雨。每块骨头上都有小虫和蚂蚁爬来爬去，所剩无几的腐肉就是它们重要的食物。虫子越聚越多，大大小小奇形怪状，从茂盛的草丛中接连不断地爬出，就像追逐阳光般向尸骨聚拢。头顶上方还有苍蝇飞来飞去。

虫子爬满了整个尸骸表面，一瞬不停地蠕动，少年看得心里瘆得慌，感觉就像无数虫子蠕爬的是自己头盖骨内侧。在拱状头盖骨内侧的缝隙间，苍蝇们令人厌恶地飞来飞去。他想赶走那些虫蝇，于是快速地抖动脑袋，并像要抖落黏附的泥水般猛烈地左右甩头。可是，虫子们仍在头盖骨内侧蠕爬，成群的苍蝇仍在脑袋里乱飞，振翅声在头盖骨内部放大为异样的回响。若照此下去，脑袋里恐怕会被虫子全部占领。

所幸的是雨越下越大，雨水在脑袋里积存，水位渐渐上升，虫子们为寻求剩余空间都涌向顶端。大雨毫不留情地继续倾注，水位不断上升，当脑内顶端也充满雨水没有间隙时，蠕爬的虫子和乱飞的苍蝇全都无处可逃被淹死，脑袋里这才得以宁静，少年的意识也随之沉入冰冷的水中。

当他清醒过来时大雨仍在下，但这次下雨却是在脑袋外边。头顶不远处落雨阵阵作响，他发现自己身处干燥的地块。这是在小屋里吗？近旁燃着火堆，身上盖着睡袋，尽管如此仍冷得牙齿打架。他浑身都在哆嗦，额头沁出豆大的汗珠，脖子和胸前也都大汗淋漓。

这是伴随恶寒沁出的冷汗。这时好像有人为自己擦汗,伸手从脑后稍稍托起自己的头部,并把铝制餐盒贴在嘴唇上。温热的液体进入口中,苦得要命,像是熬制的草药汁。他忍住恶心咽了下去。

他再次沉沉睡去,死一般地睡了很久。虽然没死,却已经忘记自己还活着。他感到全身都疼痛不已,就像到处都打入了锐利的铁钉。全身僵硬,稍稍动弹就咔吧作响,体内某些零部件好像还在磨合。他咬紧牙关发出痛不成声的惨叫,在手脚上倾注全力。这时,沉睡的表面就像湖冰开裂般漏了缝,一缕光束照射进来。

有人坐在枕边,正在俯视他的面孔。小屋里洒满发白的光线,少年看不清那人的姿容。

"姬姬?"

无人应答。要不就是瘤六吧?少年随即意识到自己猜错了。

"东家!是你吧?"

对方听到呼唤也没点头,依然静坐注视着少年。少年从对方的目光中感受到罩裹着自己的温煦气息,心想肯定没错儿。那就是说,刚才给他擦汗和喂药的都是老猎手吧?

"你的伤怎么样啦?"少年抛开自己的事问道,"还疼不疼啦?"

对方依然没有应答,却不像是在忍受痛苦。少年放心了,又有些迷迷糊糊。虽然还想多说几句,但实在太累了,好不容易才用眼睛表示出微微笑意。对方像是理解了一切、肯定了一切,继续静静地守望少年沉沉入睡。

"这肯定是梦!"少年渐入深睡时告慰自己,"都是因为发烧,脑子都快煮开锅了。”

时间继续流逝，就在不知不觉之中流逝而去。少年终于清醒过来，就像乘坐夜行列车摇晃着远道而来。旅行持续了几天几夜，列车横穿了许多世界。虽然体内深处尚存微热，但疲劳感已经彻底消除，仿佛夜雨过后的清晨，身体十分清爽。他抬头起身，看到旁边躺着一个少女。正在熟睡的少女异常消瘦，使人想到她可能营养不足，全身都好像几乎没有充盈的肌肉，手臂和腿脚都细瘦如柴。

少年心想，她一定是因为护理自己而疲劳过度。他尽量不弄出声响站起身来，步履蹒跚地走出小屋。外边空气冷飕飕的，不知已是第几个早晨。他已不记得为了迎接这个早晨而度过的日日夜夜了。

森林里射入透明的光线，可能是经过雨水濯洗，一切都那么鲜明清亮，树枝上的每张叶片都在熠熠生辉。不过，森林尚未完全苏醒，一切都那么平和而安详。所有的欲望和饥渴仍在白色晨光中昏睡，此刻既无捕食者亦无被食者，无论多么小的争斗依然隐形藏影。再过不久，当旭日升起阳光照进森林时，生存的竞争就会一如既往地展开了吧？现实虽然过于残酷，但清晨这一刻却令人感到祥和宁静。

少年想起了老猎手，觉得他变成了柔和透明的晨光，现在依然飘随在自己周围。虽说那不是真实的老猎手，却是更加本质性的老猎手。少年深吸一口气，嗅到雨水、土地和草木的味道，感到自己所在的世界还有短暂的可爱，对这个世界上超越善恶而生存的万物产生了亲爱之情，并希望自己也是伫立在晨光中的生命。

少年听到声响回身一看，只见少女从小屋里出来，在门口停下脚步不可思议似的望着这边。少年不知道她的真名，甚至觉得连自己的名字都想不起来。这样就好。

“早上好！”少年说道。

少女没应声，代之以羞涩的微笑。在这刚从夜的沉睡中苏醒的时刻，谁都不具有名字，所有的一切都为寻求新的名字而开启今天。

两人仍如往常继续做自己该做的事情，就像老猎手没出事一样。他们避而不提与老猎手相关的话题，但这仍与分担哀痛、共同悼念毫无二致。莫如说就在不苟言笑近似服丧的日日夜夜里，老猎手的逝去也具有了更大的意义，或许只有在沉默中逝者才会彰显出本真的形象。

虽说老猎手曾叫少年去投奔铁匠，但少年自己暂时谁都不想见。因为如果见了铁匠，就不能不提到老猎手离世之事，就不能不用话语来再现当时的情景。那样也许就会分散和冲淡对老猎手的悼念之情，会使逝者渐渐远去，会使老猎手逝去的意义发生某些变化。

可另一方面，前往村庄的必要性却日渐增强，现存的米麦已经见底，要想弄到粮食就必须进村。

“姬姬怎么看，去见铁匠的事情？”

姬姬既不赞成也不反对，似乎怎样都行。她到底是怎么想的？这样下去没有吃的可怎么办？人与野兽不同，不可能靠吃草根树皮活下去。少年对饥饿的恐惧感日渐加剧，终于下定了决心。

铁匠在看到两人的瞬间就立刻明白发生了什么事情。

“死了吗？”铁匠硬生生地问道。

少年开始依次讲述事先在大脑中整理好的内容，注意尽量做到准确而客观：当他们追上一头熊时突然出现了另一头熊，老猎手立即开枪击中却被熊拼死反击而受了致命伤不久离世，进入夜晚野兽们聚拢而来——少年就像邪魔附体般地述说。

最初野兽们聚拢到死熊周围，后来有些家伙盯上了老猎手的尸体，少年想驱赶却未能如愿，于是放弃守候老猎手冒着大雨辗转回到小屋。

“我害怕极了，”少年坦白地说道，“在黑夜森林里跟东家的尸体在一起很害怕，所以我逃了回来。”

当他复述经过时，那个夜晚的惊悚感受也随之复活。那些说人话的野兽，难道是从他懦弱心灵中产生的幻象吗？但即便真是如此，当时感到的战栗和恐惧未必也是错觉或幻象吧？

“东家的尸体被野兽吃掉，简直太残忍了！”少年愤愤不平地说道。

“残忍的事情多着呢！”铁匠先甩出一句，“好啦，你活得久了就会看到很多事情。这也说明你还活着嘛！”

“可是那种死法，我觉得东家也不会愿意。”

“当然哪种死法都不会愿意啦！”

少年无语地凝视着铁匠的面孔。

“反正人已经死了,胡思乱想也没用。”铁匠像收拾残局似的说道,“人也会吃野兽,也会被野兽吃掉。世界原本如此。”

少年开始了在村里的生活。从山谷里流出一条小河,由二十户左右人家点缀两岸形成一座村落。所有的农舍都已破旧不堪,有的顶瓦缺了不少,有的梁柱开始倾斜,有的土墙已经剥脱。其中大都是一间屋住两三个人,据说同住的并非夫妻或家人,也有的是同龄男子或同龄女子住在一起。少年还没看见过孩童的身影。

由于平地极少,所以将山坡开垦为层层梯田,主要种植稻米和麦子。农活都由村民们共同承担,规定种植稻米麦子的农田不允许个人所有。收获的粮食要为应急储备一部分,其余的再按人头平均分配。像铁匠这样不干农活的人,因为承担了有助于村民的劳作,所以也被列入粮食分配者名单。

每人分到的米麦就是村民们的主食,如有剩余还可换取从外面带入的各种生活用品。至于多少粮食能换什么,则由当事者双方自行商定。另外,村民还可以在非公有农田里种植除米麦之外的作物。

据说,创建这种体制的是最初来到村里的人们。

“好像先是有四五个人大难不死逃到这里,”铁匠边走边向少年讲述这个村落的形成,“他们都饿得要死,可村里只剩下勉强遮挡风雨的老房子和荒芜的农田,他们只好吃野草、植物球根、动物和昆虫,只要是能吃的就都拿来充饥。在河里抓的鱼、螃蟹和贝类也是食物,当然不够吃。要想稳定地获得充足的粮食,就必须尽早开始耕作。所幸他们中间还有略懂农业的人,而被杂草覆盖的农田里依然长着几乎已经野化的稻麦黍薯,于是他们采来种苗开始耕种。”

少年朝陡坡上开垦的农田望去,每块地都长满了绿油油的庄稼。

“最初可没这么一帆风顺,”铁匠像在讲古代故事,“他们好几年都没种出像样的庄稼,经过多次失败反复试错之后,才渐渐摸索出有效的种植方法,粮食产量逐年增加。消息传开,又有一些人闻讯而来。先到者接纳了后来者,并向他们传授了耕作方法。为了扩大村庄的规模,新人颇受欢迎。”

这时,铁匠停顿了一下,神情变得有些沉郁。

“后来情况有了变化,”铁匠心有不爽地说道,“村里人开始考虑居民增加过多不太合适,关于粮食的分配也发生了争执。人数过多,就不能像以前那样由彼此了解的人通过协商解决问题了。考虑到种种因素,就决定限制在村里居住的人数,也就是允许分配粮食的人数。打猎的老爷子帮我找他们求情,好歹算是分得一份口粮。因为我会修理各种用具,所以得到特批成为正式村民。现在情况怎样还不知道,恐怕要比那会儿更严格了吧?”

铁匠停顿一下,像有暗示似的看看少年。少年若无其事地避开了铁匠的视线。

“那是稻米吗?”少年指着田里的作物问道。

“你还什么都不知道啊!”铁匠颇感意外地说道,“那是麦子呀!收获期在五月,之后就有一次分配。全体村民集合,公平分配收获的粮食。这是个好时机,我打算试着找他们商量一下。”

“商量什么？”

“就是把你们纳入分粮人口呀！”铁匠像在说不言而喻的事情，“那样的话，到了秋天你们就能分到稻米了。虽然不可能一人一份，但两人一份也不算坏嘛！”

“我们不想在这里生活下去！”少年郑重其事地说道。

“我明白，”铁匠先随口应付一声，“可你一个人打不到足够换取粮食的猎物吧？在山里饿肚子可不好受啊！”

少年像被驳倒，一时沉默无语。

“我觉得你还是考虑住在村里比较明智啊！”铁匠用自家人似的语气说道，“好啦！不管怎么说，让村里人对你们有好感总不会吃亏。我去跟他们说说，需要人手时就叫你们。你们也得让大家看到自己能像壮劳力一样干活儿，能给大家帮上忙才行！”

从第二天起，铁匠就领着两人开始在村里走家串户。这种用毛皮和肉干换取粮食的交易活动，也有让村民熟悉自己的目的。在村民家门口，铁匠用套话向主人问候，少年就在旁边心情复杂地听着。他瞥了姬姬一眼——她会怎样想呢？在这里跟铁匠和村民们一起生活？也许再不用担心饿肚子了，但也会失去以前那样的自由吧？

决心难下，两人就继续在铁匠家里闲居。村里的生活确实比在山里舒适，饭菜种类丰富，屋里也挺暖和，而且很喜欢在磨损的榻榻米上铺了破被褥睡觉。一旦尝到这种生活的甜头，就再没心思回小屋去了。少年边帮铁匠干活边在心里某个角落里想：也许就这样在村里住下去挺好。

过了些日子,卖木炭的来了。少年正在帮铁匠干活,姬姬跟村里的女子们一起去采挖野菜。卖木炭的男子面孔熏得黧黑,因此无法辨别他有多大岁数。他带来的木炭量大得惊人,一个人背的像座小山,据说都是他自己烧制而成。他似乎跟铁匠很熟,但好像不是本村的居民。

“买点儿木炭吧?”

男子卸下背来的木炭刻意放大嗓门吆喝着,说起话来口齿不清。

“我可以买,但买不了以前那么多了!”铁匠粗鲁地答道。

“为什么呀?”卖炭男像要哭出来似的问道。

“你瞧!”铁匠用视线指指少年,“这小子,还有个姑娘,我得留够他俩的口粮。”

“我特意为你烧了好炭呀!”卖炭男居功自傲似的说道。

“我明白啦!”

“稍稍送点儿风温度就上升,这可是上等木炭呐!”

“所以我说我明白嘛!”铁匠很不耐烦地怼了回去,“可我有我的情况呀!”

卖炭男低头沉思了一阵。

“我在山里一个人住哦!”卖炭男愤愤地说道。

“我知道呀!”

“一个人饿肚子很难受哦!”

“应该会吧！”

“买我的木炭吧！”卖炭男苦苦哀求道，“要是不从你这儿换点儿米，我实在活不下去啦！”

“嗯，我买你的木炭！”铁匠干脆地说道，“只买往常的一半哦！多了不要。”

“干吗把话说那么绝呀？一半儿木炭连铁板都烧不透呢！”

“我自己有办法呀！反正你放下一半儿就行了，该给多少米就给多少！”

“饿肚子的滋味不好受啊！”

铁匠也不回应，起身就走出了操作间。过了片刻，他夹抱着米袋回来放在卖炭男面前。

“给你，米！”

“太少啦！”卖炭男不满意地说道。

“你留下一半木炭就走吧！”

“那剩下一半怎么办呀？”

“卖给其他人不就行了吗？”

“铁匠，这可全是为你烧的上等木炭呀！”

“那就成全你都放下吧！不过米就是那些啦！”

“你真能做出这种无情无义的事儿吗？”

铁匠不予理睬，默默地继续干活，炫耀似的抡起铁锤在铁砧上敲打起来，震耳的响声回荡在操作间。少年同情卖炭男，为自己造成他卖不完木炭而过意不去。他既同情卖炭男，又觉得对不起铁匠。

正像卖炭男所说，如果木炭不够用，铁匠的活计也会受到影响。

卖炭男像要久坐不起，不肯轻易放弃似的望着铁匠干活。看样子他真是奔铁匠一个买主来的，似乎尚未想出处置另一半木炭的办法。铁匠表情不悦地继续干活儿，过了很长时间，少年实在看不下去了。

"你就全买了吧！"少年在铁匠耳边说道，"我们的口粮自己想办法。"

铁匠责怪似的看看少年，像是在说"你别多嘴"。

"没问题！我和姬姬有办法找到吃的东西。"少年进一步说明道。

铁匠停下手抬眼盯着卖炭男。

"你要拿铁锤砸我吗？"卖炭男有些胆怯地说道。

铁匠默不作声地放下铁锤再次走出操作间，卖炭男脸上现出期待与不安的复杂神情望着铁匠的背影。过了片刻铁匠返回，毫不掩饰气恼的神情，默默地把米袋放在卖炭男面前，于是卖炭男的表情骤然明朗起来。

"我真是感恩不尽，铁匠！"卖炭男欣喜若狂地说道，"你是胜过烧炭人的好汉子呀！"

铁匠不胜其烦地扭开脸，卖炭男用绳子灵巧地把两袋米拴绑着背起来，在走出操作间时扭头向少年笑了笑，黧黑的面孔上露出有几处豁口的白牙。

按照村规，除平均分配的米麦之外，其他食物都由个人自行解决，于是他们开垦荒地种植各种蔬菜。此外，每逢季节到来时，上山采挖野菜、坚果和蘑菇等也是每天重要的工作。

在天气晴好的日子里，铁匠也会领着两人进山。令少年意外的是他对野菜也十分熟悉，并把可供食用的植物名称、特征及辨别要领传授给两人。近山中丰富地自生自长着水芹、鸭儿芹、赤车使者、蜂斗菜、土当归、山蒜等野菜，在耕地稀缺的山村里，这些都是代替蔬菜不可或缺的食材。另外，能够大量采集的蕨菜和紫萁经过晾晒就成了通年可食的干菜。

擅自下河捕鱼原则上予以禁止。对于他们来说，河鱼是重要的蛋白质来源，所以谁都想尽量常吃河鲜。但如果大家都随意捕鱼就会破坏水产资源，于是每月一次确定日期、时间和地点，居民们全体出动下河捕鱼。他们根据季节和河流的状态，或者围堰捕鱼，或者向河水中注入由植物根部提取的毒液，采用各种方法捕鱼。捕获的河鲜也是按照人数均等分配，当天的餐桌上就会变得丰富多彩。在渔获量丰收时，他们就用火来烘焙鱼干或用盐腌制并保存起来。

尽管村里已有规约，但铁匠还是想出近乎违规的捷径，在平时也能弄到鲜鱼。前后经过是这样的：他本来另有一项活计就是去村里各处废屋寻找尚可修理使用的农具。有一次，他在一户农家的仓房里找到了落满灰尘的钓具，必要的钓竿、渔线和钓钩一应俱全。钓具已很陈旧，钓钩虽已锈迹斑驳，但收拾一下似乎还能使用。心灵手巧的铁匠把锈损严重的钓具修理好，还根据需要自己动手制作了毛钩。然后,他就不时地去进行既可满足爱好又有实际收益的河钓了。

“这也不算违反村规,因为我没下河嘛!”

尽管铁匠自己说得似乎理直气壮,但从他避人耳目去钓鱼也能明显看出,那不过是只适用于本人的歪理而已,而且他选择的好像都是远在上游、村民不太去的地点。如此这般,河钓就成了他个人特权式的享受,也是一种垄断式的食物获得法。

“现在开始进入钓鱼旺季了,”铁匠边准备边兴奋地说道,“因为鱼儿们一个冬天几乎没吃食啦!”

“跟熊一样啊!”少年说道。

“嗯,是啊!”

从初春到夏季,鱼儿们主要靠吃河里的水虫成长。只要掀起河底的石块,就能看到上面爬着几只黑褐色小虫,就拿它们来做钓饵。要领是用手指轻轻捏起,以免弄伤它们。把小虫穿在钓钩尖,在上游放入河中,饥不择食的鱼儿们就会凶猛地冲过来咬钩。

“来,你试试看!”

铁匠把挂好钓饵的鱼竿递过来,少年照铁匠的指点挥竿甩进水中,立刻就有鱼儿咬钩,而且拉力很大。少年钓到一条长着褐色斑纹的浅黑色鱼,体长十五厘米左右。

“你挺老练的嘛!”

“我没想到会这么简单。”

“因为钓具好呗!”

钓鱼的活儿主要由少年来干，铁匠就坐在河滩上观望。虽然时间不长却已钓果颇丰，与跟老猎手出猎相比简单得令人略感扫兴。

“够了吧！”铁匠说道，“钓得太多也吃不完嘛！”

“我太喜欢钓鱼啦！”

“那好呀！”

“请再带我来吧！”

“可不是每次都这么顺利哦！不管怎么说，鱼又没个准性子，而且河里肯定每天都会发生各种状况嘛！所以鱼儿们的行动方式也在随时发生变化。”

少年率真地点点头，眼中闪着亮光望着铁匠。

“鱼儿们与河川共生，”铁匠开始用博闻多识似的语气讲解，“比如说今天用于钓饵的水虫是蜉蝣和石蝇的幼虫，快到夏天时它们就会羽化为成虫，鱼儿们就会追逐河面上的飞虫，到那时如果还用水虫就钓不到鱼了，因为鱼儿们已不再吃水虫。所以，到了它们追逐飞虫时，就得用形似飞虫的毛钩和其他诱饵垂钓了。明白吗？”

“真有意思啊！”少年佩服地说道。

“总之要使用应季的钓饵。不过，无论怎样改变钓饵和钓点，有时也会一整天都钓不到鱼。大概跟天气、水温、水情等各种因素相关，这方面咱们人类弄不清楚，得去问鱼儿们哦！总之不管干什么，哪天运气不好就会一无所获，让人怀疑它们是不是绝食了。也许它们有自己信仰的宗教，规定某月某日从日出到日落不能吃东西呢！”

少年和姬姬被安排在里面的榻榻米房间，那里有一床破被褥，而铁匠就在有地炉的木地板房间铺开被褥睡觉。他对于少年跟姬姬睡在一起倒还没说过什么，虽然装出漠不关心的样子，但是在去厕所经过时，还是会惊讶似的望着两人嘟囔“简直就像两只小狗崽呀”。

铁匠有时会在深夜悄悄外出，都是在估计两人入睡之后才轻轻开门出去。少年虽然感到奇怪，但因为睡得迷迷糊糊，也就没心思询问了。而当他和姬姬起床时，铁匠还在地炉旁被窝里睡觉，好像什么事情都没发生。

有一次，少年被开门声惊醒，已经时近黎明，铁匠像是要窥探情况进入两人的房间。

“你去哪儿啦？”少年在被窝里问道。

“你醒着呐？”对方有些惊讶地说道。

“我醒了。”

“我散步去了。”

“散步好长时间呀！”

“这不是你该知道的事儿！”铁匠心有不悦地撂下一句就钻进自己的被窝睡了。

铁匠照旧瞅空带少年去河边，但大都是让少年一个人垂钓，他就在旁边呆呆地观望，或是躺在向阳处打盹。

“你不钓吗？”少年问道。

“钓鱼的活儿就交给你啦！”铁匠无所谓似的答道。

“在那种地方睡觉会感冒的呀！”

“我没睡觉，在想事儿呢！”

“你刚才还打呼噜了。”

“你别管我了，专心钓鱼吧！”

少年就继续钓鱼，可那天一条鱼都没钓到。他照铁匠所说把河底石块上的虫子捏起来挂在钓钩上，然后抛到可能有鱼的水域，但是反复多次都一无所获。

“也许鱼到了断食日啦！”少年想起铁匠以前说过的话，“今天就到这吧？”

铁匠装出熟睡的样子。

“是不是因为夜里外出睡眠不足呀？”

“你真烦人！”

铁匠费力似的撑起上身，边打哈欠边伸懒腰。少年挂上鱼饵再次尝试，他使用钓竿已很熟练，每次挥竿都能把钓钩甩投到位。他让钓钩顺水漂移，但还是无鱼咬钩。

“有关姬姬的事情呢，”过了一阵铁匠像难以启齿似的说道，“我觉得你们不能再这样待在我家了。”

“为什么呢？”少年难以理解似的问道。

“村里人有点儿那个。”

“说我俩什么了吗？”

铁匠没有直接应答。

“你知道野兽交尾吗？”

铁匠问得莫名其妙,少年像被愚弄了似的回过头来。

“当然知道,我还见过呢!”

“那就好说了,村里人担心的就是交尾的事情,明白吗?”

“不,完全不明白。”

铁匠一时无语,看看少年后一吐为快地说道:“他们担心你和姬姬会交尾生小孩。”

这回是少年瞪大眼睛盯着铁匠,好像因为他的露骨言辞而深受打击。

“怎么样,明白了吧?”铁匠缓和语气问道。

少年依然沉默不语,怄气似的挥竿并一本正经地回答:“这件事情你不必担心。”

“什么不必担心呀?”

“我们不交尾。”

铁匠惊诧地望着少年,然后像要寻找妥协的方式。

“那也会有情不自禁的时候吧?”铁匠说道。

“野兽们不会因为情不自禁交尾,”少年固执地答道,“我亲眼见过好多次,所以我知道。雄兽会向雌兽求爱,有时还会拼命跟其他雄兽搏斗,然后才交尾。”

“原来如此,或许真像你说的那样。可你和姬姬都是人吧?人跟野兽不同,也会情不自禁地交尾呢!”

两人毫不妥协地收住了话头。对话中断,流水声更响,依然手持钓竿的少年板着面孔凝视河面。河水缓缓地蜿蜒流淌,到对岸附近时流势减弱,在流水沉滞处不时地有鱼蹦出河面。

“你们既然住在村里,就必须遵守这里的规定。”铁匠郑重其事地说道。

“这对我们来说是极大的悲哀。”少年十分沮丧地说道。

“也许会那样吧!”

“因为我们总在一起。”

“就算是野兽也得自立吧?”铁匠仍想说服少年,“你们总有一天要分开的。”

“为什么呢?”

“因为人和野兽都是要独立生活的嘛!”

“我们俩就是一个人。”

铁匠长叹一声,无可奈何地望着少年。

“反正这样下去是不行的。”铁匠最后自言自语似的说道。

从那以后,铁匠再没提这件事情,少年和姬姬依然住在他家同衾共眠。铁匠没再说什么,村民们也没另眼看待或议论纷纷。少年就更无法理解铁匠在河滩说那番话的真意了。

而铁匠自己似乎根本没心思认真做本行,照旧常常带少年去钓鱼。有一天,铁匠漫不经心地挥竿,并像发牢骚似的说:“你们为什么总是那么快乐呢?真是不可思议呀!你们在这样的世界上都能过得如此快乐!”

“我们并不总是快乐的,”少年意外似的回应道,“也有痛苦和悲伤的事情。”

“也包括那些事情在内,看上去还是很幸福啊!”

“你不幸福吗?”

“我也觉得不是我个人幸福不幸福的事情,”铁匠有些含混不清地说道,“在这个世界上没有任何东西能让人幸福吧?不管发生什么样的错觉,在这个世界上都很难感到幸福吧?”

“我不明白。”少年像要告一段落似的说道。

两人都默默地专心钓鱼,今天也是鱼情不佳,少年只钓到几条小鱼,而铁匠连一条都没钓到。这也都怪他总是三心二意吧?铁匠终于放下钓竿坐在河滩上。

“你不钓了吗?”

“我歇会儿!”

少年独自钓鱼,像是突然想起了什么。

“有一次东家说,满脸悲伤的孩子在这个世界上活不下去,而只有总是快乐健康的孩子才能幸存。我们快乐是因为必须这样做。”

“我实在佩服啊!”

铁匠终于躺在河滩的石头上,把双手交叉在脑后闭上了眼睛。过了片刻,他又旧话重提。

“我还是觉得不幸福。”

“为什么呢?”

“为什么呢?”铁匠停顿了一下,“也许是因为跟过去比较吧?也就是说,你们只知道这个世界上的事情,无法跟以前的状态相比并判断好坏。可我却会拿现在的世界跟过去的世界相比，所以觉得现在的状态并不幸福。”

“过去的世界有那么好吗？”

“不，完全不好啊！”铁匠冷冷地答道，“至少我觉得那是个很残酷的世界。因为在那个世界里，只要不是名校毕业就会被当作垃圾看待，像我这样进过监狱的人就连垃圾都不如。我当时觉得这种世界应该毁灭，于是它真的毁灭了。可是当它毁灭之后，我又觉得那个世界倒也不坏，跟这个世界相比如同天堂，就连监狱里都是既方便又舒适，简直没什么可说的。可我却觉得自己并不幸福，跟监狱外的人们比、跟出身名校的家伙们比、跟腰缠万贯的家伙们比，我认定自己并不幸福。可如今想来真是奢侈的烦恼啊！”

叙述再次中断，少年此间又挥竿数次，依然无鱼咬钩，而抬竿一看钓饵也没了。他已经厌烦去翻找河底石块上的水虫，也完全没了享受垂钓的心情。铁匠不知何时坐起身来，少年放下钓竿坐在他的身旁。

“在过去，所有的人都会议论幸福，”过了片刻铁匠说道，“可现在想来那就像是恶劣的玩笑呀！难道不是吗？大家总是在向往幸福，大家都想要幸福，可结果呢？就是这样！因为全世界的人都要幸福，于是世界就变成这个样子了嘛！”

少年没有应答。

“我常常觉得一切都很无聊啊！”铁匠继续说道，“因为尽管现在钓钓鱼、修修房子和农具、种些米麦也活得挺好，可说不定哪天就会突然轻易地死去。”

铁匠沉默许久，只是呆呆地望着河面。当少年想搭话时，他却说了声“该撤了”。

16 战 场

两人出发时非常忙乱，都是因为吃早餐耽搁了相当长时间。实在难以理解餐厅做一顿面包加鸡蛋的简单早餐为什么那样耗时，而且最后结账也颇费功夫，好像酒店的一切事务都由昨晚那个年龄莫测的男子一手操办。是不是因为房客太少其他员工都休假了？总之由于时间紧迫，两人离开宾馆后一路小跑赶到公交车站。气温开始上升，两人赶到时都已经汗流浃背。可巴士却比预定时刻晚点，两人就在市区外围颇煞风景的地点干等了三十分钟。

眼前是一望无际的原野，灌木和杂草看样子几乎从未修整过。放眼望去，那景象仿佛曝光过度导致画面整体发白的电影，暗影失去并渐渐褪色。两人长时间闭口不语,只是望着窗外毫无情趣的风景。辻村想补补觉就闭上了眼睛,于是拂晓时分看到的非梦非幻的情景开始复苏。

“你为什么离开日本呢?”辻村想找到头绪就睁开眼睛问道。

“为什么呢?”

辻村没有催促而是耐心等待,对方稍显迟疑之后开始断断续续地讲述自己年轻时的经历。

“反正我就是想离开日本,倒也不是厌恶日本,虽说我跟父母关系不太和睦。说到底还是厌恶自己,只要待在日本,自己就无法改变,我是在寻找某种契机。要说是自我变革未免夸张,不过也许就是那么回事儿。”

虽然进了大学,可他几乎没上过课,整天没完没了地打工。最初目标只是攒钱去外国,后来就朦胧地产生了从事摄影工作的想法。他想当然地认为,只要是具有新闻价值的照片就一定会有买家。虽然摄影都是自学,但他在器材方面却不惜重金,不仅购买了专业相机,还配齐了各种镜头。然后,他设定了每天必须完成的数量,就开始拍摄肖像和风景照。他在攒够预定的款额时就退了学,并买好来曼谷的单程机票,打算到了这边先找个临时工作。

“除了泰国,我还去过印度、柬埔寨、越南、印尼……到处都留下了贫困和战争的伤痕:因触雷失去腿脚的儿童,捡来散落在地面的弹壳玩耍的儿童,满脸烧伤的老婆婆,少女面容的母亲抱着婴儿在吸食塑料袋里的信那水。无论把镜头对准哪里,都会看到令人震惊的情景。我以为不管拍什么都是好照片，于是回国把积累的照片送到了杂志社。”

川那部缓口气看了看辻村。

“怎么样？”

“人家根本不理我。”

“那些照片卖不了钱吗？”辻村毫不难为情地问道。

“不可能卖钱哦！”川那部自嘲似的答道，“那种照片俯拾皆是，特别是难民营，聚集了大量的报道机关。因为那里安全嘛！一个外行人拍的照片根本没人买。于是我分析，要想拍到能卖钱的照片只有去战场，只要进入别人不敢去的危险场所，就算照片拍的效果稍差也能好卖些。我的分析结果没错儿，而且时机也特别好，正值大型媒体刚刚开始严格限制派遣本社记者和摄影师深入危险现场。”

“你不害怕吗？”辻村问了个极普通的问题。

“害怕挨枪子儿的人不会主动贴近战场吧？”川那部兴趣索然地说着半开玩笑的话，“我根本没考虑过危险不危险，就算有严重事态也只会发生在别人身上——我就这样毫无根据地确信并开始行动。可能换了谁都会这样吧？即便是在日常生活当中，生死皆属偶然。如果干什么事都担心就会没完没了，车也不能开、飞机也不能坐。”

“嗯，是呀！”

“我在战场上从没感到过恐惧，”川那部再次强调道，“一定是因为精神处于兴奋状态吧？而且一旦通过镜头去看，死亡就似乎失去了现实感。这也许是因为镜头起到了过滤作用,大脑根本不会去想自己被炸得粉身碎骨,就像没有情感的机器般只是自动地拍照片。”

“你一定是个优秀的摄影师吧?”

川那部没有直接回答,而是用稍显郑重其事的方式继续讲述。

“做自由摄影师这行,照片能否卖高价要看东西怎样,都是先把照片发出去,好的就会有人出钱买。所谓好的就是贴近现场拍到的照片,从远处拍摄枪战场面毫无意义。反正自由摄影师必须总是冲向枪声响起的现场,而留在安全地带的大都是新闻报道机构的摄影师。拍摄枪战不看你的技巧高低,只看你是否在现场,只看你拍不拍。”

“民间人士也能轻易地进入现场吗?”

“虽然原则上不许可,但只要带着‘美刀’到时就能搞定。现在也许会有很多限制,但当时自由摄影师都这样干。关于怎样取材、怎样弄到记者证、怎样去战场,最初都是他们教给我的。”

“一直只靠拍照片?”

川那部微微歪了下头,但似乎立刻明白了辻村问的是什么。

“其实我真心喜欢图片摄影,可是考虑到生活费和活动费,就不能只搞喜欢的东西了。自由摄影师只靠图片摄影很难维持生活,因为已经投入了取材经费,所以如果照片卖不出去就亏本了。我虽然偶尔会跟杂志社签单,但收入并不稳定。在这一点上拍电视倒是能赚钱,买主也好找。现在器材越来越轻便,视频的业务自然越来越多,我有时还得雇用泰籍助手。我还跟电视节目制作公司签过合同,参加过摄影团队。图片摄影和视频摄影原则相同,都要尽量近距离拍摄现场。"

"你没意识到生命危险吗?"

川那部慢慢地转过脸来。

"在人与人拼杀的战场上根本不会有什么安全地带呀!"川那部不言而喻似的说道,"不管你怎么小心谨慎、冷静行动,该死的时候还是得死,而运气好的家伙就算吓破了胆也能从枪林弹雨中生还。"

辻村像被强制似的点了点头。

"我每次去现场都是最初有点儿害怕,"川那部用含有几分内省的语气继续说道,"不过很快就会适应,那时精神已经麻痹没有任何感觉。身在枪战现场甚至完全顾不上对危险感到恐惧,所以我从战场生还后都会发誓这是最后一次,一想起来就特别后怕,自己居然能活着回来,还能待在地面上,这是多么幸运,几乎是奇迹。可过一段时间就又想去了,就是这样循环往复。"

辻村坐在没有弹性的车座上,任由巴士颠簸摇晃呆呆地望着窗外。巴士一站不停地持续行驶,加上他俩乘客总共六七个,全都默不作声,还有人睡得像死了一样。

"翻过那座山就是老挝。"川那部指着前方横亘的山脉说道。

辻村想在大脑中描绘出这一带的地图,但好不容易才只有模糊的轮廓。他煞有介事地推论:这一带的国境线应该呈现出复杂的锯齿形。

“我在几年前去拍过照片，”川那部聊闲天似的继续说道，“那是个草丛中随处可见生锈炸弹的村落，据说每年都会有哑弹突然爆炸造成多人死伤。但尽管如此，有些村民找到哑弹还会捡来拆解，卖掉废铁维持生计。”

“真是连性命都搭上啦！”辻村顺着话头插言道。

“村民们虽然生活在贫困的深渊却十分开朗，成年人很热情、爱交谈，孩子们追着鸡和猪到处跑，附近河里有水牛在洗澡，山坡上盛开着芥子花。虽然残疾人随处可见，但笑声却从不间断。看上去他们都很幸福，我觉得特别不可思议。而既不缺钱也没有战争的日本人，表情却那么阴沉。”

听他的语气像是还有下文，可川那部却并未显示出滔滔不绝讲下去的样子。对话似乎就要告一段落，川那部又把刚才的问题照原样还给了辻村。

“辻村先生为什么待在日本？”

“为什么呢？”

被提问的一方陷入了沉思。

“你不想离开日本吗？就像你儿子那样。”

辻村沉默不语，对方继续发挥。

“我觉得小说在哪儿都能写，未必非要待在日本不可。倒不如干脆全家移居，那样一来，你的家庭问题是否可以解决大半？”

“也有些东西不待在日本是写不了的。”辻村自我解围似的说道。

“就是那么回事儿！”

看样子川那部未必予以接受，而辻村也并非能够说服自己。为什么待在日本呢？自己周围也有几个熟人移居澳洲等国，有的是夫妻同去，有的是全家都去。大家都异口同声地说什么要过像样的生活，而那边就有像样的生活，既有丰饶的大自然，还有充裕的时间。可在日本却没有享受生活的念头，没有生存的快乐，只是为了生活而生活，并不明白为什么而生存。

“我想我儿子是因为厌烦日本而来到泰国的，”辻村不自觉地变成了坦白的语气，“那也就是厌烦了做父亲的我吧？”

“然后呢？”

“什么然后？”

“问题在哪里呀？”川那部嗓音中带着笑意问道，“我觉得父亲就是为了让孩子厌烦而存在的人物。”

“可作为当事者毕竟会考虑很多啊！”

“考虑什么？”

辻村想以沉默避而不答，但又改变了主意，好像在慢慢卷回胶卷似的开始讲述。

“有一次，我走在曼谷的平民区街道上，正赶上中午饭点儿，看到一家大众食堂就进去了。我要了跟别人一样的午餐，大概是三十泰铢，相当于九十日元吧。要是在这个街区，我一个人好歹也应该能生活下去，把房子和财产全都让给妻子和孩子们——虽说有点儿不负责任，但我就是这样想的。”

“在曼谷这种地方,当然会有不负责任的想法啦!”川那部轻松地附和道。

“你说的好像没错儿啊!”辻村郑重其事地表示认可,“不知从什么时候开始,我自己也不想回日本啦!”

“这话似乎在哪儿听到过呢!”

对话没被打断,辻村继续讲述。

“待在日本这个国家,会感到自己是一种无力的存在。即使是写小说,也总是被疑问所纠缠——自己做的事情有什么意义呢?有没有起到什么作用呢?有没有变成某些人生存的精神食粮呢?有没有成为改变现实的力量呢?我觉得自己的想法并不夸张,但这种即使努力也无用的感觉确实反常。越拼命努力就越感到自己是一种无力的存在。”

辻村停顿了一下,像是迷失了拓展话题的方向。过了片刻,他又开始用沉闷的嗓音讲述。

“我虽然觉得做这种事情实在没有多大意义,却依然把它当成职业坚持下去。在长期写小说的过程中,我渐渐地感到自己虚弱无力、没精神,越写就越觉得自己在被糟践。也许语言本身从一开始就被糟践了,因为日本虽然有表现的自由,可至关重要的语言本身却无处可寻,世间流通的只是被糟践了的语言,不管是说话的人还是听话的人都完全不相信语言。所以,无论什么样的话语都不会震撼心灵,亲情和共鸣都难以传递给对方。我们的语言已经无法传递给自己希望传递的人和真正需要语言的人了,本应使人相互接近的语言反而起到使人疏远的作用,也许这比没有表现自由的状况严重得多。”

辻村说到这里停住,话语中透出心情不悦的回响。他像特意留出空当似的向窗外看去,然后恢复了原先的平缓语气继续讲述。

“在语言如此失信的国家写作有什么意义呢?几乎就像在不毛之地或沙漠中从事农耕,一想到这些我就更加悲观。”

“我在战场取材时有个士兵这样说,”川那部像突然想起似的插话道,“日本为什么不赶快独立呢?还交不起赔款吗?他们都认为日本仍被美国占领尚未独立。当然,他们说对了一多半,因为像日本这样各地建有外军基地的国家在世界上找不出第二个了嘛!说到宪法也是没人当回事儿吧?政治家和国民都不想落实宪法第九条。本来倡导放弃战争的国家为什么还会有死刑制度呢?再没有比这更奇怪的事情了。”

辻村含糊地点头附和。

“反正我就是想离开日本,”川那部用既不像说笑又不像真心的语气说道,“因为那真的是无可救药的国家嘛,政治家也罢国民也罢!你永远别想期待他们清醒过来,所以不管是澳洲也好,别的国家也好,你赶紧移居就好。你还可以考虑从外国向日本发送信息嘛!”

“我觉得自己离开日本就等于抛弃了儿子。”

“为什么?”对方纳闷地歪歪头,“你这个逻辑很奇怪呀!”

“因为我觉得我们也许都不够资格做父母,”辻村并非反驳地接着说道，“如果都归结于被全球化浪潮吞没倒也无话可说了，可要是每个人都坚持自己的见解，难道还会发展到这种地步吗？比如说，就算价格稍高也一定要消费本国的农产品、要向劳动者支付合理对等的报酬。但是，由于过分追求廉价农产品和廉价劳动力而使国内产业空洞化，很多孩子失去了就业机会。可以说，就是因为父母这一代缺乏真知灼见夺走了年轻一代的工作，其结果就是造成了物欲横流却精神匮乏的社会，变成了号称经济实力强大却无真实幸福感的国家。”

“嗯，我明白你想说什么。”

“人要想拥有可持续的幸福生活，也许必须拒绝过滥的经济发展，而应该长期过穷日子。当然，我这样说似乎有点儿饱汉不知饿汉饥的嫌疑。从切身感受来讲，我认为现阶段已经不需要再提高物质生活水平了，没有必要再高速发展了。但是，在资本主义体制下却不允许持续过适当的穷日子，根本就没有这种选择项。地球上所有的人之间都只是由胜败或得失的利害关系相关联，并且执拗地进行非出己愿的残酷竞争直至世界末日到来。”

辻村对自己说出的话阴郁地蹙脸皱眉。

“我觉得，如今整个地球全被竞争原理主义吞没，而其他原理发挥作用的地方已经找不到了。‘全球化’是个令人厌恶的词语，说白了就是推进全球规模的产业管控宽松化以使全世界都变成市场吧？这样一来就再也没有幸免于市场化的地域了，人力和资本都可以在彻底市场化的世界各个角落流动。从这个意义上来讲，你在不在日本国内全都一样。虽然你不喜欢就可以离开,但并不会因为你离开了日本就离开了资本主义经济。尽管目前还存在着发展阶段和水平上的差异,但所有的国家从本质上来讲已无任何区别。”

辻村停下来像初次见面似的看看川那部,随即稍稍歪歪脑袋。

“你为什么离开日本呢?”辻村问道,“既然去哪儿都一样。”

话音未落辻村自己先笑了起来。

“这不成了车轱辘话了吗?到底是从哪儿开始的呢?”

“从最初的提问开始就错了嘛!”对方也温和地答道。

“谁的提问错了?”

“那当然是辻村先生——你啦!”

两人像疲于对话般闭上了嘴,巴士继续行驶在未经铺装的山路上。

“罗伯特·卡帕有张著名的照片,对吧?”辻村重启对话,“一名年轻的西班牙共和国军士兵的照片,遭到狙击的士兵握着来复枪眼看就要仰面倒下。”

“正在倒下的士兵。”川那部抢先答道。

“嗯,就是它!”辻村似乎觉得标题如何并不重要,“假如照片中的士兵是在镜头前表演的话……据说这种质疑从照片刚刚发表时起就有了。反过来讲,这意味着那种照片不可以是表演,不允许表演或摆拍,而必须是现实当中士兵被击中并在下一个瞬间倒在地上,现场发生的必须是真实的死亡。正因为是相机偶然抓拍到的死亡瞬间，所以那张照片才具有了较高的价值。如果是表演而且被证实的话，人们肯定会失望的吧？也许会说自己受到欺骗并进行指责吧？但为什么都不觉得如果真是表演才好呢？为什么会质疑——怎么？是表演吗？那士兵没死吗？”

“我明白你想说什么，但那是不可能的呀！”川那部含笑答道，“因为那张照片是作为战争题材发表的、作为纪实新闻的图片——我们就是以这样的前提来看照片的。这里有默认的公约——照片必须是现实的写照。所以，如果那张照片被证实是摆拍的话，人们就会感到被欺骗而愤怒，当然并非因为士兵没死而愤怒。如果作为艺术照片发表的话，那就没有任何问题，因为已经得到了谅解，表演和加工都是理所当然的——虽然估计不会得到什么好评。但如果作为艺术照片来看的话，卡帕的那张照片……”

“不行吗？”

“太老套了吧，无论从构图还是从别的方面来看。不过，在战场上死亡就是老套的题材。也就是说，那张照片极富真实性。”

两人暂停对话，都把思绪放在各自的心事中。巴士开始爬坡，颠簸摇晃得更加强烈，悬挂系统很差的车身把路况直接传到车座上。

“人为什么要战争呢？”辻村提出了一个朴素的问题，“你觉得是为什么呢？”

“这也是永远不可能有答案的问题呀！”川那部先敷衍一句再绕着弯子继续说道，“因为没有饭吃才去当战士，因为如果不杀人就无法生存，对于这种人来说，战争没有为什么吧？到底为了什么而战争？难道有人真的明白为什么而战争吗？不明缘由而去进行被强加的战争——这样说更贴近实情。”

辻村点点头没有插话。

“曾经在这片地域展开的战争都属于代理战争，同一国家的人们毫无意义地、不明缘由地自相残杀。而内战这个词并不准确，从来都不曾有过内战的实例，都是由美国和欧洲挑起的战乱。被卷入的国家还有苏联、中国和越南……反正都是从外部输入的战争。柬埔寨陷入战乱的责任就在于为结束越战而向柬埔寨扩大战争的美国，就是为了对抗美国的武力进攻，越南让几乎从没拿过武器的柬埔寨人参加武装斗争。而此前柬埔寨还是个和平的国度。”

川那部说到这里朝车窗外望去，辻村也随着他转过脸。巴士继续在蜿蜒的山路上爬行，路旁不时地出现瀑布并向后退去。过了片刻，川那部又用郁闷的语气讲述。

“处处都是美得令人窒息的景色，”川那部的嗓音变得有些年轻，“绿油油的稻田延伸到地平线，湛蓝的天空飘着闪光的白云。要不是因为发生了战争，这里肯定会是个丰饶的农业国吧？一想到在如此恬静的风景中有无数人死去，与其说天理不容莫如说匪夷所思。因为发生了战争所以发生了战争——在除此之外别无解释的状态中人们都在打仗，既无法逃离也无法终止。这是个不为人的意志所掌控的世界，谁都难以选择自己的命运。在别无选择的地域内，普通人都在做普通的事情。普通人把杀人当作普通的事情去做，外人来讲什么道义都没用——战场就是这种地方。”

川那部毫不掩饰怅然若失的表情，过了片刻像用反话发问："你觉得没有战争是好事儿吗？"

"难道不是好事儿吗？"辻村机械地反问道。

"是好事儿吧？"

"到底是还是不是啊？"

辻村本想带着笑意来问，却意外地变成了质问的语气。

"因为我时隔许久回到日本嘛，所以感觉还是和平好。"川那部反倒不慌不忙地继续讲述，"我甚至觉得自己所经历的事情简直就像一场梦，晚上整理照片时就会产生疑问：这上面拍摄的是现实吗？真是自己亲眼看到过的情景吗？反差就是如此之大，恍如完全隔绝的另一个世界。"

川那部说到半截又停下来，似乎没有继续讲述的意思。可过了片刻又用不变的语气回到先前的话题。

"我先是觉得这边是现实，就是自己当时所在的日本。而照片上的世界则是非现实的，或者说是在某个遥远世界发生的事情。可是过几天之后感觉就发生了变化：现实与非现实的关系发生逆转，照片倒变成了现实，上面拍摄的是孩子被杀后终日悲叹的母亲、在炮击中恐慌奔逃的居民、被子弹打爆头倒在地上的士兵。自己现在是否仍在他们当中？是否就像从那里眺望遥远世界发生的事情一样观望日本的街景？是不是正在观望电车里那些吃东西、化妆、发短信、打盹儿的人？我常常会产生这种感觉，就像望着幽灵的感觉，虽然不知到底哪边是幽灵。"

"我好像明白了。"

辻村听其自然，川那部连头都没点。

"没有战争真的好吗？"这次他只是在形式上重复提问，"回国几个月之后我渐渐失去了自信，已经不能感觉到眼前的和平是好事儿了。我觉得就这样持续下去并不好。你认为能这样永远持续下去吗？那是不可能的，不会有那种可能的……"

辻村表情困惑地沉默不语。

"仅仅让某一个国家和国民生活富裕——会有这种事情吗？"川那部用几分落寞的嗓音说道，"虽然我不太懂经济，但就算让我这个外行来看，只要努力劳动就能致富、付出辛劳就能获得相应的幸福——这是正道吧？我并不是想说日本人没有努力劳动、没有付出辛劳，但是不是从某个时期就开始过度地获取了超过实际劳动的成果呢？是不是已经开始追求不付出辛劳而尽量轻松致富的途径了呢？我觉得现在的日本人已经尝到了那种甜头。"

辻村本想点头，却又改变了主意。

"单方面获取富裕是不正当的行为，"川那部像背公式似的说道，"因为这就等于把贫困转嫁到别人身上，过度富裕就等于把相应程度的贫困强加给别人。总之就是不正当和残暴的行为，这正是引发战争的缘由。近代以后的战争几乎都是这样发生的，都是不正当和残暴的战争。但是，即使不正当和残暴，只要是战争就会伴随牺牲和赔偿。可不知是福是祸，日本成了不战之国，在表面上是不允许战争的国家。这样的国家比世界上任何国家都经济发达和富裕，顺风顺水,可以说过于顺风顺水。这当然不是坏事儿。二战后的日本人也努力了、付出辛劳了,其结果就是超值地获取了必须通过战争和侵略才能得到的高度富裕,不用血污自己的手,不用流淌自己的血。也许现在正不得不偿还这笔欠债。"

川那部缓了口气,随即若无其事地抛出一句话:"日本人的面孔极端丑陋吧?"

"这就是欠的债吗?"

"日本首相的面孔在世界各国首脑中是最丑陋的啦!"川那部避而不答辻村的问话,"单纯地说这一点任何人都无法否定。我觉得即使让外星人看来也是明显的事实哦!可麻烦的是,丑陋的不仅是政治家和企业家的面孔,就连普通人的面孔也很丑陋。我回到日本每次看电视都会感到毛骨悚然,怎么会那样丑陋呢?找遍全世界也见不到长相如此丑陋的国民。当然也会有阴沉的面孔和险恶的面孔,例如每天在炮击和枪手狙击的威胁下生活,根本不可能有开朗的表情。但是,日本人面孔的丑陋却是独特的,可以说是人类历史上初次出现的长相,即使跟五六十年前的日本人相比也是无以名状的丑陋。或许这就是战后日本和平与繁荣的本来面目。"

"那我也不觉得战争能有什么可取之处。"辻村意外似的插言道。

"不管有没有可取之处,现在的日本人已经打不了仗啦!"川那部不胜其烦似的说道,"辻村先生能想象日本的年轻人会为祖国打仗吗?当然老年人也一样。为了国家、为了一亿几千万同胞、为了名誉和尊严?比起那些还是自己保命要紧,人的生命比地球还重。

先不说是好是坏，要说在这种价值观和世界观中生存的人们能舍命打仗恐怕是一派胡言吧？全都是虚张声势呢！不管口头上怎样强硬，可实际上什么都做不到，根本不可能做到。”

“不过，也许还会被动卷入吧？”

“卷入战争？你希望那样吗？”

“倒也不希望。”

“确实也有那种可能性，或者说也许这已经是一种战争，或许改变了形态、眼睛所看不见的战争早已在日本发生。士兵们奋勇拼杀的战争已经不可能发生了，那都是电影和小说中发生的事情。顶多也就是足球赛吧，还保留着托尔斯泰描写战争面貌的那种情景。所以全世界的人们才会那般狂热嘛！不管发表什么样的言论，人类也许从骨子里就好战。但如果说到实际战争如何，那就是从未想过名誉和爱国心的人们在进行非出己愿的战斗，而且把老弱妇孺都卷入其中。根本没有任何理由赞美这种行径，完全是残酷无情的行动。人们被卷入不知是谁为何发起的愚蠢行动而相互残杀，如果说这是现代战争的话，那么在日本发生的事情也许可以说就是战争了。只看自杀人数统计每年都有三万人以上吧？而实际上应该有好几倍，即使其中有几成是阵亡者，数量也相当庞大。也许他们都是日本和平和繁荣的牺牲者，尽管没有流血，却在另外看不见的方面抵偿了欠债。”

对话中断，两人将疲倦的眼睛朝向窗外——为修路劈开的山崖露出红土，在那里扎根的杂草被风吹得摇摇摆摆。过村想起少年时代的夏日，也曾跟父亲一起穿过这样狭窄的山路去钓鱼，就坐在父亲的摩托车后座上。而父亲现已住进老年人护理设施，儿子则怀着忘年的心情依稀回忆起四十年前的往事。

“你知道扁桃核吗？”川那部唐突地问道。

“不知道，没听说过。跟扁桃体不是一回事儿吧？”

“扁桃核是脑干附近的神经节，现已判明它跟记忆有关。”川那部不嫌麻烦地开始讲解，“而且对于人类来说，它是保存最为根源性记忆的所在。”

“根源性的记忆吗？”辻村歪着脑袋重复道。

“你认为是什么？”

“不知道。”

“是恐惧呀！”川那部表情不变地说道，“它被认为是记忆恐惧的部位。”

辻村顿时感到浑身直起鸡皮疙瘩。

“是叫扁桃核吗？”辻村口齿笨拙地重复着尚未听惯的名称，“那里充满了恐惧的记忆，是吧？”

“换个说法就是大脑的暗黑部位，”川那部像说俏皮话似的抛出一个比喻并继续讲解，“不仅限于人类，对于所有的动物来说，根源性的记忆就是恐惧。与其说是情感不如说更接近于本能，所以它才会位于脑干旁边嘛！”

“原来如此。”

“要是能切掉就好啦！”

“切掉……扁桃核吗？”

“用激光刀或什么的……”

辻村疲于寻找应答之词，又把视线转向窗外。周围的森林越来越繁茂，绿色浓密得似有邪恶之感。

“在战场上摄影时会被迫考虑很多问题，”川那部前后不搭地继续讲述，“看到冒烟的尸体、闻到那种气味，各种思绪就在大脑里萦回：他到底是什么人？这个男人应该也有他所爱的人、也有家属，也曾跟孩子们一同玩耍、一同吃饭吧？他也许就是为了他们而战。可他现在变成了惨不忍睹的尸体，没能得到安葬而在烈日下渐渐腐烂。这到底算怎么回事儿呢？究竟该怎样看待这种事情呢？”

川那部停顿一下，随即说出像是事先准备好的结论。

“无论怎样思考也不可能弄明白，”他继续说道，“我就把镜头对准这些弄不明白的现象、无法弄明白的现象，常常无可奈何地朝天空望去，于是蓝天白云从未像此时这样鲜明地映入眼底。尸体近旁就开着红花，花儿上还落着蜻蜓……若无其事的风景显得更加美丽，既美丽又可贵，战场真是匪夷所思的地方。难道为了用美来打动心灵就必须让众多人哭泣、受伤和丧命吗？也许心灵已开始破碎。不是有个词叫‘末期之眼’吗？映在已破碎心灵上的景色也许会美得令人不敢相信它属于这个世界。”

川那部止住即将滔滔不绝的话头，像要想起什么似的环视车内，随即将视线转回窗外。

“不管什么事情都能够适应，”他像说给自己听似的继续讲述，

“不管是看到尸体还是闻到尸臭……感官往往会麻痹并失去功能，这也许就是在克服恐惧，某种传感路径可能已被封闭。停止考虑那些没必要考虑的事情，动员全部感官来关注的只有拍摄照片和安全地离开。好像被抛向战场的人即使不拿枪战斗也都会这样。”

辻村像被诱导似的再次点点头。

“你知道 PTSD 吧？”对方又拿出另一个专用术语，“翻译过来就是‘创伤后应激障碍’吧？听说最初是美国为补偿越战退伍兵而新造的概念，但在遭受地震等自然灾害和强暴、家暴、虐待时也会出现这种症状。战场就是 PTSD 的多发地带，不管是军人也罢普通人也罢，经历过战场的人大都承受了沉重的精神压力，并留下心理阴影使人痛苦一生。不过，辻村先生听说过只因看到照片就造成心理阴影的事儿吗？真的会有这种人吗？当然是遭到巨大打击了吧？只因看到照片就搞反战运动的人也许会有，可一看照片就造成心理阴影的人不会有吧？不会造成需要医治的心理阴影吧？也就是说，照片并没有那么大的冲击力，因此电影还可以成为娱乐，包括战争片和惊悚片甚至以奥斯威辛集中营为题材的影片。”

“斯皮尔伯格的电影里有啊！”

川那部没有理会辻村。

“照片说到底都是虚构，”川那部说道，“虽然这是不言而喻的事。不管拍得怎样贴近现实都不是现实本身。观看战争照片时需要某种阅读能力吧？当然，一般人都会抛开这个去看照片，并且因为战争的悲惨和残酷深受打击。但是，从 PTSD 的病例也能看出，照片并不能传达战争的暴力性，而传达的是不同于现实的别的东西。可看照片的人却认为那就是现实，于是陷入了两难的境地。”

辻村似乎想到了什么点点头。

“对于摄影来说写实主义是什么？这可能是个永远无解的问题。”川那部郑重其事地继续说道，“我们力求拍摄尽量真实的战场照片，有时会冒着生命危险靠近正在激战的现场。在最近距离拍摄流血倒下的士兵姿态，并力求向普通人传达尽可能真实的战场景象。而他们则会通过照片和电视影像了解战争——哦，这就是战争啊！可是在人们了解的同时就已经迷失了作为现实的战争。虚构替换了现实。”

川那部转过脸来看了看辻村。

“力求照片真实的结果却是看不到现实，不是吗？”川那部说完再次对自己的话露出困惑的神情，“越是把战争表现得真实，人们就越相信照片就是战争。可是，不管你拍得怎样真实，只要是照片，那就与战争完全是两码事儿。现实的暴力性既没记录在相纸的正面也没记录在反面，越是想用照片再现战争的暴力性，照片就越是会背离现实的暴力性。战争的暴力性只能传达给身在现场的人、在现实中遭受暴力的人。本来就没有哪个人能够通过照片真正理解战场，通过照片传达的只是能够作为语言来理解的概念——残暴、惨绝人寰……只能传达可传达的东西，而传达不了的还是传达不了。到哪里都一样，不如说越想传达就越传达不了。一想到这些，我就觉得真不明白自己这么多年都做了些什么。”

“原来如此。”

“你现在就表示理解我很尴尬。”

“不好意思。”

“人类为什么要战争？”

辻村做出洗耳恭听的姿态。

“那是因为人类都秉持一种观念，就是还有比自身更重要的东西，不是吗？”川那部用听似冷淡的嗓音说道，“为了自己所爱的人，为了家人，为了同胞……只要人类秉持这种思维回路，战争就不会消失！”

“那就是说，要想杜绝战争，就得把爱废弃到宇宙空间吧？”辻村半开玩笑地说道。

“是啊！”川那部毫不踌躇地答道，“要想杜绝战争，那就先得停止关爱所有的人。关爱他人、关爱某个人，必须停止所有此类思路，必须禁止自己秉持还有比自身更重要的东西的观念。”

“你说的是真心话吗？”

“据说，在恐怖袭击的飞机撞上双子塔楼时，有的人因为偶然迟到而大难不死。”川那部岔开提问说道，“这种偶然算什么呢？难道只是偶然，就没有更深的意义吗？”

他的问话中并没有要求对方解答的回响。

“为什么只有我自己活下来了呢？”他再次扪心自问道，“自己为什么没被子弹击中？我曾多次感到自己可能性命难保，我所认识的记者和摄影师中也有很多人死去了，可不知为什么自己却活下来并回到日本。我感到这都是可怕的偶然。”

辻村噤口不语。

“一切都是偶然发生，”川那部用达观的语气重复道，“究竟是成为拍摄者还是被拍摄者？如果出生的国家和时代不同，我们或许就是他们，像他们那样为了生存而相互残杀，并且被拍在照片上——就是一具内脏流出、冒着白汽的尸体。于是即使看到自己拍的照片也不会觉得是自己拍的，即使无疑是自己所拍也会觉得是某物——玩弄偶然的某物摁下了快门按钮。”

川那部停顿片刻，很稀奇似的看着自己左右摊开的手。

“肯定是因为逗留得过久吧？长期待在那种地方，所以不会轻易地撇开。已经克服了恐惧并不是准确的说法，不可能克服，只是延缓了而已，把在现场产生的恐惧感暂时封闭起来，当然是迫于自身的需要。但是，恐惧并没有消失，并没有像中微子那样穿过身体飞向宇宙的彼方，而是全都被记忆在小小的扁桃核内。”

叙述中断，过了片刻只听一声叹息，辻村扭头一看，只见川那部没有焦点的目光正望着窗外。

“记忆这个东西是不可控制的，”辻村说道，“并不是人想起记忆，而是记忆不期而至，违反本人的意志无所顾忌地不期而至。普鲁斯特的小说中就有这种场面吧？好像是‘泡了红茶的玛德琳蛋糕’吧？而且不管是因为什么契机，反正记忆是在某种催化剂的作用下奔涌而出，大都是像玛德琳蛋糕之类稀松平常的东西偶然激发，因为琐碎小事激活了储存在扁桃核里的记忆，就像沙尘暴一样几乎发生在瞬间，不到一秒之间就被呈露在迅猛的记忆暴力之下。”

川那部突然噤口不语，失去沉稳的目光飘忽不定。

“接下来的瞬间，我感到自己仍在战场，”川那部的嗓音中透出几分怯懦，“无处可逃。看似和平的风景都是虚构，而现实却在自己心中。现在仍未改变，永远不会改变。可是，我妻子却在餐桌对面微笑。这是怎么回事儿？这绝不会是什么好事，就算都是偶然。你为什么没注意到这事儿？为什么还在幸福地微笑？在可怕的偶然之中不可能去关爱别人，这难道不都是欺骗吗？不都是跟照片一样的虚构吗？我在战场上觉得妻子很可爱，特别是在冒着白汽的尸体旁边。身在战场时关爱妻子，可在家里却爱不起来，曾经那般关爱的人却变成只会激起憎恶和恐惧的存在，并渐渐地把自己所在之处变成了战场。我真不明白为什么会是那样，从什么时候开始变成了那样。本以为自己从战场上生还了，却又发觉把家庭变成了战场。”

辻村感到自己听了不该听的事情，正在进退两难寻找出口时想到了什么。自己今早看到的会不会就是川那部在某时某地看到的呢？会不会就在梦幻与现实的交界处重现了那种奇妙的景象呢？

那是刹那之间的幻象——越是冷静地回顾就越是如此感觉，无法做出其他的解释。当时他把拿起的听筒放回原处再看，没有任何东西。他站起来走到屋角，为了确认而检查了床上物品，就像查找留在犯罪现场的证据般弯腰细看，已经用旧的床铺上既没有水果的污渍当然也没有血迹。他想，根本不可能有。自己为什么会那样慌张？就像吓瘫了似的陷入恐慌……

那场梦还留在大脑之中,就是有榴梿出现的梦。可能就是残梦致使堆起的榴梿如幻象般出现在屋角吧?但这个想法不对。不,最初确实是榴梿,只是由于某种作用变成了别的物体,当时出现的既不是榴梿也不是其他的果实。虽然只是刹那之间,进入视野的其实是被割掉的人头,而且不只是一个两个,就像刚刚收获的水果般堆成了小山,正等着贴上价签出售。随意割下的人头……无数消失了的呼唤声和被忘却的名字,就是这位战场摄影师所看到的景象吧?

17 她的真名

白天，姬姬大都跟着村里的女子们进山，到了傍晚就会带回几乎抱不住的大包山珍。有一天，铁匠叫少年去村里的废屋寻找还能用的铁器。少年什么都没找到，从废屋里出来时就看见女子们从坡上下来，像是采挖野菜刚刚返回。她们还没注意到少年，虽然没什么特别的原因，但少年还是条件反射般地躲在身旁的树后。

姬姬也在女子们中间，少年没有向她打招呼。因为周围还有其他女子令他犹豫了一下，所以未能亲热地呼唤姬姬的名字。而且，姬姬本身也有令他犹豫的情由：在那七八个女子中间，姬姬尤显年轻，而且既年轻又美丽。那颀长而舒展的胳膊腿、已经开始隆起的胸脯、匀称柔韧的腰身，与其他女子相比更加谦和内敛。尽管她毫不张扬，但依然气质出众。她步履轻捷，举手投足都充满了活力，就像她总在哼唱的无字歌那样自由自在。

少年感到现在才第一次看到真正的姬姬，她就像被隐藏的真实见到了光明般被带到自己的面前。他对其他女子视若无睹而只看着姬姬一个人，无法将目光从她的身姿移开，并感到整个世界都为之焕然一新。少年这是第一次真正地认识到她的美丽，也许是因为以前离她太近，没有留够距离感知她的美丽。

那是一种清濯之美，犹如奔上陡坡的小鹿之美、在林梢鸣啭的小鸟之美，少年感受到了正走过自己眼前的少女之美。这种美丽来自何方？该怎样表现姬姬的美丽？仔细想想愈发觉得不可思议，姬姬很少洗发沐浴，身上穿的几乎都是破衣烂衫，更别说化妆了，而且肌肤也被晒成了浅黑色。

尽管如此，她依然美丽，仿佛由内向外闪光般美丽。令她神采奕奕的光环也许无人能够看见，说不定只有自己能看见，因为那是无人可比的美丽。这个世界上只有一个姬姬，任何人都不可与她相比，即使相比也没有意义。少年觉得走过眼前的少女就像从自己梦中托生的分身。

铁匠曾经说过，这个世界上没有任何东西能够使人幸福，可姬姬的美丽毫无疑问使自己感到了幸福，而且此时此刻又给了自己更加新鲜的感动。姬姬究竟是为了什么、由于怎样的机缘出现在自己面前的呢？少年百思不得其解。那天，姬姬毫无预兆地翩然而至，宛如自由自在的小鸟般空降在楼顶，就像飘游在天宇的稀有元素凝聚成一个少女的身姿。他不知道她的真名，对她的出生地和双亲都一无所知。

以前的世界无论怎样富裕、便利、舒适，都不曾产生过一个姬姬。那个世界毫无意义，即使食物丰富多样、温暖安适。因为自己并非偶然地被抛入这个世界，并非因为自己偶然地降生在这个世界，所以无可奈何地生存下去，而必须是这个世界，自己愿意生存在这个世界，就因为姬姬在这里，就因为前世和后世都不会有她。

少年心中开始发生某种变化，就像从夏到秋的阳光色彩在发生微妙变化，就像在林中漫步时喧闹的鸟儿们不觉间安静下来的感觉。在他的心中，一个成年人开始觉醒，仅凭快乐已难以满足的另一种欲望在滋生。

少年感到体内有某种能量在熊熊燃烧，他想到了那种能量的所在。在跟老猎手第一次射杀雄鹿时，他看到了动物被解剖后腹中的生命之火，那也是自己现在体内燃烧的生命之火，产生体温、气力和能量的生命之火，催生所有欲望的能源，而且与培育新生命繁衍后代密切相关。它猛烈而狂劲，时而扶摇汹涌时而弱不禁风，既属于他又不属于他，真是匪夷所思。这种火无法驾驭把握，也不归任何人所有。虽然不属于自己，但在自己死去时这种火也随之熄灭。因此自己必须好好活下去，为了让自己体内燃烧的生命之火永不熄灭，为了让它燃烧得更加旺炽。

少年想起射杀美丽雄鹿时心中产生的残酷与怜爱混杂的醉悦

感，想起削割余温尚存的鹿心放入口中时的欢喜若狂和生命的昂扬。自己对姬姬是否也会做出同样的举动呢？即使辜负并毁灭一个少女的美丽将她屠剥为卑野的肉体，也必定咀嚼、消化作为能量吸收并再生吗？

然而，那些美妙的事情依然停留在遐思和幻想的范围之内，现已明白的是要想到达那种境地必须经历更多体验，超越更多障碍。他对于未来感到了近似于禁忌的畏惧，对于欲在本能诱导下躁动的自己感到了无法捕捉起因的不安和动摇。

那天姬姬也跟女子们一起进了山，好像最初就在沐浴春光的明亮山坡上一起采挖野菜，过一阵就散开了。她们平时总是这样，在各自中意的地点采挖野菜，然后不约而同地陆续会合，在准备返回时全体聚齐。可这次只有姬姬一人久久未归，其他女子担心姬姬不熟悉附近地形，就决定分头寻找。

没过多久，有人就在林中发现姬姬倒在地上，正摁住小臂微微颤抖，仔细查看只见手腕有被咬伤的痕迹，并已开始肿胀发紫，从伤痕推断袭击她的是蝮蛇。幸好女伴中有人懂得正确的处置方法，为了不让毒素扩散到全身，她们让姬姬原地静卧。为了防止毒液侵入身体中心部位，她们用绳带紧束姬姬的上臂，并反复地从少量出血的伤口吸出毒液吐掉。

女子们就地制作了简易担架，顺着山路把姬姬抬到她们的家。虽然已经抬回村里，却并不具备抗蛇毒血清等急救用品，所以只能让她静卧观察病情。当少年接到通知赶来时,能够做到的处置都已完毕。躺在床上的姬姬痛苦地喘息着,毒肿已经扩散,整个手臂全都严重内出血呈现青紫色,她还不时地发出谵语似的声音。

“真可怜!”有人痛心地说道。

少年摩挲着姬姬的头发。姬姬的额头沁出汗水,嘴唇像在天寒地冻时那样发紫,半张着嘴巴急促地喘息。姬姬的生死就在少年的手边。

村里虽然没有医生,却有个几年前曾被蝮蛇咬伤脚的男子。那个男子来到姬姬所在的人家,说起了自己遭蛇咬的情形:当时是在早春,他在山上行走时遭到突袭,就因为他误踩了在枯叶下暂歇的蝮蛇。蝮蛇属于夜行性爬行动物,通常很少白天出来活动,可能是刚刚结束冬眠出来晒日光浴。以咬痕为中心的部位持续剧痛一小时左右,在疼痛缓解时开始发烧,头晕得难以站立。他持续多天只是喝水静卧,由于排尿困难非常痛苦。过了一周左右开始出现血尿,之后渐渐好转。

即使疼痛消失、热度减退,毒素也还会在体内扩散,因此不可掉以轻心——另一个男子哭丧着脸见多识广似的讲起自己并未体验过的事情。他说还有可能双目失明或身体某个部位腐烂,还有可能在病情持续稳定以为脱离危险期时突然恶化并丧命,肯定是因为无法看见的内脏受到侵害而不可救药了吧……由于他还加上了煞有介事的推断,所以少年更加担心。据说不管怎样都必须持续密切观察病情一周到十天,于是决定由女子们照顾姬姬。

姬姬持续昏睡，少年只能坐在她身旁不安地注视病情变化。究竟是从手腕注入的毒素渐渐侵蚀内脏还是正在趋向痊愈，无人知晓姬姬体内发生了何种变化，只有时间能够做出回答。

时近傍晚，铁匠来到女子们的家，姬姬仍无苏醒的迹象，铁匠和少年此时都沉默无语。少年受到催促回到了铁匠家，当晚饭菜难以下咽，即使勉强送入口中，也不知吃的是什么。

“很少有人因蛇咬而丧命，所以她会慢慢好起来的。”铁匠安慰道。

“可是我不在她身边，怎么能看到她是否好起来了呢？”少年疑惑地问道。

“是啊！”铁匠不情愿地点点头。

“她为什么没发现那里有毒蛇呢？”少年说出了心中的疑惑，“要在平时她应该能感觉到异常啊！”

“一定是过于专心挖野菜了吧？”

这个解释太勉强，少年无法接受而一时沉默不语，心想这太不像姬姬的风格，从她以往的表现来看，实在想不通她为什么会疏忽迫近自身的危险。

“女孩到了一定年龄就会完全改变，”铁匠像看透少年心思似的说道，“首先会从外表开始变化，你也注意到了吧？”

少年没有应答。

“男孩也会变，但女孩变化更大。”铁匠无所不知似的继续说道，“哪怕只过半年一年也会变得判若两人。而且性格也会发生变化，虽然不像外表那样明显。原先还很活泼,可突然变得沉稳。原先性格开朗,可突然变得沉默寡言——各种情况都有。还有的会突然失去小时候的特殊功能,就这样变成一个普通女子。”

少年当然注意到了,姬姬确实在发生变化。虽然难以说清哪里发生了怎样的变化,但毫无疑问在变。实际上他现在就已经对姬姬刮目相看了。姬姬的变化令少年产生了焦躁情绪:会不会发生什么无法挽回的状况?自己是否也跟姬姬同时发生了变化?真不明白这样是好是坏。

当晚少年难以入眠,一旦闭上眼睛,心中的挂虑就更加强烈。这样下去姬姬会不会死掉?会不会不辞而别遁走远方?在这种时候要是老猎手还在就好了,他也许知道应对蝮蛇咬伤的方法,因为他还用蝮蛇自制药酒呢!少年想起来了,当时老猎手说那就是药,疲劳时喝了就会振奋精神。少年还在心里纳闷:那种东西居然也能喝下去!幸亏老猎手没让自己也来一口。

那是个一抱粗的大玻璃罐,里面有条粗粗的淡褐色毒蛇——当然是死的。毒蛇盘卷起来沉在透明液体的底部像个标本,听老猎手说是他在少年和姬姬来小屋很久以前捉到的。当时它在枯叶上迅速逃窜,被老猎手逮了个正着。老猎手把它放在桶里养了一个月,其间不给它喂食,为的是排空粪便以使腹中清洁。据说,断食一个月对于蝮蛇根本算不了什么,从铁桶里取出时它还相当精神呢!当然饿得够呛。老猎手就把这条可怜的蛇活活放进玻璃罐,然后用高度酒泡了起来。

少年想起老猎手和蝮蛇酒之后心情稍稍平静了一些，却又开始后悔把姬姬一人留在女子们家里。自己还是应该守在姬姬身边，即使这个要求有些过分也该留下。要是姬姬死了，自己活着也毫无意义。要是姬姬死了，自己体内燃烧的生命之火也会随之熄灭吧？那样活着就跟死去了一样。

悲伤能置人于死地——父亲曾经对他说过。如果深陷强烈的悲伤之中，人就活不下去了。所以，为了生存应该适当地做些调整，在悲怆降临时必须忘掉一切继续生活下去。时过境迁就会使悲伤之事渐渐远去，即使偶尔想起，也不会发生殃及生命的危险。

也许那是中年丧妻的父亲说给他自己听的，抑或是给幼年丧母又将失去父亲的儿子开出的生存处方？这两种含义一定都有吧？少年把父亲的遗言摆在自己与姬姬之间，于是感到父亲从未像现在这样贴近自己。少年心想，或许父亲从未离开过自己，就在这里等着自己到来，自己与父亲隔着生死连在一起。他想问对方：爸爸，你做到了吗？你忘掉妈妈的死、忘掉失去珍爱亲人的悲伤了吗？

为什么会有悲伤呢？少年百思不得其解。人为什么会深陷于如此繁难的情绪之中呢？它对生存来说简直就是一种障碍，非但没有必要，有时还会转化为危险的负能量。有什么理由一定要执着于这种情绪呢？如果真是明智的动物应该会干脆利落地抛弃它。可人类却将它传给子孙并格外珍惜地保存起来，这是为什么呢？

少年急不可耐，没等天大亮就朝女子们的家走去。主人们对他一大早跑来十分惊讶和抵触,但在他苦苦哀求下才很不情愿地放他进屋。姬姬依然在昏睡,女子们说她整晚一直在沉睡,看样子暂时不会苏醒,想必不会有什么痛苦,所以不必过度担心。言外之意就是你守在这里也没用,最好还是回去。

少年没有回去,而是守在姬姬身旁仔细观察。姬姬呼吸较深、节奏稳定,交叉在胸脯上的双手随着呼吸缓慢起伏,看不到任何异常迹象,就像平常睡觉的样子。不过对于少年来说,眼前的少女仿佛生存在与自己隔绝的世界里。她被幽禁在沉睡中,正在微光中踯躅,自己无法引领她离开那里,只能无奈地等待时间流过。

时过正午,少年又去探望姬姬的病情。他想,再严重也不至于昏睡这么长时间吧?是不是体内因为毒素正在发生某种变化呢?他再次观察姬姬手腕上的小小咬痕,那是两个芝麻粒样的红疹,现已几乎看不出来。蝮蛇就是从这么小的伤口注入剧毒的吗?姬姬已经退烧,也看不到痛苦的神情,她依然昏睡不醒是因为毒素还残留在休内吗?

少年心想,也许是谁暗施魔法,一种绝对解除不了的魔法,而咬伤姬姬的毒蛇只不过是谁假借的外形而已。也就是说,实际上是谁假借毒蛇的外形施与了魔法。或者毒蛇就是真身吗?她如此漫长地昏睡就是为了迎接即将到来的蜕变吗?蛇就是在反复蜕皮中成长的,姬姬也将迎来新的蜕变时刻吗?会不会从姬姬这位熟识的少女成长为从未见过的女子呢?

“姬姬!”

毫无反应。少年呼唤多次姬姬却依然沉睡，毫无醒来的迹象。少年心想，也许这样呼唤不起作用。他像试体温那样把手放在姬姬的额头并停留片刻，感到比他的手掌更温热一些。他由此想到姬姬体内的生命之火正在燃烧，也许姬姬正在用生命之火与注入体内的蛇毒拼争。

少年傍晚再去时姬姬依然在沉睡，暮色已悄然遁入屋内，也渐渐地蒙上她的睡脸。女子们好像全都外出了，这是白昼与夜晚之间洞开的一段静谧时光。

“姬姬！”少年试着呼唤道。

少年本想压低嗓音，可一出口却意外响亮。他侧耳倾听屋内动静，担心被别人听到。屋内确实没别人，他再次呼唤。姬姬身体微微一动，但还是没睁开眼睛，似乎有什么物体蒙在她脸上，少年像拂去落雪用手掌轻轻摩挲一下她的脸庞。

然后，少年取出了口琴，是在离开铁匠家时想起带来的。少年这次没有呼唤少女的名字，而是吹起了口琴，于是屋内“哇哇——呜呜——”地响起了呆萌的琴声。这仍旧不成曲调，感觉比以前还要差。少年心想，因为长期没吹这也无可奈何。他重振精神，嘟起嘴唇试着吹高音，这次就发出了清澈纤细的音响。

姬姬的眼皮开始微微颤动，可能是听到了乐器的声音。少年由此获得了动力，他再一次吹响了口琴。这时姬姬嘴唇轻轻翕动，呼出微弱气息。再加把劲儿！少年决心唤醒姬姬，持续不断地吹口琴。当他停下并竖起耳朵时，听到姬姬发出了微弱的声音。她这是在半梦半醒中随着口琴哼唱，没有唱词的歌曲，类似于猫头鹰叫声的遐远音色，虽然单调却安稳，是一种令人平心静气的、不可思议的声音……

姬姬的哼唱停止，少年屏息等待，似乎即将发生什么，她也许是要说话了，也许是要把在昏睡中获得的一切从口中说出。少年很想听她在说些什么，就把耳朵凑近姬姬的嘴边，于是感到了纤柔的温暖，是姬姬在呼气，细细长长的呼气。

姬姬的脸庞就在少年眼前，直直地盯着他，可目光的焦点却仍在旷远处彷徨。哎，在这里呢——少年心生摇晃姬姬肩膀催她清醒的冲动。时间就这样流过，姬姬忽然轻蹙眉头，然后像蔫萎花朵恢复了生机般微笑起来。那微笑从旷远的彼方姗然而至，落在少年的鼻梁上。

“唧，唧。”

少女发出了少年怀念已久的喃喃细语。

从那天夜里开始，少年发烧了。虽然烧得令铁匠有些担心，但并未同情他。女子们则嘲笑他是因为过度担心姬姬而累得睡不醒了。也有人同情地说，他是因为一直紧绷的精神突然完全放松。

不管别人怎样说，本人的状况却非同小可。少年由于恶寒而浑身颤抖不止，即使喝下热水、盖几层被子都无济于事，就像扩散在姬姬体内的蛇毒注入了他的身体。

少年在断断续续的浅睡中做了个令他毛骨悚然的梦，在梦中看到了老猎手被动物们吃掉的情景：龇牙咧嘴的动物们一起朝老猎手身上扑去，它们用利爪撕扯、用尖牙啃嚼，老猎手的腹部顷刻间变成了黢黑的空洞。还有的动物撕下老猎手的胳膊拖走，把大腿和小腿的肌肉也毫不留情地吃掉。其间老猎手一直望着少年这边，两眼浊白毫无表情，但视线固定不动。他咬紧牙关，强忍降临在自己身上的灾难像是指责少年不去救他。

少年在梦中高声叫喊着弹坐起来，全身大汗淋漓。

“你怎么啦？”铁匠从隔壁进来担心地问道。

“没什么。”少年呆呆地回答道。

“你好像梦魇啦！”

“我做噩梦了。”

铁匠没有追问少年做了什么梦。

“擦擦汗吧！”铁匠关切地说道。

第二天早上少年退烧了，但全身酸软，就像躺了好多天似的双腿疲弱无力，仅仅是去屋外解手都力不从心，更别说去姬姬那里了。

“她恢复得很顺利，已经不要紧了。”铁匠让少年放心，“再过两三天应该能起来了吧？你也得赶快好起来呀！”

少年很羡慕能去看望姬姬的铁匠，感到只有自己像局外人被撇在一边。他每次见到铁匠都会询问姬姬的情况，由于问得过于频繁，铁匠终于不胜其烦了。

“我还有自己的事儿要做，再说过个半天一天也不会有明显变化，所以你别老问啦！”

也许铁匠后悔自己说话太重，为了给少年鼓劲，又说了些诸如“一起去钓鱼吧”和“快收麦子了”之类的话来缓和气氛。少年一边听一边不时地点头，渐渐地再次进入梦乡。

少年又做梦了，那是儿时跟父亲生活过的海滨之家，后院有棵无花果树。在枝头与屋檐之间，蜘蛛编织了一张网巢。少年长时间出神地望着那件美丽精致的作品，透明的放射状经丝和圆形纬丝在阳光下熠熠生辉。当海风吹来时丝网摇摆，蜘蛛伸展八条腿警戒似的藏了起来。随后，他们所在的世界忽然变成了金色，是夕阳即将沉入海平面。阴影引领淡粉色的辉光到来，西天出现了第一颗星。当星斗接连出现并越来越亮时，纤细的月牙放出沉落前的最后一缕光线。远离此处的少年就置身于那样的夜晚。

两人几乎同时离开了病榻，身体的不适如同来时那般倏然离去。为慎重起见，她们决定让姬姬在女子们的家中再住几天。几天过去之后，虽已不必担心病情会发生恶化，可姬姬却不想离开女子们的家了。女子们似乎并没有挽留她的意思，但是当少年每天去看她并想带她走时，她都会比画着表示要再待一段时间。少年心想，姬姬恢复健康之后当然应该回去。

“这是怎么回事儿呢？”

“哦，她可能是有自己的想法吧！”铁匠含糊其词地答道。

“什么想法呢？”

“这个嘛……她说什么了吗？”

少年默默地摇了摇头。

“女人就是那样呗！”

“什么样啊？”

“有些事儿咱们无论如何都搞不懂。”

“我俩是一心同体呀！”

“嗯，也会有那样的阶段，但不会持久。”

少年想立刻把姬姬领回来，他觉得姬姬自己也希望这样。少年一筹莫展，虽然左思右想了各种办法，但都觉得很不现实。姬姬的态度像个谜，虽然可以想象她会突然变心，但也不至于刻意躲避。他去看姬姬时她也显得很高兴，但还是固执地拒绝跟他回铁匠家。

那天少年又去看姬姬，他像小偷似的从窗户下窥探屋内情况。他每次都是这样，在进门厅前必定确认姬姬是否在家。如果姬姬一个人在就没必要回避，当女子们都在时他就在外边观察，等待只剩姬姬一人的机会。如果情况明显不允许，他就放弃探望并返回。

这次屋内只有女子们却看不到姬姬的身影，少年心想她可能是外出去哪儿了，若是如此就没必要再等。可当他刚要离开时听到了女子们的说话声，几个人像害怕被偷听似的交谈。少年不由自主地停下脚步，屏息侧耳倾听屋内的谈话。没过多久又觉得待在这里不合适，就慌忙离开了。

少年心跳加速，慌不择路地持续前行。他大脑里一片混乱，无法准确理解刚才听到的话语内容。女子们在谈论什么呢？她们的话断断续续，难以推断详细内容。那些暧昧的对话像是在说自己和姬姬的事情,所以他才更加感到不该偷听。可不该偷听的事情偏偏有意无意地听到了,他觉得此事绝不能让女子们知晓。

少年试着稳定情绪冷静思考,可大脑中依然混乱无法理出头绪,心中躁动也难以平息。他觉得有各种杂念在妨碍自己推断出准确答案,只有女子们交谈时的可憎态度留下了清晰的印象。少年回想起来,她们就像在讨论要干什么坏事,有种密谋的氛围。比起她们谈论的内容,少年更厌恶她们说话的语气。

少年沿着河边前行,似乎已来到上游相当远的地方。这里看不到人家,层叠的树冠遮挡了远望的视线。无处可去,他并非目的明确地来到这里。溪流延伸到山峰的阴影里,黄昏已经临近,不能继续这样走下去了,但他也没心思回到村里。

少年继续前行并寻找答案,自己要干什么?打算去哪里?怎么会来到这种地方?可当他看到姬姬坐在河滩岩石上的身影时,一切都像云开雾散般豁然鲜明起来——自己是在寻找姬姬!寻找了很长时间,就从姬姬离开铁匠家迷失了她的芳心之后,自己一直在寻寻觅觅。

“姬姬!”少年呼唤道。

呼唤声被流水声淹没,于是他再次大声呼唤。姬姬缓缓地扭回头来,她那流连在美景中的目光似乎被少年的呼唤声拉回丑陋的现实。

“你在干什么?”

姬姬的双眸紧盯着少年,并迅速地用袖口抹了下脸。这时少年发现姬姬在哭,所以她刚才扭头时的眼神才会有那种变化。少年走近姬姬,来到能牵手的距离。

“咱们回城里吧!”

毫无准备的话语脱口而出,而说出之后少年又感到自己早已产生过这个意念。

18 回声

巴士在蜿蜒山路上行驶了很长距离，两人下车后都有些晕车的感觉。辻村频频做大幅度深呼吸，要充分地享受新鲜空气。此时本地应已进入旱季，但空气湿度依然饱和略显沉重。两人想找出租车，但附近没有。

“只能走着去啦！”川那部把手机装进衣袋说道。

看样子电话还是打不通。

“去旺的家很远吗？”

“我想没多远。”

街道两侧排列着占据大面积地皮的木造房屋，以土墙围挡的庭院里种着椰子树、杧果树和番木瓜树。川那部沉默不语地向前走，街上没有行人，很多人家都关着窗户，街道被沉默和静寂笼罩。飞落在路上的乌鸦蹦蹦跳跳地寻找食物，小猪悠然自得地从面前横穿而过。街道上除了废纸和空罐之外还有大块牛粪，看样子一旦人气不足动物们就会任性随意。

两人只用几分钟就穿过了街道，没有人家的道路两旁是一眼望不到边的水田，各处散落着树木葱郁的地块，林间可见粗陋的木屋，大都是修建了家畜棚舍的农家。从那边传来狗吠声，充满了粗野的敌意。沿着穿过水田之间的红土路前行片刻，对面走来一个牵牛的男子，看样子有五十岁左右，满脸疲态。川那部向他询问了什么，对方头也不抬地简短回应。

“他说就是这条路。”

“你是不是怀疑走错路了？”

“雨季和旱季的风景完全不同，上次来时这一带还是沼泽地。”

现在放眼望去都是辽阔的草原，既没有沼泽也没有池塘。再向前行连人家都看不到了，继续走就该到长满树林的山脚下了吧？在密林上空，涌起了雪白的积雨云，像冰山般缓缓飘移。走在这条被太阳灼射的单调土路上似乎会产生冥想。肚子有些饿了，看看表已经快到下午三点钟。两人只是出发前在酒店的食堂里急急忙忙地吃了面包加鸡蛋的早餐，之后就水米未进。

“真够远的呀！”过村像是在发牢骚。

“应该不会用多长时间。”川那部不太自信似的说道。

又向前走了一阵，两人来到一片缓坡前，草丛中露出破旧的石墙。登上坡顶，前方可见土墙围绕的巨大两层建筑，构造明显与此前所见农舍不同。这是一座木造的西式楼房，貌似棕榈的大树将枝叶伸展到二层阳台前。

进门后是绿茵覆盖的前院，一条小径穿过草坪通向那座洋楼。草坪里混杂着野草，各种亚热带植物映入眼帘，香蕉树上挂着小小的果实。小径一侧有个浅池，水面浮着莲花，设置在池中央的喷泉无水喷出。

这是一座高脚式建筑，有一道厚木板台阶延伸到正面楼门。两人登上木阶，川那部叩响了门环。屋内毫无动静，刚想到家中可能无人留守，就听从屋内深处传来了脚步声。门内出现人影，随即门被慢慢地打开，一个长得跟旺完全相同的年轻女子站在面前。

天花板上的电扇在缓缓转动，两人被领到面临后院的客厅里，室内有些昏暗。因为正面设有诊室，所以家庭成员的活动区域都在这座建筑的后半部分。从敞开的窗口可以望见荒芜的后院和对面繁茂的亚热带树林，有小鸟在不停地啼鸣。

这个女子是旺的妹妹，川那部跟她隔着餐桌聊了一阵，看上去相当熟悉。虽然听不懂交谈的内容，但从严肃的语气也能有所推断。辻村稀里糊涂地听着，也是因为不懂泰语，就觉得他们的说话声仿佛从遥远处传来，渐渐地感到像在梦中：眼前有位年轻美丽的女子在说话，形状奇妙的嘴唇连续不断地翕动，她的肤色就像浅褐色的丝绢。

过了不久，旺的妹妹起身走出了客厅。

“她要给咱们弄点儿吃的。”川那部转身说道。

“旺呢？”

“她说去树林里了。”

川那部开始简要地讲述他听到的情况：妹妹得到村里人的通知从曼谷赶回时，父亲已经奄奄一息、意识模糊，还念念不忘老伴儿的事情，母亲已在前一天咽了气。妹妹不知道发生了什么事情，即使询问村里人也得不到满意的应答，他们只是重复地说“大夫突然身体不适”。

据说老两口是先后病倒，症状完全相同，反复剧烈呕吐并发高烧。当医生的父亲怀疑是食物中毒，就给自己和老伴开了处方。可施治之后却没有好转的迹象，不明机理的重症使两人身体迅速衰弱。医生在醒悟到自己已回天乏术时两人都已无法挽救，没多久两人就都陷入昏迷状态。虽然人们也曾商量送医院抢救，但最近距离也得驱车半天时间，老两口都已经不起搬动颠簸，能做的事只有通知远在曼谷的女儿。

“女儿就是刚才那位，旺的妹妹。”

“她在曼谷住吗？”辻村颇感意外地问道。

“据说是在房地产公司工作。”

“你以前见过？”

川那部轻轻地摇摇头。

“不过两人长得可真像啊！”辻村惊诧地说道，“刚看到时我还以为是旺呢！”

“我也觉得不像初次见面。”

“她跟旺有来往吗？”

“她说就是因为这事儿才第一次联系。”

“那么疏远啊！”

川那部没有应答，这也许意味着没必要应答，辻村也就不想再刨根问底了。

“见着最后一面了吗？”

“听说旺没有赶上，不过参加了火葬仪式，墓地就在附近的树林里。”

川那部说旺现在去了墓地。房间里摆放着韩国造的平板电视机，还有一架旧的立式钢琴。是旺的妹妹弹过的吗？抑或是母亲生前所有？

没过多久，旺的妹妹过来说餐食已经准备好，并带领两人去了隔着走廊的餐厅。直到刚才还是饥肠辘辘，可现在却完全没有了食欲。但即便如此，辻村还是喝了些菜汤，又吃了些碟子上的东西，颜色发黑的炒饭与此前在川那部公寓里旺做的味道相近。

橱柜里摆放着镶在框里的照片，是一家四口的合影，父母、妹妹和旺，像是在自家中庭里拍的。对于她们父母去世的因由，川那部又询问了一些情况。他来提问，旺的妹妹断断续续地回答。随后，川那部向辻村大略地翻译了对话的内容。

她们的父亲受泰国政府委托，长年从事为国界附近山村居民提供医疗服务的活动。这一带散布着很多以数十人为单位的小村庄，父亲定期前往各村为居民们看病。他一个人要处置所有种类的疾病和伤痛，有时还要亲临产妇分娩的现场。

据陪同医生的护士所讲，在他们巡诊的某个村里流行着一种很棘手的疾病，患者接二连三地出现，诊治患者简直就像打仗一样。医生已向国家机关寻求援助，他自己几乎放弃了休息持续工作，每天很晚才回家，饭也吃不好，像死去般沉睡，第二天早上再出诊，到村里需要数小时车程。

"村里人来请医生，说那种病会使身上皮肉溃烂。"

川那部向辻村直译了旺的妹妹的话，辻村不禁皱起眉头。医生当然怀疑那是传染病，因为居民们都住在高脚屋里，只铺一层竹条的地板下边就是猪圈和鸡舍，剩饭剩菜就直接从竹条缝中倾倒下去喂家畜，生活环境卫生条件极差，所以发生任何传染病都不足为怪。

"像这样的村庄附近就有很多。"

"她们的父母就是得那种病去世的吗？"

川那部向旺的妹妹翻译了辻村的提问。

"她说不清楚。"

"按常规考虑应该是吧？"

"据说同行的护士们目前还没有人出现那种病症。"

辻村无从断定这种情况是好是坏。

黄昏将近，森林对面的山峦宛如水墨画般浮现在眼前。山路缓缓爬升,渐渐伸向峡谷。据说到森林墓地要走三十分钟,会不会在途中错过?旺的妹妹把这种担心撇在一边领路前行。

一条小河顺着山路流淌,在水车小屋向前走过一道简陋的小桥,只是将树干并排搭在河面再铺土夯实而已。再向前走有座荒废的石造佛寺,一尊头顶螺发、身披袈裟的石佛端坐在杂草丛生的院角。顺着山路前行,密林的味道渐渐浓烈,林中鸟儿像报警似的激烈啼鸣。

"她说马上就到了。"川那部向辻村转达道。

密林更深了,前方的常绿树林呈现威压态势挡在面前,仿佛想让来者止步不前。在静谧的空气中,充斥着近乎淫溢的、带有幽翳的浓绿。粗壮的树干上重叠地缠绕着贪得无厌的常春藤,树冠遮天蔽日,阳光几乎透射不到地面,树缝间不时可见挽留青白光亮的天空。

三人默默无语地继续前行,辻村在另两人身后稍稍拉开距离跟进。在单调节奏的诱导下,他渐渐产生了疲劳趋于饱和的恍惚感。周围传来在林中活动的昆虫、鸟儿和小动物们的声响,当他抬眼搜寻那声响的发源处时,目光立刻被密林深处的幽暗吸收殆尽,每次都会瞬间感到被森林的咒语束缚。这里真是最适于人间蒸发的场所,在这里绝对能够不为人知地销声匿迹——隐含恶作剧的念头在未知谋主为何人之间掠过辻村的脑际。

走在前面的两人忽然停下脚步,辻村也随之驻足,只见前方出现了形似圆形广场的地块。密林中有片直径约十米的地面被烧得一棵树不剩,三人就站在广场一端。这片地面乍看上去空空如也,却充满了神秘和魔法般的氛围，令人感到置身于某种疆界之内。辻村想，这里就是森林的中心。

或许是错觉，空气显得有几分冷冽。围绕广场的高大树木幽暗密集，茂盛的枝叶搭盖出绿色穹顶。遮挡上空光线的树冠在广场中央略显稀疏，黄昏残光射入透出苍茫感的光晕，这种情景令人想到在哥特式神殿里看到的藻井。

当他们再次把视线转回广场时，发现了坐在倒树上的旺。她是从哪儿出现的？简直就像施了魔法般令人难以置信。像是得到了默许，川那部独自走近旺的身边。

“这就是墓地。”旺的妹妹说道。

辻村深感意外地转过头来，她说的是“cemetery”这个英语词。辻村再次把视线投向广场，只见地面散落着白色的棒状物体，那些看似枯枝或树根的物体可能是人骨，它们就散落在广场各处。这哪里是埋葬，简直就是任意抛撒。

过了片刻，旺的妹妹也走进广场，辻村也随之踏入这本应神圣的疆界。腐殖土的气味十分强烈，令人感到那就是死者的气味，在与森林的空气一起飘荡。空气中含有死亡的微粒子，死者们就在生者每次吸气时进入胸腔，似乎能在咽喉深处感知死者的存在，也能在舌尖上感知死者的存在。辻村突然感到窒息，好像死者们会把自己的肺部堵塞。

旺脸色苍白，川那部对她小声说了几句话，旺轻轻点头回应。时间匆匆流逝，空气慢慢飘动。过了片刻旺站起身来，动作很突兀，视线与辻村相对，就像初次见面般望着辻村。就在这个瞬间，辻村感到自己成了谜，成了比以前更加深奥的难解之谜。

川那部跟着旺向前走去，辻村与旺的妹妹拉开距离跟在后边。森林的湿润空气中传来蛙鸣，还有其他鸟类和动物的啼叫。树干和枝头上猥杂地缠绕着藤蔓，它们激烈地争夺贫乏的阳光，已分不清哪里是枝干哪里是藤蔓。

天空微弱的光线投射在他们行走的小路上，可一旦离开小路就会踏入晦暗的密林，视线很难穿透那厚实的屏障。树丛中隐约浮现出白色的细长棒状物，与在森林墓地中看到的相同。

"骨头？"辻村问道。

"bacterium①。"旺的妹妹答道。

附着了发光性细菌的枯枝酷似白骨，而发白光的树已经死亡，失去生命的枝干上细菌繁殖，新的生命活动开始，生与死接替并延续——旺的妹妹用英语浅显易懂地做了解释。

"你的英语真好啊！"辻村试探道。

"我留学过，在加拿大。"

"大学吗？"

"高中，魁北克的。"

辻村心想，早知如此真该用英语跟她对话。自己跟道代也是，

---

① 细菌。

哪怕简短地采用不太如意的话语,可能就不会有交谈的冲突了吧?或许反倒能够顺畅沟通。

此时辻村有些心不在焉,所以把旺的妹妹所说的“firefly”理解成了“火球”。如果是森林公墓的话,那么出现鬼火和鬼魂也没什么不可思议。他把此事暂且放下,驻足片刻观察那时亮时灭的光点。小虫们在四处闪闪发光,仿佛森林在眨眼示意。它们为什么会那样努力不懈地闪亮呢?辻村想问问身旁的她:那是萤火虫们发出的话语吗?

“你跟旺交谈吗?”辻村想到了另一个问题。

“一点点,只说一点点。”

她反复地说“一点点”。辻村在昏暗中看到她身材高挑、手臂修长,脖子纤细优美。

“旺不会说英语吗?”

“会说,但不说。他不喜欢英语。”

他?辻村禁不住想确认一下。

“走吧!”

辻村受到催促加快了脚步。天完全黑了,夜空中繁星密布,从未见过如此众多的星斗。无数小小光点覆盖了夜空,一个个晶莹闪亮,整个幽暗天球仿佛都在摇晃。他在天顶附近找到了仙后座和天鹅座。那颗格外明亮的星星是天津四吧?还能清楚地看到昴宿星团的群星。北极星的别名叫polaris,如果继续寻找,还能发现织女星和牛郎星吧?

辻村能记住这些星斗的名称都是因为理。他五岁在幼儿园上大班时开始表现出对宇宙的兴趣,辻村就从图书馆借来有关天文的儿童书籍读给他听,还在夜空晴朗时带他一起在院子里观察星宿,并已成为每天必做的事。那时的理曾经说过,长大要当"天文馆的人",可能是指在自然科学博物馆里操作天象仪的人吧?这段回忆仿佛来自遥远宇宙的光束般略过辻村的胸襟。

走在前边两人的背影隐没在夜幕中几乎看不见,此时辻村发现一个不可思议的现象:黑暗中只有旺的身影呈白色浮现出来,她身体表面就像泛起涟漪般闪着淡淡磷光,而走在身旁的妹妹却似乎毫无觉察。辻村想起刚才她说过的话:发光性细菌附着在枯树上像白骨般发光,而发白光的树已丧失了生命。

"旺……"

旺的妹妹满脸狐疑地回过身来。辻村产生了跑上前拂去磷光的冲动,但异象恍若瞬间的错觉般消失,已经看不到附在旺身上的磷光。暮色更深了。

吃过晚饭,川那部和辻村来到屋外乘凉,在面对前院的露台上摆着餐桌和几把椅子。昏暗的院内夹竹桃开着红花,没有光照的花朵似乎比周围的绿叶更加黯淡。

川那部带来了便携瓶装威士忌,他扭开瓶盖向辻村递出,辻村摇头辞拒,他便直接对着瓶口喝起来。

"接下来怎么办?"

川那部纳闷地转过头来。

“我说的是旺。”

“带她回去，”川那部理所当然似的说道，“待在这里也不是事儿，她父母也去世了。”

“她妹妹呢？”

“回曼谷呗！”

“那这个家就没人了吧？”辻村仰望天空喃喃自语道。

层云遮蔽了夜空，已经看不见星斗。辻村心想，可能要下雨了。这时，川那部倾倒的酒瓶中响起威士忌的声音。

“那种处理遗骨的方式相当简慢啊！”辻村说出了心中的疑问，“从我们的感觉来看，与其说是埋葬不如说近似于抛撒遗骨。他们不建坟墓吗？”

“很少见啊！”川那部乏味似的答道。

“他们不扫墓吗？”

“因为本来就没有墓嘛！”

“你感觉旺的父母怎么样？”辻村郑重其事地问道。

“什么怎么样？”

辻村瞥了一眼屋内。

“那种死法不寻常啊！”川那部压低了嗓音，“夫妻俩先后死于同一病症，而且是在短时间内。”

“确实非同寻常啊！”辻村漫不经心地敷衍道。

“也不知道政府和相关机构详细调查过没有。”

“旺的父亲应该已经递交了报告。”

“可看起来没有任何相应的举措啊！”

“旺的妹妹说已经有军队进驻了最先出现疫情的村子。”

“军队？”

“就是军方的医疗队吧？”

辻村苦着脸沉思了一阵。

“我看还是早些离开这儿好啊！”辻村用乖顺的语气说道。

“明天就撤哦！”

川那部像是在告知出差日程。

“会使皮肉溃烂的病是怎么回事儿啊？”辻村拿出旺的妹妹说过的话，“你有什么线索吗？”

川那部思索了片刻，随即不加铺垫便像透露未公开秘密般开始讲述。

“以前我去战区各村取材，听说有个村子里流行一种怪病，他们把那种病叫‘百变瘟魔’。它最初变成女人的样了，然后不觉之间又变成鸟，又从鸟变成龟，再变成蜘蛛，接连不断地变换形态攻击村民。不明真相的瘟疫都被归结于瘟魔作恶，被瘟魔附体的人必死无疑。”

“这是在泰国发生的事儿吗？”

“也搞不清是在泰国还是在老挝，反正就是那些深山里连国界都分不清的小村落，那里的居民到现在还固执地信神信鬼。这种村落还有很多，医生们在与疾病做斗争之前先要与迷信做斗争。村民们对疾病异常恐惧,稍有头疼脑热或出血就放弃治疗开始准备后事。有的村子居民深信自己被恶神包围,就离弃家园移居别处。他们害怕惹怒瘟魔而不敢服药,不让医生治疗,所以医生们就得从说服居民开始工作。旺的父亲肯定也是这样工作的吧?”

辻村默不作声地听到这里,忽然想起了什么。

“那是不是传染途径啊?”他开口问道,“从女人到鸟类,再从龟到蜘蛛。”

“蜘蛛的后面是风。”

“那就是空气传染。”

“人们害怕被风吹到就不敢出屋。”

“是不是疟疾什么的?”

川那部既没肯定也没否定。

“每当季节变换就不断地有婴儿出生,”川那部像是在对着远方诉说,“多数婴儿不到一年就夭折了,那才真正堪称以所有的方式,就像在自然淘汰的法则下消逝。地球上居然还存在着不得不让婴幼儿夭折的生活方式。”

川那部把酒瓶端到嘴边慢慢倾倒,随即像含着苦味般噘起嘴唇。

“不过,旺的父母恐怕不那么容易断定是传染病吧?”辻村急于推进话题的探讨,“因为那种症状与他的医疗水平不相符合。”

“嗯,也许就是那么回事儿吧!”川那部与已无关似的说道。

“必须详细调查呀!”辻村急切地说道,“这座宅院也得封闭和消毒。如果是在日本,当然会采取相应的措施啦!还要隔离与患者接触过的人……”

辻村忽然噤口不言，有所忌惮似的倾听周围的动静。

“咱们得赶紧逃出去呀！”

“逃出去怎么办？”

“要是毒性极强的病毒的话……”

“已经来不及了。”

两人像身陷绝境般面面相觑。

“如果已经被传染的话，那不管逃到哪里不都一样吗？”

“可我不想死在这种地方啊！而且是皮肉溃烂的病……”

“可惜为时已晚啦！”话虽如此，川那部却说得不慌不忙，“咱们跟患者家属一起待了半天，还吃了旺的妹妹做的饭菜，已经无法挽救，只能听天由命了。”

“你不害怕吗？”辻村显然不信地问道。

“害怕呀！”川那部很干脆地答道。

“看着不像，”辻村再次表示怀疑，“你是不是因为以前有过太多可怕的遭遇已经适应了？”

“不可能适应嘛！”川那部自言自语似的答道，“辻村先生也不像是害怕呀！”

辻村不服气似的噤口不言，然后像要除去白天受到的污染般用双手抹脸。

“好像真没什么实际感觉，”辻村坦白道，“虽然脑袋里清楚可能会发生重大事件，可情绪却不同步。”

“就是这样啊！”川那部劝慰道，“当遭遇恐怖事件时并不觉得可怕，但此时所经历的恐怖过很久才会出现，就像记忆闪回一样。”

对话中断，辻村感到自己的身体有些沉重，川那部似乎也有些疲劳，眼睛直盯手中的威士忌酒瓶。屋里像无人般寂静，没有任何动静。

“该进屋了吧？”辻村问道。

川那部含糊地点点头，却没有起身的意思。辻村不好意思先独自进屋，于是沉默不语地陪着川那部。

“记忆这个东西有时会把人毁掉，”过了片刻川那部闷声说道，“有些景象肯定是只允许当事人看到吧？在看得过多之后，人就会被毁掉。也许就是不能看得过多，任何事情都要适可而止。”

辻村虽然不得要领，还是被强制似的点了点头。

“不知从什么时候开始，我没有酒精就活不下去了。”川那部似乎有些语无伦次，“甚至在暗室里冲印照片都得喝酒，血液中的酒精含量降低时就会难受，不安、气恼、焦急、暴躁、没精神、思考力和判断力下降……总之无法作为正常人行动，我就喝成了这个样子。而且喝的大都是伏特加之类的烈酒，之后状态就不可思议地暂时正常了，哪怕只喝一口。我觉得这玩意儿简直就是魔法。真蠢啊！这哪里是什么魔法，就是不折不扣的酒精依赖症。”

“这是从什么时候开始的？”辻村满不在乎地插言道。

“还是在日本跟老婆一起生活的时候。真是太不应该了，我因此差点儿把她杀了。”

这话听起来很刺耳，辻村微微皱起眉头。川那部戛然而止似乎没打算说下去，而辻村也不想听下去，开始踅摸告一段落的时机。

“被酒精毁掉并不是准确的说法，”川那部又喋喋不休地引申话题，“酒精不是原因而是结果，因为害怕面对真正的原因而逃向酗酒。我自己也明白这一点。”

辻村做出洗耳恭听的姿态。

“最让人困扰的是晚上睡不着觉，”川那部断断续续地接着说道，“就算借着酒力睡着也会很快醒来。我曾经去找医生开过助眠药，但是没有说明酗酒的情况。这是很大的失策。”

川那部戛然而止沉默不语，不像是犹豫该不该继续说下去，而是盯着院内晦暗的树丛强忍什么在等待。过了片刻像是要抓住最初到来的词语……

“电话铃响了，”川那部说道，“我拿起电话听到一个男人说：你在这世上已经没用了，活着也没什么意思。你为什么不早点儿解决呢？要是自己下不了手的话我来帮你吧……这样的电话反复打来多次，都是同一个男人的声音，说的内容也一样。这肯定是另一个自己在说你该适可而止了，但虽然心里清楚却无法自拔。为了阻止这种电话我就再多喝酒，只要喝了酒就不会有电话打来。也许跟血液里的酒精浓度增高有关，后来突然就没有那种电话了，我在心中庆幸不已。可是，当我某天早上醒来时，发现自己已散落在床的周围。我顿时陷入恐慌，大声呼叫老婆——哎，快来，我散架啦！快拿笤帚来把我扫到一块儿吧！”

川那部中断叙述,眼神像在沉思,对叙述中过去的自己无法与现在的自己完全重合而深感困惑——这是辻村的看法。

“不管什么样的死都是个人问题,”川那部用泛泛而论的语气继续讲述,“对于人可以说是最为个人的问题。有什么理由可以把它暴露在公众面前呢?如果自己身处其境会怎样呢?自己的死被拍成照片,而且暴露在众多陌生人的目光中,这能接受吗?英语中拍照片是叫‘shoot’吧?把相机对准被拍摄者或许就等于朝他们射击,每当按下快门按钮就是朝陌生人射击,而他们就像遭到了射击。区分两者的东西是什么呢?其中的作用力是谁,从哪里行使的呢?全都是偶然吗?是因为他们偶然运气不好,而我偶然运气好吗?可以这样下结论吗?辻村先生怎么看?”

听到突然发问,辻村一时语塞。而川那部却若无其事地将平静的脸孔转向昏暗的庭院。

“这太可怕了!”川那部说道,“如果一切都出于偶然,无法控制其媒介物的话,那么不管是谁都可能发生任何状况。”

他那带着困惑的声音似乎在湿润的夜气中游荡,发呆似的时间仍在流淌。

“在战场上,不管什么样的被拍摄者我都能对准焦距,”川那部用怀念似的语气回忆道,“可最为关键的自己却从未对准过。”

19 她的真名

澄澈透明的光束掠过枝叶投进林间，小鸟啾啾地鸣叫，在密匝交织的梢头飞舞穿梭。少年心想，它们简直就像光的化身般跃动在森林之中。他总是觉得特别不可思议，它们竟能那么迅疾轻捷地飞来飞去却不会碰到枝干，堪比电光和清风，也许小鸟们与森林就是浑然一体的世界。

姬姬突然停下了脚步。

“怎么了？”

姬姬没有回应，默默地望着纤细的枝头，那里有只小蜗牛，看样子刚出生不久，驮着半透明的薄壳在缓缓爬行。少年心想，可别让林中那些飞来飞去的小鸟盯上它。姬姬转过脸来嫣然一笑,少年感到有股清风拂过面颊。

“走吧!”少年催促道。

姬姬轻轻点头,两人继续前行。脚下飘起腐叶土潮湿的气味,那是动物们生与死的气味,是少年熟悉的气味。村里发生的事情仿佛雾里看景般渐渐模糊,也许到达城里时就会变得远离现实。

对铁匠怀有怎样的情感,少年自己也不太清楚。当时两人都在操作间里,铁匠就坐在客厅旁的木地板上歇息。当少年告诉他要离开村庄时,铁匠十分惊讶。

“怎么啦,这么突然?”铁匠困惑地问道。

“承蒙多方照顾,我向你告别。”少年冷淡地答道。

“到底发生什么了?”

铁匠还想说些什么,少年用拒绝的目光望着他。铁匠显得十分为难,又像是在绞尽脑汁想办法。过了片刻,他像与己无关似的长叹一声。

“也许你认为我是一无所知的孩童,但我知道我必须知道的事情。”少年一吐为快似的说道,“我明白我必须明白的事情。”

“你说你明白什么?”铁匠不无挑衅地问道。

少年没有应答,过了许久才像逐字推敲似的说明。

“你的心中也许住着恶魔,那个恶魔有时会驱使你干缺德事。我有这个感觉。”

“你在说些什么?”铁匠略显不快地盯着少年接着说道,“你不会是做了什么奇怪的梦吧？”

铁匠想以说笑掩饰却没笑出来，扫兴地轻哼一声怄气似的低下了头。

“你想说的就是这个吗？”

两人同时抬起头来，无言地对视了片刻，就像两头即将扑向对方的猛兽。然后铁匠起身坐在砧板前的固定位置上，看样子要继续干活。此处不可久留，姬姬还在村边的废屋里等着呢！少年必须迅速行动，尽快备好行装。其实他原先打算带上必需物品不辞而别。

当少年朝里间客厅走去时，那支靠在土地板间墙角的猎枪进入视野。老猎手的这支猎枪常常打不响，但经过铁匠修理现在应该能用了，当然没有上子弹。当时他都不清楚自己在干什么，身体在意识恍惚之间行动，拿起猎枪就自动地对准了正要开始干活的铁匠背部。枪栓顺滑地推动，铁匠听到响声回过头来，把自己的身体暴露在枪口前什么都没说，但锐利的目光直射少年。

两人之间腾起森林瘴气般的强烈敌意，时间在令人窒息地流过。没上子弹的猎枪起不了什么作用，少年心知肚明，铁匠应该也很清楚。他的体格比少年强壮得多，力气也强大得根本不可相提并论。他的肩臂肌肉十分发达，空手夺枪也是易如反掌吧？

但是，铁匠并没有向少年动手，而是突然扭回头去挥起铁锤敲击锄刃。他在砧板上打铁，连续地发出节奏单调的敲击声。少年盯着铁匠挥动铁锤的背影，觉得他可能是想听天由命，似乎有什么已在他心里开始崩溃。究竟是什么崩溃了，少年并不明白。

他们在太阳高高升起之前登上了山梁，感觉离天空很近，从这里可以展望远方的崇山峻岭。他们留在身后的村落和农田都已隐没在幽深的峡谷里，村民们的生活也都融混在遥远的山峦之中。实在难以置信自己和姬姬就在那里一直生活到今晨，似乎村落和村民从开始就不存在。少年想朝自己留在身后的一切大声呼唤：

“我们自由了！任何地方都可以去了！”

少年在太阳洒下的光明和吹过山梁的晨风中感到了自由，而自由中隐伏着未来，今后要用自己的手脚和全身的感觉去求索和发掘。他尽情地伸展腰身，深深地吸气，天空流注于体内，而身体就像鸟儿的羽毛般越来越轻盈，似乎立即就能飞起，展翅翱翔在广阔的森林上空。

他扭头一看，只见姬姬也同样在做深呼吸，一边伸展腰肢一边夸耀似的挺起胸脯。她站在太阳洒下的光明中，任由披散的长发在风中飘飞，脸庞和肢体都辉映着生命的光彩，连空气都在闪闪发光。她的存在使周围的空气变得更加透明清冽。

自己当时端起没有子弹的猎枪想干什么，现在都还想不明白。自己的情绪离亢奋尚远，不如说十分沉着镇静，心底有种冷冽的沉淀。或许铁匠也是同样，他毫不设防，即使自己抡起老猎手的猎枪他也不会抵抗，任由少年将自己击倒。与其说他是因为对手太弱而忍让，莫如说似乎受到了某种压制。

少年想起老猎手说过的话：熊是明智的动物，掌握了趋避无谓争斗的法则，先发觉对手者必定采取规避行动。不过，也会出于某种原因而两头熊狭路相逢，越是体格相近、势均力敌就越是难以把握规避的时机，结果导致残暴的搏斗。吃掉对手还是被对手吃掉？这是生死存亡的搏斗，即使身受重伤也要坚持到击败对手为止，有时还会将击败的对手撕碎吃掉。

少年心想，也许在那个时刻就是这样。他明白应该怎样做，必须在某个时机收手。可他自己做不到，而对方也没有后撤的迹象，他觉得自己和铁匠都在被无形的魔力牵引着走向祸端。不过，他并不憎恨铁匠，毫无憎恨的情绪，只是想到必须将他击倒。

当一切都结束之后，铁匠堪称明智的熊，因为始终采取冷静姿态的是他。不过，即使从铁匠自己来讲，也许并非有意识地那样做。他营造出听天由命不设防和接受一切的氛围，结果就是在一触即发之际化解了残暴的争斗——少年回顾那个时刻有所感悟。

两人今晨天刚亮就出了村，少年想尽早离开那里。那个村庄有种令人郁闷的氛围，来到清净之处后那种对比愈发明显。村里的空气不像在山野中这般新鲜透亮，无法尽情地享受阳光和清风。

两人沿着山梁前行，打算在老猎手的小屋暂作休整就前往城里。少年谨慎地搜寻标记向前走，必须准确地找到入口。森林内部的世界与从外面看到的完全不同，或许应该说有许多个世界。各个世界具有不同的入口，走错了就会误入别的世界。森林就是如此匪夷所思的境域，它给熟知者带来神秘感，给阅历尚浅者带来不易规避的凶险。

少年好不容易找到了标记，都是老猎手生前特意留下，两人就按照标记更加小心翼翼地前进。林中也留着间隔大致均等的标记，每当看到树干等处留下的砍痕，少年都会感到老猎手仍在这片森林里守望着自己。

两人在太阳落山之前来到小屋附近，出乎意料的是本该无人的小屋里似乎有人居住，从石垒的烟囱中冒出袅袅青烟，屋外还晾着稍显脏污的布片。

“会是谁呢？”

少年感到心跳加快，为慎重起见，他们先藏在离小屋不远的树后观察动静。小屋本身与他们最后看到的样子并无不同，变化的是小屋在少年心中的形象。他发现稍稍离开观察时就会显得特别矮小，并诧异当时三个人居然能住在里面生活。当然，自己白天大都跟老猎手外出打猎，晚上就跟姬姬钻到高架木地板下睡觉，所以没有明显地感到狭小憋屈。

当天空残留的淡蓝开始褪去、渐浓的暮色中出现了一两颗星斗时，小屋里终于有人出来，一个不太年轻的男子，像是要收回晾在外边的布片。

“哦！”少年泄了气似的说道，“不要紧，我认识他。”

两人向小屋走去，那男子发现他们就松开布片慌忙朝屋里钻。

“等等！”少年叫住了他，“是我。”

男子一只脚已经迈进小屋，他停下来警惕地来回打量少年和姬姬。

“你还记得吗？”少年语气轻松地问道。

“你在铁匠家住过啊！”男子瞪大眼睛说道。

“她叫姬姬。”

“哦，我知道。”男子继续打量二人怨恨地说，“就是因为你们，铁匠不买我的木炭。”

“可后来不还是买了吗？”少年反驳道。

“是吗？”男子装糊涂似的把视线转向空中。

“你在这儿干什么？”

“我在这儿住。”男子理所当然似的答道。

“这是我们的小屋啊！”少年强调道。

“别胡说！”

“我没胡说！”

卖炭男用戒备的目光盯着少年。

“你们不是在铁匠家吗？”卖炭男仍然毫不退让。

“在那之前我们就住在这里。”

“屋里有很多难懂的书呢！那是你读的吗？还有蝮蛇酒，那是你喝的吗？”

“这里是老猎手住的地方，书和酒都是他的。”

“那老头怎么啦？”

“去世了。”

“那这小屋就是烧炭人的了。”

“前后的情况很复杂，”少年暂时不想多说，“不管怎样先进屋吧！”

“这小屋是烧炭人的哦！”

“我明白啦！先让我进去吧！”

“哦？既然明白你俩就都进来吧！”

男子自己先赶紧进了屋。里面的状况几乎没有变化，只是烧炭人似乎在毫无顾忌地使用屋里的东西。石垒的灶台上放着熟悉的铁锅，里面饭已经煮熟，看样子他要吃晚饭了。

“也让我们吃点儿什么吧！”少年突然感到肚子饿了。

“不行！”男子立刻拒绝，“这是我的晚饭。”

“我带来了粮食，”少年从背囊里取出装米麦的袋子，“用这个换点儿吃的。”

“做交换啊！”男子高兴地说道，“偷来的吗？”

“不是啦！”少年严肃地否定道，“这是我干活儿挣来的。”

少年和姬姬这才得以吃到热饭。少年在吃饭之间询问烧炭人，平时怎样过日子，又怎么会住到这座小屋里来。

“我出生在山里的烧炭小屋，”烧炭人过度用力地说道，“从小就帮大人干活儿哦！”

烧炭人的讲述整体上不得要领，也有含混不清和矛盾之处，大概就是如下内容：他父母在远离人居的深山里以烧炭维持生计，居无定所。当周边烧炭木料采伐殆尽时就举家迁移，找到合适地点再搭建新炭窑和简陋窝棚，在山里过着伐木烧炭的生活。他从小就跟着父母辗转于群山之中。

在父母去世之后，他独自留在山里继续烧炭，然后背到村里换取粮食,其他物品几乎都是自给自足。移居这座小屋是在一个月之前,因为先前那座山的烧炭木料都已砍光,他在寻找新的伐木场时偶然发现了这里。

“我好高兴,真是天助我也。这下可是赚大了!”男子颇感幸运地说道,“省去了重搭窝棚的功夫,我从出生到现在可没住过这么漂亮的小屋哦!”

“你没想过这里已经有人住了吗?”少年问道。

“我当然确认过啦!”男子心有不满似的答道,“我把门敲得咚咚响,里边没人应声,那就是没人住,所以我就住下了。”

此时与他争论小屋的所有权也不会有什么好结果,很难说服他承认这原本是老猎手的小屋。况且自己和姬姬只住两三天就离开,可能不会再来。与其说任由小屋因无人居住而破败下去,还不如有人经常打理更好。

吃过晚饭,两人早早就钻进高架木地板下的被窝里,又闻到了熟悉的味道。地面铺了厚厚的落叶,都是来这里第一天老猎手叫他们去附近树林里收集而来。他感到自己终于回归最重要的栖身之所,或许在这里跟烧炭人一起生活也蛮合适,就像以前跟老猎手那样。少年心中产生了听任安适生活诱惑的念头,可又立即予以打消。

“我想看看城里的情况,”他在姬姬耳边窃窃私语道,“我想看看后来又发生了什么事情。”

烧炭人已在小屋附近造好新的炭窑,正准备烧制第一窑木炭。

少年和姬姬决定再住几天，给烧炭人帮帮忙。炭窑就在山坡上挖造而成，在能容纳一个成年人的窑内整齐地竖着码放了截成三十厘米长的木料。最底部铺满了细树枝，窑内顶部塞满了稍粗的树枝和劈柴。据说做这些准备耗用了大约一个月时间。

“烧木炭可是相当辛苦哦！”

看样子烧炭人不像是在夸张。砍伐这么多木材去掉枝杈并搬运到这里，还要截成同样的长度，这就已经够费劲的了吧？据说接下来还要用泥土封住窑口，从点火烧制到木炭出窑还得一个月左右。

“要不你也当烧炭人吧？”男子在干活间歇时说道。

“我们打算去城里。”

“听说城里已经没什么可吃的东西了。”

“我知道。”

“那为什么还要去？”

为什么呢——少年扪心自问。确实像烧炭人所说，城里早已一无所有。城里已经失去制造任何物资的功能，原有的物资都已被搜寻出来，而且只会被抢夺、交换和耗用——这就是目前城里的生活状态。任何人都不可以轻信，生命分分秒秒都暴露在危险之中。而来到山里原本就是为了寻求尽可能安全的处所，自己不想让姬姬遭遇危险。可即便如此，现在却为什么还要返回城里呢？

“我可是个好人呐！”烧炭人说道。

“我明白。”少年颇感滑稽似的回应道。

“我从来没对大山做过任何坏事儿！”烧炭人一本正经地继续

说道,“你是不是以为我一砍树大山就会疼啊?”

“不是。”

“我是在守护大山啊!”

“是这样吗?”

“当然啦!”男子得意地点点头,“要是不清理树下不剪枝而任由森林疯长的话,手腕粗的藤蔓就会趁着阴凉缠在枝干上弱化大树,所以说我是在消灭那些坏家伙保护森林。要是没有烧炭人,山林就会完全荒掉哩!”

“原来如此。”

“我会进行合理的砍伐嘛!所以树木不会枯萎,过几十年就能长得又高又大。我们就是这样一代又一代地伐木烧炭直到现在,不做任何损害山林的坏事。我们只是从山上伐取少量木材,而作为回报会尽力防止山林荒芜。所以说山林很需要烧炭人哦!我保护山林,同时也得到山林的保护,只要住在山里,烧炭人就能活下去,只要有烧炭人在,山林就会生机勃勃。人与大自然双方都很幸福,明白吗?”

少年对烧炭人说的话心悦诚服。

“我要是也能这样活着就好啦!”少年率真地说出了自己的感想。

“我收你当弟子吧?”

“谢谢!”

“当我的弟子吗?”

“不。”

“为什么？”烧炭人满脸困惑地问道。

少年自己也不明白为什么，他只明白自己不是烧炭人。烧制木炭、守护山林都应该是这个男子干的活儿，而不是自己该干的活儿。那么自己该干什么活儿呢？有朝一日自己也能像烧炭人那样找到正确答案吗？在山林中没能找到的东西能在城里找到吗？

转眼间一个月就过去了，其间烧炭人用新窑烧制了第一批木炭，这个过程比少年先前想象的艰辛得多。在点火之后，烧炭人在窑前持续操作了三天，好像夜里也几乎没睡觉。最初少年还陪着烧炭人干活儿，但是到了第二天下午就困得连眼睛都睁不开，实在坚持不住就回屋钻进地铺睡了。

烧炭人一边观察烟囱冒烟的颜色一边开闭进气口，以此调节窑内温度。如果火候太过就会把木材烧成灰烬，而火候不到木材就不能转化为木炭，烧炭人说火候最难掌握。最后还要把所有的孔洞堵严进行干馏，完成这道工序之后，烧炭人就回到小屋扑倒在床上睡着了。此后的两个昼夜，他一直毫无醒来的迹象。

到了第三天早上，烧炭人终于起来了。炭窑上仍在微微冒白烟，自然冷却还需三天时间。到了出窑那天，他自己也显得相当紧张，而他的紧张感也传染给了少年。烧炭人谨慎地从窑口开始拆封，刚刚拆开一个小孔，里面就猛地喷出热气。窑口近旁的木料已完全烧成灰烬，少年十分担心，是不是火候太过了。

烧炭人匍匐在地面爬进炭窑，过了片刻便拿着新烧成的木炭出来，脸上黑乎乎的，额头汗如雨下。

"烧得很不错哦！"他说着满脸现出微笑，"第一窑就烧出了上等木炭"。

烧炭人决定尽快外出卖炭，他用绳索把堆成小山般的木炭捆绑起来，然后像背囊似的背起来。

"你一个人能行吗？"

"烧炭人总是一个人哦！"他满不在乎地说道，"你们等我回来吧！我会给你们也分些米麦的。"

少年开始认真地考虑烧木炭这个活路：修造炭窑、上山砍树、数日不眠不休地烧窑，一个人做下来辛苦至极，不仅体力劳动强度过大，精神上也负担过重，稍有疏忽调节不好火候就会将辛苦搜集的木材付之一炬。听烧炭人说，他在初期曾真的把窑内木材几乎全都烧成灰烬，后来经过反复试错才渐渐提高了出炭率。少年对坚持这种劳作的烧炭人产生了超越亲近感的情谊。

我是不是真该留在这里——少年心中再次浮出这个念头。反正从现在到秋季都不会有缺粮之忧吧？虽说山里严冬寒冷异常，但是跟善良的烧炭人在一起，应该有办法生存下去。自己可以帮他烧炭并跟姬姬在山里省吃俭用地生活，估计不会有太大的问题。在这里生活不必招摇撞骗和鸡鸣狗盗，不干坏事也能活下去，哪怕迫不得已略行小恶也能适可而止。但他还是感到尚有某种不足。

少年想起跟瘤六相识不久后看到的情景：城里有时会发生大

火，就因为到处都是易燃物品。公园和路边堆积的枯叶和废纸、开始朽烂的木造建筑、遗弃的汽车，遇到落雷就会着火，街道顿时变成火海。两人曾在高楼大厦之间偶遇被烈火追赶而拼命逃窜的动物，那些野鹿、野猪和其他不知其名的野兽都在全速奔逃。看上去它们似乎只是因为想跑而跑，并非因为恐惧。那是少年迄今为止看到的最美妙的景象。

还有一次是跟父亲住在海滨之家时发生的事情。他半夜时分醒来，发现窗外天空一片通红。父亲说，城里着火了。他还看到连升腾的浓烟都被染得通红，并长时间地站在窗边眺望城里的火光，胸中产生了异样的躁动。由于距离太远而几乎看不到火苗，但他能够鲜明地想象到楼宇在烈火中倾倒坍塌的景象。将一切烧为灰烬的大火——那场面令人恐惧，同时也蛊惑地撩拨着他的心。

到了第二天，火灾的烟灰也飘到了岛上，还带着异样的气味，也许就是火灾产生的毒气。本来他平时玩耍的后院就特别狭小，而当天就连房门都不能出，只是透过窗玻璃望着从城里漂洋过海飞来的烟灰，仿佛大群的黑蝶般遮天蔽日。

又过了几天，真正的蝴蝶飞到岛上，看样子是勉强从被烈焰吞噬的街道死里逃生，几乎都被灼伤了翅膀，有的破裂、有的穿孔、有的烧焦了边缘。大多数蝴蝶艰难地飞到岛上时就力竭而亡，少年家后院的地面也完全被大量死蝴蝶覆盖。拥有五彩缤纷翅膀的蝴蝶们仿佛可爱的花瓣凋落般死去，狭小的后院被既残酷又美丽的天物装饰得斑斓多彩。

少年心想，在那个时刻就已经有某种物质注入自己体内，类似毒素的某种物质，常常感到自己体内有种手不可触的东西卷起旋涡。这个世界上存在着美好和残酷两个方面，而只凭其中之一根本不可能成立，闭眼不看残酷的一面就不能真正理解美好的一面。无论发生怎样不合理的事情，作为这个世界的幸存者都必须直面现实。

过了几天，烧炭人阴沉着脸回来了。少年出屋迎接，本以为会像自己所预料的那样木炭没能卖掉，可烧炭人绑在背上的大布袋里却像是装着粮食。他在少年的协助下把布袋放在门口，随即就地盘腿坐下叫不远处的姬姬端水来。喝水解渴之后，他仍用茫然的目光望着远处沉默不语。

“发生什么状况了吗？”少年谨慎地问道。

“铁匠上吊了。”烧炭人粗鲁地答道。

烧炭人就说了这句话，再二询问也只是表情悲伤地轻轻摇头。后来好不容易开了口，也只是说村里发生了争端，还动了枪，有几个人丧了命。关于铁匠的死，除了“上吊了”之外没有得到任何详细情况，也不知是否与村里的争端有关。

“那个村子恐怕要完啦！”烧炭人最后喃喃自语道。

当晚，少年听到烧炭人在哭泣。他躺在高架木地板下的被窝里，有心无心地听着烧炭人用听来比年龄稚嫩的声音哭了很久。少年想起了瘤六，他也曾用这种悲伤的声音哭泣。可能是因为知道自己已经没救了吧？他曾见过无数情状惨烈的尸体，是不是因为害怕自己也将成为其中一个而痛苦不堪呢？

时空远隔的两种哭声融为一缕幽响掠过长天，掠过熠熠生辉的群星之间，拖曳出瘤六曾经说过的人造卫星般的轨迹。少年心想，或许只是因为自己平时听而不闻，其实它一直在流淌不息。虽然它平时隐没于各种声响之间，但那不知原主的哭泣声却从不间断地流淌在空气澄澈的高天之上，既不会落下也不会飞向茫茫宇宙，而是持续地流淌在过去和未来。

翌日清晨，少年和姬姬按照预定开始做出发准备，烧炭人给他们分了些米麦粮食。与昨夜完全不同，他表情豁然开朗，对两人离开小屋也没露出难舍难分的样子，或许倒是少年有些依依不舍。

"以后你怎么办？"少年担心地问道。

"烧炭人继续烧炭。"他不言自明似的答道。

"要是没地方卖就难办了吧？"少年担心地问道。

"别担心，"他爽朗地说道，"山里边村子会越来越多。"

"真的吗？"

"从今往后烧炭人要发大财啦！"他的语气中充满了信心，"因为烧炭人是好人嘛！"

少年示意身旁的姬姬立即出发，并向烧炭人说了声"多保重"。

"用不着担心！"烧炭人略显傲慢地说道。

少年和姬姬离开小屋向前走去，过了片刻就有喊声从身后追来。

"想找烧炭人很简单哦！只要看到冒白烟的地方就是我在烧

炭呢！”

少年回身轻轻挥手，烧炭人也随即抬起手来。铁匠上吊的消息掠过少年的心头，听说村里发生争端还死了人。他想，人为什么要坑蒙拐骗、自相残杀呢？真是不可救药。

两人背着沉重的行囊继续前行，再也不会回头。山野已是夏意盎然，动物们愈发活跃。花花草草不无骄傲地茁壮成长，绿叶亮晶晶的缀满枝枝杈杈，它们对人间诸事毫不在意，大自然依旧四季轮回，一切皆无异变。

两人不久便爬上了山梁，默默无语地继续前行。少年忽然感到自己正在被注视，停下脚步回首望去，只见一头顶着硕大美丽犄角的雄鹿站在山顶林边朝这边张望。那肯定就是上次被老猎手击伤后逃掉的家伙，少年自己认为它就是山主。它又出现了。

姬姬似乎还没发现，少年小声叫住了她。姬姬转回头来，少年指给她看，但雄鹿早已消失在林中——没来得及！

姬姬缓缓地转回视线，纳闷地望着少年。

20 劫火

旺最先出现的症状是呕吐——剧烈的呕吐使她的身体骤然衰弱，胃内虽已吐空却仍不停地呕出黄色液体。她就像要驱除侵入体内的恶灵般在床上猛烈地扭曲身体，痛苦地抓挠喉部、扯乱床单、蹬掉枕头。后来呕吐的黄色液体中开始混入血色，变成了红褐色泥浆般的黏液。

川那部不顾呕吐物喷溅到自己身上，扶起旺摩挲着她的背部。旺的妹妹忙不迭地清理污物，辻村也搭手帮忙。但无论俯卧还是仰躺，旺始终未能摆脱痛苦，无论怎样竭力抵抗都无法遏止恶灵在体内肆虐。她佝偻着腰背在床上翻滚，又反弓上身猛烈地吸气，为了挣脱拘迫她的人，抓住床边扶手滚落在地板上。

在长时间的挣扎和狂乱之后，宁静突然降临。就像刚才还在残暴肆虐的恶灵倏然离去，旺浑身无力地瘫软下来，令人想到遭受侵凌之后的肉体。她脸色像死人般煞白，只有喘粗气的嘴唇呈现出异样的鲜红，额头和脸颊沁出细密的汗珠。

三人到厨房餐桌旁暂歇，他们比正在剧烈喘息昏睡的病人更加筋疲力尽。旺的妹妹端来热茶和饼干。天已大亮，从黎明前开始下的小雨不知从何时变成了暴雨。川那部跟旺的妹妹商量此后的安排，病人必须刻不容缓地送往曼谷的大医院，也许病情暂时稳定的现在就是个机会。但是，他们想不出运送的稳妥方法。在暴雨中开车走烂路无异于自杀行为，即便涉险赶到机场，飞往曼谷的航班也可能已被取消。

三人神情严峻地面对面噤口不言，谁都想不出离开此地的稳妥方法。但就算是能够离开此地，想必也救不了旺的性命——三人都已默认了这一点。恐怕她们父母也曾发生过同样的症状，再想不出其他的可能性。特别是旺的妹妹，她曾见过父母临终时的情形，应能对哥哥的病情做出准确的判断。哥哥正在经历与父母同样的命运，妹妹只是没有说出来而已，也是惧怕一旦说出口来就会变为现实。

过了片刻，川那部返回旺的身边，辻村和旺的妹妹留在厨房。两人都沉默无语，关闭在各自的蜗壳里。此刻不是聊闲天的时候，何况还有语言障碍。

“怎么会发生这种事情？”旺的妹妹面容憔悴地说道，“我的父母……家人……”

她的语气不像是在提问，而是近乎自问或自言自语。就算是在提问，辻村也无言以答。怎么会发生这种事情？任何人都不可能知晓答案。

“我害怕！”她说道。

这回显然不是自言自语。

“我也害怕。”

“我想逃。”

辻村这次犹豫了，到底没能说出“我也想”。

“你想去哪儿？”

“不知道。”旺的妹妹轻轻摇头，“只要能逃离这儿，哪里都行。”

话虽如此，但她似乎并不清楚自己身在何处，看上去就像被带到陌生场所惴惴不安的幼童。

“曼谷吗？”辻村试探道。

“大概吧。”

可听上去却像怎么都行的语气。

“日本呢？”

她没有正面回答，而是反问“你有家属吧”。

辻村多心地想，自己也许被她误解了。她确实说了“想逃”，但并没有说“一起”。

“你在想什么？”旺的妹妹乖觉地问道。

“旺的事情。”

辻村在撒谎，他并非在想旺的事情，就算想也已无济于事，因为旺已经到了无法挽救的地步。辻村对说出这种话的自己产生了陌生感。

“你是我哥的顾客？”

“guest？”

“你跟他发生性关系了？”

她问得极为直截了当。如果直率地回答就是“yes”，但在这种场合有必要直率地回答吗？

“我不知道她是你哥。”

辻村知道自己的英语很滑稽，但旺的妹妹没笑，依然把双肘撑在餐桌上一动不动地望着窗外。过了片刻，她像要擤鼻涕似的双手捂脸，却无声地哭了起来。辻村不知所措地望着她，随即静静地站起转到她身后，犹豫了片刻把手轻轻放在她的肩头。

“你不要紧吧？”

她没有直接回答。

“我爱哥哥。”她这样说道。

“我明白，”辻村答道，随即补充说，“抱歉。”

为什么在这种时候道歉呢？

“我不知道该怎么办，”她用泪声说道，“我们什么事情都做不了。”

辻村再次想说“sorry”，但只是用手抚摸了一下她的头发。窗外依然暴雨如注，屋内更显宁静。辻村弯腰想从她的侧脸察看表情，但她一直像拒绝似的低着头。

三人都沉默无语，是旺带来了这种沉默。时间缓缓流逝，恍若几乎停滞，辻村感到三人像被关在没有时间的透明容器里。在静止的时间中，只有旺的病情在继续变化。

辻村待在起居室，站在窗边望着执拗地倾注不停的雨线，暴雨没有丝毫减弱的迹象，仿佛在倾注世界的残酷无情。川那部躺在长椅上，双手轻轻地交叉在腹部，虽然闭着眼睛，却似乎并未睡着。

“这雨要下到什么时候啊？”辻村怨恨地说道，“不是已经进入旱季了吗？”

“近来天气特别难以捉摸，”川那部用困倦的嗓音答道，“雨季少雨，旱季多雨，都已经见惯不怪了。”

辻村在返回沙发前随意地按下电视机的电源按钮，他希望看到新闻。可是用遥控器换了几个频道图像都很差，根本不能观看。

“没法儿看呐！”

辻村关掉电源把遥控器放回原处，然后坐在沙发上。

“你不担心吗？”川那部依然闭着眼睛问道。

“担心什么？”

“传染。”

辻村想起刚才跟旺的妹妹的对话，当时是想附和她才说害怕，但那未必是针对传染而言。不可思议的是，虽然自己本应对病毒传染心怀不安和恐惧，可实际上却几乎没有那种感觉。他隐约感觉到的是更加难以捉摸的恐惧，对于某种大规模危机迫近的恐惧。

“川那部先生怎么样？”他反问道。

“我最清楚的是，事已至此不管怎么担心都没用。”川那部用虚脱般的嗓音答道。

辻村再次对自己目前的处境进行了分析：如果确实是病毒传染的话，那么其他人应该都有一定的危险性，在旺和她父母身上发生的症状也可能在另外三人身上发生。而另一方面，先于旺回乡并陪护父母到临终的妹妹目前尚未出现症状，这也是事实。不知是什么将两人的命运截然分开。当然，自己也许正走在其中之一的路上。

虽曾在一起生活却有人被传染有人安然无恙，是否可以据此排除空气传染的途径呢？抑或是体内免疫功能的问题？难道只有妹妹的体质能与病毒共存吗？如果是经由口腔传染的话，那就有必要检验旺与父母吃过而妹妹没有吃过的食物。什么可以吃、什么不可以吃呢？这个家里的食物安全吗？……

辻村煞有介事地质疑推理，却依旧没有真情实感。有太多的情况尚未弄清，而且也不想弄清一切，因为他觉得即使弄清也于事无补。过度接近恐惧反倒会丧失恐惧感吗？确如川那部所说，事已至此担心也没用。如果已被传染的话，从旺和她父母的症状来看也显然是无力回天了。那么尚未出现症状就等于避开传染了吗？既然如此就该尽快离开此地。但是，去哪里？逃到哪里去呢？如果这是一场地球规模的灾害呢？即使建造挪亚方舟也难以幸存吧？

辻村突然想要驱除这漫无边际的想象。

“刚才旺的妹妹问我啦！”辻村带着几分苦笑说道，“是不是跟她哥发生了性关系。”

“你怎么回答的？”

“坦率地告白了。”

川那部沉默片刻后问道：“你后悔了？”

“后悔跟旺睡觉？说不清楚。”辻村漫不经心地敷衍之后明确地回答，“我不后悔。”

“不过，你还是别告诉夫人为好。”

“因为说起来太复杂了，对吧？”辻村含笑地答道，“到了实在太想告诉的时候我就去教堂吧！”

交谈一旦中断，就感到含雨的空气飘进窗口。没有开灯的房间里昏暗无光，摆在屋角的钢琴犹似一张祭台。

三人轮流陪护旺，就像各自准备告别。即使呼唤她也没有反应，也看不到痛苦的神情，只是发出深深的鼻息持续昏睡。

下午，辻村去探看旺的病情，只见旺的妹妹也在那里。

“换一下吧？”辻村说道。

旺的妹妹没有应答。床边只有一把椅子，辻村便呆立在她身旁。他觉得只有两个人时颇为尴尬，因为是他更介意自己承认了与旺的关系。可他又扪心自问：自己为了淡化这种尴尬而将三个人当成“两个人”是否有些奇怪？房间里加上旺总共三个人，可自己却没有

“三个人”的感觉,而是两个人与一个人。因此他感到自己已开始背叛旺了。

“你去休息一下吧!”他再次催促道。

但是,旺的妹妹依然纹丝不动地注视着旺。

“我哥已经不在这里了。”

辻村感到自己的心思已被看透。

“为什么这样说?”

“你看他的眼睛,就像阴暗的水潭,完全没有生命了。”

她用了“life”这个英语词。辻村在初中学习时知道这个词有“生命”和“人生”两种含义。那么生命终结就意味着向人生的反侧移徙吗?那里会有什么呢?

“他在很遥远的地方。”她喃喃自语道。

辻村仍然站在窗边望着执拗不停的雨线。虽然午后时间尚早,但外边却有些阴暗,感觉比实际时间稍晚。他想起在曼谷机场看到的情景,一到傍晚六点钟各处就响起国歌,所有人都驻足向国王表示敬意。映入眼帘的情景仿佛来自遥远的往昔,那里今天还会响起国歌,而人们还会像遵从老规矩般驻足致敬吧?那里的现在时与这里的“现在时”很难同步。

“你觉得离开这里好吗?”辻村问道。

“都一样啊!”她回答道。

“什么都一样?”

“离开和留下。”

“为什么这样想？”

她没有解释而是说：“正在下雨。”

“明天雨会停吧？”

“太迟了。”

辻村心想，即使是现在也为时过晚，但他嫌翻译成英语太麻烦就没说出口。这样又可以规避一次风险，因为在目前状况下，不管什么样的普通对话都可能变成引爆恐慌的火种。在这一点上，辻村与她之间的沟通不畅反而可以起到缓冲作用。

过了片刻旺的妹妹说道：“谁都不会安全的。”

辻村回头看去，她像什么都没说似的看着躺在床上的哥哥。

“你不会有事儿的，”辻村体恤地说道，“因为现在你一切都正常。”

旺的妹妹摇摇头，像是在强忍哀号的冲动。一旦开口，恐惧感就会变成撕心裂肺的喊声迸发而出。那种哀号声或许能将勉强自持的人一举击倒。

“我真不明白发生了什么，”她像一吐胸中块垒般地说道，然后回头用恐惧的目光望着辻村，“你能明白吗？”

这是死亡团伙在暗中跃动，生命正在遭到隐身死敌的狙杀。

“现在需要避险的场所啊！”辻村为摆脱困窘说道。

“根本没有那种场所。”

“要去找！”

辻村心想，那也许不会是空间性的场所，此时不得不寻找其他的方式。他想起了“爱”这个字眼，立刻感到茫然无措，不知这个字眼是否恰当。不，他知道这个字眼十分恰当，只是不知该怎样使用。此时不用更待何时？也许再没有使用的机会了。但即便如此，他仍无自信能够恰如其分地使用，于是想到惯用的词语——需要亲情，需要前所未有的亲情。因为也许能够共同度过的时光已所剩无几……

“您回日本，”旺的妹妹像谈及简单事实般说道，“可以在那里找到避险的场所哦！”

那语气听上去像是已经绝望放弃，但脸上却透出已经做好某种心理准备的悲情。

傍晚，辻村再次独自走进旺的房间。川那部和旺的妹妹都在各自的房间里休息，整座宅院悄无声息，就像是在服丧。辻村来到床边小声呼唤。

“旺……”

没有任何反应，旺依然沉陷在无底的深渊，看不到任何浮起的迹象。她的脸色发灰，嘴角粘着一丝血迹，手凉冰冰的，房间里似乎充斥着死亡的味道。

“你还在这儿吧？”他难以置信似的问道，随即半开玩笑地说，“不过你妹妹好像看法不同。”

辻村感到能用日语倾诉特别爽心，对着这个人就可以畅所欲言，这是忘却已久的感觉。

“据说人即使处于昏睡状态大脑也会有一部分清醒，耳朵还能听见，所以我就这样跟你说会儿话，因为我知道你会醒来。”

说出的话语没有言不由衷的回响，这让辻村略感疑惑。他继续自言自语地试探：

“即使不能在这个世界苏醒，你也会在另一个世界苏醒吧？到那时你还会记得我现在说的话吗？大概不会记得了吧？因为我说的话你听不懂。所以，你睁开眼睛倾听也好，像现在这样一直沉睡也好都没有太大的不同，就算并不完全相同吧。不，确实还是现在这样更容易开口倾诉。不管怎样，我都一直想说。我想对你倾诉，想用你听不懂的话对你倾诉。我觉得最重要的是明知你听不懂还要继续倾诉。”

辻村停顿一下看看旺的面孔，感到她好像在侧耳倾听——这当然是错觉。

“也许貌似能听懂的话语其实并未听懂呢！”他换了一下跷着的腿说道，“明明没听懂却都装出听懂的样子，比如说有关军事和经济的评论到底听懂什么了呢？其实什么都没听懂。明明没听懂却做出听懂的样子，也许政治家和商务员就是这种人。”

他像迷失了方向般停住嘴，考虑片刻之后继续倾诉。

“在这个世界上，语言越来越难以沟通各方的意愿了，取而代之采用语言之外的手段相互联系，虽然我不确定可不可以称之为联系。也许并非联系而是相反，人与人都被切割得四分五裂。例如现在金融和证券市场的交易几乎全都使用电脑，运用复杂的编程以千分之一秒为单位自动反复下单。别说用语言表达了，甚至连思考和判断的余地都没有。在这种市场中到底能沟通什么呢？究竟有没有沟通呢？人与人有联系吗？即使有联系，那也是作为竞争对手、作为坑骗对象的联系，那能称作联系吗？”

他突然中断倾诉，扭头观望门口，感到有人进了房间。可房门依然紧闭，外面也毫无动静。

“旺，我还有件事儿没跟你说呢！”辻村像公开秘密似的说道，“我儿子离开了日本，目前好像就在这个国家。我来找我儿子，这才是我来这里的目的，并不是为跟你做那种事儿而来。不过我也不是在后悔哦！我女儿还在家里，那丫头从上初中起就像个外星人，真不明白她总是在想什么，她说的话我也只能听懂一半。我妻子心理上出了问题正在住院治疗，我跟她也几乎无法沟通。这就是我的家庭，作为日本平均性的家庭状态倒还不至于太惨。当然也不能引以为豪，这一点确切无疑。虽然自己说出这种话有点儿那个。

“总而言之我们完全无法沟通，因为语言失去了固有的功能而导致这种状态。从我自己的家庭来看就是这种状态，我就在这种状态中写小说。到底要向谁、传达什么呢？也许正是因为亲密感太深所以反而难以沟通。不过，就算无法用语言沟通也可以心心相通吧？虽然我说不清楚，但亲密感不就是超越语言心心相通吗？这就是亲密感吧？可我家却情况不同，心不相通比语言无法沟通还要严重。就因为心不相通，即使遗憾我也只能这样认为：所以儿子离开了日本，妻子心理出了问题，女儿依然当她的外星人。你怎么看，这种状况？虽然我并不是在仰求你的判断。总而言之，有很多问题在我心中纠结，其中儿子的问题最为紧迫，于是决定此时来泰国一趟。虽说算不上什么回心转意、不计前嫌，但还是希望找到某种机会重温亲情。”

辻村面无表情地看着旺，过了片刻继续自言自语似的倾诉。

“由于某种奇妙的机缘我遇到了你，于是就想向你倾诉，用你无法理解的语言表达无法传达的内容。我虽然不想拿金融市场说事儿，但如果做什么事情都以速度优先的话，语言就将变得可有可无。虽然尚未完全失去必要，但还是会碍手碍脚吧？如今是不是已经有很多人开始憎恨语言了？我就有这种感觉，所以金钱和导弹才会肆意横行。在这个世界上只有金钱和军力能够畅行无阻，也就是说人与人很难用语言相互沟通理解。这种状态实在可悲，但现在我跟你说的事情完全相反。你我之间语言不通，这从一开始就很明白，但即便如此还是应该说出心里话吧？于是咱们说出来的话就几乎都像做祈祷了吧？

“我没有做祈祷的习惯，在平时生活中也不予以关注。可我现在很想做祈祷，虽然不知该怎么做，也不会背诵祈祷词，但哪怕只有这个愿望也算是前进了一步吧？只前进这一步也算是不虚此行了。不过，做祈祷需要很长时间。基督教徒已经持续祈祷了两千多年，可似乎还没有传达到位，上帝依然没有应答。这是怎么回事呢？因为我不是基督教徒所以不太清楚，反正需要很长时间确切无疑，因为已经用了数千年还不知道能否传达到嘛！这可是需要极大耐心的呀！我觉得像那样用长时间去参悟倒是极为重要。要是我现在对你说的话也能流传几千年就好了。”

“可问题是要说什么。我只是稀里糊涂地想向你倾诉，却并没有想好倾诉的内容，所以即使开了头也不知说什么好，而且从未料到会在这种状况下向你倾诉。你问我是不是六神无主了？当然是啦！因为我追寻你到这里还什么都没开始说，你就留下躯体不知去了哪里。不过，倒还不至于像刚得知你是变性人时那么狼狈。当时我真是被吓得魂飞魄散，那种恐慌实在难以形容。对我来说，那可是个重大事件。从那时开始，很多事情就都朝始料未及的方向发展了。现在依然继续发展，而且不知会发展到何种地步。我说的你都明白吗？”

辻村交叉双臂沉思，然后松开并抬手伸向下巴，用手掌摩挲着开始长长了的胡须。他再次交叉双臂，随即清了清嗓子。

“要不我就说说自己的性觉醒，也就是刚开始对自我觉醒那时的事儿吧。因为我觉得你也会感兴趣。那是很久以前的事情，我上高一那年秋天，十月末或十一月初。日本的秋天就是那样的季节，上高中的男孩突然性觉醒，或者说是对自我觉醒了。然后，我在老樱树的树干上并排刻了两个名字，就是自己和对方的名字，就是咒符哦！祈愿自己哪天能跟那个人坠入情网。旺，在大海的彼方就有这样一个国度，我以前就是那个国度的男孩，后来喜欢上了同一个国度的女孩。刻在树干上的当然就是她的名字啦！瞒着所有的人哦！这事儿不能让任何人知道，包括那个女孩本人……要是被人知道的话，咒符就不灵验了。我找到一棵丑陋的樱树，把名字刻在树干上。然后,我们坠入了情网,就在我上高一那年的秋天,十月末或十一月初。我没撒谎哦!咒符灵验了。挺像魔法的吧?在大海的彼方吧,就有这样一个魔法的国度呀!

“你也有过那种感觉吧?只要两人脉脉对视,周围的人就都会消失,仿佛整个世界只有我们。别人都消失,一个都不留。所有的声音也都消失,就像待在深雪下的房子里。在一瞬之间幻造出魔法的空间,里面只有我们两个人。我现在还记得很清楚——那种不可思议的感觉。我想这就是恋爱,只能说是这样,别的言词都难以表达,任何话语都难以描述那种不可思议的感觉。

“我们每天都尽量在一起,因为坠入情网了嘛!我们想永远在一起,时刻不分离。虽说如此,我们毕竟还是高中生,要受很多限制。特别是在学校里,有太多的限制。所以迫切盼望星期天到来,因为我们可以从早到晚相伴一整天。当然,还得躲开父母的视线。我倒还算比较自由,可她因为是女孩,就得编造去图书馆学习等各种借口才能从家里出来。我们虽然也会真的在图书馆学习,但有一半时间都是摊开参考书和真题集在聊天。她给我做过几次盒饭,我们就带上出去郊游。两人骑一辆自行车。

“周日过后周一开始又要上学,虽然上课时我俩就相邻而坐,但毕竟不能聊天了,因为课间休息很短暂。即使是在放学之后,高中生情侣能够共同度过的时间和场所也很有限。由于图书馆每个周日都去,所以平时就想去别的地方。可是,穿着校服能去的地方却只能想到图书馆,再加上囊中羞涩,百般无奈只好选择长时间散步。我们痛下决心特意绕远路回家,用两三个小时,累了就坐在公园里的长椅上休息。整个过程中都在不停地聊天,走在路上也聊,坐在长椅上也聊。在我说话时她就当听众,她开始说我就当听众,就这样滔滔不绝地聊天。如今我还常常回想:我们那会儿究竟都说了些什么呢?我们两人那时说的话都去哪里了呢?过了几十年还能传达到吗?还是会原封不动地返回自己呢?我说过的话历经数十年……

"也许我那会儿把一辈子该说的话都已说完,也许曾经浅薄无知的我们得意忘形地用尽了现有的词汇。后来到了十二月末,魔法突然失灵——我只能这样断定。不知是谁破解了魔法,反正梦幻般的浪漫时光结束了。有一天,她来上学时眼睛有些红肿,在校期间和放学后都一言不发。我能想象到她家里发生了某种状况,可她就是不告诉我原因,始终闭口不语。她在分别时递给我一封信,上面写着'我们不能再见面了,愿上帝保佑你',仅此而已。从秋季开始的恋情就这样在冬季到来之前结束。其实还有后续故事,但因为这是大海彼方遥远国度的故事,所以到此告一段落吧!"

辻村略显悲伤地皱皱眉头,但长吁一口气之后,就像吐尽胸中块垒般表情爽朗起来。

"之所以到此告一段落,是因为所有的重要事件都在刚才所说的这两个月之间发生过了。在以后人生中发生的事情,从某种意义上来说,都是那个阶段的重复。重复那仿佛施了魔法般的两个月,就是我后来的人生。但这并不是在说人生因此而空虚或毫无意义哦！不如说完全相反，也就是说，那个……我谈过几次恋爱，交往的对象也曾几次变化，最后才跟我现在的妻子走到了一起。但这当然并不等于婚后生活毫无新鲜感，我刚才说的重复并不是这个意思。我们在一起已经二十五年了，我甚至觉得能在一起这么长时间，是不是托福于那施了魔法般的两个月？"

辻村在椅子上轻轻舒展腰背，然后嘟起嘴巴静静地长吁一口气。床头那边有扇窗户，他将视线投向窗外连绵不断的雨帘，随即用重新追寻梦中情景的语气继续倾诉。

"从前，在大海彼方的遥远国度，一个少年在老樱树干上刻了两个人的名字，自己的和他所喜欢的少女的名字。于是奇妙的魔法开始显灵，两人坠入了情网。少年在情网中知晓了人生中应该知晓的最重要的事情。明白吗？重要的事情有两个。"

他把视线转回床头。

"一个吧，旺，就是我们生存的世界很美好，这个世界是美好的。这里确实存在着战争、饥饿和贫困，也许人类一直在用自己的手把地球变成被诅咒的空间。但即便如此，我只能说我所看到的世界的本来面貌依然美好。这种确信一生不会动摇，哪怕现实世界变得惨不忍睹。所谓'人生就是某个阶段的重复'就是这个意思哦！"

他微微歪头看看旺，过了片刻像在等待内心情绪高涨似的继续诉说。

"另一个吧，就是自己是个好人。当然我并不认为自己是个好人，因为这太荒唐可笑啦，认为自己是个好人?！这并不是自我认识或自我意识,完全不是这样。自己是个好人与自己怎样认为丝毫无关,勉强来讲,就是要得到提名或得到告知才算。总之,个人是无能为力的、被动的,而对方则拥有全权,所以个人必须蒙受无端的暴力,从感觉上来讲近似于受害者。我曾被告知自己是个好人,有某物在我的内心打上了烙印。当时烙印的东西,虽然我说不清楚,但作为不容置疑的事实,将会不被任何力量损毁地保留下去。不管我做出了怎样愚蠢而丑陋的事情,都不能改变自己是个好人的事实。我知道自己做出了卑劣的事情,但正是在这种时候,我才越来越确信自己只能是个好人。从这一点也可以说,人生就是重复。”

他停顿片刻,低头盯着摊开在膝头的双手。

“哎,旺!”他头也不抬地呼唤道,“我们的人生是不是要重复到无法挽救的地步呢?也许会令人惊慌失措,在得知那个事实的时候。不过,我尽量不去那样想,索性将它当作可喜可贺的事情吧!不要想得过于严重,就算现在无法乐观,但我依然希望能有那么一天。”

他起身走到窗边,天色已完全黑透,连雨脚都几乎看不见了。他背对着旺伫立,就这样继续倾诉。

“我妻子的心理伤痛会有康复的那一天,失联的儿子也会返回我们身边,女儿今后也许还会一如既往地当她的外星人。也罢,怎么都行!”

他慢慢地转回身来。

“我们为什么会悲悼人的死亡呢?”他像等待回应似的停顿片刻,然后自问自答地说:“就是因为世界之美会随着人的逝去而减少吧？每当有人逝去，就意味着只有他能看到的世界之美消失了，也就等于世界之美减少了，所以人类才会悲悼死亡。对于所有的人来说，任何一个人的死亡都是可悲的事情啊！这么单纯的道理要是大家都能醒悟就好啦！世界就会在这醒悟的一瞬之间转变，而且无论到任何时候醒悟都不算晚。无论到何时，世界都会在醒悟的一瞬之间转变，就因为曾经造访我们高中生的魔法将会造访全世界。"

他向床边俯身，把一只手轻轻地放在旺的胸前。

"性对于你来说或许是种负担，但对于我来说就像希望。性就像自我的'房间'打开的一扇窗户吧？光明就从那里照射进来。什么时候、以什么样的方式照射进来，我们无法预期。既无法预期也无法期待，只能等待，就像塞缪尔·贝克特的戏剧那样不拟定计划……在不可思议的光束下闪现出世界的真正面貌。就在被那束光照射的瞬间明白自己是个好人，并且不可逆转，只能终生重复得到提名、得到告知的自我，这就成了生存的定义。我们所说的死亡呢，旺，就是从那扇窗户出走。那才是死亡的准确定义吧？所有的人都能出走——就从自己心中的那扇小窗户，前往这个世界之外。那是什么地方？谁都不会知道，只有即将出走的人才能知道。"

是不是还有该说的话没说？辻村像在搜肠刮肚一动不动。毫无遗留！他感到自己的心脏在异常缓慢地搏动。

他做梦了，自己正独自走在树林里，万籁俱寂，周围听不到虫鸟动物们的鸣叫声。这里没有任何危险的感觉，虽然初来乍到却有一种亲近感。他对自己能够重返此地感到十分欣慰。

前方渐渐明亮，再向前走密林到了尽头，出现了落满树叶的平坦地面。高大的树木从四面八方伸出绿叶稠密的枝条，在平坦地面的上方搭成穹顶，透过叶片射入的蓝白色神秘光线在头顶空间展开朦胧的亮团。

那片地面的中央有人伫立，看不见表情，甚至不知其眼睛是否睁开，仿佛闪烁磷光般的臂膀耷拉在体侧，泛着白色凸显在视野之中。他感到那白光像在召唤自己，便慢慢地向前走去，怀着追忆往事的心情，但往事越想追忆就越是远远离去。林中微风拂面，送来了对方头发的味道。

对方睁开眼睛望着他，但目光却像聚焦在遥远处。从那缓慢起伏的肩头传来娴静的气息。他在微亮与静寂中孤独地伫立。对方在想什么？是不是想说些什么？是不是在用身体感受着无法看到的气场呢？

对方的上空有顶绿色圆盖，充满了神秘的蓝白色光，不知何时对方就会与那光团融为一体。当他想到人类也许都是那样的存在时，就感到自己的每个细胞都能亲近对方。

他轻轻地呼唤，用只有自己知道的名字呼唤——什么都没有发生。他发出的呼唤声在转为空气振动的瞬间就被密集的森林吸收殆尽。也许这个名字不合适？只有时光在继续流淌，他依然在原处伫立。随着时间流淌，他感到自己与对方相距更远了。

他试着再次呼唤。过了片刻，对方的一只手在微暗中轻飘飘地抬起，手掌向上静静地伸出，掌心托着依稀发光的小木片似的物体，像是骨头。他心怀疑问歪歪脑袋，这时对方用另一只手指了指自己的胸部。

“你的骨头？”

事态开始明朗化，然而只差一步，他未能将亲眼看到的情景与某种解悟联结起来。某个事件呼之欲出却无论如何也想不起来，这令他心烦意乱，觉得自己与对方的命运只能取决于能否想起那个事件。他将全部意念都集中在对方掌心的骨头上。

过了片刻，从那骨头里传出微弱的振翅声，像是两个躯体接触的响声。此时悲哀从心底油然而生，他屏息等待。在依稀发出白光的骨头里，似乎有什么物体在扭动，开始出现模糊的轮廓，随即从薄膜内部向外膨胀，紧接着那片骨头仿佛羽化般变为一只蝴蝶。

刚刚羽化的蝴蝶在对方的掌心慢慢地忽闪翅膀，然后就像在真空中飘浮般翩翩飞起。它用看似不够强韧的翅膀奋力腾空，渐渐升至周围的树梢，仿佛在跟圆盖下飘摇的光团追逐嬉戏。它忽高忽低上下翻飞，舞动那小巧玲珑的翅膀捉光弄影，渐渐融入淡淡的蓝白光团中消失不见了。

他深切地感到一个整体变得支离破碎，其中既有淡淡的感官愉悦又有离别的感伤。不必拘泥于雌雄性别，是男是女都只不过是借口而已。他闭上眼睛，任由事态自然发展，并感到自己正伫立于死亡的静谧之中。

他在切肤之痛中醒来,心胸深处留下了无形的悲伤。身处何处浑然不知,混沌的大脑中依然吹过森林之风,一股烟火味乘风而来。

突然,他感到身体局部肌肉像痉挛般紧缩,在大脑辨明状况之前,身体似乎已经感知到危险,随即反射般从床上跃起。他刚才是躺在旺的父亲曾经用过的病床上,幸好没有更衣。他下床来到诊室外边,走廊里已充满了浓烟。冷不防吸入烟尘,他呛咳得喘不上气来。房子着火了,不知火源在哪里。当他向旺躺着的房间走去时,与从起居室出来的川那部撞了个正着。

两人用手臂捂住口鼻,通过几乎什么都看不见的走廊进入旺休息的房间。浓烟弥漫的房间里床铺在剧烈燃烧,旺的妹妹就站在床边。

“你在干什么?”川那部的喊声近乎怒吼。

他把旺的妹妹从床边拉开,随即开始抢救被大火包裹的旺,就像整个人都钻进了火团。火势已发展到无法扑救的地步,当川那部抓住床单时,火苗立刻窜上手臂,并蔓延到他的肩头。辻村从身后抓住了他的衬衫。

“来不及了!”

川那部反射性地想要挣脱,但无论如何都不可能把旺从火堆里救出来了。

“旺!”

他呼唤了一声,但呼声立刻被熊熊大火吞没。火焰延烧到墙壁,进而开始炙烤天花板,窗玻璃崩裂散落在地板上,炽烈的火焰迫使两人后退了几步。看样子旺的妹妹在床下放了易燃物并点着了火，也许是燃料或汽油。

川那部呆然伫立，眼睁睁地看着与床铺一起燃烧的旺。从烧掉的衣服下面露出她赤裸的胸部，乳房里面有物体在蠕动，像异物般鼓起并左突右冲地寻找出口。过了片刻皮肤破裂，里面的硅胶被高热融化成奶油状奔涌而出，顺着旺的肋侧流下。

“怎么会这样？”川那部悲痛地喊道。

旺的身体已被烧成黑红色，从各处渗出白色肉汁样的液体。过了片刻又发出空气泄漏的响声，她的腹部冒出了水蒸气。这里所展现的就是战场，应该是川那部此前见过无数次的战场。任何人在这里都无能为力，无法救出被死神绑架的人。这一点他应该也是知道的，但他无法舍弃身陷烈火的旺。

“走吧！”

辻村拉起川那部的手，川那部顺从地向外走去，并招呼呆立在门边的旺的妹妹：“你也一起走！”

旺的妹妹机械地摇摇头。

“你会被烧死的！”

可是旺的妹妹依然纹丝不动。火势更加迅猛地向这边逼近，面部像烧着了似的发烫。辻村抓住她的手臂用力拉，对方憎恨地盯着辻村，失去表情的面孔只有眼眸迸射出狂怒的火花。辻村像误抓了烫手之物般松开手。

情急之中川那部揽着她的肩头简短地说了句什么，旺的妹妹受到催促虽没点头，但也没有继续抗拒，两人一起走出了房门。辻村跟在后边，临出门时回头再看一下。事已至此，他仍然希望奇迹发生。旺的身体发黑膨胀，眼看就要爆裂。在火焰之中，形如竹竿的手臂慢慢抬起，似乎能听到骨头碎裂的声响。紧接着天花板横梁坠落，灼热的气体迎面扑来。

21 她的真名

城里笼罩在可怕的沉寂之中，鸦雀无声，听不到鸣响，看不到任何活动的物体，仿佛初次踏足的境地般毫无亲近感，所到之处都觉得那么陌生。

“太瘆人啦！”少年禁不住嘟囔道。

他离开城里才过了不到一年，虽然以前在此生活多年，可今天重返故地却毫无回归的感觉，就像来到与记忆中完全不同的地方。

所有的景物都失去了活力毫无光彩，犹如用混凝土、柏油和玻璃建造的森林。人类就是这座森林里的居民，他们耗费数十年、数百年建造了城市。如今这座钢混建筑森林并非被摧毁，而是完全被遗弃、被忘却。仅仅由于这个缘故,人类过去建造的一切物质文明都显得毫无意义且愚蠢至极。

少年的当务之急是找到确保安全的栖身之所,虽说疲劳已达极限,但毕竟不能轻率地在陌生场所安歇,于是决定还去以前的老巢。在临近顶层的房间里有弹簧损坏的沙发以及毛毯,其他的生活必需品也应该有所保留。报警装置也还能使用吧?不管好歹先在那里落脚,等探明城里情况之后再去稻草人的交易所和地下储藏库看看——少年心中如此盘算。

两人在熟悉的街角停步,抬头仰望林立的楼宇,窗口残存的玻璃反射着夕阳的余光。时间感发生异常,直到刚才还觉得时光过于迟缓,而现在黄昏突然来临。

“真是丝毫不敢放松啊!”

楼梯仿佛在无限地延伸,一级又一级,连抬脚都像是重体力劳动。本来疲劳就已达到极限,还背着沉重的行囊。由于姬姬走几步就喘不上气来,所以不得不多次休息。

“你不要紧吧?”少年担心地问道。

每次姬姬都虚弱无力地点头回应,额头和鼻尖已沁出汗珠。她是不是哪里不舒服啊?虽然想帮她一把,但少年自己也已筋疲力尽。他觉得两人疲惫不堪地爬楼梯的样子就像遥远过去的记忆。

两人耗费了比以前多出一倍以上的时间到达房间,而更令他们惊讶的是已有不速之客捷足先登,四个同龄人像被遗弃的小猫般挤在一起正在睡觉。

“你们在干什么？”少年将姬姬护在身后问道。

“你俩倒是怎么回事儿？”一个人站起来反问道。

“这里原本是我们住的地方。”

“可现在是我们住着呢！”另一个人说道。

“而且我们是四个人。”

“你们是两个人，还有一个是女的吧？”

“你别想赶走我们！”第一个人又说。

“我没想赶你们。”

“那你俩出去吗？”

“不出去，我们累了。”

实际上他已经累得随时都能睡着，再跟这些麻烦的家伙纠缠太没劲。

“你们想怎样就怎样，我们互不妨碍。这样可以吧？”少年妥协地说道。

“你俩是后来的还这么狂妄呀！”

“我们是四个人呢！”

“他们是两个人，还有一个是女的呢！”

少年没有搭理他们，他已经连回嘴的力气都没有了。对手四个人轮番发话，少年也不知道该回应哪个，这样就更加费神了。他催促姬姬放下背囊，随即倒在近旁的沙发上，毫不在意那四人投来好奇的目光，很快进入了睡眠状态。

“真是个狂妄的家伙！”有人说道。

“应该教训他一下！”另一个人说道。

“哎！你太狂妄啦！”

“他无视咱们！”

“真是个狂妄的家伙！”

“哎！你太狂妄啦！”

“他又无视咱们！”

“注意！咱们在重复刚才的话呢！”

也不知道是第几个人说话了，但这并不重要，谁说都一样，反正那四人就像是一个人。少年感到他们的说话声渐渐远去，不可抗拒的睡魔将他拖入深眠之中。

翌日清晨，当少年醒来时，房间里已不见那四人的身影。姬姬仍在酣睡，她一定是累坏了。少年想去楼顶确认一下以前用塑膜接存雨水的装置和烧火的灶台是否还能正常使用。

他登上疏散楼梯拉开沉重的铁门来到楼顶，最先看到的就是那四个人，他们一边为什么事情争吵一边用少年修造的灶台做饭。少年不想向他们表示不满，因为自己现已走投无路，看来只能在这里跟他们和平共处了。

“你们在做什么呀？”少年友善地问道。

四人停止争吵一齐转过头来。

“你多管闲事儿！”其中一人说道。

“我们想做什么就做什么！”

“这是我们的自由！”

“不用别人多嘴多舌！”

“我们还是友好相处吧！”少年耐心地说道，“这座楼里只有咱们几个人，而且难得相识。”

“没有理由友好相处哦！”第一个人恶狠狠地说道。

“特别是对你！”

少年看看锅里煮好的奇怪食物。

“不会给你哦！”

“这是我们吃的东西！”

少年不想提出跟这帮人共同生活了，真希望他们立刻从眼前消失。但把他们赶出去恐怕不可能，要想不再看见他们只有自己离开这里。可为什么是自己必须这样做呢？这个窝是自己辛辛苦苦营造的，虽说曾经一度离开，但绝不想听任他们随意行事。

这时姬姬出现在楼顶，她走近灶台凑到锅前表情陶醉地闻闻正在冒热气的饭食。

“干什么呢，这丫头？”第一个人不愉快地说道。

“是不是肚子饿啦？”第二个人说道。

“你饿了吗？”第三个人问道。

姬姬老实地点了点头。

“真的要分给她吗？”第四个人从旁作梗道。

“怎么办？”第一个人问另外三人。

“我怎么都行！”

“我也是！”

“那……也行吧！”

“你不行！”第一个人毫不退让地向少年说道。

“因为你太狂妄啦！”

“不会分给你哦！”

“因为这是我们的东西！”

姬姬表情悲怨地听着那四人的对话，他们发觉后同时噤口不语并难为情地交换一下眼色，然后其中一人发话：“也许只能这次分给你吧！”

“做的也挺多嘛！”

“这楼里只有咱几个啦！”

“难得相识哦！”

少年和姬姬终于如愿得到了早餐。那是既不像菜汤也不像米粥的莫名其妙的饭食，除了米麦等谷物之外，还有几种果干和坚果。虽然这种混搭有些怪异，但口味微甜并不难吃。少年很想了解他们是怎样弄到食物的，于是不露声色地打探。四人照例说了一通车轱辘话，毫无实质性内容。

“我的名字叫 Osamu，”少年转换了话题，“这女孩叫姬姬，不过不是真名。”

“真名叫什么？”第一个人问道。

“不知道，”少年答道，“因为她不说话。”

“那你怎么知道这丫头叫姬姬呢？”第二个人问道。

“只是我这样叫而已。”

“你怎么可以这样？”第三个人疑惑地问道。

“不知道啊！”

“那就真的没辙啦！”第四个人劝解道，“因为她不说话嘛！”

“那，你们的名字呢？”

“我叫黑霉。”第一个人像被钓出来似的答道。

“我叫幕间。”第二个人接着答道。

“我叫头巾。”第三个人微微举手答道。

“钩鼻。”第四个人只说了名字。

少年心想，这几个家伙名字太怪了。但他没说出口，也没问对方为什么取这样的名字。如此想来，瘤六和稻草人都是奇怪的名字，姬姬的名字也非同寻常。也许这个世界就适合这种名字，唯独自己的名字与这个世界格格不入。

过了几天，少年和姬姬一起去稻草人的交易所。那四人理所当然似的跟在后面，不管少年怎么赶都不回去，还七嘴八舌地说什么“我们是自由的”“不用别人多嘴多舌”，以此搅扰少年而令他疲于应付。这伙人吵吵起来令人头疼，虽说都已自报家门却毫无用处。黑霉、幕间、头巾和钩鼻，这跟一二三四或 ABCD 有什么区别？

“你们平时都干些什么？”少年绕着弯子问道。

“什么都不干。”黑霉答道。

“总得弄吃的吧？”

“交换呗！”幕间答道。

“在哪里？”

“不知道啊！”头巾答道。

“你们从哪儿来的？”

“想不起来啦！”钩鼻答道。

也不知道他们是真的想不起来还是在装糊涂。

“你们从什么时候开始在一起的？”

“从以前啊！”黑霉又答道。

“你们是兄弟吗？”

“你想侮辱我们吗？”幕间不知为何怒气冲冲地说道。

“教训他一下吧！”

“对呀！应该教训教训他！”

“别理他啦！”黑霉调停道。

“我明白啦！”少年似乎恍然大悟，“你们说话总是按照同一个顺序：黑霉、幕间、头巾、钩鼻……”他像要核对似的一个个地指着对方说道，“这个顺序一直没打乱过，从黑霉开始到钩鼻结束，什么时候都是这样。”

“这小子在说什么？”幕间惊愕地说道。

“他是不是傻呀？”

“教训他一下吧？”

“别理他啦！”黑霉乏味似的说道。

“可是，我有点儿受不了啦！”幕间不依不饶。

“还是应该教训他一下吧？”头巾说道。

“应该好好地教训他一顿！”

少年心想，果然就是这么回事儿，他们只能按这个顺序发言。原因尚未探明，也许顺序一被打乱发言内容就会变得支离破碎，变得语无伦次难以接续。发现这个规律之后少年略感欣慰，觉得自己似乎掌握了对方的弱点。

他们来到楼宇崩塌一角形成的巨大废墟山前，那四人捡起碎砖水泥块玩起了投掷游戏，比赛谁扔得最高。每当碎块落地发出夸张的响声时，他们就爆出一阵狂笑。

“这几个家伙有点儿不正常啊！”少年对走在身旁的姬姬说道，“是不是脑子有毛病呀！”

少年真希望他们就这样玩下去，可那四人一直不即不离地跟着，实在无法甩开。他们终于来到河边，再向下走就要到河口了。河面很宽，水流缓慢，看上去几乎停滞不动。在这里没有看到稻草人的船，河口的景观本身也已完全改变：河堤坍塌了一部分，褐色泥土已堆到柏油路上，原先附近剩下的几座建筑也都不见了。

“你在找什么吗？”黑霉疑惑地问道。

“这里应该有个交易所呀！”少年困惑地答道。

“哦，我知道啊！”幕间满不在乎地说道。

“你知道吗，稻草人的交易所？”

“因为我们经常带物资来嘛！”

“都是我们在市区找到的哦！”

“交易所早被冲走了！”黑霉解释道。

“被冲走？怎么回事儿？”

“你好像什么都不知道啊！”幕间轻蔑地说道。

“发生了特大洪水呗！”头巾瞪大眼睛说道。

“下了好多天雨嘛！”

“水库大坝开口子啦！”

“你真的什么都不知道吗？”

少年默默地摇摇头。

“那可真是来势凶猛啊！”

“虽说如此，我自己并没有看见哦！”

“太危险了，我们没到跟前儿去嘛！”

“因为水势太凶猛啦！”

“从来没见过那么大的洪水哦！”

“还是黑褐色的呢！”

“好不容易等到洪水退了，来这儿一看，稻草人的交易所早就连影子都不见了。”

“连周围的人家也没啦！”

“全都被冲光了。”

“被洪水！”

少年呆呆地从河堤垮塌处望着河水。他们说的都是真的吧？没有理由怀疑，交易所确实被冲走了。那稻草人他们怎么样了呢？周围被洪水冲得面目全非，或许他们也都难逃一劫。

水面反射着阳光辉耀炫目，河滩沙地上有水鸟用细长的尖嘴啄食，体型大小各异的几种鸟类混杂其中。看上去它们是那样随意自由，只要肚子饿了就将尖嘴插入沙中找食吃，一次又一次碰运气似的啄插，反复多次同样的简单动作，直到心满意足或受到妨碍。

那四人在稍远处开始捡起脚边的石片打水漂玩，水花四溅、波纹迭起，没完没了似乎总也玩不够。少年心想，他们肯定也跟水鸟一样没有任何烦恼吧？例如死去的伙伴、明天会发生什么、未来会怎样……少年有几分羡慕他们，觉得只有自己总是纠缠于太多的烦心事。

“走吧！”他对姬姬说道，“在这儿待着也没用。”

两人开始原路返回，那四人依然像小狗似的嬉闹着跟在后边。少年已不在意他们要干什么，他们的存在本身也已完全被忽视。倘若不能实行物资交易，那么在城里生活的计划也就失去了可行性。而且，见不到稻草人比这更令他失落。少年心想，他很耐人寻味，倒也并非因为跟他关系特别亲密。稻草人老谋深算、十分狡猾，而且有过很多不愉快的接触。那时在交易中为了尽量多获利，瘤六总是不得不摆出干仗的架势。

不过，仔细想来，稻草人和他的伙计们都是在这座城市里顽强生活的代表性人物。他们虽然也曾有过独断专行、唯利是图的做法，但并不曾倚仗暴力，倒是竭尽全力击退妄图抢夺物资的暴徒维护交易所的安全。所以，尽管有过不愉快和不服气，但大家还是会不计前嫌地把物资送到稻草人这里来。

“他可能还在哪儿做生意吧？”身后有人说道。

少年扭头一看，那四人不知何时已来到近旁。

“漂到某个地方，是吧？”幕间说道。

“岛屿或是哪里。”

“肯定是外国的岛屿。”

“稻草人吗？”少年问道。

“也许还在海上漂流呢！”黑霉说道。

“不管怎样，毫无疑问是在做生意呢！”

“因为他是稻草人嘛！”

“咱们也吃了不少亏呢！”

“咱们倒也不是光吃亏哦！”

“也教训过他，是吧？”

“给他点颜色瞧瞧啦！”

“我们四个人一起哦！”

“要是一对四，稻草人干不过我们！”

“我们发动了一场强大的车轮战！”

“那家伙抱着脑袋撤回了小屋。”

“因为我们很正规地搞了一场车轮战嘛！”

少年听到这里也觉得他们的话不无道理，稻草人和他那些难对付的伙计们不会简单地坐以待毙。用作交易所的大船是钢混结构十分坚固，莫如说是浮桥更为准确，就算被洪流冲走也不至于倾覆沉没。更何况稻草人狡慧强韧，哪怕是贴在地球背面也毫无疑问正带着伙计们继续航行，到任何地方都能跟当地人滴水不漏地做生意吧？少年心想，这才是稻草人的风格。

天空永远是那么明亮，太阳倔强地悬停在林立的楼宇上方。以前在山里生活时总像在被早到的日暮追赶，而在这里却很难打发夏季漫长的黄昏。夜晚在无聊透顶时到来，清晨在沉睡中到来，起床后太阳早已升起，每天周而复始。

时近黄昏，鸟儿们聚集到楼顶，有山鸠、乌鸦、燕子以及不知名的鸟类。有时海鸥也会乘着海风飞来，于是楼顶变得就像轮船的上甲板。自己乘坐这艘轮船将要驶往何方？航行刚刚开始，还是即将结束？

少年正在发呆时随风传来阵阵刺耳的声音，就像未经充分练声的鸟儿正在五音不全地鸣叫。少年立刻找到了叫声的来源——头巾，他正靠着楼顶扶手在吹塑料制作的细长笛子。他用手指胡乱按压竖排笛孔，那拼尽全力的表情像是要吹旺即将熄灭的火苗。于是笛子发出声声惨叫，变成了告急的警报，先前来到楼顶的鸟儿们不知何时连一只都不见了。

“不能那样用力吹呀！”少年提醒道，“要轻柔地吹才行。”

“你别管！”

头巾满脸通红地反驳并再次猛吹，竖笛发出“咻——”的尖啸声。

“应该能发出更纯净的声音哦，这是乐器嘛！”

“你把我当傻子啦？”

少年不再说什么，从裤兜里掏出口琴并吹给头巾看。他轻柔地吹气，尽量发出悦耳动听的音色，头巾脸上露出中了魔法般的神情。

“看见了吧？”

另外三人听到口琴声也聚拢过来。

“什么呀，那是？”黑霉满脸好奇地问道。

“口琴嘛！”

“第一次见。”幕间说道。

“再吹一下呗！”

少年正要吹口琴，头巾从旁边尖锐地吹响了竖笛，那三人都用责难的目光盯着他。

“你安静些嘛！”

“用那玩意儿抽他脑袋吧？”

“听话对自己有好处哦！”

头巾叼着竖笛做出哭丧脸。

“这可是竖笛哦！”他抗议道。

没有人搭理他，少年再次吹响口琴，从低音到高音，又从高音到低音。

“那种声音是从哪里发出来的？”黑霉从下向上窥觑口琴并问道。

“跟头巾的竖笛大不一样啊！”幕间说道。

“我摸摸可以吗？”钩鼻问道。

“你可以吹吹看哦！”

少年递出口琴，钩鼻恭敬地接过去并笨拙地抵在嘴上，然后像吹口哨似的轻轻吹气。因为不敢用力，所以只发出嘶哑的风声。

“你可以再使点儿劲哦！把嘴唇贴紧，留下缝隙就出不了声了。”

钩鼻又吹了一下，这次发出了纯净的琴声。

“也让我吹一下吧！”黑霉说道。

幕间第三个吹过之后，就把口琴递给头巾说道：“你也吹吹看！”

头巾乖顺地接过口琴一吹，响起了清脆明亮的乐音。头巾愿意尝试吹口琴，而且方法正确，少年就放宽了心，另外三人也似乎很高兴。头巾又吹了一阵口琴，看样子他已经掌握了要领，而不是只会拼尽全力胡吹。

“那女孩儿呢？”黑霉像突然想起似的问道。

“回房间了吧？”少年理所当然似的答道。

“咱们也下去吧！”幕间说道。

夕阳将余晖洒入昏暗的房间，姬姬睡在被映成橘红色的沙发上。少年和那四人一起望着姬姬睡觉的样子。

“她不会是病了吧？”

“只是太累了。”

少年一边回答一边有些担心地看着姬姬。

“她老是在睡觉哦！”另一个人说道。

“不会是传染了那个病吧？”

“不会啦！”少年语气强硬地否定道。

再没有人发话，尴尬的沉默，不知是谁领先，几个人都离开了姬姬身边。其实，少年也觉察到最近姬姬的状态有些不对头，不管做什么事都显得慵懒乏力，而且常像这样总也睡不够。是不是身体有什么不舒服？为了压制渐趋强烈的不安情绪，他把原因归结于姬姬要生小宝宝了。要是那样就不必担心，因为生小宝宝不是病，健康的动物每年都会重复这个过程。

少年来到楼顶，躺在余热尚存的水泥地板上眺望垂暮的天空。姬姬还在下边房间里休息，那四人应该在楼里的某个角落，但现在看不到他们的身影。他们常常另行活动，少年感到自己被排除在外而百无聊赖，于是掏出口琴吹着解闷。

褪去淡蓝而渐暗的晚空久久地保留着余晖。那些辉光来自何方，又将向何处去呢？确实已知它由太阳带来，但知道这一点却未必等于已经探明其真容。为什么天空的色彩每日不同？为什么同样的余晖看到后有时会开心，有时会愉快，有时却会悲伤？少年很早就想知道答案是什么。

本来不言自明的事情会由于某种反应而变得匪夷所思，确实无法相信这个世界能够一如既往地维持到未来，总感到会在某个时刻突然终结，某天早上醒来一切都已结束。这种事情是否真会发生无从推断，或许只是由于黄昏到来的缘故。若能判明那余晖的真相，不安和恐惧就都会消失吗？

楼顶突然吵吵嚷嚷，那四人又出现了。

“你识字儿吗？”黑霉走过来没头没脑地问道。

“一点点。”少年起身答道。

“那帮我们念念这个吧？”幕间递来一本书。

又大又厚的书上密密麻麻地印着小字，乍一看就已失去自信，可为了回应他们的期待，少年就决定试试看。他随意地翻开书页，借着余晖开始念了。

“本周第一天，早晨天还没亮，抹大拉的玛丽亚就来到墓地……”

“别念了！好害怕！”头巾做出看到幽灵般的表情说道。

“这有什么可怕的？”钩鼻逞强地说道。

“那就换一本吧！”黑霉说道，“你念念这本！”

少年接过去又开始念：“她横卧在某种安眠、某种睡梦之中纹丝不动，感到他的手悄悄地伸进衣下笨拙慌错地探摸，于是开始颤抖。可是，她又感到他的手一边探摸一边脱去了衣服，随即小心而缓慢地将薄丝内裤褪下并完全脱掉。然后，他狂喜地颤抖着触摸她那温热柔软的身体，并轻轻地亲吻她的肚脐，紧接着进入了她的体内。他一定要进入她柔软静谧的体内即这个世界的平安之中，进入女性体内对他来说是纯粹而安宁的瞬间。”

“停！别念啦！真没意思！”幕间厌恶地说道。

“傻不傻呀？”刚才似乎害怕的头巾也说道。

“我都快睡着啦！”钩鼻发出呼噜声。

“再听一段儿，”黑霉劝解道，“你继续念！”

“她一直横卧在某种安眠之中，静静地横卧在某种睡梦之中，只有他在运动和兴奋。她已经没有力气动弹，他用双臂箍紧她的身体，激烈地运动并向她体内射入精液，整个过程都在她的某种睡眠之中。当他结束后静静地伏在她胸脯上喘息时，她才从那种睡眠中醒来。”

“够了！”幕间怒气冲冲地说道，“那种无聊的事情还要叫我们听多久？”

“就是的！还不如吹竖笛呢！”头巾说道。

“真不知道用这种东西换食物的家伙们是怎么想的！”

“好了，就念这些吧！”黑霉从少年手中收回书本频频翻看打开的书页，然后百思不解似的嘟囔道，“比特那些家伙为什么特别恨这种东西呢？”

“比特？”

听到少年询问，那四人像开了闸的洪水般开始讲述。

“他们在烧书呢！”

“这可就像烧粮食啊！”

“再过不久就要烧人啦！”

“他们为什么要烧书呢？”

“说是里面藏着恶魔。”

“所以他们就要烧书。”

“这可就像烧粮食啊！”

“再过不久就要烧人啦！”

那四人就这样轮番发言，少年很难插嘴问话。

“我们是在抵制比特，保护书籍。”

“因为他们什么都烧嘛！”

“这可就像烧粮食啊！”

“再过不久就要烧人啦！”

“怎么回事儿？”

“因为这是价值最高的物资嘛！”

“能交换很多食物。”

“交换那种无聊的东西。”

“傻不傻呀？”

“在哪里交换？”

“交易所嘛！”

“太浪费啦——烧书！”

“这可就像烧粮食啊！”

“再过不久就要烧人啦！”

“有交易所吗？”

“因为大家都想读书嘛！”

“反正要么叫人害怕，要么叫人犯困。”

“还不如吹竖笛呢！”

“傻不傻呀？”

“咱们老是在重复同样的话哦！”

归纳他们所说的内容就是：在目前城里残存的物资中，书籍的价值最高，人们就把书籍作为通货来换取粮食等必需品。可是，被称为比特的那帮人不知为何憎恨书籍，见书就烧。他们憎恨书籍的原因尚未查明。

少年想起老猎手特别珍爱的那些书籍，虽然几乎全都艰涩难懂，但如果现在手边就有的话，应该能换来很多食物。目前已不可能返回山中小屋取书，而烧炭人可能正在用书引火烧窑吧？在自己跟父亲生活过的家里也有很多书籍，数量堪比小小图书馆。那些书都怎样了呢？还完好地保留着吗？少年既想回去看看，又觉得好像无所谓。

过了一段时间，少年将地下储藏库的位置告诉了那四人。从山里带来的粮食早已吃光，目前是在分吃那四人筹集来的食物。他们好像先把搜集来的书籍藏在楼里各个角落，然后分批拿到交易所去换取粮食。他们总是四人出行，少年想帮忙却屡遭拒绝。

少年想以共享储藏库中大量物资来一举偿还此前积欠的粮物。

"那里有吃不完的东西。"少年说道。

"没人知道吗？"

"除我之外。"

"那里怎么会有吃的东西呢？"

"估计是为危急时刻备用的吧？"

"有巧克力吗？"

"有啊！还有饼干和奶糖。"

"还能吃吗？"

"稍微有点儿哈喇味儿。"

少年决定自己和姬姬在楼里留守，因为储藏库一带是城里特别危险的区域。姬姬的肚子渐渐大起来，动作也越来越迟钝，如果带她去的话,一旦有事恐怕会手忙脚乱。

少年尽量准确地画好路线图交给那四人,并详细说明了藏匿橡皮艇的位置和去往储藏库的方法。

“有这个就没问题啦!”

四人看着地图轮番发言。

“都包在我们身上啦!”

“我们会带回很多吃的东西哦!”

“因为我们有四个人嘛!”

四人走后就只剩两人了,少年把耳朵轻轻贴在沉睡的姬姬肚子上。这里面有什么呢?是什么形状呢?是跟自己形状相同的小小人儿以迷你尺寸待在里面吗?就在这时,突然有什么物体在耳朵下面弹了一下。正在发呆的少年感到头部被猛击一拳,赶紧起身退避离开姬姬的腹部。姬姬继续沉睡,就像什么事情都没发生。什么情况?少年再次把耳朵贴近,姬姬的腹部悄无声息,只是在平稳地反复鼓起和下沉。突然,他的脸被猛踢一脚,但这次他没有惊慌。

“胎儿在里边动弹呢!”

少年心想,因为胎儿是个生命所以当然会动,就在姬姬的腹中像自己一样活着,于是幸福感油然而生——我有伴儿啦!这个伴儿由胜过朋友的亲密纽带与自己相联结,就在姬姬的肚子里,是小一圈的姬姬。这小家伙隔着姬姬的肚皮在向我表达问候呢!

少年不知何时昏昏入睡。他又做了个梦,在梦中回到海岛上的家,正在向姬姬做介绍。

“这里吧,就是我和父亲生活过的家。”

少年向姬姬说起星星和星座的故事,都是在儿时听父亲讲过的。

“星星跟人一样会死的哦!当它们像老人似的年纪大了,就会发白膨胀渐渐死去。因为能量用尽了嘛!不过,也会有些星星突然死去,就像我的父亲,前一天还好好的,第二天就突然没了。我父亲就躺在这里。”

后院的地下含沙量较大,少年自己一个人也能挖成埋葬父亲遗体的墓穴。埋好遗体之后,他又从海边捡来石块随意地堆起一座小山。一到这个季节,后院自生的滨旋花就会爬上石堆并绽开淡红色的喇叭。

“我实在不明白为什么父亲死了而只有我还活着。难道是因为小孩幸存的机会多吗?听说我母亲生下我就死了呢!姬姬的父亲和母亲呢?”

姬姬没有回应,却目不转睛地盯着他的眼睛,神情渐渐变得悲凉而透明。少年禁不住避开了她的目光。

“算了,不提也罢。”

天空流光溢彩十分美丽,那光彩赏心悦目地映照着两人。晚风饱含着大海的味道,以柔曼的节奏疏解心绪。

“当太阳沉没时,海面会变成金色哦!接着变成橙红色,最后放出红彤彤的光芒。姬姬知道吗?从海岛的另一侧就能看到呢!”

少年决定带她去那边看看。天气晴好,肯定能看到红彤彤的夕阳。路程比想象的遥远,没料到海岛竟然如此之大。他们来到岬角时太阳已经开始西沉，不过总算是赶上了。

“瞧！跟我说的一样吧？”

海面映射出金灿灿的光芒，晃得眼睛都睁不开了。阳光接连不断地从天际射来，在到达海面的瞬间向四面八方迸洒金辉，轻盈地在海面闪跳，仿佛乐不可支般一刻不停。少年感到眼睛有些刺痛，波光从瞳孔射入令脑芯麻痹，大脑也开始闪闪发光了。

姬姬似乎并未感到炫目，睁大眼睛凝望海面。她的眼中也辉映着金色光芒，一只蝴蝶从那金光中羽化而出。

“姬姬……”少年禁不住呼唤道。

姬姬全身微微颤抖，身体各处就像在一齐鸣啭。蝴蝶诞生了，从她身体表面生出无数蝴蝶，宛若霞光、犹如云影。姬姬的轮廓渐渐虚化，蝴蝶在她全身翩翩欲飞。随着蝴蝶连续不断地诞生，她的身体更加虚化，变得像气体般透明。少年心想，姬姬就要消失了，全都要被蝴蝶带走了。

“等等！不要走！”

这时少年想到，如果能用真名呼唤她，是不是就可以制止可怕的事情发生？

“告诉我你的真名叫什么！”

姬姬的身体仍在连续不断地化蝶并渐渐虚幻，她的身体在一只又一只地产生小小的死亡。这是怎么回事儿？从姬姬身体里飞出的蝴蝶们已经遮蔽了整个天空，正要越过金色的海面飞向远方。

“等等！不要带走姬姬！”他又向姬姬喊道，“快！你说话呀！”

这是在现实中吗？是真实的情景吗？他看到了消失而去的姬姬。不好！来不及了！

就在这时，她的嘴唇微微一颤漏出声音，快要说出话来了……

少年睁开眼睛，姬姬的面孔就在眼前，她诧异地盯着少年的眼瞳，目光中有蝴蝶的身影闪过。

“原来是做梦啊！”他像追溯遥远的面影般开始讲述，“我梦见你把真名告诉了我哦！”

他没讲梦中有无数只蝴蝶从她身上诞生，以及蝴蝶将她带走的情景。

“我从梦中醒来时就忘掉了。明明是刚刚听你说的呀！”少年盯着姬姬的眼睛说道，“所以想让你再告诉我一次——你的真名！”

姬姬点点头像在说“明白了”，少年略显紧张地等待。姬姬嘟起嘴来一个字一个字地发音：“唧，唧……”

22 永远

他感到烈火仿佛依然在体内燃烧，甚至觉得浑身都已被熊熊烈焰吞没。耳蜗深处还留着火苗呼呼蹿腾的响声，还有从火堆中传出的骨头碎裂声，那是旺最后竭力抬起的手臂经受不住炙烤而崩裂。这些响声都那么真切，完全不像是幻听。

暴雨已经止歇，饱含湿气的天空被火海映得像晚霞般通红。三人站在不远处无可奈何地望着大火吞没整座宅院，没有人发话。川那部似乎仍然无法接受眼前发生的状况，旺的妹妹站在那里放声大哭。吞没宅院的大火烤焦了周围的树木，密林深处的鸟兽们开始发出激烈的喧嚣，被清晨静谧笼罩的森林突然变得嘈杂纷扰。

“居然烧死了还有呼吸的人！”依然表情呆滞的川那部终于开了口，“她还活着呀！”

旺的妹妹辩解说：最多也只能维持几天，即使送到医院也无法救治。哥哥已被毒菌从体内侵蚀，痛苦还会进一步加剧，父母当时就是这样。自己不忍心看着他承受更大的痛苦，不忍心眼睁睁地看着哥哥像父母一样痛苦地死去……

你怎么知道会那样？旺会不会像你父母那样尚未可知，或许还有治好的可能。

你别说傻话了！被上帝放弃的生命无法挽救，为什么还要让他继续忍受痛苦？

是否被放弃不是由上帝来决定，也不是由你来决定。首先，也许旺自己还想活下去呢！

适可而止吧！难道你不明白他命数已尽了吗？我哥已经无法挽留地走了，他已经去了万劫不复的远方，留下的只有痛苦。我难以忍受那样的痛苦从头再来。

旺的妹妹失声痛哭，川那部无力地摇摇头。

“真是难以置信。到底神经正常不正常啊？”

辻村无言以答。旺确实已无救治的可能，但也不能因此断定她在烈火焚身时感觉不到濒死的恐惧。无人知晓谁对谁错，旺的妹妹有她自己的悲苦，川那部有他自己的悲憾，而旺当然更加痛苦不堪。事已至此，即便是折中地考虑，这样也算有了一个了结。辻村沉浸在虚脱与释然相混杂的微妙心境之中。

从车窗吹进的风中可以分辨出些微烟味，这是来自现实还是来自记忆他没能即刻做出判断。前方升起了白烟，似乎有好几处。

旺的妹妹对着后视镜说了句什么，川那部没有应答，旺的妹妹轻轻摇头并默默地继续开车。川那部在大火延烧到车库之前将汽车开出来，这个举措十分明智。可以说，这台旺的父亲生前用过的RV车就是目前唯一的生命线。汽车就由熟悉路线的旺的妹妹驾驶，两个男人无力地瘫坐在后排座上。三个人都累得没心思说话，辻村觉得他们就像从火海里逃命的野兽。

向前行驶不久，遇到对面开来的一台微卡，后箱上家具堆得像小山，正以缓慢的车速行驶。两人座的驾驶室里拥挤地坐着中年夫妻和一位老人，后箱上的行李缝中挤着小学生年纪的兄弟俩。

两台车在错车时不约而同地停下，旺的妹妹向开车男子问了些什么。

“那人说有很多人生病了，”川那部向辻村翻译道，“好像都是同样的症状，已经死了好几个，最好别去村里。”

坐在夫妻之间的老人插了句嘴。

“他说什么？”

“灵障已经包围了村子，得赶紧逃到远处去。”

驾驶席上像是老人的儿子，老人焦急地向儿子发出了指令。

“老人说赶紧开车，那些家伙追上来了。”

老人的儿子受到催促开动微卡，RV车被留在道路另一侧。旺的妹妹又说了句什么，这次川那部有了回应，两人交谈两三句后似乎有了结果，旺的妹妹倒车并调转方向。

“怎么办？”

“就照那老爷子的话办吧！”

汽车继续行驶，尚未硬化的道路坑坑洼洼，而且因为刚下过大雨，处处压出深深的车辙，这种烂路连 RV 车都难以加速。在令人不胜烦躁的行驶过程中，道路越来越拥堵，大家都朝同一个方向行进。不仅是汽车，还有摩托车、自行车和徒步者，人们在用各自的方式逃离此地。

道路上还有几台老爷车在行驶，如果在日本恐怕早已报废。所有的车上都满得再也塞不进人，谁都不知道正在向何处去。前方是生还是死？从众前行是否明智？无人知晓正确方向。

太阳已高高升起，向大地洒下热带特有的明亮光辉。尽管如此，到达地面的光线却像在途中透过遮光胶片似的带上了荫翳。眺望远方的景色，草原和森林都充溢着与平时相同的炫目绿色。在摄人心魂的湛蓝天空下，神采奕奕的大自然悠然自适地呼吸，看不到任何反常迹象，只有人车熙攘的道路上发生了某种异变。

“我曾在书中读到过这样的事儿，”川那部依然望着窗外用困倦的嗓音说道，“有个男子每天在海边散步，看到退潮后的礁石上长着各种生物。有一次，他心血来潮地把海星扔进海里，而且以后只要看见那玩意儿就一个个地放回海中。他并非厌恶海星，只是单纯地因为海星很容易从礁石上剥离而已。他每天都要做这样的事情，于是发生了显而易见的变化。由于他持续驱除海星，礁石上长满了黑乎乎的大型海贝。这种海贝以前曾是海星的主要食物，它们在捕食者消失之后就迅速繁殖成长。又过了不久，其他种类的贝类几乎全都消失，礁石被同一种贝类占领。”

川那部暂停片刻望着辻村。

“这是不是个寓含着教训的故事呢？”川那部像在冷笑似的问道，“我们人类像不像驱除了捕食者而放任繁殖的大型海贝？就是那种发黑的大型海贝，名称我忘记了。我们人类长期处于顶端捕食者的地位，在地球上早已不存在捕食人类的动物，连上帝都无法阻止人类的兴旺和繁衍。不如说上帝还在教唆：生吧！繁殖吧！占满地球吧……正如上帝所预言，人类占满了地球，就像失去天敌的大型海贝那样占领了礁石并肆意横行。也可以说是过度地肆意横行。”

川那部将隐含忧虑的目光再次投向窗外，逃难的人群和车流拥挤不堪。辻村不明白这种景象意味着什么，并没有产生物种即将灭绝的紧迫感，很多人似乎连生命危险都没感觉到，只有深度疲惫从所有人的脸上和举止中透露出来。

“还有这样的实例呢！”川那部又开始讲述，“这是发生在二十世纪二十年代的事情，在科罗拉多大峡谷附近的台地上，野鹿的数量呈爆发性增加，据说原因是猎手们使用猎夹驱除了野狼和美洲狮。就是因为人类将捕食野鹿的肉食性动物从台地一扫而光，野鹿才开始迅猛增加。据说野鹿适应能力很强，像草、花、花苞、孢子类植物和果实什么都吃，直到把整个森林全都吃光。再加上繁殖能力超强，据说仅仅几年就增加了一倍。只要环境允许，野鹿的数量在短期内就会猛增,直到超过森林可承受的数十倍。”

暗中涌动的激情使他像着魔般地继续讲述。

“这个事件还有后续发展,后来野鹿开始骤减。由于森林里的植物被吃得一棵不剩,很多野鹿都饿死了。你在此时是不是也想把野鹿与人类换位思考一下?七十亿人口是不是远远超过了地球的承载能力?动物学家曾提出过一个很有意思的假说:地球上的陆地之所以能够维持绿色,正是因为草食性动物没能吃光植物。怎样把地球上的绿色维持在微妙的均衡水平上?最关键的重点就是参与构成这种微妙均衡的是肉食性动物等捕食者,是它们通过适量捕食草食性动物来进行调控,其结果就是防止了地球上的绿色被完全吃光。我觉得如此推论确实很有道理,甚至有些令人恐惧。如果这个假说适用于人类会怎样?答案显而易见,天下无敌的人类会把地上和地下所有的资源都吃得一干二净吧?在科罗拉多大峡谷发生过的事件将会在全球大规模重现。那里的野鹿曾因缺少捕食者而一时成为顶点动物,却又因为缺少捕食者而自动锐减。难道我们不应该严肃地对待这个问题吗?人类已经很久没有天敌,危险的动物都被用长矛驱除,而有的动物是名副其实的彻底灭绝,有的是被赶到人迹罕至的地带,有的被关在动物园的栅栏里,地球由此变成了人类的安全领地。而另一方面,现在地球上已经没有通过吃人来调节生态系统的捕食者了。可以说,如今人类已经成为完全脱离生态系统的存在。脱离生态系统的生物会发展到什么结果呢?”

川那部换了口气看看窗外。

“仅从野鹿的实例来类推，结果极为严峻。大自然总是在迫不得已的节点执行其极端法则，简直如同砸下无形的法槌。这可是通过灭绝异常繁殖的物种来恢复生态平衡的一槌呀！人类也许对此一无所知，正在做出最坏的选择，也许正在沿着迫使大自然执行极端法则的、能够想象出的最坏道路突飞猛进。照这样下去，人类也会像科罗拉多大峡谷的野鹿那样，把地球变成遍布红土和沙漠的行星，最终导致自我灭绝吧？要想不发展到那一步，就必须调控生态系统。怎么调控？当然要通过制造捕食者。”

辻村望着车窗外没有反驳，从旁边驶过的卡车上坐着瘦小的老太婆。她身边是满面憔悴怀抱婴儿的母亲，车内还传出小孩的哭声。

“你认为这种状况是人为造成的吗？”

“我不知道该不该说成是人为造成的，”川那部字斟句酌地说道，“因为本来从人为还是自然、有意还是无意去看就不是那么清楚嘛！例如一说到欧洲经济危机的原因，就会归结于在某个地域内推行欧元这种单一货币吧？货币体系越是受到管控而一体化、均质化，交易就越能便利化，但相反其应对危机的能力也就越差。就拿希腊的财政破产来说，要是没有欧元的话，它对整个世界应该只是个小问题。正是由于人为地推行了货币一体化，所以没能阻止恐慌的传播。某个国家发生的破产引起连锁反应，其影响波及了整个体系。可以说，如今世界规模的经济危机都是由过度交流引起的。”

他依然望着远方继续讲述。

“也不知这是不是病毒干的坏事儿。假设原因就是病毒，也许病原体本身偶然由于基因突变而产生。但是,传染就在人类采取措施之前由人类所构建的工作网络一举扩散,因此带来了毁灭性的打击。也就是说,过度交流已经泛滥成灾。飞机、高速公路、自由贸易主义……这一切都有助于传染。”

辻村感到莫名其妙,继续沉默不语。

“自从切尔诺贝利核电站发生事故以来,有报告书说二十年间的死亡人数达到百万之多,”川那部不知又要把话题转向哪里,“当然无人知晓准确数字,而且事故的全貌如今尚未探明,恐怕将来也不会弄明白的吧?但大面积土地被污染却是不争的事实。据说,因事故泄漏的铯元素有三分之一沉降在苏联境内,三分之一扩散到了欧洲,三分之一扩散到了整个北半球。如此蓄积的核辐射能量会有怎样的长期影响谁都无法预测,不过可以确定,仅仅一座核反应堆发生事故就能污染半个地球,几乎所有的人都会受到影响。”

川那部像在回味自己的话停顿了片刻。

“将来还会发生同样的事故吧?”他继续说道,“不知何时何地必然会发生。哪怕只发生一次事故,受害规模也将不可估量。如今世界仍在持续制造其风险无法估量的大杀器,并继续将地球上所有的人以及今后出生的人都暴露在死亡危险之下。只要立刻终止就平安无事,可一旦失控恐怕就会危及人类这个物种的存续。事态如此严重却无人采取措施,大家只是袖手旁观。就算是贪得无厌只顾追求眼前利益也得适可而止吧?这可比赚钱重要多了。要是真的具备正常的生存本能,就应该立刻终止。人类既是人类,同时也是动物，也是植物，是以这三个层面综合造化而成。所以，如果只根据人类层面的需要突飞猛进，那么动物层面和植物层面就会适时刹车：走这条路十分危险！继续下去将危及生存！这就是所谓的本能吧？但是，当人类层面过度膨胀之后，往往会优先考虑自己的利益，不再倾听动植物层面的倾诉。或许人类当今就处于这种状态之中。”

川那部像发问似的转过脸来，辻村茫然无措地摇摇头。

“还可以考虑到另一个可能性，”川那部继续讲道，“人体内部的动植物层面也会发出指令——就这样做！尽管人类已成为脱离大自然的存在，但毫无疑问仍属于大自然的一部分。人类一方面藐视并破坏大自然，可另一方面却依存于大自然。人类虽然无限地违背大自然，却又不能彻底地脱离。这是因为人类的动植物层面已深深地扎根于大自然，无论采取怎样的人工方式生活，其根基部分总还在大自然的土壤之中。因此，人类的行动中无论如何都会嵌入大自然的法则。也就是说，人类的行动不能百分百地只由人类层面判断，其中还应包含作为动植物的判断。人类不能任由现状继续发展下去，而应该在某个节点转舵并开始减少个体数量，为此应该利用包括核辐射的所有可以利用的方式。作为动植物层面的判断这不会有错，非但没错，甚至可以说是极为明智和健全的。”

“这个假说很有意思啊！”辻村好不容易地插言道。

“病毒、核辐射、恐袭……总有一天会发生，这是明摆着的事儿。”川那部像依凭惯性似的继续讲述，“肯定发生、必然发生——谁都会这样想。但这并不等于讲求某种有效措施去防御，而只是被动地等待灾难发生。然后在灾难真的发生时说——瞧！果然发生了吧？那些灾难并非无法预知，而是可以预测的、不可能不发生的灾难。也许从根本意义上来讲，未来已经消失了。只有当今依然存在，在当今发生着各种各样的事件。思考已被固化于当今，而对于未来则完全失去了功能。这是为什么呢？那些被称为智者的人们为什么不能思考自己的未来了呢？究竟是什么麻痹了人类的思考呢？或许某种超越了人类的意志已经注入了人类，绵绵不断地、静悄悄地，在本人尚未觉察之间，就像混在地下水中渗入井里的毒素。也许人类体内的动植物已将人性的思考催眠，也许动植物的本能已经遍施魔咒：不要思考！不要采取措施！继续让一切无序发展！这样一来，大自然就会发挥威力，强制性地让生态系统中的人类个体数减到合理限度。”

“你真心那样想吗？”辻村用稍强的语气逼问道。

“其实战场也是教育的课堂啊！”川那部像在躲避锋芒继续说道，“它会让你重新审视平时视而不见的事物。战场就是这种极为宝贵的课堂。”

川那部停顿片刻继续讲述。

“穿过充斥着血腥的丛林，九死一生地幸存下来，跃过几多挨了炮弹还在冒白汽的尸体，好不容易找到能喘口气的地点，精疲力竭地躺在草地上望着天空。只有实际体验过的人才能领悟那一如既往的蔚蓝是怎样的直透心底，它用美丽这个词很难概括，因为其中还有向生命本身宣诉的鲜灵和柔媚……也许这才堪称美丽。我张大嘴巴喘着粗气，嗓子眼里渴得生疼，偶然扭头一看，眼前有朵小花正在绽放。洁白的野花那么轻灵地、貌似脆弱地随风摇曳，招人怜爱的姣美是那样赏心悦目，我看得出神入迷甚至忘了时间。”

川那部再次转过头来，脸上透出难为情的笑意。

“随处可见的普通花草和大自然能够抚慰心灵——这是人们常说的话。在战场上确实常常发生这种事情：当生命暴露在危险中时，就会有类似天启的感应降临，于是如雷轰顶般顿悟，犹如世纪大发现一般想向全世界的人奉宣神谕：喂！你们都醒醒吧！到底还在想什么呢？这里难道不是乐园吗？它不知何时已经到来。只要没有战争，那么现在这里就是乐园。为什么不明白这个道理呢？简直是愚蠢到了匪夷所思的地步。也许由于基因存在重大缺陷，所以人类不自相残杀就不能领悟命运攸关的天理。倘若不在眼前美景中堆起无数同类的丑陋尸体，就不能准确理解自己所处的世界是怎样的乐土，就不能省悟到这里是多么和谐完满的家园。”

川那部用不聚焦的目光望着辻村，毫不掩饰茫然若失的神情。

“身在乐园却浑然不觉，人类或许就这样渐渐离开乐园。”川那部补充道，“据说，自古以来地球上的物种已有百分之九十九灭绝。也就是说，物种几乎已经消亡殆尽。人类这个物种也会在某一天消亡的吧？从常识来考虑，如果不消亡才不正常。反正是百分之九十九的比例，能够延续存活的都是蟑螂和鲎之类，很难想象人类能够进入那幸运的百分之一，问题只是时间早晚而已。不会是数万年之后吧？顶多数百年，也许数十年。今后人类必定以所有的方式死去吧？就像出生在世界最贫困国家的孩子们那样。为了让适量的人口延续存活，多数人必须死去。”

川那部突然噤口不言，好像对自己说的话有些困惑，随即忐忑不安地看了一眼驾驶席。旺的妹妹依然面朝前方驾驶汽车，也不知道她是否在听。即使传入耳中，不能转换成语义的语音或许无异于发动机和周围的噪声。

“人类历史是否可以按最恐惧的对象来划分几个阶段呢？”停顿片刻之后他又说道，“人类这个物种诞生之后，最大的威胁就是大自然，这种状态持续时间之久令人无法想象。然后就是人类成了人类的威胁。如果仅从最近几个世纪来看，人类毫无疑问正是人类的灾祸。在民族国家成立的同时，战争就成为卷入包括妇孺老弱的全体国民的暴力，二十世纪因此被称为战争的世纪。那么，二十一世纪会怎样呢？会不会成为与自己所制造的捕食者战斗的世纪呢？那些捕食者都不是大型肉食动物，而是小到肉眼看不到的透明的存在。病毒、核辐射、恐袭……都是人类自己制造出来却难以掌控、难以应对的事物，这些事物今后将成为人类的威胁。停战与和解都不可能实现，因为对手不是同样的人类嘛！不可能带来全面的正常秩序，何况绝对没有赢得战争的希望，唯一有效的方法就是人类用自己的手摧毁迄今为止构建的体系。但即使这样做能够封锁捕食者，对于人类来说恐怕也不能称之为胜利吧？”

川那部用沮丧的嗓音继续讲述。

“也许有一天人类会怀念以前的战争，也许会把人类自相残杀的时代当作牧歌式的时代来怀念——那个时代真好啊！就因为敌人也还是人类。然而今后的敌人却难以看清，无法预知敌人在何处、何时以何种方式发动攻击。人类不得不与这样的敌人没完没了地战斗。怀念人与人战争的世纪——这会不会成为二十一世纪的定义呢？不过，前提是人类还能迎来二十二世纪。”

川那部停顿片刻茫然地望着窗外，然后又用不高不低的嗓音继续讲述。

“或许人类能够从危机中省悟到真正的人性，通过培养敬畏捕食者的健全心智得以重返野生并自认归属弱势群体，从而逐渐恢复正常的人性，并培养出具有濒危意识的真正的人道主义精神。经历过毁灭性灾难之后幸存的人类开始超越国家和民族相互支援，并开始探索平稳弱化自身的途径。必须真正认识到这才是可持续发展，因为除此之外再也想象不出其他具有人性的未来了。”

阳光分外强烈，远方传来警报声。直升机在头顶上方盘旋，就像一只发出某种预兆的不祥之鸟。尚未硬化的红褐色道路上，持续着与曼谷市内相仿的拥堵状态。不仅是汽车，连自行车和行人都堵得水泄不通。由于未画车道线的路面被完全占满，所以连调转方向都十分艰难。

“完全堵死啦！”川那部彻底放弃似的说道。

旺的妹妹依然沉默地握着方向盘面无表情，似乎内心已经什么都感受不到了。前方走来几名身穿野战服的士兵，像是在对人们说明情况。他们胸前都挎着黑亮的突击枪,并朝辻村乘坐的汽车走来。其中一名扫视车内之后隔着车窗向旺的妹妹说了句什么,她以抗议的语气回应,士兵表情不变地又说了一两句就走向后边的车辆。

"他说道路已被管制,"川那部向辻村翻译了士兵的话,"过会儿就要开始检查了。"

川那部跟旺的妹妹商量了几句。

"暂时先下车吧!"川那部对辻村说道,"估计去曼谷的道路全都实行管制了,一旦军队出动就无法可想了。"

人们把汽车停放在原地,随即下车沿着红褐色路面步行,由于炎热和疲劳,全都沉默不语、表情不悦。

"据刚才那个士兵说,前方有座寺院提供食物和饮用水。"川那部边走边说道,"也许在那里能了解点儿情况。"

宽阔的寺院一角支着帐篷,里面供应汤面条。看样子像是从曼谷市内来这里出摊的,装饭食都用一次性餐具。旺的妹妹似乎没有食欲,她没要吃的只接过去一瓶饮用水。树荫下已经挤满人群,几乎都在吃供应的汤面条,有的家庭还铺开凉席让婴儿睡觉。三人找到人少的石阶坐了下来。

"简直就像难民营啊!"川那部环视周围说道。

一碗汤面条很快就吃完了,辻村喝着瓶装水顺手从上衣袋里掏出在机场租用的手机。其中记有几个电话号,他试拨了报社记者八木泽的电话却没通,或许是因为有干扰电波。他感到上次在曼谷跟八木泽一起吃饭就像是几年前的情景。

不知有多少人在这里被绊住了脚，几乎没有任何信息被带进来。旺的妹妹依然沉默不语，用茫然若失的目光望着远方。过了不久，坐在石阶上的一位老人开始大声喧哗。

“他说什么？”辻村向身旁的川那部问道。

“他说都跳舞跳死，在世界末日都开始跳舞。”

旁边的男子大声呵斥，但老人依然喋喋不休，用沙哑刺耳的嗓音着魔似的说个没完，呵斥他的男子夸张地张开双臂做出“无可救药”的动作。老人又说了一阵之后突然安静下来，似乎已将心中积怨一吐为快，顽固地闭口不语，神情阴郁地望着脚前的地面。

“不会是痉挛吧？”辻村刚一想到便脱口而出，“他说的跳舞是不是抽搐或痉挛啊？也许旺的妹妹就是因为不愿看到那样的跳舞。”

“所以就放火烧吗？”川那部无力地回应道，“脑子进水了。”

又过了一小时左右仍无实质性进展，也没有将要开始检查的动向。人们都老老实实地继续等待，若无其事地吃东西、吸烟、逗小孩玩，还有的生起小炭炉准备做饭。附近的树干上拴着一头小猪，也不知是怎么带到这里来的。还有人提着装有老母鸡的竹笼，他们依然按照平时的生活方式行动。

“他们打算今后怎么办呢？”

“可能正在考虑吧？”

辻村心想，肯定谁都不明白是怎么回事儿。这到底意味着什么？今后会怎样？将会带来什么？在这里守备的士兵以及其他人都不明白，他自己当然也不明白。

“还是接洽一下吧！”川那部似乎决心已下站起身来说道，“这样拖下去也不会有结果。”

“怎么办？”

“找人联系大使馆，总之得先送你回国。”

“能有办法吗？”辻村起身将信将疑地说道。

“幸好对方还是人。”

“她呢？”

川那部小声询问，旺的妹妹简短地回应。

“她说要在这里等。”

辻村看看旺的妹妹，她用不知身处何处似的目光呆呆地看着脚尖。过了片刻，她依然坐着抬起头来朝辻村微微一笑。辻村心想，又是微笑，人在这种时候还能笑得出来?！不过，也许人正是在这种时候才会微笑。

小镇的入口已被军队完全封锁，多名携枪士兵站在阻车器前。这里也是人头攒动，站在远处望着士兵们七嘴八舌地发牢骚，但身穿野战服的士兵们表情却毫无变化。川那部走近其中一名士兵开始说明貌似相当复杂的情况，年轻士兵没听几句就不耐烦似的用手中的枪指了指附近的帐篷，好像示意川那部去那里。两人走向设在路旁的营帐，里面有个长官模样的男子。川那部与那男子交涉了几句，对方要求出示身份证明。

“你带护照了吗？”川那部回头问道。

辻村从挂在脖子下的皮包里取出护照，川那部接过去递给那男子。男子查验护照后叫来一名年轻士兵并发出指令，士兵向长官敬礼之后转向两人。

“他叫咱们跟他走。”

小镇上的气氛如临大敌，处处都能看到身穿野战服的携枪士兵，看样子已经颁布了戒严令。宽阔的运动场上停着很多军用车辆，还在继续搭建营帐。满眼都是士兵，却看不到医生和护士的身影。那些士兵也没穿防化服，而且几乎都没戴口罩，看上去跟通常的救灾行动没什么不同。

两人被带到貌似学校的地方，校舍周围也有多名持枪士兵把守。他们是敌军还是友军？枪口对着的是未知病毒还是无辜民众？看到这阵势使人觉得恍若穿越到另一个时代，又像身在梦中一般。

在校舍里，辻村再次被要求出示护照。这次是个穿西装文官模样的男子，看不出所属哪个部门。辻村虽想询问却没开口，他叮嘱自己千万不要因为出言不当而浪费时间。那男子简单地查验了护照就交还给辻村，并叫辻村一个人跟他走。辻村心里没底似的看看同伴，川那部以动作示意“去吧”。辻村知道只能这样做了。

“那好吧！”辻村说道。

“别担心！”川那部点点头说道。

辻村穿过昏暗的走廊，被领到一间普通的教室里。前面有黑板，还排列着学童使用的桌椅。在讲台前的桌旁有个白人男子，貌似刚刚走出大学校门的年龄，身穿衬衫和全棉长裤，一副休闲打扮。他轻轻招手爽朗地说了声“嗨”,辻村也回应一声“哈喽”,然后就又是查验护照。他一边翻阅一边用英语问了几个简单的问题,辻村感觉就像在机场接受出境审查。男子问了一通之后,说声“请稍等”就走出了房间。

辻村突然惦记起川那部来,他以为两人很快就能会合,但又想到也许刚才已经用最恰当的方式告别过了,就像最初偶遇时那样简单随意:辻村在池畔注视大象时,川那部的第一声招呼是“你不要紧吧”,而刚才那最后一句则是“别担心”。前后两句对应得太严丝合缝了吧?

辻村暂先把川那部放在一边,开始琢磨正在面审自己的男子。这种地方怎么会有白人在工作呢?辻村立刻想到的是国际机构在行动。是联合国呢,还是别的调查机构?

从教室后门进来一位不很年轻的女子,慢慢地横穿教室向辻村走来,从房间的这端到那端,从整齐排列的学童课桌之间走来。虽然眼前发生了恍若超越现实的情景,但辻村并未感到不可思议,发生任何事情都没有不可思议,也并非超越现实。女子像回溯两人之间流逝的漫长时光般走来,辻村有足够的观察时间。他感觉她似乎与当年完全一样,又像增长了相应的年岁。

“嘿!”辻村用邂逅旧友的方式招呼道。

女子无言地轻轻点头,嘴角微微一翘。辻村想起,这是她长久以来的习惯。她走近刚才白人男子坐的桌前,虽然与辻村面对面,但并非伸手可触的近距离。两人视线相交,却随即同时避开。

“发生什么状况啦？”辻村依然低着头问道。

“我们也不清楚。”

自从在纽约共同度过那个夏季以来，这是第一次听到她的声音。真的是她吗？眼前的她还是那时的她吗？辻村抬起头来，感到面前只是与她相像的某个女子而已，或者说看到她却像是想起了某个女子。

“不清楚？！”

“马上要开始进行简单的检疫和问询调查，”她例行公务似的说道，“目前正在准备，例如组建医师团队、研究拟定问询调查项目……”

“还处在这个阶段吗？”辻村受到感染也用相同的语气反问，“是不是事先没有制作应急手册啊？”

两人未能进行私人间的对话，既没有时间也不是那种场合。她的双手在膝头缓缓地时而握紧时而松开，像是要促进血液循环，而分分秒秒仿佛就在那反复一握一松中变成颗粒流走。

“对所有的人都要进行检疫和问询吗？”辻村问道。

“因为必须逐个排查并比对症状。”她用稍稍沉郁的嗓音答道。

“事态很严重啊！”

“所以动用了军队嘛！”

两人不约而同地向窗外望去，运动场上停着几台军用吉普车，士兵们在四处巡逻。

“有恐袭的可能性吗？”

“我认为没有。”

“查明病毒，然后研制疫苗……需要耐心哦！”辻村调侃似的说道，“肯定得好几年吧？”

“有的流行病几个月就能完成啦！”

“不管多长时间，已经感染的人怕是来不及了吧？今后感染的人也未必……”

“只要查明传染途径，也能遏阻传染的势头。”

她的嗓音透出已被击垮的回响。

“有没有爆发大流行的可能性？”

“已经采取一切措施进行防御。”

对话之间从语气中透出徒劳感，她微微低头凝视着交叉在桌上的双手。

“也可以考虑人传染人的可能性。”辻村像公开秘密似的说道。

也许是心理作用，辻村感到她抬头看自己的眼神里有种畏惧感。

“其实，在我认识的人中……”

“别说了！”她语气严厉地制止道，随即压低阴郁的嗓音说，“如果我听到就不能把你从这里送出去了。感染源和传染途径都不清楚——这就是目前的状态！”

辻村默默无语地望着对方，她瞅了一眼自己的腕表。

“没时间了！”她嘟囔一声站起身来，“跟我走！”

“去哪里？”

她没应答就先走出教室门，在长长走廊上朝相反方向前行，随即走出后门来到户外。这里停着几台汽车,她向其中之一走去,那是日本造的三厢轿车。

“不管怎样,你先离开这里!”她递来车钥匙说道。

“你的车?”

她默默地点点头。

“快!”

辻村顺从地接过车钥匙并坐在驾驶座上。

“从这条路出去上干线公路!”她用手指示方向说道,“那里应该有去曼谷方向的标识。”

“你怎么办?”

她盯着脚下没有应答。

“快走!”

她像痛下决断般转过身,头也不回地向前走去。辻村用钥匙发动汽车,随即在后视镜中追寻,她一直到走进楼门都没向后看。辻村把后视镜对准自己,看到了一个不认识的男子。那面孔十分陌生,他就跟那个陌生男子一起开动了汽车。

轿车顺畅地持续行驶,途中也没受到盘查。前往曼谷的高速公路上车流穿梭,似乎什么事情都没发生。在这个国度里,后车厢载着小孩们的卡车以百公里以上时速飞驰也是司空见惯的现象。辻村感到自己终于逃出了漫长的噩梦,曼谷的时间依然正常流动吧?傍晚六点钟国歌奏响,人们驻足向国王致敬。黄昏中的公园里,年轻人们正在玩类似蹴鞠的藤球吧?

辻村想起年轻时看过安德烈·塔可夫斯基的电影,在核战争造成惨剧之后,主人公为拯救世界与上帝缔约:发誓以献出自己的家庭作为牺牲,并且永远保持沉默。那部电影中的救世主是一位被风传为魔女的女子,是她与主人公相爱的行为把世界从恐怖中拯救出来。真会有那种事吗?如果真有的话,那又是谁与谁相爱的行为拯救了这个世界呢?

辻村降下后窗持续行驶,他觉得这样开下去一切都会顺利。高速路两侧展开辽阔的草原,路旁排树以相同间隔向后倒去,这个国度不管走到哪里都是广阔的地平线。热风穿窗而过,将汗湿的衬衣吹干,握着方向盘的手臂皮肤也显得干燥粗糙。

他将视线投向路面继续驱车前行。是从噩梦奔向现实,还是从现实奔向噩梦?不知何时泪水顺着脸颊流下。自己似乎在哭——他像与己无关似的想道。这是谁在为谁哭呢?他觉得不是自己在哭。他紧紧地握住方向盘,眼睛盯着路面尽头。

时间感出现了异常,不知这条路通往未来还是过去,无法预知从道路尽头扑面而来的是希望还是恐惧,汽车静无声息地滑行在浮游感之中。

前方出现的是水面,这真是出乎预料。透过挡风玻璃看到对面展现一泓湖水,灿烂地辉映着开始西斜的太阳。

“洪水!”他一边缓松油门一边自言自语,“是洪水来了!”

前方道路完全浸入水中,很多车辆停在水边不敢前行。贸然突进的车辆已被水淹,或者浮在水面被冲走。孩童们从车上下来嬉水玩耍,有的爬到淹在水中的战车炮塔上,有的悬吊在炮筒下,有的从车体上跳入水中。大人们呆呆地站在水里,不时恶作剧似的用脚尖踢水。所有的人都多少有些茫然若失,就像被投放到了未知的星球上。

大量杂物被顺水冲下,破木板、玻璃瓶、塑料瓶、鞋子、纸箱、土豆、玉米、手套、储钱箱、木制佛像、鳄鱼……还有趴在香蕉树上的狗,以及坐在橡皮船上的孩童。钢琴、塑料模特、葫芦、拖鞋等等,跟动物和人的尸体一起顺水漂流。他想,既然是发洪水,什么样的东西被冲走都不足为怪。要是留在这里持续观察漂浮物,或许能悟出什么道理来。例如:我们是怎样的存在?最初从哪里来?最终向何处去?

一群大象在水中悠然漫步,有的大象背上还驮着人。每头大象都沉默无言,却像在诉说:没有必要防备!即使防备也毫无意义!该来的总是要来的,根本不管你有没有防备。已经发生的事情已无可奈何,在这种时代侈谈奢望未免太愚蠢,谁都不想待在这里,也不想离开这里……他感到沉默寡言的大象正在用魁伟的身躯诉说这些话语。

目送几头大象走过之后,他的目光停留在走近的另一头大象身上,坐在大象背上的年轻男子是他的儿子。毫无疑问,那确实是理。于是,他从驾驶席窗口伸出头去尽力呼唤儿子的名字,年轻男子转过头来似乎认出了发出呼唤的人。果然是他!他让大象转头朝这边走来。他是要过来帮自己吗?

“你不用过来！”他再次大声呼唤道，“不要紧！我自己能逃出去！”

他用手做了个“去那边”的动作，儿子轻轻举手回应。他身后坐着一位年轻女子，像是泰国人。她是理的恋人吗？

“结婚啦？！”

辻村怒吼般地说出颇具超前性的推测，或许儿子会觉得受到了训斥。儿子向女伴说了句什么，女子朝辻村轻轻点头现出微笑。辻村心想，就是那个微笑。刚到曼谷那天，在酒店附近为他做足部按摩的少女也是这个微笑。

“她叫什么名字？”

儿子把手掌挡在耳后，做出“听不见”的手势。

“名字！名——字……”

于是，理从大象背上探出上身说了句什么，可能是想告知女子的名字，可是声音却没能传过来。

“明白了。总之要多保重！祝你幸福！”

理略显羞怯地点点头，那是他小时候常有的表情。辻村心想，他跟那时一样，没有任何变化。让他去吧——辻村在心中念叨。全都远远离去了，也许这是无可奈何的事情。那姑娘相当可爱嘛！他们一定会幸福的！还不知道他们结婚了没有，但这并不重要，只要那小子知道把他人的幸福当作自己的幸福活着就行，就像我在你出生后明白的那样。也许这样你就开始度过我的人生，或者是我度过你的人生吗？

儿子他们的身影模糊在广阔湖水的尽头消失不见了，本以为缩短了的距离再次拉开。仔细想来，那小子本身就是距离，从这次远去之前就一直是距离。不只是儿子，就连妻子和女儿也都是近在眼前却远不可及的存在，无论对方多近都远在天边，或许我们的人生就建立在接受这种隔阂的姿态之上。在人生之中相互又爱又恨实为常态，而产生真爱则是在两人之间出现了死亡这种无限距离的时候。只有在这种时候，所爱之人才会拥有真名吧？

夕阳消失在巨大的水洼彼方，日落之后气温下降，处处燃起了篝火。那是在准备做饭呢，还是在焚烧尸体呢？印度就是在河滩焚烧尸体，那也是日常的世界形态。人类真是可悲的活物，可悲而孤寂的活物。远处传来几声枪响，是在朝某个人射击吗？或者只是鸣枪示警？

辻村把椅背放倒舒展身体，挡风玻璃上方出现了月亮，近乎浑圆的明月。有月亮真好，否则黑暗就会统治世界。虽然日落之后地面完全黑暗，但只要有月亮，夜晚就只是昏暗而不会黑得伸手不见五指，人们的生活就能持续下去。明天洪水就会退去吧？

不要考虑任何人的事情，也不要忆起任何人的事情，过去既无乡愁亦无悔恨，只有幽暗水面般的现在。过了不久，睡意像涨潮般袭来。他开始做梦，在空中飞翔的梦。也许人在深切渴望自由时就会梦见在天空翱翔，自己好像以前也曾这样想过。那是什么时候的事情？他一边追思一边沉入比梦更深的睡眠之中。

23 她的真名

那四人应该还住在这座楼的某处，但露面次数却越来越少，有时几天都看不到他们的身影。其间他们都在哪里，干什么呢？

少年和姬姬的生活已恢复到进山以前的状态，只是筹集粮食由那四人承担。他们似乎定期去地下储藏库取出物资，然后到市区某交易所换取必需的粮食，而且照例分给少年和姬姬一部分。

不过，少年觉得自己的分工没多大意义。告知地下储藏库位置和寻取物资方法的确实是他，可他并未实际参与换取粮食的行动，只不过提供了偶然从他方获取的信息而已。在市区搜集物资并换取粮食，这才是既伴随着危险又能获得成就感的工作。像现在这样只是待在安全场所等待分配实在没劲,只靠人家分发粮食,即使能吃饱肚子仍有某种不足之感。

少年不想把这种憋屈感归咎于姬姬,因为如果没有她的话,自己也还在像那四人一样东奔西走地寻找物资呢!正午一过,这个少女大都在沙发上打瞌睡,总是满脸倦容地望着日渐胀大的肚子打发时光。少年跟她搭话也好像心不在焉,总是幽闭在只有自己的世界里,跟胎儿一起彷徨在某个未知的时空之中,似乎在渐渐远离这个世界。

少年并非对她感到厌倦,只是不知该如何是好。在这种状况中该怎样与她接触呢?或者以不接触为宜?如果不接触又该怎样相互表达亲密感呢?以前两人天真无邪,就像戏耍打闹的小狗般相互亲吻脸庞和胸脯,咬咬鼻子和耳朵,时而激烈、时而沉稳,时而粗野、时而温柔,就像时刻变换表情的海面,嬉闹不止、未知餍足。

那些都仿佛已成遥远的往事,姬姬也不知从何时起变成了遥远的存在,连姬姬这个名字现在也只为一个生疏的少女所有,而自己对她又有多少了解呢?重新细想,几乎一无所知。少年对此惶惑不已,悲楚之情难以排解,感觉就像心底破了个大洞,快乐的事情都从洞中漏掉,无论做什么事情都兴味索然,恍如身处自己的人生之外。

在天晴的日子里,少年会在楼顶待很长时间,或者升级改造积存雨水的装置,或者修理煮饭做菜的炉灶,还找到了其他尽可能使生活更加舒适的事情。他有时为消除郁闷吹起口琴,吹得腻了就躺下把胳膊腿伸成“大”字仰望，那里总会有蓝天、白云和太阳，而太阳就在蓝天的中心光辉灿烂。少年心想，也许太阳很孤独，所以才会发出耀眼的光芒吧？如果它有伙伴的话，有理解太阳的伙伴的话，就应该没必要那样持续剧烈燃烧了。就是因为它孑然高挂，谁都不理解它，所以才会朝宇宙中所有的物体投射强烈的光芒吧？

其中的一束投射到地球，也投射到这座楼顶，虽然只有很少却会让水泥板像炒锅般发烫，让水分蒸发，把小虫们烤死。由于太阳孤独至极，所以其光芒具有残暴性，过于残酷而暴虐，若正眼遥望就会致盲。没有任何物体能够躲避阳光，它会孤独地光辉灿烂直到世界末日。

不过，少年也知道同样的光芒能使飞翔在天空的鸟儿羽翼闪亮，还能使森林翠叶熠熠生辉，使栖息林间的昆虫们斑斓多彩。而向清风拂过的草原洒下温煦的金光、在皑皑雪原上使野鹿们僵冷的眼中驻留柔光、照耀海面泛起粼粼波光、将黄昏的汪洋染成嫣红，同样要靠太阳的光辉。到了晚上，月亮和星星需要反射阳光才能在夜空中显现。肯定是因为孤独，太阳才会既残暴又温柔慈祥吧，才会将自己的能量毫不吝惜地投予万物吧？

少年觉得，即使在自己心中也有与太阳相同的孤独在熊熊燃烧。这种孤独正在寻求投予热情的对象。虽然自己也想尽量保持温柔姿态，但或许有时也会由于失控而变得凶暴，所以常常想猛烈地拥抱一个少女使其珠残玉碎，就像阳光烤死昆虫那样，以自己的炽烈将少女烧成灰烬。

少年在楼内跑上跑下，到处寻找有用的物资。不过，他真正要找的是更高层次的东西。自己应该怎样生存下去？他是在寻找能够解决这个问题的线索。可问题是他自己也不清楚自己在寻找什么。如果老猎手还在就可以向他求教，即便是铁匠，在这种时候也能帮上忙吧？可是，现在他的周围没有长辈。

有一天，少年偶然撞到了那四人。他在很少去的下一层楼随意转悠时，看到那四人挤在某个房门前偷听里面的动静。

"怎么回事儿？"少年问道。

"嘘……别出声！"黑霉把手指抵在嘴上说道。

"好像有人！"幕间说明道。

"有声音！"

"不是老鼠哦！"

"是人吗？"少年再次问道。

"大概吧！"黑霉答道。

"听到脚步声啦！"

"还有咳嗽声呢！"

"老鼠不会咳嗽吧？"

"开门看看吧！"少年走近门旁说道。

"别开！"黑霉慌忙阻止道。

"里面要是幽灵怎么办？"幕间有些毛骨悚然似的问道。

"我觉得幽灵不会咳嗽。"

"也许那不是咳嗽。"头巾像要收回刚说过的话。

“不是老鼠倒是确实的。”钩鼻语无伦次地说道。

这样议论下去不会有什么结果,少年强行挤到黑霉与房门之间。当他抓住门把手时,有人说了声“住手”。他犹豫了一下,随即断然打开了房门。里面漆黑如墨,令人作呕的恶臭直窜鼻孔,少年和那四人都没有向前迈步。过了片刻,房间深处有人发话。

“给我点儿吃的吧!”

“说话啦!”那四人中有谁说道。

“生病了吧?”另一个人说道。

“一点儿就行!”那是一个老迈男子的声音,“我已经几天没吃东西了。”

从走廊泄入的光线使躺在暗处的男子轮廓模糊地浮现出来,他只是微微抬起头来望着少年这边。房间里恶臭异常,并开始向门外弥散。

“别管他!”黑霉说道。

“我快饿死了!”男子凄惨地诉说道。

“他都说出那样的话了。”幕间困惑地说道。

“怎么办?”头巾也困惑地环视着问道。

“怎么办?!你说怎么办?”

“就算给了他吃的不还是得死吗?”

“那就是给也没用啦!”

“必须更加有效地使用才行!”

“应该留给像咱们这样的年轻人。”

“真是人心不古呀！”男子感叹道，“连年轻人都这样！”

那四人噤口不言，心有愧疚似的面面相觑，随即凑在一起开始小声商量。少年没有参与，站在稍远处等待他们商量的结果，只能听到他们说“那样太傻了”“都是咱们千辛万苦弄来的呀”。结果终于出来了，黑霉代表那四人发言。

“你告诉我们想知道的事情，就可以给你吃的啦！”

“你们想知道什么？”男子不无蔑视地问道。

“想知道耶稣。”幕间说道。

“就是耶稣基督吗？”

“是呀！”头巾答道。

“我好久没听人说他的名字了。”

男子似乎有些意外。

“你跟那个，认识吗？”钩鼻问道。

男子发出呛噎似的笑声。

“嗯，要说认识也算是认识吧！”男子随即沉思般停顿一下反问道，“你们为什么想知道他呢？”

“我们的粮食就是用写他的书换来的。”黑霉答道。

“所以就对他感兴趣嘛！”幕间接着补充道。

“因为用这类书换粮的时候对方特别慷慨。”头巾坦白道。

“明明是一本可怕的书。”钩鼻不可思议似的嘟囔道。

“原来如此！耶稣给你们带来食物啦？”男子慢慢地起身说道，“那不是更该给我也分一些了吗？”

“他在说什么？”黑霉向少年问道。

“还是不要跟他牵扯吧？”幕间在旁边说道。

“你认识他吗？”这回是少年发问。

“倒也不是直接认识,因为生存的年代不同嘛！”

“他是古代人吗？”头巾代替少年问道。

“是两千多年前的人。”

“那就不能算是认识喽！”钩鼻嘲弄地说道。

“但是,他一直活在书中,”男子庄严地回应道,“所以随时都能跟他相识。只凭这一件事也可以说,书是极为重要的东西。”

“你喜欢耶稣,是吧？”少年说道。

“我真是诚惶诚恐啊！”男子发出瘆人的尖细嗓音笑了起来,“没错儿,关于他的事情你们想听多少我就能讲多少。不过,那些事讲给你们听也没多大用处吧？”

“我们还不想听呢！”黑霉心情不爽地说道。

“而且是很久以前的古人。”幕间接着说道。

“他是距今两千多年前被带到地上的人。”

“那么古老的人,就算活着也跟没活着一样哦！”头巾像要告一段落似的说道。

“你们说的话很有意思啊！”男子颇感乏味似的说道,“好啦,你们的问题回答完了,给我吃的吧！”

男子拿起身旁脏兮兮的铝碗伸出来。

“哎！真要给他吗？”钩鼻不服气似的说道。

“刚才已经说好，只能这样喽！”

“太浪费啦！”

“咱们辛辛苦苦弄来的哦！”

“天气又热、东西又重，多辛苦呀！”

黑霉从脚边袋中随意抓出些稻米放进男子伸出的铝碗里，男子盯着放了稻米的铝碗看了片刻，然后自言自语似的嘟囔道：“生米叫我怎么吃呀？”

从那以后，少年就常常带着食物去那男子的房间。那四人分让的粮食还不够少年和姬姬吃，再分给那男子就更少了。尽管如此，少年还是忍不住想去见他。

房间里依旧充斥着恶臭，像是食物腐烂的臭味，也许还混杂着粪尿味。少年想带那男子到外面去，可他就是不肯出门，只是歪在地板上撑起身子吃着少年送来的食物，也看不出吃得香不香。窗边已经长起杂草，好像有的草即使没有土壤也能生长，也许将来房间里会变成丛林。

“你是从什么时候开始住在这里的？”少年问道。

“我已经没有时间概念了。”男子答道。

“你不出去吗？”

“不出去。”

“不想出去吗？”

“不想。”

“为什么？”

“因为没什么好事。”

“可是有很多事儿呢！”

“这里也发生了很多事，你根本想象不到的事。”

男子把吃完食物的铝碗放在地板上，随即精疲力竭似的仰躺下来。一只蟑螂快速逃离，肯定还有老鼠藏在什么地方，房间里多少还有些它们能吃的东西，抑或正在等待男子死去也未可知。

“你一个人不寂寞吗？”

“不寂寞，”男子顶撞似的答道，“因为我不是一个人嘛！我老想说干脆让我一个人待着好啦！”

“还有别人吗？”少年环视屋内。

“你看不见的。”

少年哆嗦一下望着男子想：他说的是幽灵吗？男子把梦游病人似的面孔朝向天花板。少年心想：也许他脑子出了问题。

“每天晚上都会来。”过了片刻男子说道。

“谁？”

“我妻子啊！”

男子令少年想起去世的父亲，倒也不是因为哪里相像，如果勉强对比的话也就是年龄相仿吧？男子的准确年龄不得而知，可能因为生病或营养不良，看上去比实际年龄更老一些。少年的父亲在去世前也显得很苍老，他想起了当时的情景：父亲的头发就像白雪，随着世界变得无法挽救，父亲的头发也眼看着变得雪白。这就是让父亲容貌变得像老人的第一要因。

在父亲去世时，少年感到的除了悲伤更有畏怯。他无法预料今后会发生什么事情，比起自己将来会怎样，他更担心这个世界会变成什么样子。父亲独自一人撑起少年生存的世界直到生命的尽头，而这个人已经死去。尽管他已经努力到满头白发，却还是没能支撑到底。失去支撑的世界也许会在顷刻间崩塌，也许会被世界中心的巨大坑洞整个吞没。

为了生存下去，少年选择尽量更多地忘却往事。特别是关于父亲，即使难以做到也必须假装遗忘。权当本来就没有这么个人，而必须将全力倾注到独自承续此前的生活中去。他在记忆中给予亡故者以很小的空间，到了懂事的年代，亡故的父亲也像母亲一样成为偶尔经过身边的影子了。

而现在父亲仿佛回到了这个世界。他从漫长的忘却深渊中爬出，现在就躺在弥漫着恶臭的房间地板上，并不时地向送去饭食的儿子投出近似问答的话语。

“在珍爱的人死去时，你会怎么做？”有一次男子问道。

“假装忘掉。”少年直率地答道。

“你真聪明啊！”男子说着像思索答案般望着空中，“你还年轻，所以还能忘掉吧？真令人羡慕。如果真能彻底忘掉就可以将一切过往和盘托出——我也会常常这样想。死死抱着过去的人生能有什么意义呢？如果那样的话，就只能把过往当成现在的生存意义了。其实人类无论依据何种理由都能生存。”

少年不太明白男子说的话。

“我还会常常祈祷呢！”

“好孩子！”男子并非在嘲讽，“人为什么要祈祷呢？失去的东西绝对无法挽回，可即使明白这一点，我们也不能不祈祷。或许我们不该为请求上帝遣还我们所珍爱的人而祈祷，而应为求索失去珍爱的人的意义而祈祷，尽量让这种痛苦和悲伤转化为其他的东西。”

男子抬头望着少年。

“我没能做祈祷，”男子像是在生自己的气，“我已经厌腻了做祈祷，叫我这样失去年轻美丽妻子的男人做祈祷真是强人所难。我甚至根本不想坐起来，比起向上帝做祈祷，我更想躺在脏污之中，躺在自己的粪尿之中。”

男子目不转睛地看着放在地板上的空碗，那样子令人想到受伤的动物。

“我妻子就会来的，”男子自说自话，“只要我一直是这个样子，她怜悯像猪似的躺着的我就会来到这里。但如果我做祈祷，她倒未必会来。真是苦不堪言。这种苦楚的真相会是悲伤吗？强烈的悲伤与痛楚难以区别，就像是利锥扎心般的痛楚，她会跟痛楚一起到来。也许我已经越来越不像人了，对于浑身沾满污物的兽类来说，感情与感觉的区别也很难以分辨。过去是欢悦使两人结合，而现在是痛楚与悲伤结合，这就是她来到我身边的证据。我跟她长久地述说，就像当年那样……大都是我在述说，而妻子只是在聆听。我重复地述说同样的故事，不知要说多少遍。虽然时间充裕，但要说的内容却很有限。可以说在我目前所知道的事情中没有她不知道的。”

少年跑上楼梯,返回最高一层自己的房间。他感到有些窒息,也许是因为一口气跑上来的缘故,感到周围空气变得稀薄。为了补充氧气,他做了好多次深呼吸。

姬姬还在沙发上打盹,当少年走近时她突然睁开眼睛莞尔一笑。少年觉得她这一笑来自遥远的过去。就在此时窗边有某物闪过,心不在焉的少年觉得就像战斗机之类从附近飞过。他下意识地用自己的身体遮挡姬姬,回头一看,却见成群的鸟儿刚刚离去。他目送鸟儿远去,二十多只的鸟群渐渐变成巨鸟的形状。

少年再次造访男子的房间时两眼充满了泪水,他并非是在悲伤也没想哭,只是有某种莫名的情绪涌上心头,在走向男子房间的途中情不自禁地热泪盈眶。窗边生长的杂草似乎更加翠绿,他已不在乎那股恶臭了。男子微微抬头望着少年。

“吃的东西呢?”

“我没带来。”

“真拿你没办法!”

但男子并未驱赶少年。

“还记得初次见到你夫人的感觉吗?”

“这真是突如其来的问题啊!”但男子还是字斟句酌地说,“我感到自己的人生在那个瞬间具有了真正的意义。”

“现在呢?”

“我觉得自己远离了所有的一切。”男子直截了当地答道,随即像忽然明白过来似的问:“你恋爱了吧?”

“某种失误会导致前功尽弃吧?”少年没有正面应答却反问道,“如果跟某个人相遇会使人生具有真正意义的话,那失去后会怎样呢,假如对方某一天突然死去?”

男子悲哀地凝视少年噤口不言。

“那就会失去生存的意义吧?”少年表情认真地侃侃而谈,“以前正确的事情都会变成错误,不是吗?”

“也许是。”

少年沮丧地垂下头,如此简单地得到对方的赞同令他有些受伤。哪怕是假话也行,他想听到不同的答案。

“一起生活几十年就能了解那个人的全部吗?”少年头也不抬地问道。

“不管一起生活多长时间,还是不可能了解那个人的全部。”男子宽慰少年说:“就算没能了解全部,只要永远思恋那个人,相依相伴依然很有意义。即使没能全部了解也算不上坏事,也许就是因为没能全部了解才会永远思恋。只要心怀愿与伊人相依相伴的情思,那么不管遇到怎样的困难,哪怕对方已不在世,依然是美丽的情思。”

“没有保护的方法吗?”

“很遗憾……”

少年心想:自己也许本来就不该对这个男子心怀期待,因为他不是自己的父亲,要是自己的父亲就会用别的话语激励自己。

“她肚子里有小宝宝。”少年像怄气似的说道。

“怀孕了吗？”男子现出惊讶的样子。

“大概。”

“大概？！”

“我要保护她和肚子里的小宝宝，”少年着急地继续说道，“因为这是我的职责。”

“你是要完成自己的职责。”

“要是完成不了，就会成为老爷爷的样子吗？”

“那倒也不一定。”

“可是，如果她死了的话，我肯定也会一样哦！”

男子面无表情地望着窗户，并没有对少年生气的样子。

“我告诉你一个好办法。”男子停顿片刻后说道。

“什么办法？”少年用求助的目光望着男子。

“你去找棵树。”

“什么样的树？”

“什么样的树都行，越老越好吧！在树干并排刻上两个人的名字——你的和她的。”

“然后会怎么样？”

“你们两人就能走到一起，永远不分离。”

“我还不知道她的真名。”

“只有从心底爱恋她的人才能知道她的真名。自报家门和口头上说的都是假名字。”

“你试过吗？”

“那是很久以前的事儿，已经想不起来啦！”

“你们走到一起了吗？”

“别逼我回忆悲伤的往事。”

少年觉得自己总是跑着登上楼梯，特别是在去过男子那里之后，冲进自己的房间时已是气喘吁吁。

“这回我必须知道你的真名。”

少年急切地牵起姬姬的手。

“我要知道姬姬的真名哦！”少年凝视着姬姬的瞳孔深处补充道，“因为这关系到咱们的未来呀！还有小宝宝的未来。”

姬姬默默地歪歪脑袋，近来她经常做这个动作，也许是在表示她不太明白少年说的话，又像是迟疑不决。姬姬一做这个动作，少年就说不下去了，虽然想说的事情很多，但不管说什么她的反应恐怕都一样吧？少年怀着困惑和失望的心情走出了房间。

市区与其说是废墟不如说几乎就是丛林，视线所及之处长满了树木。除了野化的行道树之外，还有新的附生植物，几乎都高达两三层楼。老人说什么样的树都行，这倒更令他无所适从了。他希望找到适合雕刻两人名字的树，也许找到之后真名就会自然浮现出来。

少年又想起初次见到姬姬时的情景：当时姬姬宛如无声飘落的鸟儿般出现，问她名字时只发出“唧、唧”的声音，于是少女就成了姬姬。虽然现在依然这样呼唤她，但少年并不觉得这样就好，总有一天必须用真名呼唤她，必须让她把封闭在心里难以脱口而出的真名释放出来。

自己为什么如此在乎真名？像叫瘤六那样就叫她姬姬似乎倒也可以，不过，他还是觉得有所欠缺，自己尚未贴近真正的姬姬。那男子说，只有从心底思恋对方的人才能知其真名。虽然在听那男子说这话时略感释然，但独自一人仔细思索却仍不得要领，觉得那男子的话不太靠谱。

时光徒然流逝，少年感到自己的双腿变得沉重起来，越是四处搜寻就越是沉重不堪。那棵树依然未能找到，照这样下去即使奔走到傍晚也不可能找到。如此寻觅却仍无结果难道是因为自己没有从心底思恋姬姬吗？于是少年对“从心底”和“思恋”这几个词语的含义也搞不明白了。

少年觉得自己来到了相当远的地方，太阳依然高高悬挂，投在街道上的影子几乎纹丝不动。楼宇墙体上有大量涂鸦，当然不会写什么正经言辞。也许写下诅咒话语的人大都已经死掉了吧？写下祈愿话语的人恐怕也是相同命运吧？不管是诅咒还是祈愿，人都会不明不白地死去，就像堆积在路上的落叶，会被一时兴起吹来的风刮走而不知去向。

周围无人十分安静，街道上迸溢着盛夏的明亮阳光。在这空虚的明亮之中，少年感到自己没有得到任何保护，完全是暴露无遗的存在。他想起瘤六曾经说过的话：光天化日之下常常发生令人猝不及防的状况。

“光天化日之下由于阳光强烈反倒难以看得透彻了。暴露在强烈阳光下的空气中,周围就会混入各种各样的东西。不管混入什么东西,我们的眼睛都无法看到。”

少年毛骨悚然地环视周围,混杂在炫目的亮光中,某种不明真相物体的征兆越来越浓厚。他感到自己已被某种物体包围,不安和恐惧一举达到顶点,好像立刻就会陷入恐慌。他拼命地抑制住想要奔逃的冲动,此时奔逃可能会使恐惧像滚雪球般增强,于是他快步向前走去,尽量迈开双脚快步疾走。

说不定自己正在轻率莽撞地做出危险至极的举动——虽然为时已晚,但他还是想到了这一点。关于“那达”的议论闪过脑际,留在城里的孩子们中煞有介事地传播着骇人听闻的流言。或许真的只是流言而已,其实周围无人见过被称作“那达”的团伙。不过,也无人能够断然否定那个流言。

突然,他感到鼻孔像被什么堵塞了不能吸气,用嘴也是一样,连空气都变得稀薄了。这样定会窒息而死!他撒腿就跑,从嘴里吐出的气息有些发烫,一定是肺里发生火灾了吧?他持续拼命地奔跑,却并不明白为什么要狂奔不止,甚至想不起最初是为什么奔跑,只觉得一旦慢下来就会被那个东西追上。

时至夏末,那个男子死去,并未显现任何身体不适的迹象,就那么简单平淡地死了。少年在打开房门的瞬间就感到了异常:在没有阳光射入的房间里,弥漫着与此前不同的异味,在原先那种臭味中混加了某种别的味道。不必细看,那男子已经气绝身亡,还睁着眼睛、张着嘴巴。少年想帮他合上却不敢伸手,觉得自己也会在触及尸体的同时被带去同样的地方。

少年退出房间,关上房门后心想：那男子是去了他妻子那里吗？还在年轻美丽时就已死去的妻子会怎样迎接形容枯槁的丈夫呢？即使她想追寻他年轻时的容颜,此时也只剩皮包骨的形骸了。她能认出这是自己的丈夫吗？从他还活着的时候起,那个房间就已经像一座坟墓了。而当他死去的现在,那里就成了名副其实的坟墓。少年觉得那男子在很久以前就已死去,在几年前死去后只是装出还活着的样子而已。

过了一段时间,某天夜晚,在姬姬身边打盹的少年被轻微的响动惊醒,只见洒入月光的房间门口站着那四个人。他们来这里确实是很稀罕的事情。

“怎么啦？”少年擦着眼睛问道。

那四人没有回应。

“一起去楼顶吧！”过了片刻黑霉说道。

“因为不能吵醒她。”另一个人补充道。

少年看看姬姬,在他们对话之间也没有醒来的迹象。这几天她的肚子似乎又大了一圈,躺在沙发上时特别明显。她肚子会大到什么地步？这种变化也使少年深感不安。

因为月亮出来了,所以楼顶上连微小物体都能看清楚。他们在余温尚存的水泥板上盘腿而坐。

“有话要说吧？”

少年刚一发问，那四人就面面相觑。

“我们是来告别的。”依旧是黑霉率先回应。

“告别？”

于是，他们像大坝溃口般滔滔不绝。

“我们决定离开这里。”

“因为每天晚上都有幽灵出现。”

“总是叫人心惊胆战。”

“你知道那男的死了吧？”

“就是他的幽灵吗？”

“那当然啦！”

“我和他已经有了亲近感。”

“因为你给他送吃的。”

那四人抑制住恐惧感噤口不言。

“我没看到过什么幽灵。”少年沉稳地说道。

“很快就会看到的。”黑霉满不在乎地说道。

“本来幽灵该去你那里呢！”幕间不服气地说道。

“他找错对象了。”

“你打算怎么办？”

少年不想勉强挽留他们。

“你们什么时候离开？”少年问道。

“现在。”黑霉答道。

“天这么黑？”

“就是要摸黑出去呀！”幕间不言而喻似的答道。

“晚上会看到很多东西吧？”

“所以我们才害怕嘛！”

黑夜究竟是何时、怎样到来的呢？少年百思不得其解。在太阳光从街道消失之后，白昼之光依然会停留许久。他曾多次目不转睛地望着天空，拭目以待黑夜形影的出现，却从未看到过黑夜的姿态。当他有所觉察时周围已进入黑夜，不知何时自己已被装入无限深沉的夜囊之中。

“这个给你吧！”黑霉递出一本书。

少年莫名其妙地接了过去。

“你可以用它去换粮食。”幕间说道。

“我不知道交易所在哪里。”少年说道。

“你去海边就行了。”头巾答道。

“在满月的第二天哦！”钩鼻坦率地告知。

“有船来吗？”

“有个男的会来。”

“划着小船。”

“所以找起来很费劲儿。”

“因为他很小心。”

“怎么找？”

“反正先要去海边。”

“然后等他来找你。”

“或者你找他。”

“不管是谁找谁都很费劲儿。”

这是个闷热的夜晚。不知是谁先站起身来,他们走向微风习习的楼顶一端,肘支水泥护墙望着展现在眼前的昏暗街区,看到远方有一小团火。

“也许是比特那帮家伙。”黑霉乏味似的说道。

“在烧书吗?”少年说道。

“傻乎乎的家伙们。”幕间一吐为快似的说道。

“那可是跟粮食一样啊!”

“再过不久还要烧人呢!”

月亮出来后街区依然昏暗,除了几处烧火的地方全都漆黑如墨。在这个世界的某处真有小小漏洞吗?怎么看都不像。世界所有的地方全都被黑暗封闭,一切都像是被施予了魔咒。

延伸到洋面的防波堤又细又长,几乎不能与海面区分,前端矗立着一座铅笔状细高的灯塔,波平浪静的港湾映射着阳光隐约发白。少年从岸壁这端走到那端,双眼凝望遥远的洋面,望得太久眼睛就开始酸疼。

“口渴啦!”

少年咽下唾液,再次把视线转向沉静的大海。海面犹似果冻般平滑,没有一丝微风,像是进入了漫长的午休时间。从崖顶俯视,峭壁上附着了大量贝类和绿色海藻,海水越深光线越暗,幽邃莫测。

姬姬独自坐在从岸壁通向水边的石阶上,在岸壁的遮挡下,只有此处形成一小块阴凉地段,从少年所在位置看不到她的身影。此前当少年说想去海边时,姬姬很稀罕地显示出愿意同行的姿态,也不知是怎样的心血来潮。她的肚子虽然越来越大,但比起前一段时期似乎状态颇佳,也不总是躺在房间里了。真不知道她的状态是以怎样的周期变化,总而言之,她的身心恢复了健康使少年深感欣慰。

少年朝大海彼方凝望了许久,毫无遮挡的广阔海面更加炫目,洒满阳光的水面仿佛干涸的沙漠。绚烂的辉光映入瞳眸,使他脑海里也变得煌煌烨烨。少年心想,有什么方法能用这无尽迸射的光辉来充饥呢?那样就可以与世无争地生存下去了。

又过了一阵,从光影中出现了一个小小黑点,最初就像在海面休整羽翼的水鸟。随着距离渐近,一条木船的轮廓越来越清晰,上面有个戴帽子的年轻男子,船上似乎只有他独自一人。先前那四人说的就是他吗?决不能放松警惕!此人来历不明,说不定还带着武器。幸亏看不到躲在岸壁阴影里的姬姬,男子应该尚未发现她的存在。

小木船匀速地慢慢靠近,来到能够看清面孔的距离时,男子轻轻举手示意,少年也随之举手回应。男子熟练地划着船桨,在接近岸壁处转变方向,并晃眼似的眯起眼睛打量少年。他的面孔被太阳晒成了深棕色。

“我早就发现你了,但因为情况与平时不同,所以格外小心。”男子仍把船桨浸在水里说道，“以前没见过你呀！”

少年默默地点点头，然后表情紧张地说：“我带书来了。”

“哦？让我看看！”

男子消除了戒心把船靠近，随即放好船桨站起身来。小船左右摇晃，男子一边平衡身体一边接过书去，并立刻哗啦啦地翻看起来。

“上面写着什么？”

“在饥饿和瘟疫被视为天意的时代，死亡则无异于自然死亡。”男子开始出声阅读打开书页上的文字，“但是，在饥饿和瘟疫被认为应能遵照人类和共同体的意志人为控制的地域，死亡也就变成显现在天意中的人为之死。正因如此，死后净土与称名念佛的关系也会被树立在人为的疑念面前……原来如此啊！”

“什么意思？”

“不明白。”

“你不是说‘原来如此’吗？”

“我的意思是‘原来如此，真不明白’哦！”

少年察言观色地问道：“能交换食物吗？”

“这个嘛……”男子有些装腔作势地说道，“虽然我不知道这本书的价值，不过，会有人要吧？”

男子开始从船底拉出粮食，看样子还算顺利。以书换粮这还是头一遭，可书却只有这一本，今天入手的粮食吃完之后，就只能再去东奔西走地寻找物资了。

忽然，少年想到一件事，此前从未想到过，但此时想到就觉得不可思议：为什么以前就没想到呢？

“你把我们带到岛上去吧！”少年急切地说道。

男子直起身来扭头望着少年。

“岛？哪个岛？”男子诧异地问道。

“就是我和父亲生活过的岛呀！”

“在哪里？”

“就在这座城市的附近。”

“我怎么不知道那座岛啊？”

“是真的！我父亲还划着船来过城里呢！”

男子绷着脸沉思。

“岛上还留着书呢！”少年不无暗示地说道。

“真的吗？”男子疑虑重重地问道。

“是我父亲收藏的。”

“刚才你说的是‘带我们’？”

少年转身呼唤，过了片刻，姬姬露出脑袋、脖子、肩膀和整个身体。因为岸壁那边就是大海，所以看上去她就像从海面渐渐升起。

“是女孩呀！”男子意外地说道。

“她叫姬姬。”

“大肚子呀！”

“快生小宝宝了。”

“太麻烦啦！”

男子把小木船划到姬姬坐的台阶下，两人就从那里上了船。小木船左右摇晃,从吃水线到船舷上沿只剩十厘米了。两人坐在小船尾部,与男子面对面。

“我有一种遇到诈骗的感觉。”男子划出小船说道。

小船穿过防波堤的出口来到港湾外边,虽然阳光留住了残夏,但大海已经有了秋的迹象。从海面吹来的风已显干燥,回头望去,两人此前住过的城市变成了一小堆。现在那四人还在城里住着吗?那些积木般的楼宇全都黑黢黢的丑陋不堪,与湛蓝色的海面相比,整个城市显得十分破旧。

“比特那帮家伙为什么厌恶书籍呢?”少年忽然想起便问道,“要是不喜欢书籍,不看就行了,干吗要烧掉呢?”

“那帮家伙的信条就是不相信语言嘛!”男子边划桨边乏味似的答道,“他们说写在书上的都是假话,只有上帝的话是真理,人类必须倾听上帝的话语,所以书籍都是妨碍。真是愚蠢透顶!不过,对我来说,写在书上的话和上帝的话都没用哦!还是吃的东西最重要。”

少年觉得双方都重要,食物和语言缺一不可,否则人类就会变得不正常。语言对于人类就像阳光对于植物,而食物对于人类就像是水分对于植物,缺少哪一种都不能茁壮成长,人类也是一样。少年想起那个死去的男子讲过,有个人在书中活了两千多年。那就说明人类在两千多年之间都一直需要那个人说的话吧?肯定有很多人在生活中把书籍当作阳光,书中应该还有更多的事情发生。少年下定决心:父亲留下的书必须在拿去换取粮食之前全部读完,而且自己要努力成为给这个世界带来一线光明的人。

少年感到自己终于找到了想做的事情——写书吧！如今无人愿做的事情就由自己从头开始吧！他强烈地意识到，自己要在这个失去的世界上成为重新开始写书的人。或许有人在等着自己，未来即将出生的人，比如说姬姬肚子里的小宝宝。

“我的名字叫 Osamu，”少年把手贴在姬姬的腹部开始讲述，“你与我的关系还不太清楚，姬姬是你的母亲，不过这不是真名。也许这并不重要，因为对于你来说，母亲就是真名。这样一来，能用真名呼唤的人就可以朝夕相伴了。我父亲做父亲的时间很短，我母亲做母亲的时间更短。不过，我现在依然既是父亲的孩子也是母亲的孩子。你虽然可能不是我的孩子，但我会一直是你的父亲哦！”

少年把目光投向远洋，海面反射着耀眼的阳光，许多海鸟在阳光中乘风穿梭飞翔。有的鸟儿突然向下俯冲贴着水面低飞，又突然急转直上蹿向天空，再慢慢地盘旋，不时地发出威吓似的尖叫声。看上去它们飞翔得那么轻松自在，只将双翅展开，身体就会悄无声息地飘然升腾，并且像走路一样、像奔跑一样在空中轻盈地翱翔。

看到鸟儿们展翅高飞，少年觉得自己也变成了鸟儿。也许天上还有与地上完全不同的世界，他似乎终于明白了老猎手说过的话。为什么对我来说姬姬是小小漏洞呢？就是因为她的存在，世界才会变得不再是以前的模样。在这个世界的背后还隐藏着另外的世界，藏着无数的世界，每个世界都有通道，这里也有，那里也有……有无数的通道。少年想有朝一日就从那通道里逃出，忘掉自己的重力投入海风的怀抱,尽情地滑翔在金辉闪烁的海空。他还想融入苍穹的湛蓝,飞向那朵云端,飞向遥远的天光。他相信这个愿望总有一天能实现。

24 足音

在无风的杂树林中，她正聚精会神地舞动铅笔。眼前有棵老樱树，粗干上挤满褶皱，处处隆起节瘤，还有纵向裂纹。她想：这棵老树一定经受过诸多磨难，例如被蛀虫钻咬、感染病菌、被风吹断枝条。树木性格朴直，从无狡谲诡诈，将自己经受过的苦痛毫不掩饰地保留在枝干上顽强地成长。

这样画素描，能够感受到一棵树体内所蕴积的时光渐渐浮出，也许铅笔就是在追溯这棵树所蕴积的时光。比起仅用视觉去观览自然景物的美丽、形态匀称的精妙和鬼斧神工，莫如动手将其描绘在白纸上更能准确地领略。尽管强风劲吹令其枝干倾折弯曲，但它依然牢牢扎根于地下,竭尽全力支撑主干,并将枝条伸向太阳的方向。由此总能感受到树的意志。

她在高中时代曾加入美术部,但绘画爱好已中断多年。重新拿起画笔是在几年之前,如今每月两次去文化中心学习油画。她心中早已再次萌生难以抑止的绘画冲动,而且明显感到通过舞动铅笔和画笔可以使人气定神闲。反正在全神贯注地画画时不必多想心事,也许就像写日记一样。

她住院的诊所位于曾以煤炭装运港繁盛一时的城市外围,由一位七十岁左右的老医师坐镇掌管。门外的招牌上标明内科、儿科和精神科三种分科名称,除了门诊进行普通内科诊疗之外,还有十张病床的住院配置,主要接收精神科方面的患者。

患者在住院期间可以自主支配几乎全天的时间,可这难得的自由时间她却不知该怎样使用。她已不能像此前想象的那样专心读书,总是注意力散漫,动不动就考虑起别的事情。幸亏带来了素描画具,本以为没有机会使用,但离开家时还是跟住院用品装在了一起。

她曾感到构成世界的物体似乎全都遗失,甚至包括色彩、形状、气味和音响。受到无处置身的焦躁感驱使,她迫切地想要重执画笔,哪怕只画些简单的速写和素描都行。必须尽快开始在画纸上舞动铅笔,否则世界将会消失。必须通过描摹一个茶杯、一束草花来找回世界。

今天从早上开始精神状态欠佳,胸中莫名地产生躁动,预感会有强烈不安袭来。这好像是周期性的症状,医生已嘱咐不要劳累、提早服药。可她没有服药,而是在午后带着写生画本来到这里。她觉得来到大自然中才是明智之举,而大白天就上床睡觉实在空虚无聊。

此前医生曾开出几种安神药,但效果都差不多,服用后过三十分钟左右大脑中就会降下半透明的薄幕,感到全身被温暖的薄膜包裹轻飘飘的特别舒适,能够获得脱离现实受到保护的安心感。如果在该药物起效之间再追加服用助眠药,大都能够顺利入眠。

她已记不清楚从什么时候开始,特别严重就是最近这几个月,对家务厌烦得要死,做饭、清扫和洗衣服都得强迫自己去做。否则什么都不想干,如果可能真想整天都躺着。虽说每天都这样也不至于严重到住院的程度,过一段时间自然能够恢复——她就这样给自己做了诊断。可是身体却变得越来越沉重,即使服用助眠药也还会在半夜醒来,然后就在床上郁闷不已地度过数小时之久。

住院之后就感到安心多了,因为此前就已意识到自己有心病,所以对住院的因由也有充分认识,而且知道能够治好,只要时机成熟就会痊愈。不过,她目前还不想痊愈,因为还不想恢复现实的感觉,对自己的承受能力没有信心,感到心中有种巨大的孤独。

"妈妈精神状态不好都怪我爸,"来探望的女儿在病房里喝茶聊天之余说道,"那人总说些灰心丧气的话,什么人类将要灭亡之类的。"

女儿的语气虽然像是在说笑,但也是真心话。

"对你也那样说了吗?"

"说了呀!"女儿不言而喻似的答道,"我爸老说那种话:地球上生命诞生已经过了四十亿年,如果换算成一天二十四小时的话,人类诞生后的时间连一秒钟都不到,可以说只是一瞬间而已。即使人类灭亡了,地球也会在一瞬间恢复原来的姿态。这是最后的安慰,是以绝望换来的希望什么的……真傻!”

真子说到这里想笑却笑不出来。

“工作情况怎么样?”道代转换话题问道。

“还是那样。”

看样子她不想说,取而代之是反问。

“你跟我爸笑脸相对过吗?”

道代目不转睛地望着女儿。

“真子,你是不是有点儿反常?”

“我不想听到妈妈说我。”

女儿低下头来,似乎后悔说出这句话。这孩子可能也有精神压力,她既然来探望,应该也有各方面的挂虑,也会感到孤独和不安吧?

“妈妈,”道代正想心事时女儿打了声招呼,“我该回去啦!”

真子这次还是没能笑出来。

“你跑这么远来看我,谢谢啦!”

这是昨天发生的事情。道代心想,今天状态欠佳也许就是因为那孩子来探望过自己。当然女儿并没有责任,母女俩在交谈过程中也很愉快。一定是那段谈话对现在的自己刺激过强了吧?连时隔许久见到女儿聊天都成了强烈刺激。其实也许自己根本不想跟任何人交谈。

厚重的灰云将天空完全遮蔽，太阳光几乎照不到地面。但是，落了叶的杂树林中并没有阴森森的晦暗，地面堆积的落叶中混杂了很多红叶和黄叶，使周围景色变得豁然明朗。尽管如此，她在画纸上描绘的樱树却越来越黑，也许到最后画纸会被铅笔的细线全部涂满。

已经过了将近一个小时，她一直坐在小折椅上画画。往常画素描用不了这么长时间，可此时却不知道要多久才能完成，就像是既无开始也无终结的作业。这是否与笑不出来有关呢？这个疑问很突兀地闪过脑际。不知从何时起居然笑不出来了。实在想不出这是什么感觉，就像想不出对水的感触一样。海伦·凯勒是怎样记住"水"这个单词的呢……

她停下手来环视周围，明明都是树林却像置身于沙漠之中。自己在这里坐了多长时间？已经丧失了时间的概念。

"这是……哪里？"

她试着发出声音，疑问像平静水面的涟漪般扩散，也扩散到身体的每个角落和手脚的末梢，这让她感到疲惫不堪。她再次意识到自己已经心力交瘁，为了杂七杂八的烦心事，为了寻求某个人，为了达到某个愿望。总是觉得会遇到看不见的障壁和门扉，而且总是无法打开。但往往并非因为门被封锁，或许就跟把某物从左边移到右边一样简单。可是，如此简单的事情对于目前的她来说却是难上加难。她觉得一切都不会再发生，自己的人生已经终结。

她合上素描本站起身来，连同小折椅一起装进稍大的麻布袋中，然后朝诊所走去。时近黄昏，天色已晚，走出杂树林周围也几乎一样昏暗，不管哪个方向都展现出相似的景物：杂树林和灌木丛、荒芜的农田和原野。远方的建筑是仓库还是工厂？一切都显得那么陌生，目前所见似乎就是她心中的景象，大脑里所有的角落都变成了初次涉足的境地。

不管怎样先得走到大路上去，碰到行人就可以问路，还能拦出租车返回。先得找到大路，可她觉得这就像要找到自己一样艰难。因为她已经找不到自己，也不明白去哪里才能找到自己。远方传来消防车的警笛声，也许是发生了火灾。

她虽然心情万分焦急，可脚步却难以加速只能蹒跚前行，对于行走总有“初次学步”的感觉在牵缠。照这个样子走下去，恐怕天黑前也到不了诊所。看样子已经找不到返回的路了，强烈的恐惧感突然袭上心头。进退两难的她原地蹲下，呼吸困难，感到自己行将窒息而死，极度的恐慌使她心跳加快，好像连最后一丝前行的力量都已用尽。

时间分分秒秒地流逝，她稍稍稳定情绪后抬起头来，只见周围展现出萧瑟的原野，看不到一户人家，时空感觉依然异常。前方有一棵树，仿佛自己刚才画的那棵树从素描本中潜出矗立在那里。在微暗的背景中，那棵树近于黑色。从它横向伸出的粗壮枝条垂下绳索般的物体，泛着白色浮现在黄昏的微光中。要是把头搭在那上面休息一下该会多轻松呀！哪儿有不这样做的道理？

她站起来朝那棵树走去，终于找到了，终于找到可以毫无顾虑地抚慰心灵的场所了。在那里休息片刻就能找到返回的路了吧?过了不久,她终于来到那棵树前,柔软的绳索触感舒适,而且比周围空气温度稍高,只需放松心情托身于那条温软即可,既无欢悦亦无伤悲,只需静静地接受即可。此时她又觉得自己能够想起很多事情,所有浮现在心头的事情都令人格外怀念。

正在此时,她听到有人在呼唤自己。这是此前从未被呼唤过的名字,虽然是初次听到,可她却知道是在呼唤自己。她感受到了亲密无间的人的气息,深深的孤独中顿时注入一股暖流,比身体相贴更近,仿佛自己就是那个人的一部分。

恍惚之中时间流逝,好像有人在托举自己。远处传来脚步声,有人赶来。她仍然闭着眼睛侧耳细听,那脚步声有些熟悉,走路姿态略具个人癖习。那脚步声已经听过几十年,她记得自己总是跟他相伴而行。那个人正朝自己走来。

她突然清醒过来环视周围,不可思议似的望着垂吊的绳索,它正在掠过萧瑟原野的枯风中无力地摇晃。她后退着远离绳索,然后转身走了。

海面那一方方竹架是养殖海苔用的吧?滩涂上呈现出一片暗灰色,而洋面则隐没于初冬午后的阳光之中。前方泛着微光的海面是蒙着薄雾的蔚蓝,两人走在漫长的防波堤上。医生说等门诊告一段落之后再跟他们面谈,于是两人去最近的超市购买零零碎碎的日用品。因为时间还有宽裕,他们便开车来到附近的海岸边。

“住院的净是老太婆啊！”辻村把在住院部看到的患者状况说给道代听，“那几乎就是养老院嘛！里面还会有认知症患者吧？会不会发生精神异常呀？”

“没关系啦！”

“还有些人脑子很不正常。”

她没有回应。

“你在里面都做些什么啊？”

“看看书，散散步，有时去画画写生。”

“在那边散步没什么意思吧，又是仓库又是工厂的？”

“我喜欢在陌生的地方散步哦！而且还保留了少量的自然景观。”

两人并排坐在防波堤的石阶上，从这里可以俯视海岸。无风的午后阳光暖洋洋的，防波堤背风处用小石块围成一片菜园，里边种着白菜和大葱等。菜园近旁剩下一架开始倾斜的秋千，是用有虫眼的木杜搭成鸟居状的架子，再装上金属固件和铁链的简易装置。

“我想去一趟泰国。”辻村满不在乎似的开了口，“因为这样下去不会有什么明确的结果。”

“什么时候？”道代毫不惊讶地问道。

“刚才已经委托订了机票，最迟会在下周出发吧？”他暗示要在四五天后出国，“虽然还不知道能找到什么线索，但也比在国内干着急强得多吧？”

道代目光茫然地望着滩涂方向，辻村也随之转向那边，视野中展现出无法聚焦的广阔海景。在迷迷糊糊眺望平静海面之间，大脑中垂下了沉沉睡意。

“我最近常常想起孩子们小时候的情景啊！”道代用并非怀念而是感伤的嗓音说道，“这种情况，你有吗？”

“经常有啊！”辻村附和着点点头。

“在理和真子都还很小、上托儿所的时候，我觉得最幸福。咱们也还年轻。”

“现在不也还年轻吗？”辻村调侃地反问道，“如今五十岁都算青年呢！”

“咱们四人一起去过动物园呢！”道代接下去说道。

“去过好几次啊！”辻村在追溯朦胧的记忆。

“理看见河马张开大嘴露出很多虫牙，就用大人的语气说‘不好好刷牙可是不行哦’，那个样子真逗……”

“那是理说的吗？”辻村微微歪头说道，“我怎么觉得是真子呢？”

“就是理嘛！他在托儿所还画了长虫牙的河马呢！”

辻村心想，这才应该是夫妻之间的对话，谈论这些事情就挺好，而不是总说些文明沦丧的话题。

“我们确实应该更加珍惜跟孩子们在一起的时光，”道代追悔莫及似的说道，“就是再勉强也应该挤时间陪孩子，我到了现在才这样想。早知他们会那么快长大就好了，早知他会去咱们够不着的地方就好了。”

“不要紧啦！理会回来的。”辻村不负责任地承诺道。

道代没有回应。五艘平底渔船穿过滩涂之间的细长水道驶来，它们排成一列缓慢地进入港湾。

辻村依然望着毫无特色的滩涂坦白道:“我常常不能确信自己真是那小子的父亲。”

道代莫名其妙似的望着丈夫。

“我可不是在说谁才是孩子真正的父亲哦!”辻村本想说笑却变成了较真反驳的语气,“也许生物学意义上的父亲对于孩子来说并没有多大意义,我觉得父子关系未必像一般认为的那么对称。明白吗,我说的话?”

“不太明白。”

道代的表情像是听到了某种深奥的理论。

“我自己也好像不太明白了。”

辻村用满不在乎的语气收了尾,两人默默地继续眺望滩涂。近处有一只水鸟将细长尖嘴探进泥沙寻找食物,颀长的双腿与身体不成比例。为什么会长成那种样了?他感到特别不可思议。他想问道代却欲言又止,觉得这种事情不问也罢。

“你下次可以来这里写生。”取而代之是提出建议。

道代微微点头却没有接话。辻村对默默不语的妻子产生了怜爱之情,然而一旦开口双方的心意却不能平顺相合。道代是不是也怀有同样的焦虑?也许在长期相伴之间我们都来到了无法理解对方话语的空间呢,还是从最初就处在无法沟通的空间里呢?

“你现在幸福吗?”道代突然问道。

辻村本想以一笑来敷衍，但还是没有那样做。

“像这样一起说说话就挺幸福的呀！”他言不由衷似的说道，“就像《东京物语》中的老夫妻那样哦！”

道代疲弱地笑了。她的笑容里透出衰老的征兆。辻村想象到两人的背影一定都显得很苍老，在类似于背道而驰的距离感中混杂了既非过去亦非未来的时间感。辻村望着落在滩涂上的淡淡阳光。

“就算不那么幸福又怎样呢……”

辻村本想体贴地安慰道代，但刚刚开了头就不知该怎样接续下去。

道代没有收回她眺望滩涂的视线，预示长久沉默的寂静渐渐扩散开来。辻村望着妻子的侧脸，只见她微微张开嘴唇，把茫然若失的脸庞暴露在初冬的海风当中，那毫不设防的样子也很令人心疼。他真想在这里拥抱她，切切实实地这样想。但他又觉得那样做太假模假样，几乎就是大傻瓜。

“总有一天还会想起咱们今天说话的情景吧？”辻村将自己的感情凝缩起来说道，“将来回忆时会感到这个时刻特别幸福，这样不就行了吗？”

道代既没点头也没摇头。辻村感到滩涂中有条看不见的路一直延伸到天涯。

图书在版编目（CIP）数据

向世界倾诉爱 /（日）片山恭一著；侯为译．— 青岛：青岛出版社，2019.3
ISBN 978-7-5552-7145-1

Ⅰ．①向… Ⅱ．①片… ②侯… Ⅲ．①长篇小说 – 日本 – 现代 Ⅳ．① I313.45

中国版本图书馆 CIP 数据核字（2018）第 289473 号

书　　名　向世界倾诉爱
著　　者　（日）片山恭一
译　　者　侯　为
出版发行　青岛出版社
社　　址　青岛市海尔路 182 号（266061）
本社网址　http://www.qdpub.com
邮购电话　13335059110　（0532）68068026
策　　划　杨成舜
责任编辑　霍芳芳
封面设计　胡椒书衣
照　　排　青岛双星华信印刷有限公司
印　　刷　青岛国彩印刷有限公司
出版日期　2019 年 3 月第 1 版　2019 年 3 月第 1 次印刷
开　　本　大 32 开（890mm × 1240mm）
印　　张　16.125
字　　数　315 千
印　　数　1-6000
书　　号　ISBN 978-7-5552-7145-1
定　　价　49.00 元

编校印装质量、盗版监督服务电话　4006532017　0532-68068638

本书建议陈列类别：日本・现代・畅销・小说